NEWTON
POCKET

Della stessa autrice

Mi piaci da morire
Cercasi amore disperatamente
L'amore non fa per me
L'amore mi perseguita
101 modi per riconoscere il tuo principe azzurro (senza dover baciare tutti i rospi)
101 modi per dimenticare il tuo ex e trovarne subito un altro

Tutti i personaggi di questo romanzo sono immaginari
e ogni somiglianza con persone reali, viventi
o defunte, è puramente casuale

Prima edizione in questa collana: gennaio 2011

Roma, Casella postale 6214

ISBN 978-88-541-2391-5

www.newtoncompton.com

Realizzazione a cura di Corpotre, Roma
Stampato nel gennaio 2011 da Puntoweb s.r.l., Ariccia (Roma)
su carta PamoSuper della Cartiera Artic Paper Mochenvangen

Federica Bosco

S.O.S. Amore

Newton Compton editori

A tutti quelli che, almeno una volta nella vita,
hanno voluto portare avanti una storia impossibile
ben oltre i tempi supplementari

«Dunque, signorina: cosa vorrebbe che facessi per lei *esattamente*?»

«Dovrebbe fare in modo che lui si innamori di me».

«Forse non ha letto bene la targa appesa fuori della porta, ma sopra c'è scritto *psicoterapeuta*, non *apprendista stregone*».

«E... c'è differenza?».

PRIMA SEDUTA

«È forse chiedere troppo desiderare un uomo decente?

Non sto parlando di un neurochirurgo esageratamente bello, sensibile, fedele, ben dotato, ricco e generoso, mi accontenterei di uno che quando dice "ti chiamo" lo faccia entro l'anno.

Uno che non si faccia venire un'ischemia quando deve pagare il conto, che non sia sposato, alcolista, ladro, bipolare o bugiardo patologico, perché questi li ho sperimentati già tutti».

Mi guarda senza dire niente. Ha quella che definirei "una faccia da poker".

Se stiamo a guardarci ancora un po' finiamo la seduta come due sordomuti che cercano di ipnotizzarsi, e siccome ogni minuto mi costa un euro virgola tre periodico, sarà bene mettere a frutto questo tempo, accelerando la guarigione.

«Allora, dottore, mi dica la verità: è colpa mia? Sia sincero, sono io che li attiro? La prego me lo dica, non mi butterò sotto la metro.

Se me lo conferma lei sarò più tranquilla, anzi le chiedo la cortesia di mettermelo per iscritto, così se qualcuno mi chiede come mai sono sola glielo faccio vedere».

«Perché non mi parla un po' di sé, magari mi racconta la storia della sua vita, tanto per conoscerla meglio».

«La mia vita? E perché dovrei raccontarle la storia della mia vita? Ha letto *Oliver Twist*? Ecco, una cosa simile. Perché non mi risponde e basta? Non può semplicemente consultare il manuale segreto degli analisti? Quello con le formule magiche? "Pagina 87: giovane donna ancora passabile, sfigata in amore", possibili soluzioni: 1. Fare una vacanza studio a Lourdes di almeno sei mesi; 2. Entrare in convento (si consiglia la clausura); 3. Donare il proprio corpo alla scienza"».

«Ehm... noi preferiamo definirci *psicoterapeuti*... Chiara, mi dica, perché è così arrabbiata?»

«E perché lei è così innaturalmente calmo? Scommetto che se le cade la sua bella Montblanc di punta dice *Perdindirindina*! Lei mi sembra proprio un tipo da perdindirindina o al massimo può spingersi fino ad *Accipicchia*! "Accipicchia è caduta una lavatrice sulla mia macchina! Perbacco, mi hanno clonato il bancomat! Diamine, mia moglie mi ha messo le corna!"».

È meglio che mi calmi o mi caccia fuori. Non so cosa mi sia preso, lo sto usando come un sacco per la boxe. È il nostro primo incontro e gli sto vomitando addosso tutta la frustrazione accumulata in anni di relazioni sbagliate.

Solo perché è un uomo non vuol dire che sia per forza una carogna... Invece sì! Dev'esserlo per forza, o sono io a essere completamente sbagliata. Mi hanno montato al contrario, ho il cuore a vista e tutti lo colpiscono, lo feriscono e lo schiacciano...

«La stupirò, ma dico anche delle parolacce, la mia preferita è "miseria ladra"».

«Lo diceva mio nonno... Io preferisco "fanculo" o "merda", "porca puttana", "cazzo di..."».

«Sì, credo che abbia reso perfettamente l'idea, semmai mi dovesse cadere la penna, la chiamerò per farmi dare un consiglio».

«Scusi... è l'imbarazzo. Quando sono molto tesa dico un sacco di parolacce».

«È normale, non si preoccupi... Ma torniamo a noi: come mai ha deciso di venire da me, c'è stato un qualche evento scatenante che le ha fatto decidere di cominciare una terapia?»

«Gliel'ho detto, ho sempre e soltanto avuto storie ai confini della realtà e ora sono stufa...».

Sospiro.

«...Alle elementari mi piaceva un bambino, lui mi dava sempre e solo spintoni e io gli morivo dietro: più mi dava spintoni più pensavo di piacergli e gli davo tutta la merenda, i pennarelli, una volta anche la mia giacca a vento nuova... e non me l'ha più restituita. E si è fidanzato con la più bella della classe, Barbara, una bambina sciocca e viziata che però piaceva a tutti i maschi. Io ho continuato a dargli tutta la mia merenda lo stesso...».

«È stato molto tempo fa...».

«Oh, ma il buondì si vede dal mattino, sono sicura che sia scritto anche nel suo magico manuale: "Pagina 12: se la paziente già a sei anni dà segni di accattonaggio affettivo non ha più speranze"».

«Ma perché è così severa con se stessa? Era solo una bambina piccola e indifesa e non ha senso giudicarsi negativamente per questo. È importante che lei piano piano cominci ad amare quella bambina, a perdonarla e proteggerla».

Lo guardo esitante, incerta se confessargli o meno il vero motivo per cui sono venuta qui, poi sparo tutto d'un fiato: «Senta, ho una relazione col mio capo da quasi due anni, lo so fa schifo e tutto il resto, lo so da sola, ma la prego non mi giudichi, io non ci avrei mai neanche pensato a diventare l'amante di un uomo sposato, mi fa effetto anche solo pensarlo, mia madre mi ha educato meglio di così! Ma lui, già dal secondo giorno che sono entrata nel suo studio, non mi ha dato tregua neanche per un minuto, dice che mi ama, che lascerà la moglie, mi coinvolge in tutti gli aspetti della sua vita, pensi che ha portato me a scegliere la macchina nuova... E perciò io aspetto e aspetto e aspetto, ma vorrei che lui si decidesse, una volta per tutte, a vivere la nostra storia alla luce del sole».

Mi guarda a lungo e sento che già mi odia per quello che gli ho detto. Ma è il suo lavoro, no?, quello di ascoltare sconosciuti raccontare storie assurde. Se si scandalizza per così poco...

«Vorrebbe che lui lasciasse la moglie per sposare lei?»

«Anche se non mi sposa va bene lo stesso, ma almeno vorrei che si mettesse in regola con me».

«E pensa che io potrei aiutarla a farlo».

«Pensa di riuscirci?».

Sorride come si fa con qualcuno che dice di parlare con gli alieni.

«Vede, non ci sono formule magiche per fare innamorare gli altri di noi, e non sono certamente io quello che deve dirle cosa sia giusto fare della sua vita, vorrei, però, che arrivasse da sola a capire quali sono le scelte migliori per lei, quelle che la renderanno una donna felice e realizzata».

«Ma è questa la scelta più giusta: Andrea lascia la moglie, sposa me e vissero per sempre felici e contenti!».

«Non desidera altro?»

«Be', un bell'appartamento con la terrazza a tasca magari...».

«Intendo una carriera, una soddisfazione personale, la realizzazione di un sogno».

«Io voglio essere amata, è questo il mio sogno».

«D'accordo... Mi racconta un po' di *Oliver Twist*?»

«Devo proprio?»

«Se non è un problema...».

«Vivo con mia sorella Sara. Prima vivevamo con mamma ma era una tragedia: litigavamo tutto il santo giorno, sempre per quella storia della casa di via Tolstoj... Mentre mio padre vive a Cuba da un po' di anni, ha degli affari laggiù, alberghi... credo».

«E qual è la storia della casa?»

«Che mio padre ha sfrattato noi tre per darla a Gaia Luna e sua madre ai tempi del divorzio».

«Chi sarebbe Gaia Luna?»

«La terza sorella, insomma sorellastra... quella di secondo letto. Papà ci disse che loro due ne avevano più bisogno di noi e così ci ha mandate via e siamo andate a vivere dalla nonna, la cui frase preferita era: come si stava bene soli!».

«E avete rapporti con vostro padre?»

«Io ogni tanto lo sento, ma Sara non vuole neanche sentirlo nominare».

«E l'altra sorella?»

«Con lei non parliamo mai, è una donna in carriera, lavora per nostro padre, insomma è il nemico».

«E vostra madre?»

«È diventata una palla al piede. Un tempo era simpatica, rideva sempre, andavamo al mare, organizzava le feste di compleanno per noi, ma parlo di un sacco di tempo fa. O forse me lo sono inventato, a volte mi invento una realtà e ci vivo dentro, fa meno male».

«Giusto... Quand'è che siete state sfrattate?»

«Eravamo piccole, io avevo sette anni e mia sorella nove. Mio padre non era cattivo, solo non era fatto per la famiglia: non c'era quasi mai in casa e quando c'era non vedeva l'ora di andar via. E poi Milano gli stava stretta. Ma ci faceva un sacco di regali quando veniva a trovarci, poi stava un paio d'ore, litigava con mia madre e se ne andava via per altre due settimane. Quando hanno divorziato non è cambiato poi molto».

«Dev'essere stato difficile per vostra madre».

«Sì, ha lavorato sodo per mantenerci, ma la storia della casa di via Tolstoj non le è andata mai giù e quando abbiamo cominciato l'università, noi due abbiamo cambiato casa».

Uffa, mi sembra di essere Remì di *Senza famiglia*. Ma perché bisogna obbligatoriamente passare dalla fase "pat pat" sulla spalla? È andata com'è andata, poteva andar meglio ma anche peggio, no? Non sono mica figlia di Joe Jackson!

Ma se questo è l'iter obbligatorio che mi porterà a fidanzarmi ufficialmente con lui, sopportiamo anche le domande di rito.

«Come mai ha scelto proprio me?»

«La verità?»

«Se possibile».

«L'ho trovata sull'elenco... E lei si chiama "Folli"... Ho pensato fosse di buon auspicio».

Sorride e tira fuori dall'agenda un biglietto da visita, poi scrive qualcosa con la Montblanc.

Ecco lo sapevo, ora mi dà l'indirizzo di uno psichiatra di sua fiducia.

«Questo è il mio numero di cellulare. Non ne abusi, ma se si sente particolarmente giù mi può chiamare».

«Oh...Grazie, davvero la posso chiamare?»

«Solo se si sente *particolarmente* giù».

«Cioè, come faccio a sapere quando sono "particolarmente" giù?», mimo le virgolette con le dita. «Io sono sempre particolarmente giù... Per la storia degli uomini sbagliati, intendo, e per Andrea in modo particolare, quindi... come faccio a sapere quando la posso chiamare?».

Mi guarda come un giocatore di scacchi che si rende conto di aver fatto una cazzata irrimediabile durante la partita del secolo, ora mi strappa il biglietto dalle mani, lo fa in pezzi e lo mangia!

«È semplice, Chiara. Lei si metta nei miei panni e immagini di essere disturbata per un nonnulla, mentre è a tavola con la sua famiglia, a una riunione, a una festa o mentre dorme. Lei non vorrebbe essere disturbata per un motivo futile, no?».

Faccio no con la testa.

«Ecco, quindi non si metta in condizioni di farsi dire che non è il momento. Se c'è un motivo davvero urgente lei è libera di chiamarmi, il che significa non chiami la notte a meno che non l'abbiano arrestata e abbia bisogno di una perizia. Perciò... direi... che ci vediamo giovedì prossimo alla stessa ora?».

Faccio sì con la testa.

Mi alzo con il biglietto in mano, chiedendomi se posso spacciare il mio colon irritabile per un motivo urgente, poi mi fermo sulla porta, mi volto e chiedo: «Dottor Folli... posso darle del tu?».

Mi guarda e fa un grande sorriso.

«Per adesso se lo scordi».

Esco piena di dubbi e punti interrogativi dritti sulla testa.

Il portiere mi guarda, ridacchia e poi si alza cantando: «Sai, la gente è stranaaaaa!».

Sono entrata con una domanda precisa e sono uscita senza neanche una vaga risposta. E con un numero di telefono che non posso nemmeno usare a mio piacimento.

Mi squilla il cellulare.

È Barbara, la bambina delle elementari che piaceva a tutti i maschi.

Attualmente aspirante modella e attrice.

Incidentalmente la mia migliore amica.

«Ciao Chicca, stasera vieni a prendere un aperitivo o sei ancora a dieta?».

Due cose non sopporto: che mi chiamino Chicca e che mi si ricordi che devo stare a dieta.

«Ciao Barby, vengo volentieri, tanto lo sai che non ho forza di volontà».

«Infatti, lo so! Ma tanto stai benissimo così, ho letto su "Vanity" che da un sondaggio risulta che gli uomini non vedono la cellulite e che è soltanto una nostra fissa, cioè di chi ha la cellulite».

«Già, tu non ce l'hai... Senti, faccio un salto in ufficio e poi ci vediamo al solito posto».

Non dovrei andare in ufficio a dire la verità, per un part time mi faccio vedere anche troppo spesso. Ma è questo mio eccessivo senso del dovere che non mi dà tregua, non mi sento a posto con la coscienza se non ho verificato quaranta volte che tutto vada bene, e una volta che sono lì ne approfittano tutti per darmi altro lavoro extra.

In parte ci vado anche per vedere Andrea.

In larga parte.

È uno studio legale molto importante e alla reception siamo tre segretarie. Ci chiamano "assistenti", ma all'atto pratico i nostri compiti spaziano dal fare il caffè al recupero crediti, consegnare avvisi di scadenza, fare la coda alla posta, ricostruire cartelle che qualcuno si è perso.

Entrando, percepisco subito una certa tensione: tutti gli avvocati sono stretti intorno al tecnico del computer che suda gocce da 33 cl, come se dovesse bloccare il conto alla rovescia di un missile che distruggerà la terra.

Nessuno nota la mia presenza e una voce interiore mi suggerisce di fare silenziosamente dietro front, ma appena appoggio la mano sulla maniglia della porta, questa si spalanca per far entrare il postino con una raccomandata in mano, che grida appunto: «C'è una raccomandata da firmare, la firma lei?».

Tutti si voltano e io mi stringo nelle spalle, mentre scrivo il mio nome nell'apposito spazio.

Andrea è paonazzo, spettinato e con la cravatta slacciata. Mi apostrofa in modo poco gentile: «Chiara, giusto lei! Ha per caso aperto degli allegati o dei messaggi di spam stamattina? Un virus ha attaccato il sistema, non riusciamo a recuperare i dati, siamo nella merda più totale. E succede sempre quando sto per andare in ferie. Se becco il responsabile me lo inchiappetto di brutto».

Non so se sia una richiesta sessuale in codice che devo interpretare o se veramente pensa che io sia così deficiente da aprire gli allegati a "Come puoi aumentare le probabilità di vincere al Casino" o "Molto poco costosi orologi qui e ora".

Vabbè, una volta ne ho aperto uno che diceva "Magre in un pomeriggio", ma è stato molto tempo fa.

«No, dottore, stamattina funzionava tutto quando sono andata via», dico schiacciandomi alla parete come un geco, mentre tutti mi fissano con sguardo intimidatorio.

Il fatto che io sia una donna non depone a mio favore.

«Sarà stata l'altra cretina che avete assunto la settimana scorsa, lo sapevate che non ero d'accordo».

«No», m'intrometto, «Lucia non può essere stata perché non ha ancora la password di accesso. Queste cose succedono a volte... Ho letto su un giornale che...».

«Che cazzo sta dicendo!!! Queste cose non succedono da sole, c'è sempre un imbecille che mette le mani dove non deve metterle, poi tanto chi se ne frega, non è mica un problema suo, no? Lei se ne va a casa e la bega è di chi rimane qui! Se le mettessero nel culo le mani!».

Mi guardo le scarpe imbarazzata. Capisco che non voglia si sappia della nostra relazione, ma adesso sta esagerando.

Deglutisco.

«C'è qualcosa che posso fare?»

«Vada nel mio ufficio e cominci a scannerizzare tutte le pratiche, poi faccia la stessa cosa con quelle di Ferrante e Saluzzi».

«Ma... ci vorrà un'eternità...», mormoro.

Non mi risponde nemmeno e torna a confabulare con il tecnico e i soci che mi ignorano.

Perché sono tornata qui?

Rimango sola fino a sera nel suo ufficio, sotto lo sguardo vigile della moglie con l'abito da sposa, incorniciata sulla scrivania.

Prendo la cornice e osservo attentamente la foto alla ricerca di indizi di una profetica infelicità, ma niente: lei sorride a trentadue denti mentre stringe il bouquet e lui la guarda in adorazione.

Quando l'ho visto per la prima volta non mi piaceva, non era esattamente il mio tipo, ma ora non saprei più dire perché.

Quando sei coinvolta azzeri la memoria pregressa.

Al primo impatto mi era parso il classico milanese in carriera, di quelli "lavoroguadagnopagopretendo", che mangiano troppo spesso al ristorante, sono sempre in giacca e cravatta, amano le belle macchine e i Rolex. Ma poi ho capito quanto l'ostentazione sia un clichè del suo settore.

In realtà a lui piacciono le cose semplici, ma è obbligato a frequentare ambienti esclusivi e ristretti.

Una volta siamo andati in un agriturismo in Umbria ed è stato romanticissimo. Lui era un'altra persona, allegro, spensierato, divertente. Penso che una volta ottenuto il divorzio, riuscirà a rilassarsi completamente.

A tutti capita di sbagliare percorso, non sono certo io la rovina famiglie.

Non ho niente contro sua moglie, dev'essere una bravissima persona, ma se l'amore fra loro è finito... è finito.

Oddio, un filino di coda di paglia ammetto di averla.

Sono quasi le otto, è ora di andare, tanto non mi basterebbe tutta la vita per finire e ho il cervello che fuma.

Barbara ha già chiamato tre volte. Senza il suo capro espiatorio personale il suo show non ha lo stesso effetto: si diverte a torturarmi in pubblico e io la lascio fare. Le voglio bene comunque, la conosco da venticinque anni: non è cattiva, è fatta così.

Mentre preparo le mie cose entra Andrea e chiude la porta alle sue spalle.

È stanco morto, pallido e nervoso.

In confronto alle responsabilità di cui si fa carico tutti i santi giorni, il mio lavoro non è gran cosa, solo una lunga, estenuante, ripetitiva palla... ma qualcuno deve pur farlo.

Viene verso di me e mi abbraccia forte.

Ha ancora addosso un lieve odore di dopobarba, ma quello di sudore è di gran lunga più intenso!

«Scusami, tesoro, per come ti ho trattata prima. Ero incazzato nero e mi sei capitata a tiro, non dovevo farlo».

Mi appoggia la testa sulla spalla.
«Lo so, lo so, non ti devi giustificare. Siete in un casino pazzesco, e con la fine del mese che incombe... Avete risolto?»
«Sì, in parte abbiamo recuperato il lavoro perso, il nostro tecnico lavora anche per la polizia postale, è in grado di ripescare anche i dati più introvabili».
«Quindi il mio lavoro è stato inutile?»
«No, no, assolutamente no. Ci servirà, se dovesse ricapitare».
Mi bacia sulla bocca, ha l'alito acido di chi ha bevuto trentotto caffè.
«Vuoi una gomma?»
«No grazie».
Mi bacia di nuovo, cerco di trattenere il respiro.
«Non vai a casa? Sarai stanca».
«Sì, stavo andando. Barbara mi aspettava per l'aperitivo, e sono quasi le nove...».
«Grazie per tutto quello che hai fatto per me. Sei un angelo e io ti amo e sono uno stronzo».
«No che non lo sei, non parlare così di te stesso».
«Sì invece, ti trascuro, ti faccio perdere tempo e ti tratto di merda, quando tu sei sempre lì sorridente e disponibile. Perché non mi lasci?»
«Perché non potrei mai lasciarti, sei l'amore della mia vita e ti aspetterò sempre».
Mi abbraccia ancora più forte, poi mi guarda dritto negli occhi e scuote la testa con gli occhi lucidi.
«Ma perché non ti ho incontrato prima? Perché il destino è così assurdo... Io sto male, Chiara, sto male lontano da te, sto male quando non ti vedo, quando non ci sei, quando te ne vai. Io... voglio vivere con te, ho bisogno di te».
Me lo dice in un sussurro sconsolato.
«Lo so, amore mio, ma ce la faremo. Dobbiamo avere pazienza, non sarà sempre così. Prendiamola come una prova di forza».
Mi accarezza i capelli e mi bacia lungo il collo, poi mi mette una mano sotto la maglietta e mi slaccia il reggiseno.
Deve aver fatto molta pratica alle medie.

Dovrei andare via, ma come faccio? Ci rimarrebbe male, sarebbe un colpo per la sua virilità. Gli uomini sono molto sensibili al riguardo, e oggi ha avuto anche una giornataccia.

Mi mette a sedere sulla scrivania ed eccomi protagonista del più classico dei B movie all'italiana: *La segretaria fa l'occhietto all'avvocato.*

Se c'è una cosa che odio è proprio la sveltina, e se c'è una cosa che odio più della sveltina è la sveltina in ufficio. Ma a quanto sembra lui non la pensa allo stesso modo, anzi la trova molto eccitante. E poi, dove altro potremmo andare?

Da che lavoro qui abbiamo "battezzato" praticamente ogni angolo dell'ufficio, comprese le scrivanie degli altri soci e le scale.

La cosa positiva della sveltina è proprio la sua peculiare rapidità, che mi consente di essere alla macchina in una ventina di minuti.

Arrivo al bar che sono già le nove e mezza. Barbara è ancora lì, radiosa, sorridente e al centro del gruppetto di maschi adoranti con rivolo di bava alla bocca.

Appena mi vede, urla e mi getta le braccia al collo.

«La mia migliore amicaaaaaaaaa! Finalmente! Quanto ci hai messo? Ti stai ancora facendo schiavizzare da quello sfruttatore sposato che non lascerà mai la moglie?».

Il barista alza gli occhi dal suo mojito e punta lo sguardo nella mia direzione, poi scuote la testa.

«Dai, Barbara, abbassa la voce, non vorrei farlo sapere a tutto il locale».

«Okay, Chicca, però è la verità».

«Sì, è la verità, ma è una confidenza che faccio a te e non ai giornali. E poi che ne sai che non lascerà mai la moglie?»

«Nessuno lascia mai la moglie per un'altra donna, è una seccatura troppo grande», dice spalmandosi il lucidalabbra con le dita. «E poi lasciare la sicurezza di un rapporto, anche finito, per l'ignoto assoluto è un passo che gli uomini non farebbero mai, piuttosto rimangono con i piedi in due staffe tutta la vita e aspettano che siano le donne a decidere... Gli uomini non sanno stare soli».

«Ma a te è successo che quel tizio con cui stavi lasciasse la moglie e venisse a suonarti il campanello nel cuore della notte per partire con te per Parigi».

«Sì, ma è un'eccezione, non fa statistica. Tu sei un tipo più tradizionale, insomma si capisce che desideri una famiglia e tutto il resto, e un uomo queste cose le fiuta lontano un miglio e se la dà a gambe».

Terminata la sua lezione sugli uomini torna dal suo gruppo di adoratori di Satana.

Il barista mi mette davanti un bicchierino di rum dicendo: «Questo lo offre la casa». E poi, abbassando la voce per non farsi sentire, aggiunge: «Guarda che non è vero che gli uomini non sanno stare soli, la tua amica è un pozzo di luoghi comuni. Io sto solo da quando ho sedici anni, e sono sicuro che stiro le camicie meglio di lei».

«Barbara non sa nemmeno cosa sia un ferro da stiro!».

«Non avevo dubbi... Alla tua», e così dicendo butta giù il suo bicchiere d'un fiato.

Osservo pensierosa la mia immagine riflessa nello specchio dietro al bancone.

Forse ha ragione a dire che sono troppo scontata. Insomma, guardati. Sei classica nel vero senso della parola: la faccia della brava ragazza con gli occhiali, che non chiede mai e che non sa dire di no, quella che nel gruppo passa sempre inosservata fino a che non si accorgono che porta la quarta. Allora ci provano, perché con l'amica bella sanno di non avere speranze.

«Chiara, vieni che ti presento Luca, Raffaele e Federico».

Stringo la mano con poca convinzione e loro fanno altrettanto con me solo per far piacere a Barbara.

Ho sonno e non vorrei essere lì, ma mia sorella sarà a casa con Lorenzo e novantanove su cento staranno litigando.

Il cellulare squilla e mi salva come la campanella all'interrogazione. Chiedo scusa e mi allontano senza che nessuno si accorga di me.

È mia sorella.

«Chiara, la mamma sta male».

Sospiro.

«Ci stai andando tu?»

«Sì, sono quasi arrivata, mi ha portata Lorenzo».

«Va bene, tienimi aggiornata».

Ne approfitto per salutare Barbara e andarmene.

«Di già? Ma sei appena arrivata! Non mi dire che ti ha chiamata lui e tu corri. Lo sai che non lo devi fare, in amore vince chi fugge!».

«Sì, me lo ricorderò». Le do un bacetto di sfuggita ed esco nella notte.

Che giornata di merda, penso appena chiudo la porta di casa alle mie spalle.

Mi tolgo le scarpe, ho le caviglie di un elefante. È l'estate più calda dai tempi di Noè.

Mi butto sul letto e accendo il ventilatore, vorrei dormire almeno una settimana.

Nessun messaggio da Andrea, come da accordi.

All'inizio era dura, ma poi ci ho fatto l'abitudine.

In fondo lo vedo più spesso io della moglie.

Mi addormento ancora vestita e vengo svegliata di soprassalto dalla porta d'ingresso che sbatte.

«Io quella stronza l'ammazzo!!!».

«Sssshhhhh! Dai, fai piano che Chiara dorme!».

Mia sorella entra in camera mia con la grazia di un orso baribal, accende la luce e si siede pesantemente sul mio letto. Lorenzo rimane in piedi sulla soglia della porta.

Se c'è una cosa che odio è che mi sveglino così, mi si bruciano mazzi di neuroni specchio.

«Gliel'ho detto di fare piano, ma...».

«Non fa niente, tanto la conosco, non va a letto se non ha raccontato a tutti quello che le è successo, è sempre stata così», rispondo cercando gli occhiali.

«Tua madre mi farà diventare pazza!».

«Eh già... quando rompe le balle è solo la mia, di madre».

«Quarto attacco di panico questo mese».

«Sì, sta andando forte ultimamente».

«Non ne posso più, Chiara, questa non è vita. Mi chiama con un filo di voce e io mi sento così in colpa che corro sempre da lei, che lo sa e se ne approfitta».

«Ma no che non se ne approfitta, lei si sente male veramente, e chiama la sua figlia preferita!

Pensa a quanto sei fortunata...».

«Non scherzare, parlo sul serio. Non ne posso più, mi ucciderà o la ucciderò io una volta per tutte».

«Povera mamma... Ha avuto una vita difficile, lo sai».

«No, non lei, IO ho avuto una vita difficile, NOI DUE abbiamo avuto una vita difficile: le prime della classe ad avere i genitori divorziati! Sai che bel primato a quei tempi! Quelle che non venivano mai invitate alle feste, sempre da sole, le figlie di nessuno, le ultime che venivano a prendere a scuola, te lo ricordi? Io e te su quella panchina di plastica verde menta, con le gambine che penzolavano nel vuoto, ad aspettare anche un'ora e mezza che qualcuno si degnasse di venirci a prendere, mentre la bidella lavava il pavimento».

«Sì, ma anche a quei tempi lei non stava bene...».

«Non stava mai bene perché era depressa e non aveva tempo per noi, perché doveva stare a letto a piangere perché nostro padre aveva messo incinta un'altra donna. Ma ora sono passati quasi trent'anni eppure è esattamente la stessa cosa. Non ci permette di avere una vita privata: appena si accorge che qualcuno si allontana da lei, si fa venire un cazzo di attacco di panico! Come mai prima non ce li aveva? Te lo dico io perché! Perché non li avevano ancora inventati! Adesso che vanno tanto di moda, lei non se ne fa scappare neanche uno!».

Sara ha le mani che le tremano e le lacrime di rabbia. Lorenzo fa per consolarla, ma lei lo allontana bruscamente.

So che ha ragione, ma è pur sempre mia madre, che posso farci? Se mi è toccata questa in sorte, un motivo deve pur esserci.

«Lei sa che me ne voglio andare di qua e quindi rincara la dose», prosegue Sara, «non smetterà prima di avermi fatto perdere la testa, e sarà contenta solo quando Lorenzo mi avrà lasciato, almeno saremo tutte come lei. E anche tu sei sulla buona strada».

«Che c'entro io adesso?»

«Tu sei lì disposta a farti usare da tutti. Perché non ti appendi un cartello al collo con scritto "Coraggio, calpestatemi"? Ti fai sfruttare sul lavoro, dalle amiche stronze come Barbara, da quel tizio sposato, da tua madre, da tuo padre e non ti ribelli mai. Ma non ce l'hai un minimo di dignità?»

«Ma perché tiri in ballo la dignità? Solo perché non sono una ribelle come te, non devo avere una dignità? Solo perché non grido, batto i piedi e sveglio la gente nel cuore della notte io non ho dignità? Dì piuttosto che mi detesti perché non ho chiuso i ponti con nostro padre come hai fatto tu!».

«Ah, d'accordo! Se la vuoi mettere su questo piano allora ti servo subito. Tu sei l'unica che abbia ancora il coraggio di parlarci dopo quello che ci ha fatto, e se la mamma sta così è anche per colpa tua!».

«Ritira immediatamente quello che hai detto! Ora è colpa mia se la mamma si fa venire gli attacchi di panico? Il passato è passato e lui è pur sempre mio padre, capito? È mio padre e se gli voglio parlare gli parlo e tu non potrai impedirmelo!».

«Quel *santo* di tuo padre ha messo le corna a tua madre con la sua segretaria, ci ha fatto una figlia, ci ha buttate in mezzo a una strada per dare a loro casa nostra, ha intestato a loro tutti i suoi beni perché non gli pignorassero le case, la barca e la Jaguar per i debiti che aveva fatto, mentre la mamma si vendeva anche l'ultimo anello pur di farci vestire decentemente. E oggi LUI, il tuo *santo padre,* ha due alberghi a Cuba e una holding gestita dalla tua sorellastra Gaia Luna, mentre noi abbiamo ancora le pezze al culo!».

Lorenzo è andato a prenderle un bicchiere d'acqua, ho paura che le venga un ictus.

«Allora, fammi capire: prima dici che la mamma finge di star male per farci sentire in colpa e poi la giustifichi perché la sua vita è stata dura? Non lo sai neanche tu quello dici, vuoi solo litigare. Se adesso io ti do ragione, tu mi darai torto. Non puoi decidere tu cosa devo provare io per mio padre. Lui ci voleva bene... a suo modo».

«Ci voleva bene?! Ma tu sei pazza, tu... tu modifichi la realtà a tuo piacimento! Non pensare di prendermi per il culo, non te lo permetto!».

«Io non modifico la realtà, ma non me la prendo per le stesse cose per cui te la prendi tu!».

«Certo, a te va bene tutto: se uno ti da uno schiaffo porgi davvero l'altra guancia... Guarda che anche Cristo lo diceva in senso metaforico! Tuo padre ti abbandona? Okay! Tua madre minaccia di morire? Va bene! Il tuo capo ti porta a letto ma è sposato? Pazienza, non si può avere tutto dalla vita! Fatti curare cara mia!».

«Sì... lo sto facendo!».

SECONDA SEDUTA

«In prima media ero follemente innamorata di un ragazzo di terza che si chiamava Simone Goncalves Prizzi. No, no, non me lo sto inventando. Era figlio di un console, uno di quei personaggi da romanzo, nati e cresciuti in meravigliose case coloniali fra Antigua e Cape Town, allevati da affettuose tate creole a suon di banane fritte e pancake. Di quelli che parlano otto lingue, sanno ballare il quickstep e sono destinati a una vita coronata di successi e a una morte prematura e tragica.

Simone piaceva ovviamente a tutte le ragazze della scuola, era arrivato a metà anno e avrebbe dato l'esame di terza, ma era talmente preparato che il preside si alzava in piedi quando entrava lui.

Inutile dire che non mi degnasse di uno sguardo, ma non perché fosse supponente o snob, solo perché non aveva l'abitudine di fare l'imbecille come tutti gli altri miei compagni, che facevano a gara di seghe, davano fuoco alle scorregge e facevano rime cretine col nostro nome.

Lui aveva un'aura intorno che suscitava reverenza e rispetto in chiunque gli si avvicinasse: anche i professori erano completamente soggiogati dal suo fascino. E quando ti sorrideva con quei denti bianchissimi e ti guardava dritto negli occhi, come se al mondo non ci fosse persona più importante, ecco, allora ti sentivi davvero l'eletta.

Avevo due anni meno di lui e non eravamo in classe insieme, ragion per cui l'amore che provavo rimaneva confinato nelle pagine del mio diario segreto. L'unica soddisfazione mi era data dal fatto che Simone pareva refrattario all'irresistibile fascino di Barbara, che faceva di tutto pur di attaccare bottone con lui, ma senza successo... La sto annoiando?»

«Niente affatto, le sembro annoiato?»

«No, ma se lo fosse me lo dica, così magari sintetizzo, tendo sempre a dilungarmi quando racconto di me».

«Lei deve sentirsi libera di dire quello che vuole quando è qui».

«Okay, ma... me lo dica, davvero, io non mi offendo».

«Vada avanti tranquilla, mi interessa molto».

«Un giorno successe una cosa strana, Simone mi fermò in corridoio e mi chiese se volevo andare alla sua festa di compleanno. Istintivamente mi voltai per vedere se stava dicendo a me, sicura di vedere Barbara, invece ero sola! Fra parentesi, è fondamentale che le descriva come ero vestita. Erano gli inizi degli anni Ottanta e tutto quello che è successo in fatto di moda in quegli anni è stato decisivo per il crollo dell'autostima di ogni donna.

Avevo dei pantaloni di flanella a quadretti rossi e neri, infilati in un paio di stivali marroni col pelo sul bordo, una camicia di velluto a coste color zafferano, rigorosamente dentro i pantaloni, e una cintura in vita.

Sembravo un kazako.

Ma non è finita qui, avevo i capelli con la permanente tenuti su con una pinza da parrucchiere e, oltre agli occhiali, anche una costellazione di brufoli sulla fronte».

«Aveva anche l'apparecchio?»

«Fa dell'ironia?»

«Mi scusi...».

«Diventai rossa, poi mi guardai i piedi e dissi con un filo di voce che andava bene e lui mi scrisse l'indirizzo su un foglio di carta che conservo ancora.

Quando tornai in classe ero sconvolta. Non mi spiegavo perché avesse invitato proprio me, e non c'era nessuno a cui lo potessi dire che non avrebbe tentato di uccidermi subito dopo.

Mi sentivo come Cenerentola e cominciai a fantasticare su di noi: io che arrivo al suo castello con un lungo abito celeste, lui vestito di bianco si fa largo tra la folla per venirmi incontro e, dopo aver sbaragliato la concorrenza degli altri pretendenti, mi bacia appassionatamente e mi chiede di sposarlo. Provavo una cosa strana allo stomaco, una specie di onda mista a una sensazione di calduccio al basso ventre. Era ufficiale: ero innamorata persa.

Mia mamma mi accompagnò a comprargli il regalo: scegliemmo un compasso.

Non sapevo cosa pensare. La commessa e mia madre erano entusiaste, io avevo come la sensazione di aver fatto l'ennesima scelta sfigata, ma che ne sapevo? Avevo solo dodici anni!

Arrivò il giorno fatidico, che avevo sognato in tutte le salse. Avevo rivisto la scena mille volte al rallentatore: io entro, lui mi viene incontro, mi sorride, mi abbraccia, e mi dice che sono bellissima, gli do il regalo, lo apre e dice: "È proprio quello che desideravo, grazie", e mi bacia, poi non mi lascia più un minuto e il tempo vola, e quando sono andati via tutti mi invita a restare a cena coi suoi.

Mia madre insistette perché mettessi il vestito buono della comunione: un completo di velluto verde smeraldo con pantalone alla zuava e gilet e, sotto, una camicia bianca con le maniche a sbuffo e il colletto chiuso con un fiocco. Mancava solo il cappello da gran ciambellano con la piuma.

Siccome pioveva, mi obbligò a mettere gli stivali col pelo.

Mi opposi con tutta me stessa e dopo una lunga discussione mi lasciò portare in un sacchetto di plastica un paio di ballerine argentate... Dottor Folli... lei sta... ridendo...».

«Io? No, no... scherza?», dice tenendosi una mano davanti alla bocca. «Pensavo a... Oliver Twist», e mi scoppia a ridere in faccia.

«Eh... Non mi credeva!».

«La prego vada avanti...», dice lacrimando.

Dimmi tu se mi doveva capitare uno psicoterapeuta che ride delle mie disgrazie!

«I capelli erano stati domati in una treccia e, a coronare il tutto, avevo un cappotto di loden verde di quelli con dentro la fodera a quadri scozzesi. In una mano il sacchetto con il compasso e nell'altra il sacchetto con le scarpe. Mia mamma mi accompagnò in autobus e mi disse che sarebbe tornata a prendermi alle sette. Avevo solo tre ore di tempo per rendermi interessante ai suoi occhi e indurlo a chiedere la mia mano, così non sarei nemmeno più dovuta tornare a casa.

La sua "casa" era una villetta in stile liberty di quattro piani, con cinquemila ettari di giardino che solo i consoli possono permettersi, perché non pagano l'affitto. Suonammo il campanello e venne ad aprirci un'anziana cameriera. Questo mi costrinse a rivedere rapidamente il mio sogno: lui che sposta delicatamente la cameriera di lato e le dice "Scusa Rosita, permetti?" e mi sfila personalmente il cappotto. Invece rimanemmo nell'atrio impacciate, e la cameriera, visibilmente scoglionata, mi disse di mettere il regalo sul tavolino art decò del salotto.

Notai subito che le scatole degli altri regali erano così grandi che avrebbero potuto contenere facilmente un videogioco da sala, un pony o un'Ape Piaggio.

Appoggiai la mia scatola su una sedia e salutai mia madre.

Dal piano di sopra arrivavano voci, musica e risate e mi sentii subito esclusa.

Mi cambiai rapidamente le scarpe prima ancora di togliermi il loden, ma lo stivale si incastrò a metà strada rimanendo penzoloni e costringendomi a saltare curva per tutta la stanza, con le maniche del maledetto cappotto che tiravano e mi impedivano di piegarmi in avanti. Quando finalmente riuscii a sfilarlo, mi accorsi che il gambaletto si era bucato sull'alluce, ma non feci in tempo a nasconderlo che Simone entrò di corsa nella stanza e mi vide con in mano uno stivale peloso, un calzino bucato e le maniche del cappotto incastrate ai gomiti...».

Il dottor Folli non finge neanche più di star serio, sta proprio ridendo della grossa: «La prego continui, è uno spasso!».

«Simone era ancora più bello del solito, aveva una giacca blu con lo stemma di qualche prestigioso college inglese, la cravatta, jeans stone washed e delle Nike che sono arrivate in Italia solo l'anno scorso. Mi guardò, aggrottò la fronte e mi disse: "E tu chi sei?". Mi sentii avvampare dalla vergogna e volevo soltanto sparire, ma successe ancora qualcosa di peggio: nella stanza entrò Barbara e tutti gli altri compagni di classe che mi videro conciata come una povera mentecatta. Poi Barbara vide il mio piede e disse indicandolo: "Ha il calzino bucato!", e tutti cominciarono a ridere come matti. E se nel mio sogno lui correva in mio soccorso, nella realtà era quello che rideva più forte di tutti».

«Mi scusi... mi scusi davvero, non volevo mancarle di rispetto, lei è troppo simpatica e questa è una dote impagabile!», dice tossendo.

«Se lo dice lei... Le prendo un bicchier d'acqua?»

«No, grazie, faccio da solo....».

«A quel punto Simone si lanciò ad aprire i regali buttando tutte le cartacce sulla sedia, e il mio pacchetto fu ricoperto in un secondo e probabilmente buttato via insieme alla carta straccia».

«Non ha mai saputo se avesse ricevuto il compasso?»

«A mia madre dissi che gli era piaciuto tantissimo, ma in realtà non ho mai avuto il coraggio di chiederglielo».

«Poteva fare un tentativo. In fondo era la sua occasione».

«Ha capito bene com'ero vestita quel giorno? Lui deve aver pensato che fossi la figlia ripudiata dello stalliere!».

«Ma in fondo l'aveva pure invitata, no?»

«Già, l'ho saputo dopo: c'era stato un disguido con quelli del catering ed era stato costretto ad invitare molta più gente... e quelli della mia classe non me l'avevano detto pensando che non fossi stata invitata! C'è niente di più umiliante forse? Ho passato il resto dell'anno a nascondermi quando lo incontravo».

«Ma poi il primo bacio l'ha dato a qualcuno?»

«Lei è proprio un sadico lo sa?»

«Su, mi racconti il lieto fine».

«L'estate dopo, in campeggio con mia madre e mia sorella, conobbi un bagnino, Maurizio. Aveva diciassette anni ed era, a pensarci adesso, l'anello di congiunzione fra l'uomo e il parafango, però mi aveva fatto una corte talmente spietata fin da quando eravamo arrivate che, alla fine, avevo ceduto.

In realtà a lui piaceva mia sorella, ma lei era già fidanzata, così cominciò a sorridermi e a dirmi "ciao bella", o a farmi l'occhiolino ogni volta che mi incontrava, e una volta mi offrì un gelato. Non era un granché: portava il marsupio in vita, fumava le Muratti rubate a suo padre e poi era ignorante come pochi al mondo, ma a modo suo era anche gentile, così alla quattrocentesima volta che mi chiedeva "mi dai un bacino", una sera glielo diedi. Fu strano, mi ricordo che non sapevo cosa fare con la lingua, lui invece sembrava un luccio preso all'amo. Alla fine del bacio mi aveva lavato la faccia! Siamo stati fidanzati due giorni, quando tornai a casa mi mandò una cartolina piena di errori di grammatica. Non gli ho mai risposto».

Esco più dubbiosa della settimana passata. Spero che il dottor Folli sappia dove andare a parare, perché io non lo so. Ogni tanto prende un appunto, ma credo sia giusto per ricordarsi le battute da raccontare durante le cene fra colleghi: «Volete sentirne una *spettacolare* che mi ha raccontato una mia paziente?».

Mah.

Il portiere sta leggendo il giornale, ma quando passo comincia a fischiettare «La gente è stranaaaaa». Lo farà solo con me o con tutti i pazienti?

Andrea mi porta a cena stasera, la moglie è fuori città e anche noi andremo a cena "fuori città", nel senso di alcune decine di chilometri.

Arrivo allo studio di Paolo, un amico fotografo a cui do una mano un paio di volte a settimana per truccare le ragazze che vengono a farsi fare le foto.

Io, Paolo e Barbara andavamo all'università insieme, ma mentre lei era sempre la prima a superare tutti gli esami, noi, alla fine, passavamo più tempo a ridere e ci siamo laureati un anno dopo.

Paolo è l'etero più gay che conosca.

Ma vaglielo a dire...

I suoi clienti sono i più disparati: dalle ragazze giovanissime che hanno bisogno di foto per i provini più loschi alle coppie che fanno le foto prima del matrimonio, per essere sicuri di averne di decenti, alle mogli che si fanno fare un calendario nude per fare dispetto al marito.

Io non faccio domande, ci pensano loro a raccontarmi tutta la loro vita.

La ragazza di oggi avrà quattordici anni e la sua gamba è grande quanto un mio braccio.

Non smette un solo secondo di guardarsi allo specchio, mi fa così innervosire che le infilerei il pennello nell'occhio.

Però, guardandola, mi chiedo come faccia a essere così sicura di sé a quell'età, quando *a quell'età* io baciavo un bagnino che sembrava uscito da un film di Verdone e andavo a una festa vestita da paggio.

Di nuovo mi guardo allo specchio e confronto lei a me.

Capelli biondi, morbidissimi, con taglio impeccabile, pelle tesa, tette come due pompelmi, aria da donna di mondo, maglietta di due taglie sotto, jeans a vita bassa, mani impeccabili, denti dritti e bianchi eccetera eccetera. E ora veniamo a me: trentacinque anni, capelli crespi e ingestibili, due tette enormi, aria da donna del terzo mondo, maglietta due taglie sopra, jeans a vita alta, mani e denti... vabbè... e penso: trova l'errore.

A questo punto il dottor Folli direbbe: «Dovresti imparare ad amare quella persona nello specchio. Tu sei una persona speciale, piena di risorse e sei simpatica e questa è una dote impagabile».

Ma me lo direbbe dandomi del lei.

Paolo mi si avvicina.

«Ma come me l'hai truccata? Sembra un puttanone!», sbuffa.

«Oddio, dici? Insisteva così tanto con la matita nera sotto gli occhi, forse dovevo sfumare un po'...».

«Eh sì, magari con una pelle di daino!».

«Perché sei così acido oggi? Che hai fatto?»

«Ma che ne so, mi dev'essere entrato Marte...».

«Dove ti è entrato?»

«In scorpione».

«Ah, e pensi che ci sia un modo per sfilarlo di lì o bisognerà aspettare la prossima era?»

«Non lo so... È che non c'è niente che vada nel verso giusto, mi annoio e non ho stimoli. Vorrei, che ne so, scrivere un libro, me ne succedono talmente tante. Ma forse farei meglio a fare un viaggio».

«Namibia, adesso vanno tutti lì».

«No, troppe dune. Qualcosa di più estremo».

«Tipo Mykonos?»

«Perché proprio Mykonos?»

«No, così, era per dire...».

«Va bene ho capito, andiamo a lavorare, sarà meglio... Vieni tesoro, dai che cominciamo, ma che bel trucco che ti hanno fatto, così... intenso!».

Ricevo un messaggio da Andrea: "Alle otto al solito posto, ho una sorpresina per te".

O mamma. Le sorpresine.

L'ultima volta che mi ha fatto una sorpresina è stato per il mio compleanno: un completino di lingerie lilla tutto pizzi e merletti, che nemmeno Joan Collins ai tempi d'oro, con un perizoma così sottile da tagliarci il burro e un reggiseno disperatamente piccolo in cui ho tentato senza successo di comprimere la mia quarta abbondante.

C'è qualcosa di più triste del sentirsi dire: «Dai lo puoi cambiare, ti do lo scontrino...»?

A casa, mia sorella sta litigando con Lorenzo.

Il motivo è il solito: lui vorrebbe che andassero a vivere in Sardegna, mentre lei si sente in colpa all'idea di lasciare me e nostra madre.

Le ho ripetuto un'infinità di volte che non abbiamo veramente bisogno di lei, che è arrivato il momento di vivere la sua vita e che fra un po' andrà in menopausa... Ma niente, lei è convinta di essere indispensabile e crede che, senza di lei, il mondo smetta di girare e l'universo precipiti nel caos.

Come se non fosse vero che tutti sono utili e nessuno indispensabile.

Il mondo va sempre avanti con o senza di noi e tutti ci adattiamo in un tempo brevissimo alle situazioni più inimmaginabili, agli abbandoni, ai lutti e alle catastrofi. E forse, più rimaniamo elastici meno rischiamo di farci spezzare dal dolore.

Sara invece pretende di controllare e programmare la vita di tutti. È la sua strategia di sopravvivenza: se smettesse sarebbe obbligata a fare i conti col fatto che non abbiamo bisogno di lei per quello che fa, ma che abbiamo bisogno di lei per quello che è, e potrebbe semplicemente rilassarsi e lasciarsi amare.

Lorenzo l'adora. Lei potrebbe chiedergli tutti e due i reni solo per tenerli in un vaso sul camino e lui glieli darebbe senza problemi. Invece se lui le chiede di andare a vivere in Sardegna, dove ha una casa meravigliosa e un lavoro, lei si comporta come se le sorti dell'umanità dipendessero dalla sua presenza in questa casa, e usa me e nostra madre come scusa.

Come se fossimo due incapaci che fanno saltare la casa per farsi un caffè o cambiare il filtro dell'aspirapolvere (è successo una volta sola!).

Tutti ci inventiamo contorte soluzioni per giungere a un compromesso con la nostra coscienza, che ci permetta di sopravvivere con pochi sensi di colpa.

C'è chi fa lo zerbino, chi il domatore, chi fugge, chi tiene i piedi in due staffe, chi si crea un'altra realtà e chi crede ancora a Babbo Natale.

Mi cambio sei volte, con lo stereo a tutto volume per coprire i rumori delle porte che sbattono e la voce a un milione di decibel di mia sorella.

Odio i conflitti, odio sentir litigare, e odio chi alza la voce.

Ma perché la gente deve per forza sopraffare il prossimo? Non basta spiegare la propria idea e accettare serenamente l'opinione dell'altro? E se non siamo d'accordo, amici come prima?

Dovevano chiamarmi Alice.

Detesto che le persone perdano il controllo, anche perché finiscono sempre col dire cose che non pensano.

«VORREI NON AVERTI MAI CONOSCIUTO! MA PERCHÉ QUEL GIORNO NON TE NE SEI ANDATO AFFANCULO?!».

Appunto...

«Sara, dai, non mi dire queste cose, lo che non lo pensi davvero».

«SÌ CHE LO PENSO! VOGLIO STARE SOLA, NON VOGLIO PIÙ VEDERE LA TUA FACCIA INTORNO, MI DAI SUI NERVI!».

«Lo dici perché sei arrabbiata. Via, non fare così».

«NON DIRMI DI NON FARE COSÌ! MA NON CE L'HAI UNA CASA? PERCHÉ NON TORNI DA TUA MADRE? SAREBBE FELICISSIMA CHE TU TORNASSI DA LEI, NON VEDE L'ORA!».

«Ma che dici? Io voglio stare con te!».

«IO NO, INVECE. NON CI VOGLIO STARE CON TE, MI FAI IMPAZZIRE, MI STANCHI, MI ESAURISCI!».

«Sara, ti prego, mi fai star male».

«NON AZZARDARTI A METTERTI A PIANGERE O TI PRENDO A LEGNATE!».

«Non piango, ma tu ferisci sempre i miei sentimenti. Io ti amo, non so cos'altro dirti, ma se stai meglio senza di me, allora dimmelo, e io me ne vado, qualunque cosa per il tuo bene».

Silenzio.

Ecco, finalmente la parola magica: lui non cede alla provocazione e lei non può più infierire.

Mentre la mia parola magica stasera è *tubino nero*.

Guardo la ragazza riflessa nello specchio prima di uscire e, nonostante i miei standard irraggiungibili, stasera mi piaccio un pochino.

Anche se sarei più felice se non avessi questi seni enormi, i capelli indomabili e le braccia...

Sì... sarà il caso di andare o faccio tardi.

Vedersi al "solito posto" significa arrivare fino a Gallarate in treno o con la navetta per l'aeroporto; da lì, previa pantomima in cui fingo di essere una turista che chiede un'indicazione, con tanto di cartina e valigia, lui mi fa salire in macchina e andiamo in qualche ristorante fuori porta.

"Fuori porta", però, è una definizione corretta solo se per "Porta" si intende quel paesino nei Pirenei orientali.

Dopo un'ora e mezzo di macchina non ne posso veramente più. Va bene andare a cercare il fresco quando in città ci sono quarantacinque gradi, va bene nascondersi dai possibili conoscenti, ma qui si esagera. La prossima volta mi chiederà di mettermi anche la parrucca.

«Allora...dove mi porti di bello?»

«Sul lago, in un posticino speciale di cui mi hanno parlato».

«Che meraviglia....».

Non ho portato l'Autan e le zanzare mi mangeranno viva.

Arriviamo che sono le nove passate.

Il cameriere insiste perché prendiamo i gamberi di fiume. Io non li posso soffrire perché sanno di fango, ma finisco per prenderli perché mi sembra di fargli un torto.

Andrea ha l'aria sempre più stanca, ha veramente bisogno di ferie.

«Allora, tesoro, stai bene? Mi sei mancata immensamente in questi giorni», mi prende la mano.

«Tu mi manchi immensamente tutti i giorni».

«Sai, ultimamente penso a te ancora di più. La mia vita così è monca, mi sento un idiota a fare queste pagliacciate, mi sento un vigliacco. Il problema è che non so come fare ad affrontare questa situazione da solo e vorrei che tu mi aiutassi».

«Certo», gli dico prendendogli le mani e guardandolo fisso negli occhi. «Io sono qui per te, non avere paura, lo supereremo insieme».

«È di questo che ho paura. Sono tre notti che sogno che mi lasci e te ne vai con un altro, e mi sveglio nel panico più totale e accanto a me c'è lei e invece vorrei che ci fossi tu, per svegliarti e sentirti dire che era solo un sogno».

«Te lo dico adesso: era solo un sogno».

«Ma non mi basta. Insomma tu potresti veramente lasciarmi, e avresti ragione di farlo. Io al posto tuo non resisterei a essere il tuo amante e dover fare finta di non conoscerti in ufficio, senza poterti chiamare né poter uscire insieme. Non credere che non mi interessi, sono un uomo miserabile, ma mi rendo perfettamente conto del casino che ho combinato alle nostre vite».

«Lo so, ma non mi hai obbligata ad accettare questa situazione. L'ho scelta io, anche se non mi piace, anche se mi fa soffrire. Cosa devo dirti? Mi sono innamorata di te. Succede, non ho potuto impedirlo e per te è stato lo stesso. L'unica cosa che possiamo fare adesso è cercare di trovare una soluzione ragionevole che faccia soffrire il meno possibile tua moglie».

«Tu mi sorprendi ogni volta di più, sei la donna più comprensiva e dolce che esista. Qualunque altra al tuo posto si sarebbe messa a fare scenate isteriche e a minacciare di dirlo a mia moglie, mentre tu hai una pazienza infinita».

«Che devo fare, scusa? Starò qui ad aspettarti, e quando sarà il nostro momento ce lo godremo».

Mi guarda con una tenerezza indescrivibile, poi si abbassa a cercare qualcosa nella valigetta e tira fuori un cofanetto blu.

«Tieni», lo mette sul tavolo.

«È... per me?», chiedo fra l'incredulo e il perplesso.
«Certo che è per te!».
Il cameriere arriva in quel momento, con i piatti di risotto ai gamberi di fiume. Solo l'odore mi fa venire la nausea.
Non so se aprirlo adesso o fra un boccone e l'altro o magari dopo il caffè.
«Che fai, non lo apri?»
«Sì, come no».
Apro la scatoletta, mentre sento che la mia faccia sta diventando verde. Dovrebbe essere un momento incredibilmente romantico invece sto per vomitare.
Dentro la scatoletta c'è un anello con un piccolo smeraldo e due fasce che si attorcigliano e abbracciano la pietra.
«Andrea, è...», e spingo indietro la sedia per correre in bagno.
Il momento più romantico della mia vita, rovinato da uno stronzissimo gambero di fiume.
Quando torno al tavolo, il cameriere ha portato via il mio piatto e Andrea mi guarda confuso.
«Cos'è successo, ti senti poco bene? Non sarai mica incinta?»
«No, no stai tranquillo, è stata l'emozione».
«E quando sei emozionata vomiti?»
«Mi capita ogni tanto».
«Sei sicura sicura, vero?»
«Che mi piaccia? Oh sì, è... perfetto».
«No, sicura di non essere incinta».
«Te lo giuro, non lo sono, stai tranquillo. Lo so come la pensi, non voglio mica incastrarti!», sorrido.
«Lo so, tu non lo faresti mai. Dai, prova l'anello!».
Lo infilo al dito e fa un po' fatica a entrare.
È decisamente una misura sotto, ma questa volta non voglio sentirmi dire...
«Se vuoi lo puoi cambiare, ti do lo scontrino».
«No, no, non ti preoccupare. Ho solo le dita un po' gonfie, aspetta...», metto l'anulare in bocca e lo inumidisco con la saliva, poi spingo con tutta la forza e lo faccio entrare cercando di mascherare la smorfia di dolore.

Non mi uscirà più, ne sono sicura.

«Ti piace? È verde come i tuoi occhi».

«Lo adoro», dico ammirandomi la mano. In effetti il dito sta diventando verde.

«È l'anello che ti dimostra il mio amore e ogni volta che ti sentirai sola, che le cose saranno difficili e penserai di non farcela, tu lo guarderai e ti ricorderai di quanto ti amo e che presto staremo insieme».

Mi bacia.

Sa di gambero di fiume, ma questa volta non devo vomitare.

Saliamo in macchina, è tardi, e dobbiamo fare ancora un sacco di strada.

«Questo vestito ti sta che è una favola».

«Grazie, tesoro».

Non finisco la frase che la sua mano mi ha già slacciato il reggiseno.

Ma come fa?

Se c'è una cosa che odio più della sveltina in ufficio è la sveltina in macchina.

Non ho più sedici anni, accidenti, possibile che non se ne accorga?

Cerco di mettermi a cavallo su di lui, ma mi si incastra il ginocchio fra il sedile e il freno a mano e per liberarlo do una testata contro il tettuccio.

«Aspetta, provo a mettermi io sopra di te», dice girandosi di lato. Ma un piede gli si incastra contro il pedale e la pancia preme contro il volante, con i bottoni della camicia che stanno per cedere, e rimane lì, bloccato, a guardarmi.

Che situazione da circo.

«Ehm...», fa lui.

«He he...», faccio io mentre il dito pulsa come se stesse per scoppiare da un momento all'altro.

«Forse è meglio se andiamo a casa, non pensi? Tua moglie si potrebbe preoccupare».

«Sì, hai ragione, la strada è lunga...».

Ripartiamo.

Cerco di rimanere sveglia nonostante l'ora, cambiando stazione radio, e leggendo i nomi dei paesi che attraversiamo.

«E se ci fermassimo in un motel?» mi chiede all'improvviso, come se avesse avuto l'idea più brillante dall'invenzione della ruota.

«No, Andrea, davvero, andiamo a casa».

A volte mi sembra scemo.

«Allora facciamo così, venerdì prossimo c'è un convegno a Portofino, devo andarci in rappresentanza dello studio. Che ne dici di venire con me? A parte le due o tre riunioni con i colleghi, saremo liberi. Sei mai stata a Portofino?»

«No, dev'essere bella».

«È davvero splendida. Staremo in un bell'albergo, andremo a cena in qualche ristorantino carino, e andremo al mare. Vedrai, ti piacerà».

«Ma... e se qualcuno ci vedesse?»

«Chiara, io mi sono stufato di questa storia, ne voglio parlare a mia moglie e devo trovare il modo di uscirne. Questa situazione non la reggo più, sono incapace di fare le cose di nascosto, voglio stare con te e chiuso».

Poco dopo una pattuglia dei carabinieri ci fa accostare.

«Cazzo, non ci voleva! Ma non hanno altro da fare?»

«Be'... è il loro lavoro».

«Ma devi sempre trovare una giustificazione a tutto, tu?»

Il carabiniere gira intorno all'auto in maniera circospetta.

«Può scendere, per favore?»

Andrea mi guarda preoccupato ed esce.

Lo sento balbettare: «...Dev'essere rimasta negli altri pantaloni... Il limite? Io a 180? No, è impossibile... No, non è mia moglie... Anche il palloncino? Ma non ho bevuto niente...».

Riesce a non farsi sequestrare la macchina snocciolando nomi autorevoli, ma gli tolgono due punti e gli fanno una multa di 623 euro per eccesso di velocità e guida senza patente.

Risale in macchina incazzato nero e non spiccica parola fino a destinazione.

Non è il caso che gli dica che sarebbe stato meglio andare al motel.

Arriviamo sotto casa mia che è notte fonda.

«Allora ci vediamo domattina in ufficio, ok?»

«Sì», risponde senza staccare gli occhi dal volante.

«Dai, non essere arrabbiato, sono cose che succedono».

Non mi risponde.

Scendo e chiudo lo sportello. Riparte senza dirmi niente.

Sarà anche incavolato, ma poteva almeno salutarmi come si deve.

Entro silenziosamente in casa e vado in bagno per cercare di togliere l'anello con il sapone, ma non vuole saperne di venir fuori.

Apro la porta della camera di Sara e mi avvicino al suo letto.

Si sveglia di soprassalto.

«CHE CAZZO FAI, SEI CRETINA? E cosa sono quelle tenaglie che hai in mano, VOLEVI UCCIDERMI NEL SONNO?»

«Mi aiuti a tagliare quest'anello? Si è incastrato e non mi esce più».

«Tu mi preoccupi e non sai quanto».

Si alza barcollando, mi accompagna in bagno, e ci sediamo sul bordo della vasca. È così innervosita che ho paura di perdere per sempre l'anulare e con lui la possibilità di sposarmi.

Che tristezza, durante lo scambio degli anelli, porgere la mano senza il dito e vedere il prete imbarazzato che tossisce.

«Senti, ma questo anello te l'ha regalato un tuo compagno di scuola?»

«No, Sara, me l'ha dato Andrea. E anche se muori dalla voglia di prendermi per il culo, è un regalo serio».

«Hai mai visto un film dove lui è sposato e regala a un'altra un anello troppo piccolo, che è costretta a farsi tagliare con le tenaglie dalla sorella alle tre di notte?»

Mi metto a ridere.

«Sara, le cose sono cambiate, ormai non è più come una volta. Anche Hollywood si sta adeguando. Dove lo trovi uno che ti ama alla follia e a prescindere da qualunque cosa tu faccia, che ti appoggia, ti incoraggia, ti protegge, che non ha scheletri nell'armadio a parte una bocciatura al liceo, che non è sposato, non si droga, non beve, non ha figli segreti e l'unica cosa che desidera è di passare con te il resto della vita, magari in una bella casa in Sardegna con cinque figli?»

«Sei stronza...».

«No, sei tu la stronza se ti perdi tutto questo. Non fai che darmi della perdente e della sfigata, ma tu stai buttando alle ortiche la storia più bella della tua vita».

«Non ti ho mai detto che sei perdente e sfigata».

«Mi hai detto anche di peggio ma non ti preoccupare, so che non lo pensi davvero».

Con un rumore sinistro, l'anello si spezza e cade sulle piastrelle.

«Ecco fatto... sei libera. Sei stata fidanzata per cinque ore e già soffocavi!».

«Non cambiare argomento, io faccio il tifo per Lorenzo e qualunque cosa mi chiederà per aiutarlo a portarti via da questa landa di cemento io la farò. È il tuo principe azzurro, possibile che non ti interessi? Lo cerchiamo tutte! Io al posto tuo starei tutto il giorno a cantare "I sogni son desideri", girando intorno a un pozzo».

«E cosa ne sarà di te se me ne vado?»

«Mi porterai al canile e qualcuno prima o poi mi verrà ad adottare», faccio il musino da cocker.

«E la mamma?»

«La mamma se la prenderà con me. Certo non le darò tutte le soddisfazioni che le dai tu, urlandole in faccia: "Maledetta mi hai rovinato la vita!", ma posso provare».

Mi mette un braccio intorno alle spalle.

«Secondo te sto veramente rovinando tutto?»

«Assolutamente sì».

TERZA SEDUTA

«Nella mia classe al liceo eravamo tutte femmine. Si immagina niente di più drammatico? Un girone dantesco di pazze isteriche con il ciclo mestruale sincronizzato.

E tutte *paninare*, mentre io ero l'unica *dark*, nel caso avesse avuto qualche dubbio.

Non tanto perché ascoltassi i Cure o mi piacessero gli anfibi e i ragni, quanto perché il nero mi mimetizzava. E comunque non ce l'avrei mai fatta a essere alla loro altezza, quindi tanto valeva scegliere un'altra parrocchia».

«In che senso non sarebbe mai stata alla loro altezza?»

«Perché loro erano tutte belle, ricche e disinvolte, mentre io ero impacciata, timida e senza una lira: insomma, il brutto anatroccolo fra i cigni. Non c'era partita».

«La capisco. Io da adolescente ero davvero grasso e ho passato cinque anni quasi sempre da solo. Il liceo è una dura palestra, ma ti fortifica».

«Lei era grasso? Non si direbbe».

«A sedici anni pesavo 97 chili».

«Sì, ma vede: lei è un uomo, è diverso. Io, con questo seno enorme, subisco umiliazioni da quando avevo tredici anni. E avere un seno sviluppato senza un briciolo di autostima è un binomio devastante. Lei non si immagina le battute che mi facevano: "È aperta la latteria?", "Li sganci quei siluri?", "Guarda, la sorella di Carmen Russo!". Mi fischiavano anche i muratori dalle impalcature e mi facevano quel verso... quello dell'aria fra i denti, ha presente? *Shhhhhhhh!* Che fastidio, mi vengono ancora i nervi! E i ragazzi mi abbordavano perché pensavano che avessi diciott'anni e potessi fare da nave scuola. Perciò mi vestivo sempre di nero e stavo curva. Mia sorella mi chiamava “il becchino”. Finché mia madre mi ha portata dall’ortopedico pensando che fossi gobba».

«Accetti le scuse a nome dei miei colleghi maschi. Purtroppo di gente volgare e cafona è pieno il mondo, e al liceo sono tutti pilotati dagli ormoni».

«Anche dopo il liceo, se mi permette. Il fatto è che non avevo un’amica perché non frequentavo i giri giusti e Barbara non aveva certo tempo per una come me, impegnata com’era.

La cercavano tutti, la invitavano a ogni festa e i ragazzi più belli e più ambiti erano tutti innamorati di lei. D’estate andava in vacanza a Forte dei Marmi, a Cortina o a Miami, mentre io da piccola andavo in colonia estiva. A quattordici anni le regalarono un Sì antracite e a diciotto una Golf, mentre io ho sempre preso l’autobus. Il suo diciottesimo compleanno fu festeggiato in una discoteca, alla maturità si diplomò con 60 e io con 39. Lei aveva una terza scarsa che stava in una coppa di champagne, io avevo una quarta abbondante che stava in un boccale di birra. Suo padre conosceva Harrison Ford, mentre mio padre era “il fuggitivo” in persona».

«Avrebbe voluto essere come Barbara?»

«Se mi fosse stata data l’opportunità di essere lei per un giorno, non sarei comunque stata in grado di stare al suo livello. Avrei comunque camminato curva e mi sarei vestita di nero.

Mi chiedevo spesso come fosse possibile che vivessimo tutte e due sullo stesso pianeta, eppure lei mi cercava perché aveva bisogno di qualcuno che la facesse sentire sicura.

Sapeva che con me non c’era competizione e ogni tanto mi lanciava qualche frecciatina, tanto per ripristinare i ruoli, se io mi dimostravo troppo amica davanti agli altri. A me non dava fastidio più di tanto, e almeno potevo conoscere gente che altrimenti non si sarebbe mai avvicinata a me. Anche se poi, quando non c’era lei, non mi salutavano mai. Era un tacito accordo e ormai, non so, ci ho fatto l’abitudine».

«Ma questa non è un’amicizia, è un patto con il diavolo!».

«È un compromesso. E in amore e in amicizia se non si fanno compromessi, come si fa ad andare avanti? Comunque lei si era messa in testa di trovarmi un ragazzo. A me piaceva tanto uno che non era del suo giro, uno che si vestiva di nero come me, magro allampanato e che fumava come un turco. Anche se non era bello o vincente, almeno era uno che sapevo non si sarebbe mai interessato a lei, poteva essere una cosa tutta mia. Ma non avrei mai avuto il coraggio di parlargli.

Era il periodo della frenesia della "prima volta", ogni giorno c'era qualcuna che arrivava con la faccia stralunata e tutte le ragazze le si stringevano intorno chiedendo: "allora l'hai fatto?".

Barbara non era da meno, lei usciva col miglior partito di tutta la scuola, uno che faceva windsurf, la veniva a prendere in moto e le faceva dei regali pazzeschi.

Ho esultato quando ho saputo che l'anno scorso l'hanno arrestato per truffa aggravata.

Un giorno Barbara ci raccontò che l'avevano fatto e che era stato stupendo. Era successo a casa di lui mentre i suoi erano in montagna. Avevano messo una dolcissima canzone di sottofondo e avevano fatto l'amore appassionatamente tutta la notte, davanti al camino acceso, stesi su un tappeto bianco, di quelli pelosi.

C'erano diverse cose che non mi convincevano, intanto ero abbastanza sicura che lui non possedesse un camino e comunque eravamo a maggio inoltrato, ma avevo visto da poco *Endless love* e mi sembrava esattamente la stessa scena, anche se mi ero ben guardata dal farglielo notare.

Quando le raccontai che mi piaceva Claudio, lei decise che la mia prima volta doveva essere con lui e cominciò a pensare a come, dove e quando.

Ora, visto e considerato che io e lui non ci salutavamo nemmeno, era abbastanza improbabile una nostra conoscenza carnale nell'immediato. Ma per Barbara questi erano solo dettagli, visto che partiva dal presupposto che tutti i maschi dell'emisfero la desiderassero, non doveva essere così difficile, anche per un caso disperato come il mio.

Il suo piano si rivelò di una semplicità disarmante: mentre eravamo tutte intorno a lei, come ogni mattina, ad ascoltarla raccontare dei successi cinematografici di suo padre, vide Claudio che parcheggiava il motorino e andò da lui dicendogli che *io* (e mi indicò) ero innamorata di lui».

«Lei deve essere corsa a nascondersi».

«Magari! Tutte le altre si girarono verso di me a ridacchiare, io diventai color porpora ed entrai in classe. I giorni seguenti notai che lui mi guardava, segno che probabilmente un po' di curiosità gli era venuta. Io gli sorridevo impacciata e nulla più. Poi aggiunsi un cenno della mano e alla fine della settimana gli dissi "ciao"».

«Un corteggiamento vecchio stile».

«Il bello deve ancora venire. Una mattina mi chiese se volevo andare a fare un giro in centro il sabato successivo. Io rimasi senza parole, ero talmente incredula che andai subito a dirlo a Barbara. Lei decise che per il mio primo appuntamento dovevo vestirmi sexy, e che dovevamo trovare un posto dove lui avrebbe potuto baciarmi. Così, dopo aver passato quattro giorni di vero panico a immaginare cosa avrei potuto dire e fare, giunse il fatidico sabato.

La mia idea di sexy era: vestitino nero largo di lana pesante, con sopra un cardigan nero, calze nere e anfibi neri. Ma Barbara insistette perché mi mettessi delle scarpe con i tacchi. L'unico paio di scarpe coi tacchi me lo ero messo per l'ultimo dell'anno, alla cena della zia, per far contenta mia madre, ma da quella volta non l'avevo più fatto. Barbara venne a casa mia e passò al setaccio il mio armadio nero, commentando tutti i miei vestiti con dei "brrrrrr", dei "mmmmm", dei "bleah" e un "che schifo".

Alla fine mi fece indossare un dolcevita nero strettissimo, per evidenziare il decolletè, e un paio di pantaloni neri elasticizzati di mia sorella. Mi pettinò anche i capelli all'indietro, legandoli in una coda alta e mi truccò gli occhi di nero. A coronare il tutto c'erano sette centimetri di tacco che per me erano come dodici.

Non solo non ero minimamente disinvolta, ma dimostravo trent'anni.

Mi squadrò dalla testa ai piedi quasi soddisfatta e poi aggiunse che, per essere perfetta, dovevo imparare a fumare.

Rubò una Multifilter dalla borsa di mia madre e mi spiegò come accenderla. Lei non fumava e non avrebbe fumato mai, ma, secondo lei, io ero il tipo».

«Ma è incredibile, Barbara è una manipolatrice nata. Ma lei non si ribellava mai?»

«No davvero. Già ero un'emarginata a tutti gli effetti: almeno lei mi dava l'impressione di esistere.

L'appuntamento con Claudio era alle quattro a scuola, poi saremmo andati in centro in motorino.

Mi vide arrivare da lontano, con passo instabile e sigaretta in mano, e stentò a riconoscermi: mi salutò solo quando gli arrivai davanti. Allora mi accorsi che, con i tacchi, ero dieci centimetri più alta di lui, cosa che avrebbe reso più complicato il nostro primo bacio.

Non era un tipo particolarmente loquace, si esprimeva per lo più a monosillabi, ma per me andava bene: non cercavo un tipo popolare, solo qualcuno che fosse carino con me.

Mi chiese cosa volevo fare ma non ne avevo idea. Allora mi fece salire sul suo motorino e partì sfrecciando a ottanta all'ora fra le macchine dove rischiai più volte di perdere le rotule.

Per un attimo pensai che volesse andare a scippare le vecchiette, ma per fortuna ci fermammo davanti a un minuscolo negozio di dischi. Rimanemmo lì per più di due ore, mentre lui tirava fuori ogni singolo disco per commentarlo con il tipo del negozio.

Comprai una cassetta di Madonna (cosa che gli fece storcere un po' il naso) e poi uscimmo a fare due passi a piedi.

Mi raccontò che ascoltava i Ramones, i Clash e i Sex Pistols e che voleva andare a vivere a Londra. Speravo che mi invitasse a partire con lui, ma non lo fece.

Andammo in un fast food a mangiare qualcosa. Mentre scartavo il mio panino sentii una sua mano sul mio ginocchio. Lo guardai interrogativa e lui mi guardò come a dire "dai, arriviamo al sodo".

Non era esattamente quella la mia idea di intimità, lui capì che non era il caso di insistere e tornò alle sue patatine.

Quando mi riaccompagnò a casa mi diede un bacio incredibilmente maldestro, peggiorato dal fatto che dovette alzarsi sulle punte, e mi invitò ad uscire il mercoledì successivo.

Barbara volle tutti i dettagli e rimase piuttosto delusa nel sapere che non ce n'erano, ma le promisi che di lì a poco l'avrei stupita.

Tre settimane dopo, Claudio mi invitò a casa sua: i suoi non c'erano e finalmente potevamo darci alle pomiciate più selvagge, stretti nel suo letto a una piazza.

Due vergini che vanno a letto insieme la prima volta, è qualcosa di piuttosto comico a ripensarci adesso: impacciati e goffi, non sapevamo assolutamente cosa fare. Mi ricordo solo la sua faccia quando mi tolsi il reggiseno: una mia tetta era più grande della sua testa.

Riuscimmo ad arrivare in fondo dopo aver buttato tre preservativi, perché non era capace di infilarli nel verso giusto, e il tutto durò circa sei minuti. Ma la cosa strana è che, mentre armeggiava con i miei pantaloni, mi disse: "Dai, fammi una di quelle cose che sai fare tu". Io gli chiesi a cosa si riferisse, e lui rispose: "Dai, lo sai, di quelle che mi hai scritto".

Non mi sembrò il momento più adatto per mettersi a dibattere, ma una volta finito il match, mentre tutti e due guardavamo il soffitto, aspettando di sentirci improvvisamente adulti e diversi, gli domandai di cosa stesse parlando prima.

Lui mi chiese se lo stessi prendendo in giro e disse che si aspettava che fossi molto più focosa, dati i miei trascorsi con uomini più grandi di me.

A quel punto fui io a chiedergli se fosse uno scherzo cretino o cosa, dato che ero palesemente vergine.

Mi guardò offeso e mi ricordò delle tre lettere che gli avevo scritto, in cui gli dicevo che non vedevo l'ora di farmelo!».

Folli mi guarda a bocca aperta: «Non mi dica che... Barbara...».

«Non ne ho mai avuto le prove, perché lui aveva bruciato le lettere, come evidentemente gli avevo chiesto di fare».

«E quella fu la sua prima volta?»

«Esatto!».

«È incredibile come sia sempre stata circondata da gente di poco spessore, che si è nutrita della sua disponibilità e della sua buona fede. Dovremo imparare a mettere dei limiti alle interferenze degli altri nella sua vita, nessuno dovrebbe decidere per lei e soprattutto approfittarsi di lei».

«Pare facile».

Giro l'anello intorno al dito, l'ho fatto allargare e ho potuto indossarlo.

«Bell'anello, importante, è nuovo?»

«È un regalo di... mia madre».

«Di sua madre, davvero?»

«Sì, era di mia nonna».

Mi sorride, ma ho come la sensazione che abbia capito che sto mentendo. Il linguaggio del corpo deve avermi tradita, forse mi sono grattata il naso o ho toccato il lobo.

«Lei agisce come se la sua persona non fosse importante, come se le sue esigenze non contassero affatto ma ci fossero solo quelle degli altri. Lei, pur di non creare problemi, si adatta, si mimetizza, si annulla, e lascia che gli altri le camminino sopra come un tappeto».

«Ma non saprei neanche come fare ad impormi, non sono il tipo. E poi le assicuro che mi va davvero bene tutto. Non lo faccio per gli altri, sono fatta così: io mi metto da parte e aspetto. Gli altri hanno una vita già abbastanza complicata...».

«Vede cosa intendo? Lei non vuole disturbare e gli altri scelgono per lei e, *se* ne hanno voglia, scelgono di stare con lei. Invece, Chiara, è come gli altri e anche meglio di molti altri, quindi sarebbe l'ora che recuperasse il suo posto nel mondo».

Pausa.

«Si ricorda di quando suo padre se n'è andato?»

Respiro profondamente, questa parte non mi piace molto.

«In realtà non se n'è andato una volta sola, se n'è andato molte piccole volte. Ha cominciato a non venirmi a prendere a scuola, a fare promesse che non avrebbe mantenuto, a non tornare a cena, a raccontarmi qualche bugia, a fin di bene s'intende, e quando fra lui e mia madre tutto è finito, è finita anche con noi e abbiamo dovuto farcene una ragione. Almeno, io me ne sono fatta una; mia sorella è incazzata nera da trent'anni!».

«E che conclusioni ne ha tratto?»

«Che l'amore te lo devi meritare, te lo devi guadagnare e non arriva gratis. Se gli altri non ti amano o se ne vanno, vuol dire che non hai fatto abbastanza per essere amata».

«Ma questo ragionamento non può includere anche suo padre. Un genitore dovrebbe amare incondizionatamente un figlio, specialmente piccolo. Cosa pensa di aver fatto di così grave a sette anni da non meritare l'amore di suo padre?»

«Forse non ho fatto niente di male, ma semplicemente non ero abbastanza interessante, tutto qua ed è stato così per la maggior parte della mia vita: non interesso alle persone e loro mi passano attraverso. Ma non è colpa loro, lo farei anch'io al loro posto».

«Chiara», mi osserva attentamente cercando le parole, «dovremo lavorare sodo ma, glielo prometto, riusciremo a smantellare questa sua convinzione di non andare bene, di non essere abbastanza, di essere nata "difettosa". Lei è degna di amore incondizionato e non dovrebbe più elemosinarlo in giro da amiche megalomani e uomini egoisti».

«Ma no, non sono tutti egoisti. Alla fine Andrea l'anello me l'ha regalato!».

Cazz...

«L'anello di sua nonna?».

Arrossisco.

«Quell'anello che ha al dito, non è di sua nonna? È questo che mi ha detto un attimo fa», incalza serio.

«No», rispondo come se mi avesse beccato a rubare la marmellata.

«Gliel'ha regalato lui?», insiste

«Sì».

«E perché non me l'ha detto?»

«Non lo so, non volevo che mi giudicasse».

«Perché la dovrei giudicare?»

«Perché uno come lei, con il suo studio perfetto, la sua moglie perfetta e la sua penna perfetta non può non pensare male di una come me».

«Ma come può sapere cosa penso io, e perché poi dovrei pensare una cosa del genere».

Cerca di controllarsi, ma penso che vorrebbe ribaltare il tavolo di cristallo e trafiggermi con la penna.

«Chiara, se non instauriamo un rapporto di fiducia reciproca, non possiamo lavorare. Perderemo tempo, lei perderà anche del denaro, e alla fine io sentirò di aver fallito e lei si convincerà che la psicoterapia è una bufala».

«Mi dispiace... Mi vergogno moltissimo».

«Vede, il rapporto terapeutico è basato sull'assenza di giudizio. Io non sono suo padre, né il suo superiore: io sono una presenza neutra che non giudica. Mi limito a osservare e a mostrarle un punto di vista diverso dal suo, in modo che possa vedere la realtà da un'altra angolazione, e riuscire ad alleviare il suo malessere. Ma se mi racconta quello che crede io vorrei sentirmi dire, perché teme che anch'io possa disinteressarmi a lei o la possa rifiutare, non avanzeremo mai. Provi a correre il rischio che io possa non essere d'accordo con le sue scelte. In ogni caso, se lei è convinta che queste scelte siano giuste e la renderanno felice, fa bene a portarle avanti. Il passo successivo sarà correre anche il rischio che gli altri possano non accettare la persona che lei è realmente, perché, fino ad ora, hanno visto solo la persona che volevano che lei fosse. Questo è il lavoro che faremo, Chiara: è inutile che venga qui, una volta a settimana, a raccontarmi un capitolo colorito della sua vita per farmi passare un'ora piacevole».

«L'ho delusa, sono mortificata».

«Non si mortifichi, non è una cosa irreparabile, ma fortunatamente è successa, così adesso anche lei riesce a vedere con più chiarezza in che modo gestisce le relazioni. Lei non vuole che tutta la sua vita vada avanti così, e se è venuta da me, ho motivo di credere che voglia cambiare qualcosa».

«Sì. Voglio che Andrea si innamori di me».

Fa una pausa.

«Se lei è convinta che questa scelta sia giusta per lei e la renderà felice, sarò dalla sua parte».

«Mi ha regalato questo anello e mi ha detto che presto vuol parlare a sua moglie per dirgli di noi. E mi ha invitata ad andare a Portofino la settimana prossima», gli dico tutto d'un fiato, con una certa apprensione.

Sono più che certa che mi stia giudicando e che se non lo pagassi non parlerebbe con me neanche cinque minuti.

«Bene, vediamo cosa succede». Mi guarda senza espressione, tenendo le mani appoggiate sotto il mento. Penso che stia elaborando il tutto e stia cercando di capire cosa farne di me.

«L'anello era un po' stretto quando me l'ha dato... L'ho dovuto fare allargare perché si era incastrato e mi è venuto il dito blu».

Questa volta Folli non ride.

«Me l'ha tagliato mia sorella con una tenaglia».

Fa sì con la testa.

«Al ritorno dal ristorante ci hanno fermato i carabinieri e gli hanno fatto più di seicento euro di multa per eccesso di velocità e guida senza patente», sorrido.

Niente, non fa una piega.

È tornato a essere un imperturbabile giocatore di scacchi russo.

Questa volta esco con una sensazione sgradevole addosso.

Sento di averlo deluso in qualche modo e temo di aver rovinato il nostro rapporto.

Non so perché non gli ho detto la verità. Forse perché dentro di me non sono neanche così sicura di volere l'amore di Andrea.

Forse tengo più all'opinione che ha di me il dottor Folli.

O forse ho davvero bisogno di compiacere gli altri tutto il tempo?

Questa volta il portiere non fischietta, alza solo la testa dal giornale ma non mi sorride.

Che palle, ho deluso tutti oggi.

In studio, Paolo sta scrivendo un post su un sito di viaggi, per trovare un compagno con cui andare in Patagonia, anche se non riesco a concepire i nomi Paolo e Patagonia nella stessa frase.

Paolo è quanto di più delicato e cagionevole ci sia al mondo, sembra una ballerina tisica.

Passa tre quarti dell'anno malato e il restante quarto a prendere integratori per prevenire malattie misteriose di cui sente in televisione.

Quando esce mette la mascherina, si lava le mani ottocento volte al giorno e ogni tanto, al ristorante, l'ho visto tirare fuori delle posate di plastica monouso.

Penso che il suo sistema immunitario stia creando anticorpi contro il fatto che non accetta se stesso: più si atteggia a macho, più si allontana dalla sua natura e più si ammala.

«Allora, hai trovato qualcuno?»

«Ancora niente... tutte checche», mi risponde con un'espressione di disprezzo, mentre si annoda il foulard arancione attorno al collo.

Il tizio che deve fare degli scatti oggi mi racconta che qualcuno gli ha detto di avere delle possibilità nel cinema.

Forse si riferiva alla possibilità di strappare i biglietti.

Paolo mi si avvicina: «Hai visto quello, che faccia da pirla? Ha un capello a metro quadro».

«Avrà anche la faccia da pirla, ma non è sordo».

«Gli hanno detto che ha un viso interessante e poi gli hanno chiesto ottocento euro per iscriversi all'agenzia».

«Povero... Glielo vuoi dire tu che non ha speranze?»

«Non ci penso nemmeno. Lo deve capire da solo, è la selezione naturale. Mettigli un po' di terra abbronzante sul viso e sul petto, così lo facciamo bello tamarro. Poi sistemagli la pelata, ma crea un effetto "vedo non vedo"».

«Sei così perfido che ti meriti che alla tua mail risponda Hannibal Lecter».

«Oddio non ci avevo pensato... E se mi risponde un maniaco?», mi guarda allarmato e tossisce.

«Non hai detto che amavi il rischio?»

«Sì, ma mi riferivo a Gardaland. E ora?»

«Te l'ho detto, vai a Mykonos. Ci sono i mulini a vento, vedrai che emozione».

Fa spallucce e si allontana.

«Allora... Com'è che ti chiami? Giuseppe... Ah bravo, ti sei fatto la coda? Dunque, Giuseppe, mettiti seduto su quella poltrona lì, però fammi un'aria più lasciva, scanzonata, puerile...».

Mentre Paolo gioca a fare Helmut Newton, mi chiama mio padre.

«Ciao Chiara, sono papà!».

La voce è lontanissima e mi arriva con un fastidioso ritardo.

«Ciao papà, tutto bene?»
...
«Benissimo, qui è sempre estate, è un paradiso. Dovresti venire a trovarmi una volta».
«Sarebbe bello, magari».
....
«Abbiamo aperto l'albergo nuovo a Las Tunas. È bellissimo, abbiamo fatto una grandissima festa con i fuochi d'artificio. C'era anche il mio amico Raul. Ho portato David Blanco, il musicista amico mio, e la gente è impazzita. Ne hanno parlato tutti i giornali. Da voi è uscita la notizia?»
«Del tuo albergo, papà? Non ho letto il giornale stamattina, ma sicuramente ci sarà scritto».
...
«Bene, bene. Tu stai bene, sì?»
«Sì, sì, tutto a posto, grazie».
....
«Bene, bene. Tua sorella lavora come una pazza, sai? È proprio in gamba».
«Sì Sara è forte, lei non molla mai».
...
«Non Sara, dicevo Gaia Luna, è nata per gli affari, quella. È una iena, chissà da chi ha preso!».
Ride.
«Già, chissà».
Rido anch'io, anche se non so perché.
«Adesso vado, che il telefono costa una fortuna. Anche questo mese la bolletta era quanto un affitto a Milano!».
Ride.
...
«Stai bene, eh? Fai la brava. Ciao, eh. Ciao».
«Ciao papà».
Uff...
Che fatica queste relazioni.
Lo so che Gaia Luna è in gamba, me lo ripete sempre. Però sarebbe bello se ogni tanto pensasse che anche noi due siamo in

gamba. Non mi ha mai chiesto di Sara, neanche una volta, ma lui è fatto così, è un uomo impegnato. Se devi aprire un albergo a Cuba non hai tempo da perdere per chiedere notizie delle tue figlie.

In fondo lo capisco.

Molto in fondo, ma lo capisco.

Faccia da pirla ci sta dando dentro, Paolo gli ha fatto indossare il giubbotto di pelle sul torso nudo e gli ha fatto sciogliere i tre capelli biondi.

«Bravo... Sì, più territoriale, più circospetto...».

All'inferno... In vacanza all'inferno dovrebbe andare.

Faccio un salto in ufficio verso le sette e mezzo.

Andrea, dopo l'altra sera, è un po' scosso. Come se stesse perdendo il controllo degli eventi.

Si rende conto che il suo matrimonio sta veramente per giungere al termine e affrontare un cambiamento così radicale, anche se è quello che si desidera davvero, è sempre motivo di angoscia.

Essere colto in flagrante senza aver avuto il tempo di spiegare come stanno le cose, un minuto prima di confessarle, sarebbe umiliante e non lo farebbe stare in pace con la coscienza.

Si sentirebbe colto in fallo, quando invece è solo la naturale conseguenza della fine di una storia.

Ora più che mai ha bisogno che io gli stia vicino.

Quando arrivo sono tutti in sala riunione, e ne approfitto per mettere a posto le mie cose.

Ho una montagna di appunti da trascrivere, fotocopie da fare e fascicoli da riordinare.

La fotocopiatrice è accanto alla porta del suo ufficio, e la voce che sento è sicuramente la sua.

«No, amore, non faccio tardi, promesso. L'altra sera è stato un caso, te l'ho detto. È successo di tutto, lo sai che ti telefono sempre, chérie... Mmm... Okay, dove vuoi tu, per me non c'è problema. Se vuoi faccio prenotare dalla segretaria. Perfetto... A dopo... Ti amo».

Click.

Certo che per essere un rapporto che sta naufragando è incredibilmente armonioso.

Corro fino al mio tavolo e faccio finta di scrivere. Dopo venti secondi lui arriva da me.

«Chérie, che gioia vederti. Sei sempre più bella», mi dà un bacio sulla bocca. «E che anello meraviglioso, brilla quasi quanto te...». Mi prende la mano e la bacia. Se sapesse che a momenti ci rimetto un dito... «Di là mi sto facendo due palle così. Questa riunione va per le lunghe, dovrò cenare con Ferrante. Mi prenoti tu da Bice? Ti scoccia? Alle nove».

«Nessun problema, ci penso io».

Farò finta di non sapere che ci porta la moglie.

«Allora? Sei pronta per Portofino?»

«Non vedo l'ora».

«Vedrai come staremo bene», mi accarezza i capelli e mi attira dolcemente a sé baciandomi dall'orecchio al collo, centimetro per centimetro.

Che posso farci se perdo le forze quando fa così? Eppure non è neanche così bello, ne sono consapevole, ma è il suo fascino che mi frega.

«Torno dentro... Ci sentiamo più tardi», mi bacia ancora una volta e scappa via.

È l'uomo della mia vita. Non c'è niente da fare. È lui.

Quando torno a casa, Lorenzo mi tende una specie di agguato in camera mia.

Entra rapidamente dietro me e chiude la porta alle sue spalle.

Ha l'aria di uno che non sa più che pesci prendere.

«Chiara, ho bisogno di te. Devi aiutarmi, devo averti dalla mia parte», mi prega a mani giunte con la faccia triste.

«Ma io sono sempre dalla tua parte, lo sai».

«Lo so, ma lei insiste con questa storia che non può lasciarti qui da sola, neanche fossimo in Bangladesh. E io non posso darle una botta in testa, metterla in un sacco e rapirla, anche se Dio sa quanto vorrei. Perciò mi serve che tu le parli seriamente e la convinca, per lo meno, a dire qual è il vero motivo per cui non vuole venire in Sardegna con me. Ho paura che non mi ami più».

«Ma sì che ti ama, ha solo un caratteraccio e poi le ho già parlato l'altra notte e sembrava quasi convinta».

«Convinta?», sbarra gli occhi.

«Ho detto *quasi*, o almeno sembrava che ci stesse pensando».

«Davvero?»

«Sì, sembrava cominciasse a capire che non c'è una vera ragione che la trattenga qui. Insomma, avrete le scuole elementari anche in Sardegna, no?»

«A ogni angolo!».

«Bene, quindi non ti resta che aspettare che ci arrivi da sola. Dàlle tempo, non la forzare. Credo che siamo sulla buona strada. E se proprio non funziona, c'è sempre la botta in testa».

Mi abbraccia.

«Grazie, grazie di cuore. Mi hai reso l'uomo più felice del mondo».

La porta si spalanca improvvisamente e appare mia sorella.

«CHE CAZZO CI FATE VOI DUE QUI DENTRO?».

Ci stacchiamo come colti sul fatto.

«Niente, Sara, proprio niente, noi stavamo... parlando».

È la verità, che altro devo dire?

«PARLANDO UN ACCIDENTE!».

«Sara, ti prego non è assolutamente come pensi tu», la supplica Lorenzo, «è proprio tutto al contrario, non puoi neanche pensarla una cosa del genere, non ci voglio credere!».

«IO non ci voglio credere, siete due fottutissimi stronzi a farmi questo sotto il naso. E tu sei mia sorella, MIA SORELLA, e sei una merda peggio di tuo padre. Sei uguale a lui, mi fai schifo, non voglio vederti mai più, MAI PIÙ!».

«Ma sei fuori di cervello? Che stai dicendo? Io che ti tradisco con lui?», guardo Lorenzo con aria sconcertata e mi viene quasi da ridere. «Ma non sta né in cielo né in terra. Stai davvero esagerando!».

«Sara, ci siamo abbracciati perché parlavamo di te. Le ho chiesto aiuto per convincerti a partire per la Sardegna...».

«NON VOGLIO SENTIRVI, SIETE PATETICI!», si tappa le orecchie. «Guardatevi, non siete capaci neanche di mentire», e corre a chiudersi in camera.

Io e Lorenzo ci guardiamo allibiti, mentre la sentiamo piangere come una disperata.

«Che tutto deponga a nostro sfavore è sicuro, ma che lei possa anche solo pensare che noi due...», mi volto e vedo Lorenzo con le lacrime agli occhi bussare e bussare alla porta.

«Sara, aprimi. Ti prego, aprimi. Non farmi questo, dimmi che scherzi, su, ti prego, apri, apri!».

«Lasciala stare un momento da sola. È impulsiva, si lascia trascinare e dice cose che non pensa, la conosci...».

«COSE CHE NON PENSO UN CAZZO! CHE FACCIA TOSTA CHE HAI!».

«Aprimi, Sara, ti scongiuro, non mi fare questo. Io te lo giuro su quello che vuoi non ho fatto niente di male».

«TUTTI UGUALI... SIETE TUTTI UGUALI...».

«Non è vero, io non sono uguale agli altri e lo sai. Mi vuoi aprire?»

«Sara, se proprio devi prendertela con qualcuno prenditela con me, ma non con lui, questa è una cattiveria che gli stai facendo».

«Non voglio vedervi mai più. Lorenzo ti lascio, mi senti? TI LASCIO! Vattene affanculo una volta per tutte. Emigra, vai in Sardegna, vai dove cazzo vuoi, basta che io non ti incontri mai più in vita mia!».

«No, amore mio, no, che dici? Non mi puoi lasciare, perché dovresti? Ti amo e non ho fatto niente, dai, aprimi la porta ora, basta scherzare!».

«Lorenzo», dico a bassa voce, «la conosco bene, è capace di stare là dentro tre giorni e, considerando che oggi è venerdì, potrebbe tranquillamente farlo. Appena la mente le si schiarirà un po' e si renderà conto di aver detto un sacco di assurdità e di cattiverie, ci terrà lo stesso il muso, ma uscirà di lì».

«No, io non mi muovo di qui finché non mi apre la porta. Io non me la immagino nemmeno una vita senza di lei... Sara, per favore, apri, mi metto in ginocchio se vuoi».

«Dai, vieni di là, tanto se pensa che io e te abbiamo una tresca, non cambierà molto se ci sediamo in cucina e prendiamo un caffè, in attesa del prete esorcista».

Lorenzo è sconvolto, singhiozza come se gli fosse morto qualcuno: «Ha detto delle cose orribili, perché l'ha fatto?»

«Non le pensa, te lo assicuro. Si sente ferita e ferisce gli altri, e poi fa finta di non avere bisogno di nessuno. Una volta da piccola fece la stessa cosa quando nostro padre si dimenticò di venire al saggio di danza, e lei gli disse: "Perché non vai via per sempre? Tanto non mi vuoi bene". Soltanto che lui la prese in parola e non tornò davvero più. Certo, non per quello che disse lei, ma è stata la coincidenza a farle così male. Lei allontana le persone prima che queste si allontanino da lei».

«Ma io la amo, perché non le basta mai quello che faccio?»

«Perché non basterà mai quello che facciamo tutti noi: lei ha paura di soffrire e finché non prova a fidarsi degli altri farà sempre di queste scenate».

«Ho paura che mi lasci».

«Ma no che non ti lascia, e dove lo trova un altro come te?».

Abbandono Lorenzo dalla sua inamovibile postazione per terra, accanto alla porta di Sara, ed esco a farmi un giro.

L'aria estiva mi aiuta a riflettere.

Non siamo mai contenti.

Cerchiamo tutta la vita qualcuno da amare e, quando lo troviamo, facciamo l'impossibile per rovinare tutto, mentre sarebbe così facile far funzionare le cose: basterebbero un po' di pazienza e di buona volontà.

Spero che prima o poi ci sia un lieto fine anche per me.

Non ho idea di quale sia il disegno che il destino abbia tracciato, ma mi auguro che un giorno la ruota giri nel verso giusto.

Non mi aspetto grandi cose, certo, ma sarei contenta di poter finalmente stare tranquilla, con un uomo che mi ama. Tutto qui. Non cerco carriera, successo e fama, e non mi sembra una richiesta improponibile.

O forse sì?

Alzo gli occhi al cielo e vedo la scia di una stella cadente.

Ed esprimo un desiderio.

QUARTA SEDUTA

«Quando io e mia sorella siamo andate ad abitare da sole è cominciato lo psicodramma.

Mia madre ci chiamava anche tre volte al giorno per sapere cosa facevamo, se avevamo mangiato e se andavamo in bagno. Poi, quando si è resa conto che ce la cavavamo benissimo da sole, ha cambiato tattica ed è diventata più subdola. Ci diceva che non stava tanto bene, che la notte non riusciva a dormire, che erano entrati i ladri al piano di sotto e che aveva sempre una sensazione di oppressione al petto.

Nostra madre è sempre stata sana come un pesce, così all'inizio ci siamo molto preoccupate e l'abbiamo accompagnata da ogni specialista della città. Poi, un giorno, Sara, parlando con la vicina del piano di sotto, si sentì dire che i ladri non erano mai entrati da lei e che mia madre andava a correre al parco tutte le mattine.

Così mia madre dovette cambiare ancora tattica: scoprì l'efficacia e l'imprevedibilità degli attacchi di panico e da quel giorno ci tiene in pugno.

Per questo all'università decisi di scrivere una tesi che analizzava le relazioni madre-figlia alla luce di un divorzio non consensuale nella società post sessantottina.

Cosa che mi aiutò a capire un po' meglio le dinamiche in atto fra di noi, ma non a risolverle.

Il mio professore di sociologia era un tipo assurdo, taciturno, lunatico. Uno di quelli che buttano fuori quasi tutti agli esami e che difficilmente appoggiano una tesi. A parte quella di Barbara, che le valse la lode e il bacio accademico, ovviamente.

Quando entrava in classe non salutava nessuno, si girava verso la lavagna, cominciava a spiegare e non si girava più fino alla fine della lezione.

Potevamo anche uscire tutti quanti e non se ne sarebbe accorto.
Quando, dopo un mese di tentativi, mi concesse un appuntamento per proporgli la tesi, io e il suo assistente scoppiammo quasi in lacrime.
Mi metteva terribilmente a disagio: era il classico intellettuale brizzolato con gli occhiali, il dolcevita prugna e i pantaloni di velluto marroni. Come in tutte le pubblicità in cui si vede un egocentrico scrittore di successo.
All'epoca lui aveva quarantotto anni e io ventiquattro, e la solita aria da bibliotecaria reietta che ho adesso.
Gli esposi a grandi linee il progetto della tesi e lui mi studiò in silenzio. Furono i minuti più lunghi della mia vita, lui stava seduto al suo tavolo col sigaro in mano e mi guardava con la fronte aggrottata. Mi aspettavo che mi sbattesse fuori, che mi dicesse che non aveva tempo da perdere, e che era roba da dilettanti. Invece improvvisamente disse: "Molto, molto buono".
Rimasi sconcertata, ero senza parole.
Lui fu così gentile con me che cominciai a pensare che, in realtà, non fosse uno stronzo sociopatico ma un uomo introverso e solo, con un grande cuore e che probabilmente era stato tradito dalla moglie col suo migliore amico, che gli aveva ammazzato il cane, dopo che la banca gli aveva pignorato l'appartamento e quindi non si era mai più ripreso. Così, ancora una volta, ignorai deliberatamente i chiarissimi segnali di "pericolo caduta massi" che il mio istinto mi aveva dato fino ad allora.
Lui si dimostrò disponibile e gentile con me, mi diede dei libri, degli appunti e mi disse che, per qualunque cosa, avrei potuto chiamarlo.
Io mi sentivo la reginetta del ballo: finalmente qualcuno mi incoraggiava e credeva in me e in quello che facevo, qualcuno che sarebbe stato il mio mentore, il padre che non avevo avuto, il mio consigliere, il mio faro nel buio...».
«E invece...».
«Invece fu la più grande cazzata della mia vita, o comunque una delle più grandi».
Sorride e fa sì con la testa.

«In realtà, io mica avevo capito che ci provava con me. Era il mio professore, non aveva un sesso, doveva considerarmi come una nipote da proteggere ed istruire, non da sedurre sulla scrivania».

«L'ha sedotta sulla scrivania?»

«Era andato in cucina a fare il caffè ed è tornato in maglietta e mutande!».

«E come c'è rimasta?»

«È stato come vedere Babbo Natale masturbarsi sui regali!».

Ride.

«Mi è crollato un mito. In un attimo da Pigmalione si trasformò in polipone, e mi ritrovai sul set di *La laureanda ci sta col professore*».

«È stata con lui??»

«Ma che dovevo fare? Avevo paura che mi bocciasse la tesi, e in fondo sono sicura che mi volesse bene, ma mi ero dimenticata che fosse fatto di carne».

«Chiara, ma non può permettere a tutti di usarla, come se il suo corpo non avesse un valore, come se non le appartenesse».

«Ma non si è approfittato, io ero consenziente!».

«Adesso non mi dica che le è anche piaciuto, perché non le credo!».

«Proprio piaciuto no: ho dovuto fare lo sforzo di cominciare a pensare a lui come a un uomo e non più come il mio professore. E così, dopo un po', non l'ho trovato più tanto sgradevole e mi sono abituata. Anzi, le giuro che dopo un paio di settimane mi ero quasi innamorata».

«Lei si autoconvince di amare tutti quelli che le danno un po' di attenzione, invece di essere lei a scegliere».

«Lei non è una donna, dottore, non può capire come sia difficile al giorno d'oggi».

«È vero, ma lei non si facilita certo la vita».

«Comunque sono stata la sua amante per un anno e mezzo».

«UN ANNO E MEZZO?», urla Folli. «Ma la sua è la sindrome di Stoccolma!».

«E che malattia è?»

«Chiara, non è una malattia, è un modo di dire che descrive chi si innamora del proprio aguzzino».

«Gliel'ho detto che alla fine mi ero innamorata!».

«Mi dica almeno che è stato un gentiluomo».
«Per niente! Era un bastardo nato. Infatti la moglie se n'era andata perché lui l'aveva tradita con la sua migliore amica, con la figlia della sua migliore amica, e con la sorella».
«E perché lei è rimasta con lui un anno e mezzo?», mi chiede disperato.
«Perché lui mi aveva fatto il lavaggio del cervello. Era un uomo intelligente, imprevedibile e manipolatore. Mi diceva cosa pensare, come vestirmi, come parlare e così non mi ricordavo più dov'ero io».
«Però alla fine lo ha lasciato lei».
«Mi ha lasciata lui!», rispondo quasi indignata. «Per una più giovane di me che dava la tesi. Ci ho messo più di un anno a dimenticarlo».
Folli si copre il viso con le mani e finge di piangere.
«Che c'è?», rido. «Aveva dubbi?»
«Chiara, quando riuscirà finalmente a riconoscere il valore che ha, e si guarderà indietro, capirà cosa sto dicendo».
«Lo so, mia sorella me lo ripete in continuazione che mi faccio sfruttare troppo. Ma il fatto è che non me ne rendo mai conto, per me essere disponibile è la normalità».
«Sì, ma c'è una differenza fra l'essere disponibile e non dire mai di no. Dovrebbe imparare a *sentire* quando fa qualcosa *davvero* volentieri o quando la fa soltanto per compiacere gli altri. È talmente abituata ormai a fare sempre quello che gli altri vogliono, che ha paura che dire di no significhi perdere il lavoro, le amicizie ed eventualmente l'amore».
«Ma non è così forse? Non posso mica dire al mio capo che non mi va di rimanere fino alle otto e mezzo perché devo preparare la cena, o che non mi va che sia sposato, o dire a Barbara che non mi tratti come una perdente o a mia sorella che smetta di dirmi cosa devo fare!».
«E perché no?»
«Perché le cose sono sempre state così. Io ho un carattere diverso, ho più pazienza. Li lascio dire, non mi sento offesa e soprattutto non mi va di fare polemica».

«La polemica non c'entra, qui è in ballo l'affermazione sacrosanta dei suoi diritti. Ha mai sentito parlare di *assertività*?»

Lo guardo sospettosa.

«Essere assertivi significa, innanzitutto, riconoscere e di conseguenza comunicare in modo chiaro ed immediato le proprie necessità e le proprie emozioni, in modo da salvaguardare i propri interessi e raggiungere i propri obiettivi, alternando gentilezza a fermezza a seconda delle circostanze, pur mantenendo il rispetto degli altri».

Lo guardo senza espressione per alcuni secondi.

Poi scoppio in una risata gigantesca.

«Ma che sta dicendo? È possibile solo nei film!».

«È quello che imparerà a fare piano piano. Ci lavoreremo su, le chiederò di esercitarsi molto durante la settimana».

«Tipo: dire a quelli del quarto piano di non far sbavare il cane in ascensore?»

«Per cominciare. Poi sarà importante riuscire a mettere dei "paletti" alle richieste degli altri, a partire da Andrea».

«Ma Andrea è il mio capo, il mio amante e anche l'uomo della mia vita, non oserei dirgli proprio niente!».

«Infatti. Il problema è che lei è legata mani e piedi in questa relazione: non ha margine di azione, non può avanzare richieste, non è quello che si chiama un rapporto equilibrato».

«Ma mi ha regalato un anello e venerdì mi porta a Portofino: non crede che le cose stiano cambiando? Lei è terribilmente pessimista».

Sorride scuotendo la testa.

«Quindi va a Portofino questo fine settimana».

«Esatto. Vedrà che al nostro prossimo incontro sarò ufficialmente fidanzata con lui».

«Se questo è quello che desidera glielo auguro con tutto il cuore».

«...Se questo è quello che desidera glielo auguro con tutto il cuore», borbotto scendendo le scale.

Non tutti nascono benedetti dagli eventi come lui o Barbara. I comuni mortali come me devono sapersi accontentare.

Come dice il proverbio? Chi si accontenta gode, no? E i proverbi hanno sempre un fondo di verità.

Devo vedermi con Barbara per comprare un paio di vestiti decenti per andare a Portofino e non sembrare davvero una pezzente.

Ci incontriamo in San Babila per fare il classico giro di negozi.

So che me ne pentirò amaramente, ma non ho scelta, io sono incapace di andare oltre il nero. Sembro una vedova siciliana dell'Ottocento.

Barbara invece sembra una velina in libera uscita: jeans stretto, cappellino, occhiali enormi, sandali finissimi, magliettina finto stropicciata di qualche stilista ucraino di grido, e la maledetta non indossa il reggiseno perché non ne ha bisogno.

Ci sono almeno quarantasette gradi, ma lei non suda affatto.

Avanza con sicurezza verso di me, a rallentatore, come in uno spot della Telecom, e sorride parlando al cellulare, mentre il vento caldo le muove i lunghi capelli biondi.

Sono tentata di andarmene.

«Ciao Chicca, sei pronta?»

Sorrido poco convinta.

«Dunque, per Portofino avrai bisogno di un vestito da mattina, qualcosa di fresco e colorato, qualcosa per il pomeriggio di sobrio e bianco, un abito elegante per la sera, un costume da bagno, dei sandali, magari un cappello, una borsa enorme dove mettere tutte le cose per il mare, un asciugamano, un pareo, un copricostume, una cavigliera e... come sei messa a solari?»

«Devo finire ancora quelli dell'anno scorso».

«Solari nuovi, un paio di lucidalabbra e ci dovremmo essere».

«È solo un fine settimana a Portofino, non due settimane alle Maldive».

«È la prima volta che ti presenta in pubblico dopo due anni che ti tiene nascosta come se si vergognasse. Devi essere all'altezza. Faranno sicuramente dei paragoni fra te e la moglie, e non puoi uscirne perdente».

«Non è che si vergogna, è sposato!».

«Be', è uguale. In ogni caso fino a ora non ha scelto te, quindi ricordati che hai una grossa responsabilità».

Non avevo mai pensato a questo dettaglio.

Ci saranno i suoi colleghi. A differenza delle altre volte in cui partivamo mascherati, mi presenterà a tutti, e tutti si faranno delle domande, per cui devo prepararmi psicologicamente a una situazione del tutto diversa.

«Barb, io non sono mai andata oltre l'Oviesse...».

«Eh no! Devi essere uno schianto. Preparati a usare la carta di credito, tanto laggiù pagherà tutto lui, no?».

Passiamo una giornata interminabile, in cui mi trascino sempre più stanca e sudata per negozi, negozi e ancora negozi. Sembro un Calippo liquefatto e ho le caviglie come pali della luce, mentre lei è fresca come un'orchidea uscita dal frigo e, soprattutto, instancabile.

Compriamo un abitino corto molto anni Settanta, che a suo dire mi nasconde i fianchi, e un completo di lino ecrù che, invece, dovrebbe slanciarmi. Per la sera invece Barbara insiste perché prenda un abito lungo che metta in evidenza la mia quarta. Ma la vera prova del nove è il costume da bagno.

Provarmi il costume insieme a lei è una delle cose più umilianti al mondo, è come stare in camerino con Heidi Klum.

Le piace giocare alla *personal shopper* ed entra ed esce a suo piacimento, spalancando la tenda e portandomi le cose da provare che, secondo lei, mi stanno meglio. Anche se, guarda caso, porta sempre una taglia sotto alla mia.

«Provati questo, lo slip a vita bassa ti dovrebbe andare bene, hai le gambe magre... Hai un po' di cellulite, ma compriamo il pareo apposta e per il pezzo di sopra...».

Provo tutti i modelli, ma al decimo capisco di essere vittima di un complotto: quella che loro definiscono *quarta* è una terza scarsa, come se i modelli più carini non fossero destinati alle tettone, ma esclusivo appannaggio di una ristretta cerchia di fotomodelle.

Alla fine opto per un costume intero che, a detta della commessa, è tornato di moda.

Per questo odio fare shopping: sono sempre io che devo adattarmi ai vestiti e non viceversa.

Alla fine della giornata ho speso una cifra imbarazzante, mi vergogno persino a pensarci.

A mia sorella a momenti viene un colpo.
«SETTECENTOSETTANTADUE EURO?!».
«Ti prego non ripetermelo così forte che mi sembrano ancora di più!».
«Ma sei fuori? E l'affitto come lo paghi?»
«Pensavo di rapinare una tabaccheria».
«Tutto per un fine settimana con quello là?»
«Mi auguro di poterli indossare anche dopo, considerando che per dieci anni sono a posto».
«Dai, provateli, fammi vedere», mi dice sbuffando.
Mi provo il vestitino con la borsa, poi il costume con un camicione trasparente e i sandali e infine l'abito da sera con una sciarpa leggera intorno alle spalle.
Mia sorella mi guarda seria per tutta la sfilata e poi inaspettatamente dice: «Sei incantevole».
Mi si ferma il cuore per un istante.
«Dici a me?»
«Sei veramente bella, non capisco il perché delle seghe mentali che ti fai da quando sei nata».
«Ma io... e poi con queste tet...».
«Ma se sei uno schianto! Ci sono donne che pagherebbero per avere una quarta naturale come la tua. È che ti manca la sicurezza in te stessa e quindi stai sempre gobba. Basterebbe soltanto che tu tenessi la testa più alta e cambierebbe tutto, sai? Prova con questo libro».
Provo a camminare su e giù per la stanza con un volume di *Super Paperinik* in testa.
«Dai, sembro una deficiente».
«Invece funziona, hai già un'aria più disinvolta».
«Ma se non vedo dove vado», dico annaspando.
«Lo devi *sentire*. Non c'è bisogno di tenere la testa bassa, altrimenti fai subito capire che sei disposta a sottometterti. È una cosa che all'asilo vedo sempre: quando arriva un bambino timido e indifeso, i più prepotenti lo fanno subito nero».
«Sì, ma farei finta di essere una donna spavalda e dopo un minuto gli altri capirebbero subito che non lo sono».

«È l'apparenza che conta. Intanto loro capiscono di avere davanti una donna con le palle e poi il resto verrà da sé».

Mi siedo accanto a lei poco convinta.

«Come va con Lorenzo?»

«Mi sono scusata per non avergli creduto».

«Con me però non ti sei scusata».

«Con te è diverso, sei mia sorella».

«Appunto! È peggio: hai dubitato che lui ti tradisse con me e mi hai detto un sacco di cattiverie, poi quando ti è passata hai fatto finta di niente. Non è carino».

«Ma tu mi conosci, con te non c'è bisogno di parole, lo sai che sono impulsiva».

«Non è una buona ragione...».

«Dai... Te la sei presa?»

«Insomma».

«Ma sei la mia sorellina preferita».

«L'unica che ti sopporta e l'unica da cui potresti sperare in un trapianto di rene se mai ne avessi bisogno».

«C'è anche Gaia Luna!».

«Lei un rene non te lo darebbe mai, neanche se ne avesse tre».

«Che stronza, quella. L'ultima volta l'ho incontrata in un locale e si è girata dall'altra parte».

«Non ti avrà riconosciuta».

«Non sottovalutare Lucifero...».

«Allora, ci vai in Sardegna?»

«Non lo so, ho chiesto che mi dia tempo».

«Quanto? Quindici anni?»

«Più o meno...».

Venerdì arriva in un attimo.

Sarà che non ho pensato ad altro in questa settimana.

Andrea è stato sempre molto carino con me, mi lanciava degli sguardi d'intesa e alludeva spesso a Portofino.

Mi sento emozionata e confusa, ma prego perché vada tutto bene.

L'appuntamento, purtroppo, è anche questa volta al solito posto. Lui ha detto "per comodità", ma non certo la mia.

Lo aspetto riparandomi dal sole rovente sotto una fermata dell'autobus e intanto rifletto su come dovrò comportarmi, provando anche a fare qualche passo a testa alta senza che mi veda nessuno.

Arriva puntualissimo alle diciotto, con la macchina pulita e vestito casual, con la polo col colletto alzato e dei bermuda.

Fa molto Milano da bere, in effetti.

«Ciao chérie, come sei bella. Vedrai, sarà un fine settimana stupendo».

«Non vedo l'ora».

Sono un po' tesa. È una situazione diversa dalle solite e non so bene come comportarmi. Spero che mi aiuti lui.

«Se va tutto bene dovremmo arrivare per l'ora di cena, così possiamo fare una bella passeggiata al porto. Ti va?»

Mi sembra un sogno.

Io e lui finalmente insieme, finalmente alla luce del sole, come una coppia normale.

«Senti, Andrea, ma come sei rimasto con tua moglie?»

Aggrotta la fronte.

«Le ho parlato e lei è andata a stare da sua madre».

«Davvero le hai parlato di noi due?»

«Sì. Non è stato per niente facile. Si è molto arrabbiata, ha pianto, voleva sapere chi eri. Ma non avevo altra scelta, dovevo troncare questa relazione», dice guardando dritto davanti a sé.

Gli appoggio la mano sulla sua e lo guardo comprensiva. Mi sembra così strano, adesso che è successo. Nessuno aveva mai fatto niente per amor mio.

«Mi dispiace tanto per tua moglie, sai? Non mi piace che gli altri soffrano e ancor meno essere la causa della loro sofferenza».

«Tu sei un tesoro, e non hai colpe. Anzi, sono sicuro che se ti conoscesse capirebbe perché mi sono innamorato di te».

«Ma ora come siete rimasti? Voglio dire, pensi di cambiare casa o...».

«Ti prego, non parliamone adesso. Affronterò tutto a casa domenica sera. Adesso non voglio proprio pensarci, voglio godermi questi giorni con te».

Gli accarezzo una guancia e appoggio la testa al finestrino.

La prima frase che mi viene in mente è: “È stata dura, ma ce l’abbiamo fatta”, ma sono certa che sia stata ben più difficile di quanto dica lui.

Chiudere un matrimonio, anche se arrivato al capolinea, dev’essere quanto di più doloroso ci possa essere. Rendersi conto che l’amore è finito, che il progetto di una vita comune non esiste più, che la casa costruita insieme è fredda e vuota, e che la persona che amavi è diventata il tuo peggior nemico, qualcuno con cui arrivi a contenderti perfino lo spremiaglio dell’Ikea.

Quasi quasi mi dispiace che si stiano lasciando, ma più di tutti mi dispiace di esserne, in parte, responsabile.

Sì, d’accordo, se non ero io sarebbe stata qualcun’altra, ma è triste comunque.

Non c’è molto traffico e Andrea, come al solito, corre come se guidasse un’ambulanza.

Ha un navigatore satellitare che gli dice dove sono gli autovelox, e finché non sente il suono della trombetta non stacca il piede dall’acceleratore. E rimane appiccicato al parafango delle macchine davanti a lui sulla corsia di sorpasso lampeggiando.

Di quelli che guardi nello specchietto e dici: «Ma dove corri, imbecille! Più avete la macchina grossa più avete l’uccello piccolo».

Vabbè è un modo di dire...

Dopo un’oretta di Gran Premio ci fermiamo a un autogrill.

Ho tenuto i piedi premuti contro il tappetino per tutto il tempo e ho le dita bianche.

Dopo una puntatina alla toilette lo raggiungo al bar, dove mi chiede se voglio bere qualcosa. Opto per una spremuta d’arancia e mi metto a gironzolare fra gli scaffali, indecisa se comprare una compilation anni Ottanta o un pupazzo che russa, poi vedo Andrea salutare un tizio che è appena entrato.

Aspetto invano che mi faccia cenno di avvicinarmi per essere presentata, ma niente, si vede che non era in vena di spiegazioni.

Quando il tizio si allontana, mi avvicino ad Andrea, sperando che mi dica chi era, ma lui beve tranquillamente il suo caffè. Presa dalla curiosità, chiedo chi è.

«Chi?»

«Quel tipo che hai salutato».
«Un conoscente».
«Ah».
«Perché?»
«Così. Pensavo mi presentassi».
«Perché?»
«Ma, non so... Educazione?»
«Devo presentarti tutti? Tanto, figurati se lo rivedrai!».
Paga e usciamo dall'autogrill.
Risaliamo in macchina.
Sono rimasta un po' male per questo suo atteggiamento. Se intende fare così con tutte le persone che incontreremo, tanto vale che mi chiuda in camera.
Però credo che sia veramente tanto confuso per quello che gli sta accadendo: sicuramente starà pensando a lei e si sentirà in colpa. Devo avere più pazienza. Non ho nessunissimo diritto di creargli ulteriore ansia, in fondo siamo comunque arrivati fin qui.
Arriviamo all'Hotel Splendido prima delle nove di sera e quando scendo dall'auto rimango senza fiato.
È troppo lussuoso per me, è qualcosa a livello Grace Kelly. Mi vergogno come una ladra: che ci faccio io qui?
Un inserviente parcheggia la macchina di Andrea, mentre un altro si occupa delle nostre valigie.
Guardo la mia tenuta da viaggio: camicia bianca ormai stropicciata, pantaloni di lino larghissimi ancora più stropicciati e Crocs verdi.
Volevo stare comoda, ma questa era la tenuta adatta a un giro turistico delle Isole Tremiti.
Mi scambieranno per una cameriera, speriamo almeno di recuperare i soldi dello shopping con le mance.
«Allora, che ne pensi? Ti piace?», mi dice Andrea mettendomi il braccio intorno alla vita.
«È... anche troppo bello, non sono mai stata in un posto così lussuoso».
«Sai, al lusso ci si abitua in fretta. Vedrai che dopo due giorni qui, non te ne vorrai più andare».

Mi fa aspettare nella hall mentre sbriga le formalità e finalmente ci accompagnano in camera.

La vista sulla baia di Portofino è strepitosa. Abbiamo una camera degna di Maria Antonietta, tutta drappi e broccati, poltroncine di legno e un letto in cui potrebbe dormire Angelina Jolie con Brad e tutti i figli. Il bagno è talmente grande e sontuoso da risultare quasi imbarazzante, con tanto di vasca ovale e idromassaggio.

Quando sbircio le tariffe mi accorgo che il prezzo è di quasi mille euro al giorno... Devo andarmene di qui prima che scocchi la mezzanotte!

«Non male, eh?», dice abbracciandomi.

«È la fine del mondo», ma non finisco la frase che mi ha già slacciato il reggiseno con la mano sinistra.

Ora che abbiamo a disposizione un letto a sette piazze e una Jacuzzi, speriamo di farlo in maniera ortodossa.

«Dai, facciamolo come se fossimo in ufficio». Mi prende di peso e mi mette seduta sulla scrivania. «Facciamo finta che possa entrare Saluzzi da un momento all'altro».

«Ma Andrea, c'è questo bel letto...».

«Sì, ma il letto è classico, sono capaci tutti di farlo lì, mentre è molto più eccitante l'idea di essere scoperti...».

«Sì, ma...».

Niente da fare, di nuovo sul tavolo con le chiappe sulla carta da lettere intestata e il menù del servizio in camera.

«Dai... muoviti un po', immagina di essere nel mio ufficio e che ci stiano guardando tutti, non ti eccita l'idea?».

Sinceramente l'idea che il dottor Saluzzi e il dottor Ferrante ci stiano guardando mentre facciamo sesso è l'ultima delle mie fantasie. Anzi, credo che lunedì avrò difficoltà a salutarli senza diventare color melanzana, ma per farlo contento gli rispondo: «Sì, certo...».

«Pensa che ci stiano guardando anche le tue colleghe, Rossana e Lucia. Non ti piacerebbe che partecipassero anche loro?».

Ecco, adesso non potrò parlare più neanche con le mie colleghe. Dio che imbarazzo, meno male che ha lasciato fuori il fattorino.

Per mia fortuna la nuova fantasia lo fa concludere in meno di dieci minuti.

Non era proprio la mia idea di romanticismo, ma forse la sua impazienza e il desiderio di stare soli hanno contribuito a questa... okay, ennesima sveltina.

Ci facciamo la doccia e ci cambiamo. Sembriamo veramente una coppia collaudata, anche se non sono ancora così disinvolta nel farmi vedere nuda davanti a lui, ma ci farò l'abitudine.

Indosso l'abito lungo che ho comprato con Barbara (che, nella mia favola, è la fatina petulante che trasforma Cenerentola per andare al ballo).

Mi guardo allo specchio, Andrea si mette dietro di me e mi abbraccia. È veramente un sogno, siamo giovani, innamorati, e devo dire che così eleganti siamo anche piuttosto belli.

Insomma, lui è bello; io, diciamo che stasera sono carina.

Mi volta delicatamente e mi stringe a sé.

«Come farei senza di te», mi bacia sulla fronte e appoggia la guancia sui miei capelli.

Scendiamo.

Alla reception chiede se ci sono messaggi e il concierge gli dà alcuni biglietti che Andrea sfoglia con noncuranza.

Mi fa cenno di aspettarlo e si allontana per telefonare.

Dopo un quarto d'ora circa torna da me, la nostra macchina è già davanti all'ingresso e Cenerentola e il Principe salgono sul cocchio per recarsi al castello.

Il ristorante è naturalmente all'altezza dell'hotel, uno dei più esclusivi e storici di Portofino.

Ci accolgono come i reali di Spagna.

Cerco di abituarmi a questi inutili salamelecchi e lotto contro la tendenza a stare curva e a togliermi le scarpe sotto il tavolo.

Come vorrei essere seduta sulla panca di legno di una pizzeria al taglio.

Andrea mi guarda intensamente attraverso la luce morbida della candela, mi prende la mano e se la porta al viso.

«Sei la cosa più bella che mi sia mai capitata».

Mi salgono le lacrime agli occhi, tanto che sono costretta a guardare fuori dalla finestra.

Non credo di meritarmi un uomo che lascia sua moglie per me, è perfino troppo.

In vita mia non mi è mai capitato di vivere qualcosa di così normale, così intenso e così bello, mi tremano le ginocchia all'idea del futuro che ci aspetta.

Io e lui che viviamo insieme, in una casa tutta nostra... Certo, sarebbe meglio che smettessi di lavorare per lui, magari potrei fare la casalinga, oppure ancora meglio, la mamma a tempo pieno.

Due o tre bambini da accudire sono una bella responsabilità, non avrei più tempo per le fotocopie, né per le sveltine sulla scrivania.

«A cosa pensi?», mi chiede Andrea interrompendo il flusso cinematografico dei miei pensieri.

«A noi... Sì, a noi due».

«E cosa pensavi di noi due?», insiste sorridendo.

«Be', pensavo alla nostra vita insieme, al nostro futuro. Magari a una... famiglia, ma molto molto più in là... A te non dispiacerebbe un giorno, dico per ipotesi, avere tipo... dei figli?»

«Certo, ne voglio un sacco, ma quando sarà il momento e tutti come te».

«Oddio, speriamo siano più come te, io sono anche mezza cieca!».

«Perché non metti le lenti a contatto? Staresti meglio».

«Non sono il tipo da lenti a contatto, finirei per perdermele. Mia sorella mi prende in giro dicendomi che sono francescana».

«Tu non ami il superfluo, vero?»

«A dirti la verità non mi sento mai molto a mio agio in ambienti troppo lussuosi, sarà che non ci sono nata e non ho molta dimestichezza con la servitù».

«Nemmeno io ci sono nato, e proprio per questo mi sono fatto un mazzo così per laurearmi presto e avviare lo studio. Da bambino i miei hanno voluto mandarmi per forza in una scuola privata perché frequentassi gente migliore di quella del nostro quartiere, dove spacciavano a tutti gli angoli, ma essere un morto di fame in una scuola di ricchi era ancora peggio. Non mi hanno mai invitato a nessun compleanno, nessuno si voleva mettere seduto accanto a me, mi prendevano in giro per come ero vestito. E poi gli scherzi... Una volta mi hanno chiuso nel bagno a luce spenta per tutta la mattina. Se ci penso mi incazzo ancora... Però la maggior parte di loro non ha combinato un granché nella vita e un paio sono venuti da me perché gli curassi il divorzio e la parcella, ti garantisco, è stata salata».

«Che cosa fanno i tuoi?»

«Mio padre ha sempre fatto il carrozziere e mia madre la maestra d'asilo».

«Ma dai, anche mia sorella è maestra d'asilo. È brava con i bambini ma impossibile con gli adulti».

«Mia mamma è fantastica, va d'accordo con tutti. Mio padre è un po' burbero, ma è una pasta d'uomo».

Immagino già il Natale dai suoi, sua mamma che cucina il cotechino e suo padre che affetta il panettone...

Usciamo dal ristorante un po' brilli ma felici. Quanto mi piace quando è così *se stesso.*

Si allontana di nuovo per fare una telefonata. Io resto a guardare le vetrine: certo che è una bella rottura essere disponibili per i propri clienti ad ogni ora.

«Scusami, ma è per la causa Iorio-De Mattia, hai presente? Forse raggiungiamo un accordo. Senti, facciamo una passeggiata sulla spiaggia?».

Ci incamminiamo a piedi nudi sulla sabbia di notte.

«Senti, Andrea... Tu... come stai? Sei tranquillo a stare qui con me?»

«Certo che sono tranquillo. Perché me lo chiedi?»

«Non so, mi sento in colpa per tua moglie, insomma per Irene. Non la conosco ma, ecco, se io fossi in lei starei così male».

«Chiara, ascolta, non devi preoccuparti tu. Sono io che dovrei sentirmi una merda, e se insisti a ricordarmela mi fai sentire ancora peggio. Non riesci proprio a rilassarti e goderti questa bella serata? Quest'anello che hai al dito non significa proprio niente per te?»

«Scusa, sono una stupida».

«Non sei stupida. Sei dolce, sensibile e premurosa, una vera crocerossina. A proposito di infermiere... Mi è venuta un'idea...».

O Gesù, ci mancava anche di giocare al dottore.

«Okay Andrea, ma ti prego non qui sulla sabbia».

«Va bene, allora in camera», risponde deluso.

L'indomani mattina vengo svegliata dal rumore del rasoio elettrico. Guardo l'orologio, sono solo le sei.

Mi alzo e lo raggiungo in bagno, insisto per fare colazione con lui ma non sembra d'accordo.

«Dai, resta a letto. Il ristorante è aperto fino alle undici. Puoi anche ordinarla in camera, la colazione, chi te lo fa fare di vestirti e venire giù. Io sarò in riunione fino all'ora di pranzo, tu vai in piscina. Goditela, sei in vacanza, fai la principessa».

«Non sono abituata», protesto.

«Abituati!». Mi dà un bacio sulla fronte, prende la valigetta ed esce.

Sento già il suo cellulare squillare.

Mi rimetto a dormire, ma non ci riesco, queste lenzuola così anonime non mi fanno sentire a casa.

Scendo a fare colazione davanti a quello che mi sembra il buffet di un condannato a morte.

C'è ogni ben di Dio e non riesco a decidermi, quindi assaggio tutto: crostata di fragole, torta di mele, torta al cioccolato, una fetta di pane e marmellata, una brioche, mezza omelette, un panino al prosciutto cotto e formaggio, una piccola salsiccia e un uovo sodo.

Sto per scoppiare.

Se faccio il bagno ora mi portano via in elicottero.

Torno in camera e indosso il costume nuovo. Avrei fatto meglio a mangiare meno, adesso ho una pancia che sembra un mappamondo. Spero che un pareo solo sia sufficiente a fare il giro dei miei fianchi.

La piscina è stupenda, sembra che l'acqua dal bordo cada direttamente nel mare.

Mi sdraio su un lettino e mi appisolo, tipo balena arenata, finché vengo svegliata dal rumore di un altro lettino che viene trascinato vicino al mio.

Apro gli occhi e ci metto un po' a capire chi sia il tizio sdraiato accanto a me che sta leggendo un mattone poliziesco. Ma poi la lampadina mi si accende e ricordo: è il tizio dell'autogrill, l'amico di Andrea.

Piccolo il mondo.

«Salve!», dico, tanto per attaccare bottone, «lei non si ricorda di me, ma l'ho vista ieri nell'autogrill».

«Accidenti che fisionomista!», risponde senza guardarmi.

«No, è pura coincidenza. Lei ha parlato con Andrea e io ero lì vicino, tutto qui».

«Ah, ma pensa....». Mi osserva meglio: «No, a dirle la verità non l'ho proprio notata. Anche Andrea è qui?»

«Sì, c'è una convention, roba di avvocati e quindi...».

«Una palla, eh?», sorride.

«Eh sì», rido. «Lei non è avvocato?»

«No, no, tutt'altro campo, sono dentista. E lei invece?»

«Sono l'assistente di Andrea. Be', alla fine faccio veramente di tutto, manca poco che mi fanno pulire anche il bagno...».

«È un ambiente difficile il vostro... Non li invidio gli avvocati».

«È molto che conosce Andrea?»

«Non molto».

«Io da un paio d'anni».

Cerca di tornare alla sua lettura, ma c'è veramente qualcosa che devo chiedergli e non avrò pace finché non lo avrò fatto.

«Senta, sono troppo sfacciata se le chiedo una piccola cortesia, già che c'è? Lo so che non dovrei permettermi, che non è il posto giusto, ma... senta, le dispiacerebbe darmi un'occhiata al dente del giudizio? Mi dà così fastidio».

Mi guarda come se fossi pazza e come tale mi asseconda, prendendomi la testa fra le mani e ruotandola in direzione della luce, come fossi un manichino.

«Farebbe meglio a toglierlo, sa? Non ha molto spazio, e potrebbe darle molti problemi».

«Ecco, sì, lo farò senz'altro».

«Bene», dice riprendendo in mano il libro per tornare alla sua lettura. Poi mi guarda un attimo e mi tende la mano: «È stato un piacere conoscerla... signorina?»

«Chiara».

«Piacere, Vittorio», si alza rapidamente.

«Allora alla prossima», esclamo mentre si allontana.

Se ne va senza rispondere.

Devo avergli sconsideratamente rotto le balle.
Sono stata invadente e logorroica, ma speravo che un amico di Andrea potesse diventare anche amico mio.
Anche se, in effetti, non è scritto da nessuna parte.
Sono le undici, dovrebbe esserci una pausa caffè, e ne approfitto per entrare a salutare Andrea.
Davanti alla sala conferenze c'è un gruppo di avvocati in giacca e cravatta, mi avvicino alle sue spalle e lo saluto, lui dalla sorpresa fa un salto e fa cadere il croissant per terra.
«Ma sei matta ad arrivarmi così alle spalle? Mi hai fatto paura! Guarda che mi hai fatto fare!».
«Scusa, non volevo», mi affretto a raccogliere la brioche e spazzolargli la giacca con la mano. «Sono mortificata, credevo mi avessi vista. A che ora finisci? Pranziamo insieme?».
Si allontana dai suoi colleghi, di nuovo senza presentarmi, e mi fa cenno di seguirlo.
«Non posso pranzare con te, purtroppo. Ho promesso a dei colleghi che sarei rimasto con loro, e tanto ti assicuro che è questione di poco perché riprendiamo alle due. E poi ti annoieresti, nessuno ha portato la moglie e qui si parla esclusivamente di lavoro e calcio».
«Ho capito, allora che faccio, ti aspetto?»
«Stai in piscina o vai a fare un'escursione, ti raggiungo dopo in camera».
«Un'escursione... da sola?»
«Ci saranno altri turisti, io non posso proprio seguirti, ma è questione di poche ore, nel primo pomeriggio ho finito e poi avremo tutta la serata davanti».
«Sì, per giocare alla poliziotta e al ladro», dico delusa.
«Sai che non è una cattiva idea? Dovrò comprare delle manette», sorride, ma credo che lo stia pensando seriamente.
Salgo in camera, accaldata e scontenta.
Sul mio cellulare un messaggio di Barbara: "Allora, Dea del sesso? Stai scopando come un riccio?".
Che simpatia.
Scorro i novemila canali satellitari con poco entusiasmo e vado a farmi una doccia. Penso che andrò veramente in escursione con degli sconosciuti, sempre meglio che stare qui da sola.

Invece della doccia decido per un lungo bagno ristoratore, con tutte e cinque le bottigliette di bagno schiuma sciolte nell'acqua e la filodiffusione che mi fa compagnia.

Ma nel bel mezzo del mio meritato relax, sento armeggiare alla porta.

Dev'essere la donna di servizio, che ha dimenticato qualcosa, magari il cioccolatino.

Sento distintamente due voci femminili provenire dalla camera, una delle due dice: «Ecco fatto, la porta è aperta», e l'altra risponde: «Chissà dove ho la testa, ah ecco la mia chiave sul tavolo, grazie signora».

E la porta si richiude.

Cuore in gola.

Chi è entrato?

Qualcuno che ha sbagliato camera?

«Tesoro, sorpresa!», prosegue la voce. «Sei in bagno?... Ti pare che ti avrei lasciato solo qui per tutto il fine settimana? Ma di chi è questa roba?».

Sorpresa? Sono sorpresa, sì! Ma che sta succedendo? Mi alzo dall'acqua tutta insaponata e mi allungo per prendere l'accappatoio, ma la porta si spalanca e compare una ragazza mora abbronzatissima, con indosso un abitino nero microscopico che stringe due tette grandi quasi più delle mie.

Istintivamente me le guardo.

Rettifico: decisamente più grandi delle mie!

Oddio, è la moglie. E ora che cazzo faccio? Che dico?

Rimango col braccio teso tipo statua greca, come se cercassi di mimetizzarmi contro le piastrelle.

«E tu chi sei?», mi chiede perplessa.

«I... io, Ah! Chi sono io? Non... non è come sembra», cerco di coprirmi. «Non... Ha! Ha!... Una storia incredibile, quando la saprà si farà una risata anche lei».

«Aspetto», dice aggrottando la fronte.

«Lavoro nello studio Pieratti e Associati, ma questa è una pura coincidenza... Ero a Santa Margherita con mio marito, i miei figli e anche i miei suoceri per festeggiare il nostro quindicesimo anniversario di matrimonio e, mentre eravamo a cena ieri sera, ci hanno rubato la macchina con le valigie e anche il cane che era dentro. Una tragedia, non sapevamo più cosa fare, si figuri che mia suocera è anche diabetica. Allora mentre andavamo a fare la denuncia, mi sono ricordata che il dottore veniva qua per la convention, ma mai mi sarei sognata di disturbarlo, nemmeno se fossi stata in mezzo a una strada, ma con i bambini che piangevano e mia suocera messa così... Insomma mio marito mi ha convinta a chiamarlo, per chiedergli se conosceva qualcuno che potesse ospitarci per la notte e lui è stato così caritatevole che ci ha lasciato la sua camera».

Riprendo aria. Ma che sto dicendo? Nemmeno Totò era capace di tanto!

«E i bambini dove sono?», chiede inquisitoria.

«In piscina, con mio marito, io mi facevo una doccia e poi ce ne andiamo via, tutti!».

«Ma lui dov'è?»

«In riunione».

«Adesso lo chiamo».

«Ma no, Irene, che motivo c'è di disturbarlo mentre lavora? Tanto io me ne sto andando!».

«Irene? E chi è Irene?».

Ecco, ho detto la cazzata!

«Non si chiama Irene? Credevo di aver sentito il dottore dire "mia moglie Irene", ma chissà cosa ho capito».

Sudo freddo nonostante sia completamente bagnata, esco dalla vasca e volo a mettere la mia roba in valigia. Non poteva capitarmi un casino peggiore: ma non era da sua madre? Perché devo esserci io in questa situazione assurda?

«Quale moglie?»

«Lei non è la moglie?»

«No! Perché, è sposato?».

Ommioddio, non sta succedendo a me, non sta succedendo a me. Ora mi sveglio, ora mi sveglio... Driiiiin, dai, suona, suona...

Prende il cellulare, compone un numero, e mi incenerisce: «Adesso risolviamo tutto, vedrai!».

Metto le mie cose dentro la borsa, così come vengono, con un nodo allo stomaco. Sono umiliata a un punto che non avrei neanche pensato di raggiungere.

Non so cosa pensare, sono sotto shock e non mi rendo conto di niente, come fossi sotto anestesia.

La tizia, di cui voglio continuare a ignorare il nome, cammina su e giù per la stanza, imprecando al cellulare. Io voglio solo sparire da qui il più presto possibile: questa è esattamente l'idea che ho dell'inferno, gente aggressiva che ti vomita addosso insulti, urlandoti in faccia.

Indosso i miei vestiti ordinari, le Crocs verdi, afferro la borsa ed esco da quell'incubo di corsa, con l'eco delle sue urla nella testa: «Sei un coglione, hai capito? Un pezzo di merda, un figlio di puttana. Mi fai schifo, capito? Schi-fo! Sei un bastardo e sai dove te lo puoi cacciare l'anello che mi hai regalato eh? Lo sai? Su per il...».

L'ascensore si chiude, spezzando le sue volgarità.

Mi faccio chiamare un taxi e portare alla stazione, così da prendere il primo treno per Milano.

Non ho ancora avuto il tempo di piangere. Non riesco a crederci, non voglio e non posso.

Il mio cellulare squilla da mezzora.

È Andrea, non riesco a rispondere, perché significherebbe sentire altre parole e non ne voglio sentire, ho solo voglia di nascondermi e sparire, non voglio affrontare altre scuse.

Sono una povera cretina e me lo sono meritato. Mi sta bene, così imparo a essere presuntuosa. Aveva ragione Barbara, cosa credevo? Che l'avvocato superfigo stesse dietro proprio a una come me? All'ultima della classe? E per quale motivo avrebbe dovuto se non per una scommessa al bar con gli amici?

Ma quando mai? *Pretty Woman* era solo un film: nella realtà Richard Gere non smette di rinfacciarle che è stata una puttana fino all'altro ieri, finché lei, esasperata, torna sulla strada.

Chiamo Folli che risponde al quinto squillo.

Appena sento la sua voce comincio a singhiozzare, tanto che non riesce più a capire una parola.

«Chiara, ma... che sta succedendo, dov'è? È successo qualcosa, ha bisogno d'aiuto? L'hanno aggredita?»

«È andato tutto a rotoli, fa troppo male, la prego mi aiuti, io non ce la faccio...», lo supplico con tutta me stessa.

«Ma è a Portofino?»

«Sto tornando... Adesso sono in treno, la prego, devo parlare con qualcuno, lui... aveva un'altra oltre a me, capisce? Oltre la moglie... e me... un'altra donna», e piango, piango fino a che non ho più fiato nei polmoni.

«Chiara, aspetti, aspetti, adesso cerchi di stare calma, ora è in treno e non possiamo parlare. A che ora arriva a Milano?»

«Alle cinque».

«Allora l'aspetto qui in studio da me, va bene? Così mi racconta tutto con calma».

Rimango immobile fissando il telefono che, dopo un minuto, ricomincia a squillare.

È di nuovo Andrea, è la nona volta che chiama, ma non posso rispondergli, non riesco a credere che mi abbia fatto questo.

Come ha fatto a prendermi per il culo per tutto questo tempo, in maniera così scientifica, come ha potuto arrivare a regalarmi un anello? Ci deve essere una spiegazione logica, altrimenti significa che sono la donna più stupida che esista sulla faccia della terra.

Sfilo l'anello e lo stringo in mano.

Mi piange il cuore, vorrei avere avuto il coraggio di cercarlo e lanciarglielo in faccia, o vorrei almeno riuscire a buttarlo fuori dal finestrino, ma non posso. Ci tengo infinitamente a lui e non riesco a pensare al mio futuro senza vederlo più.

Come faccio col lavoro adesso? Mi devo licenziare?

Le lacrime mi scendono giù mentre tutte queste domande mi riempiono la testa.

Il ragazzo seduto di fronte a me, con gli occhiali neri, mi porge un fazzoletto di carta senza sorridere.

Lo prendo senza nemmeno ringraziare.

Il mio cellulare riprende a squillare e riattacco senza guardare il numero.

Il ragazzo di fronte fa una telefonata. Sembra in ansia.

Parla a voce bassa e con tono concitato. Sembra che parli con una donna.

«No, per favore, non riattaccare, non... Merda!».

Ricompone il numero.

«Ti prego... una spiegazione almeno me la devi, non può finire così, cosa ho fatto? Cosa cazzo ho fatto per essere buttato via così, eh? Cosa? Dove ho sbagliato? No... Dai, Eli... no... Ascolta, sono in treno, vengo lì da te, ne parliamo e risolviamo tutto... No, non riatt... Merda!».

Mi guarda imbarazzato, si toglie gli occhiali da sole e si asciuga gli occhi con rabbia.

Mi giro verso il finestrino.

Richiama esattamente nello stesso istante in cui io riattacco.

«Ha staccato il telefono», mi dice scoraggiato.

«Lui no, purtroppo», rispondo indicando il mio cellulare.

Sorridiamo guardando fuori.

«Scusa se ti ho disturbata».

«Non fa niente, anch'io sono un po' fuori di me».

«Sì, me ne ero accorto... Che schifo l'amore, eh?»

«Già».

Non ho voglia di parlarne, e nello stesso tempo non ho nessuno con cui sfogarmi, a meno che non mi decida a rispondere e rendere partecipe tutto il vagone del fatto che sono una doppia cornuta. Meglio di no, anch'io ho un filo di dignità.

«Mi ha lasciato per telefono, dopo un anno e mezzo. Dovevamo andare in vacanza insieme, avevamo fatto progetti e tutto quanto. Dovevamo sposarci, io ho chiesto il trasferimento per venire a Milano e di punto in bianco mi dice che non se la sente più, che ha dei dubbi, che deve riflettere e che forse non è pronta per passare il resto della vita con me...», picchia il pugno contro il vetro e ricompone il numero inutilmente, poi getta il cellulare sul sedile di fronte con un vaffanculo. «Secondo me c'è un altro, non è possibile che sia finita così, c'è un altro, ma lei non me lo vuole dire».

«Magari ce ne sono due...».

«Come?»

«Sì, dico, magari non ha solo un altro uomo, ne ha due... Almeno così è successo a me».

«Oh... non sapevo, mi dispiace».

«Dispiace anche a me. Due anni di attesa, di pazienza, di speranze, di sogni e poi tutto che crolla in un minuto. E improvvisamente il velo ti cade giù dagli occhi e ti rendi conto di quanto sia stato facile farsi prendere in giro: è bastato semplicemente *fidarsi* ed essere sempre in buona fede, e questo è il risultato».

«È vero, se decidi di fidarti e di lasciarti andare è la volta che ti fottono alla grande... Io ed Elisa siamo amici da una vita, eravamo stati insieme al liceo, poi io mi sono trasferito a Genova e ci siamo persi di vista. Ma continuavo a venire a Milano e ci siamo rincontrati a una festa, io suonavo la chitarra. Lei usciva da una storia lunghissima con un tipo strano, un batterista, brutta gente i batteristi, io invece non avevo storie da più di un anno e dopo qualche mese ci siamo messi insieme. Classica storia a distanza, un fine settimana veniva giù lei, un fine settimana andavo su io ed è andato tutto bene fino a questo Natale. Poi da un giorno all'altro è cambiata: sempre scazzata, sempre nervosa... Oddio, voi donne è difficile capirvi, state bene due giorni al mese... Allora ho pensato che ci fosse di mezzo il lavoro, o la famiglia o non so che altro e ieri notte la telefonata. Sono sicuro che c'è di mezzo l'altro, lei lo ha rivisto e di punto in bianco tutte le sue certezze sono crollate. Certo che voi donne ci vuole un attimo a farvi cambiare idea, eh? Un momento non potete vivere senza di noi e l'attimo dopo non siete più sicure».

«Invece voi uomini...».

Squilla il mio cellulare.

Riattacco diligentemente.

«Ma perché non senti cosa ha da dirti?»

«Perché non può avere niente da dirmi, e io non sono in vena di ascoltare altre storie, e finire per sentirmi in colpa».

«Senti, ti posso chiedere un favore? Posso chiamare col tuo cellulare? Magari se vede un numero sconosciuto risponde».

«Se ti sembra una buona idea fai pure».

«Non ho buone idee, ma se non riesco a parlarci divento pazzo».

Di nuovo compone il numero a memoria.

Chissà se Andrea sapeva il mio numero a memoria. Forse questa è l'occasione buona per impararlo.

«Pronto, Elisa? No... Aspetta, non chiudere. Se riattacchi mi butto sotto il treno, giuro che lo faccio... Dimmi la verità, è lui che ti ha fatto venire i dubbi? È quello stronzo di batterista? ELISA, ELI... Ha riattaccato».

«Forse dovresti cambiare approccio. Se l'attacchi così non ti risponderà mai, mettiti nei suoi panni».

«E allora che dovrei fare?»

«Non essere aggressivo, più sei insistente, più lei si allontana», dico riattaccando per la centesima volta. «Dille semplicemente che hai bisogno di una spiegazione, e prega che te la voglia dare. Purtroppo il coltello dalla parte del manico ce l'ha lei».

«E se non mi vuole parlare? Io mi incateno sotto casa sua, non può abbandonarmi così».

«Sì che può, e senza una vera ragione, come un cane sull'autostrada. La gente è così, tutti sono così e prima lo impari, prima te ne fai una ragione».

«Sei dura».

«Non sono io a essere dura, è la vita che lo è e nessuno ti regala niente», dico con amarezza.

Silenzio.

«E tu invece, non sei per niente curiosa di sentire quello che ha da dirti?»

«E di cosa? Di sapere nei dettagli quanto è verme? A tutto c'è un limite».

«È vero...».

Passiamo il resto del viaggio più o meno in silenzio, al momento di scendere ci presentiamo.

«Chiara».

«Riccardo».

«Allora in bocca al lupo e mantieni la calma, mi raccomando».

«Crepi... e tu fatti rispettare».

Scende di corsa.

Mi alzo per prendere la valigia e mi accorgo che il suo cellulare è rimasto sul sedile.

Lo prendo e lo metto in borsa.

Mentre salgo in taxi ricevo un sms:

«Mia moglie ha saputo di noi, gliel'ha detto il suo dentista».

QUINTA SEDUTA

«Continuo a rivivere tutta la scena a ripetizione, e più ci penso, più mi sembra irreale e lontano, e più mi sembra irreale e lontano, più comincio a credere che sia capitato a un'altra.

Mi sto quasi convincendo che non sia vero e che, in fondo, non sia poi così grave.

Niente in confronto all'idea di non vederlo mai più.

Non posso immaginare la mia vita senza di lui, senza poterlo sentire, vedere, toccare...

È semplicemente impossibile.

Non avevo preso in considerazione l'ipotesi della sua perdita. Se fosse morto me ne farei una ragione, ma in questo modo no. Voglio dire, lui è su questa terra e io non posso più stare con lui.

È perverso!».

«Chiara, vede, da quello che mi ha raccontato il problema non è *se* stare o meno con lui, il problema è che, nonostante quello che lui le ha fatto, lei *vuole* ancora stare con lui. Non scatta dentro di lei un sano rifiuto della persona che l'ha tradita, umiliata e presa in giro».

«Dottor Folli, se durante questi trentacinque anni di vita fossi stata così pignola da chiudere i ponti con tutti quelli che mi hanno tradita, umiliata o presa in giro, non avrei nemmeno un numero di telefono nel cellulare. Gli esseri umani sono fatti di carne, non si può non passare sopra a una debolezza».

«D'accordo. Visto che è in fase biblica, vorrei solo ricordarle che perdonare è prerogativa divina, ed è un passo che richiede una comprensione e un'accettazione assolute dell'accaduto, non una sua totale rimozione».

«Ma io non rimuovo, semplicemente faccio finta che non sia successo niente».

«E si chiama negazione».
«Ma se mi fa stare meglio perché non posso continuare a crearmi una mia realtà? Qualcuno ha forse detto a J. K. Rowling che i maghi non esistono? O a Fonzie che il suo pugno non faceva davvero accendere il juke box? Come crede che Jackie Kennedy potesse stare con un marito che la cornificava a tutti gli angoli? Facendo finta di niente! È l'unico modo!».
«Il "marito", però, era il Presidente degli Stati Uniti. il tornaconto era diverso. Lei cosa ci guadagna a stare con Andrea? Soldi? Celebrità? Successo?», colpo di tosse, «...amore forse?».
«Perché ha tossito?»
«L'aria condizionata», sorride.
«Qualcuno è meglio di nessuno».
«Ma chi gliele ha messe in testa queste idee? Guardi che se vuole una guerra di proverbi le rispondo con "meglio soli che male accompagnati". Sono imbattibile con le citazioni».
Rido.
«L'ho fatta ridere, il riso fa buon sangue!».
«Sì, ma ride bene chi ride ultimo!».
«Riderà lei per ultima, quando avrà capito come funziona questo giochino chiamato vita».
Il mio cellulare squilla per l'ennesima volta, poi si spegne definitivamente.
Si è scaricata la batteria.
«Può rispondere se vuole».
«No, è sempre lui, non gli ho ancora risposto da stamani».
«Vede che è più forte di quanto pensa?»
«No, la verità è che, paradossalmente, questa è la prima volta che mi desidera così tanto e solo perché gli sto sfuggendo. Se gli rispondo, il gioco passerà di nuovo in mano sua».
«Allora anche lei conosce le tattiche».
«Tutte le donne conoscono le tattiche, ma non tutte hanno voglia di usarle».
«Le è già successo in precedenza di essere tradita?»
Sospiro.
«Comincio davvero a credere che lei sia un sadico...

Dopo la laurea avevo cominciato a lavorare per un'associazione ambientalista, ero decisa a salvare almeno il mondo e non mi perdevo una campagna ecologica, una spiaggia da pulire o una giornata di raccolta firme sotto il sole cocente.

Lui, Ettore, era il mio coordinatore di zona, era lui che decideva i turni, il volantinaggio, i picchettaggi e le manifestazioni e, quando ci chiamava a raccolta, ero sempre in prima fila a pendere dalle sue labbra.

Mi piaceva perché era un leader nato, un organizzatore, un motivatore, di quelli che piacciono a tutti, con quel sorriso da furbetto che ti fa dire sempre di sì, anche se si tratta di fare tre turni di seguito.

Aveva fascino magnetico, sicurezza nel parlare, totale controllo di sé in ogni circostanza, diplomazia, senso dell'umorismo e, come se non bastasse, era pure bellissimo.

Il più grande figlio di puttana che abbia mai conosciuto in tutta la mia vita. In confronto Andrea è un missionario.

Dato che ero sicura di non potergli piacere, tutto quello che potevo fare era stare in disparte ad adorarlo e rimanere sempre a sua totale disposizione.

Lui stava con una ragazza americana bellissima che faceva qualcosa di facoltoso e importante alle Nazioni Unite e non si vedevano mai. Ma nel mio immaginario, Ettore doveva, naturalmente, essere innamorato e fedele.

Cominciavamo una campagna terribilmente impegnativa per la sensibilizzazione contro la deforestazione e il riscaldamento globale e questo significava super lavoro di ufficio stampa per martellare tutti i canali di informazione, incursioni nelle sedi dei partiti e raccolta firme.

Quello che era cominciato come volontariato, era diventata la mia ragione di vita: trascorrevo in quell'ufficio una media di dodici ore al giorno e, spessissimo, tornavo dopo cena con la scusa di qualche fax urgente.

Ettore amava molto chi si dedicava anima e cuore alla causa e io l'avevo capito benissimo, ma per lui sarei stata disposta a battermi per la filodiffusione nelle foreste tropicali o per la produzione di piscine di acqua di rose.

In poco tempo ero diventata il suo punto di riferimento: per qualunque cosa c'era Chiara, chiedete a Chiara, lo sa Chiara. Questo mi riempiva d'orgoglio.

Una sera mi chiese se potevo trattenermi un po' più a lungo perché doveva parlarmi.

Mi vennero le palpitazioni, non sapevo cosa pensare ed ero emozionatissima.

Si sedette vicino a me, mi disse che apprezzava davvero molto il mio lavoro e il mio attaccamento all'associazione, che non erano passate inosservate tutte quelle ore supplementari, che voleva cercare di darmi uno stipendio minimo e che aveva bisogno di me specialmente in un momento così difficile, dopo che la sua ragazza lo aveva lasciato e, quindi, si sarebbe assentato per un paio di settimane per andare in America, lasciando tutto in mano a me. Io non credevo alle mie orecchie: non solo mi dava la responsabilità totale di tutta l'associazione, ma mi comunicava che era tornato single e questa informazione si era incisa a caratteri cubitali nel mio ippocampo.

Due giorni dopo venivo ufficialmente investita del ruolo di assistente.

Lo sentivo anche tre volte al giorno, era sempre gentilissimo nonostante la situazione difficile, e sembrava che facesse di tutto pur di non parlarne.

Quando tornò, gli consegnai un ufficio degno delle Nazioni Unite, organizzato al millimetro, efficiente, e perfettamente funzionale. Volevo dimostrargli che di me si poteva fidare e che con me le sue ambizioni erano al sicuro.

La sera stessa mi raccontò che la storia con Nancy si era ufficialmente conclusa per "divergenze inconciliabili" e che tutto sommato era meglio così, perché questo gli avrebbe risparmiato molto dolore e perché aveva capito che non era quello il tipo di donna che cercava».

«Vuole che indovini che tipo di donna cercava?»

«Troppo facile... Una che fosse affidabile, disponibile e devota. Disse proprio devota! Si dimenticò di aggiungere ingenua, cieca e illusa, ma era sottinteso».

«Chiara... non sia dura con se stessa», mi bacchetta.

«Via... dottor Folli, quello significa andare a cercar guai!».

«Ammettiamo che, in questo caso, fosse difficile resistere».

«E ammettiamolo... ma ciò non toglie che sono stata davvero l'ultima delle sciocche. La sera dopo mi diede le chiavi di casa sua perché gli andassi ad annaffiare le piante, in cambio avrebbe cucinato per me il suo famoso chili vegetariano che gli aveva insegnato Moby in persona».

«E glielo cucinò?»

«Eccome se me lo cucinò, solo che cucinò anche me a puntino. Si immagini la scena della ragazza bruttina in cucina con il super figo, lui che le fa assaggiare il chili dal cucchiaio di legno, poi le toglie gli occhiali e le scioglie i capelli dicendole "sei molto più bella così". Sì, ha presente il repertorio completo? Con la musica e tutto e lei che dice "se questo è un sogno non voglio svegliarmi mai", e lui che risponde "ma questo non è un sogno"?».

«Un po' abusato, ma sempre efficace».

«Passammo la notte insieme, una notte incredibile, anche se la performance fu leggermente impersonale, ma in ogni caso non ero lì per dare voti. Diciamo che fu un po' egoista, ma uno come lui poteva permetterselo».

«Sia più specifica».

«Si fece fare un pompino e venne subito».

«Non è proprio quella che definirei una notte d'amore...».

«Neanch'io, ma sa come vanno queste cose, uno pensa che ci voglia un minimo di rodaggio, che ci si debba conoscere, entrare nel ritmo...».

«Quindi le volte successive è stato meno... frettoloso».

«No, no, è sempre stato così. In qualcosa doveva pur essere scadente, no? Comunque da quella sera in poi dovetti lavorare ancora di più, mentre lui era sempre meno gentile nell'impartire gli ordini, eccetto quando c'era qualcun altro presente. In quei casi parlava di me come della Madonna di Medjugorje, se poi mi lamentavo del troppo lavoro, degli orari e della paga, ecco che mi faceva il sorriso del farabutto e mi diceva che era colpa mia perché ero troppo brava e insostituibile e io me la bevevo. Andò avanti circa sei mesi durante i quali lui era spesso fuori per manifestazioni internazionali a cui non potevo mai partecipare perché dovevo rimanere in ufficio».

Poi, un giorno, arriva una telefonata strana da parte di una ragazza che, in inglese, mi dice che non riesce a mettersi in contatto con Ettore e mi chiede di riferirgli che "è questione di ore e che deve prendere il primo volo se vuol vederlo nascere".

Sul momento non pensai alla legge di Ockham, per cui la spiegazione giusta è sempre la più semplice, e cercai di convincermi che si trattasse di qualche sua amica che doveva partorire, ma appena riuscii a mettermi in contatto con lui, tutto quello che mi disse fu: "Prenotami subito un volo per New York e ricordati il pasto vegetariano".

Quando tornò, la settimana dopo, non mi degnò più di uno sguardo. Non mi ha mai dato spiegazioni o giustificazioni, lui non aveva mai lasciato la fidanzata, l'aveva pure messa incinta e durante tutti quei mesi si toglieva le ultime voglie prima di mettere la testa a posto.

Ammesso che l'abbia mai messa.

Da quel momento ho chiuso con le onlus e gli ambientalisti. Ecco perché credevo che uno come Andrea, con la pancetta, senza slanci umanitari e anche un po' ignorante non sarebbe mai arrivato a tanto.

Pensavo che fosse un uomo onesto dal momento che mi aveva detto di essere sposato e, accettando questo, avevo accettato il peggio.

Invece è arrivato a trovarsi un'altra donna. Come si definisce questo nel vostro linguaggio tecnico? Collezionismo?».

«È più un'affermazione di un ego traballante, ma non lo giustifica».

«Non so cosa farò, per il momento credo che mi darò malata, non riuscirei ad affrontarlo lunedì mattina».

«Prima o poi però sarà obbligata a farlo, e vorrei che in quel momento lei fosse completamente presente a se stessa e che agisse esclusivamente nel suo interesse, non per gratificare idee preconcette.

Vorrei che cominciasse a trattare se stessa come tratta gli altri: con rispetto, pazienza e *devozione*. Pensi a lei come alla sua migliore amica o, meglio ancora, a sua sorella, e agisca di conseguenza».

Esco sicura di avere la febbre.

Il portiere mi guarda e sta per dire qualcosa.

Gli punto il dito contro e gli intimo: «Non si azzardi, capito?».

Spalanco il portone con tutta la forza e con altrettanta forza lo sbatto.

Canta ora se hai il coraggio.

Devo risolvere la faccenda del cellulare del ragazzo del treno, strano che non abbia ancora squillato.

Richiamo la sua ragazza col mio telefono.

Dopo un'infinità di squilli, una voce di donna, incazzata come una iena con le emorroidi, mi urla nell'orecchio: «MI HAI ROTTO IL CAZZO! SEI UN MALATO DI MENTE, ORA CHIAMO I CARABINIERI E TI FACCIO ARRESTARE PER STALKING! ORA BASTA, HAI CAPITO? BASTA CON LE TELEFONATE, NON TI VOGLIO PIÙ SENTIRE!».

«Calma... Calma, non sono Riccardo. Mi chiamo Chiara, ero in treno con lui oggi pomeriggio e quando è sceso ha lasciato il cellulare sul sedile, non so come contattarlo, avevo il tuo numero nella memoria del mio telefono che gli ho prestato per chiamarti».

«Di' a quell'imbecille di farla finita con i giochini. Ha telefonato anche a mia madre e al mio studio, è stato sotto casa mia fino a un'ora fa. Sta seminando il panico e minaccia di suicidarsi. Digli di farlo e che se non è capace glielo faccio io il nodo scorsoio, perché uno così è inutile che stia al mondo!».

«Guarda, Elisa, che io ci ho solo parlato un paio d'ore in treno, non so altro di lui né dove trovarlo. Vorrei solo dargli il cellulare. Se puoi, dammi il suo indirizzo, così non ti disturbo più, perché visto il suo stato non vorrei facesse una cazzata».

«Dio lo volesse! Senti, non so dove sia, sarà da qualche suo amico svantaggiato, portalo qui a casa mia, glielo lancio volentieri dalla finestra appena ritorna».

Mi dice l'indirizzo e dopo una mezzora sono sotto casa sua.

Mi apre una ragazza alta con i capelli lunghi che cerca di tenere a bada un grosso cane lupo. Ha l'aria esausta, ma mi sorride e mi fa entrare.

Sono in imbarazzo a entrare nella sua vita.

Mi porta in cucina e mi offre un caffè facendo spazio sul tavolo pieno di tavole da disegno, progetti e modellini.

Altri due cani piccoli entrano abbaiando.

«Scusa, sai, era una mania di Riccardo quella di regalarmi animali, come se poi uno non dovesse occuparsene. Di là ho due pappagalli, un criceto e un acquario con sedici pesci rossi», dice con aria rassegnata.

Le racconto la dinamica del nostro incontro. Elisa a tratti ride e a tratti esclama: «Che idiota!».

Non so che atteggiamento tenere, perché capisco perfettamente tutti e due, ma non ho nessun dubbio circa quale dei due vorrei essere.

Da Riccardo la conversazione si sposta velocemente ad Andrea e il suo harem, e mi strappa una risata quando lo chiama "lo sceicco".

Passiamo un'oretta insieme chiacchierando come vecchie amiche, raccontandoci i dettagli più intimi, come solo le donne al primo incontro riescono a fare.

Mi racconta di quanto Riccardo sia diventato asfissiante negli ultimi tempi. Che non c'è un altro uomo, ma semplicemente tanta stanchezza e voglia di qualcosa di nuovo, voglia di partire, di cambiare vita e fare altri progetti che non includano nessuno che cerchi di tarparle le ali. Mi racconta che tutti gli uomini che ha avuto cercano di ostacolare il suo desiderio di libertà.

Penso a me, invece, e al mio eterno desiderio di essere imprigionata che nessuno ha mai voluto assecondare.

Parliamo fitto fitto, fino a che il campanello ci riporta alla realtà con un suono lungo ed irritante.

«Ecco, è finita la pace, vado a chiamare il 118 per un ricovero coatto».

«No, lascia, scendo giù io a parlargli. Se mi fermo un attimo a pensare ho paura che non smetterò mai più di piangere».

Apro il portone e Riccardo mi corre incontro scambiandomi per

Elisa, ma quando si avvicina alla luce del lampione e mi riconosce, rimane quasi scioccato.

«E tu che cazzo ci fai qui? Non capisco, sei un'amica di Elisa? Ti ha mandato lei?».

Un altro seguace di Ockham...

«Hai lasciato il cellulare in treno e hai chiamato Elisa col mio telefono ti ricordi? Uno + uno...», rispondo seccata.

«Madonna, il cellulare ce l'avevi tu. Sono impazzito a cercarlo, sono tornato alla stazione e ho fatto anche la denuncia, non ho pensato che avresti potuto prenderlo».

«Eh già... a fidarsi degli altri si rimane fottuti, no?».

Sorride girando tra le mani il telefono.

«Senti, ma lei è su? Le hai parlato? Ti ha detto qualcosa? Oggi ha minacciato di chiamare i carabinieri e ho paura che dica sul serio. Pensavo di rimanere qui sotto ad aspettare che esca per andare in studio domattina... Com'è che ti chiami, a proposito, che mica me lo ricordo?»

«Chiara. Ascolta, è meglio se per stasera la lasci tranquilla. I tuoi appostamenti non giovano a nessuno. Ce l'hai un posto dove andare?»

«No, perché i miei amici sono al mare. Ma non importa, starò qui, non fa mica freddo».

«Hai ragione, in effetti è un'ottima idea quella di beccarsi una denuncia per molestie. Dopo sarà più facile, avvicinarla da San Vittore».

«Cazzo me ne frega, se non posso più stare con lei mi va bene anche San Vittore».

«Pare che la cucina sia ottima», dico sedendomi su un motorino.

Sorride.

Sto per fargli la proposta più assurda della mia vita, ma questa giornata da dimenticare non può che concludersi in modo ancora più insensato.

«Puoi dormire a casa mia se non sai dove andare. Non è una grande idea passare la notte qui, tanto lei non scappa e anche se decide di farlo tu non potrai fare niente per fermarla. Quindi ti offro l'alternativa al carcere: una doccia, un piatto di pasta e una birra. Prendere o lasciare».

Cinque minuti di tira e molla dopo, siamo in metropolitana.

Nessuno dei due dice una parola.

Sento di aver fatto una cazzata gigantesca, mia sorella diventerà una belva, ma ho il cervello in pappa e sto cercando di tenere la mente occupata.

Entriamo in casa e mia sorella in pigiama ci corre incontro, con in mano la scopa che tiene vicino al letto, urlando: «Chi è?»

«Il ladro con le chiavi! Sara, sono io, chi vuoi che sia?», rispondo stanca.

«Ma non eri a Portofino? Perché sei già tornata? Chi è lui, Andrea? Potevi avvertirmi, mi sarei perlomeno vestita».

«No, lui è Riccardo, è una lunga storia. Stanotte dorme da noi, gli preparo il divano letto».

Mentre rifaccio il letto, Sara piomba con la consueta grazia in salotto.

«Tu sei completamente rincretinita. Io vivo con una demente, una povera rimbambita che raccoglie i cani randagi. Qual è la prossima mossa? Il barbone che dorme sotto la metro? O qualche tossico da redimere! No, aspetta, ho trovato: una bella prostituta nigeriana!».

Mi giro e la guardo seria, e dalla sua faccia capisco che il messaggio le è giunto forte e chiaro.

«Sara, io sono tanto, tanto stanca. Per favore, puoi risparmiarmi soltanto per questa notte? Solo questa, domani mattina ti giuro che mi metterò seduta su questa poltrona, me ne starò zitta zitta, e tu potrai dirmi tutto quello che pensi di me. Tutto. Che ne dici? Non ti sembra un buon affare?».

Sara mi guarda, scuote la testa e fa per andarsene, poi si ferma sulla porta e mi dice: «Se ruba qualcosa faccio i conti con te».

«È più probabile che ci lasci lui cento euro per fare la spesa...».

Mi metto a letto e fisso il soffitto, senza riuscire a prendere sonno, tentata di telefonare ad Andrea.

La segreteria della Tim mi ha segnalato altre ventuno chiamate senza messaggio, da quando la batteria si è scaricata.

L'ultima risale a due ore e mezzo fa. Comincio ad avere paura che si sia già stancato di cercarmi, che si sia già arreso.

Prendo il telefono e scorro i vecchi messaggi.
"Mi manchi tanto. Un bacio a te e alle tue sorelline".
"Sono in riunione e mi sto facendo due palle così. Penso a voi tre e ho voglia di farti cose turche, ma perché mi ecciti così tanto?".
"Ti immagino tutta nuda con la toga. Ti adoro".
"Sorelline" è il nomignolo che dava alle mie prosperose mammelle.
Sì, d'accordo, non è certo l'eleganza la prima qualità ad avermi colpito in lui, ma come ho già detto a Folli, non si può essere intransigenti con le umane debolezze.
Sono passate dodici ore dal fattaccio. Può darsi che una spiegazione ci sia, può darsi che quella poveretta avesse solo sbagliato camera, che lui avesse architettato tutto per essere obbligato a prendere una decisione, oppure lei è una sua vecchia fiamma che non vuole arrendersi.
Okay, lo chiamo, sono lucida e abbastanza presente a me stessa per affrontarlo. Folli sarebbe fiero di me.
Digito il suo nome sul cellulare e sento bussare alla porta.
«Ti avevo detto che potevi insultarmi domattina. Non resisti, eh? Lo sapevo, forza entra, così dopo dormirai meglio».
Vedo sbucare la testa di Riccardo.
«Non riesco a dormire, continuo a rileggere i messaggi e ho voglia di chiamarla».
«Sì anch'io, a dirti la verità stavo per farlo».
«Allora sono arrivato al momento giusto».
Ci mettiamo seduti sul letto, ognuno a guardare un punto morto nel vuoto.
Se qualcuno ci vedesse adesso penserebbe che ci abbiano fatto un elettroshock di troppo.
«È troppo dura, io non ce la faccio, mi manca da morire, la chiamo».
«No», gli blocco il braccio, «non fare niente, non fare assolutamente niente».
«E tu allora? Lo stavi chiamando prima che entrassi».
«Sì, è vero, però non l'ho fatto».
«Okay».

«Okay».

Ci rimettiamo a fissare il vuoto, ognuno col suo cellulare in mano.

Questa volta sono io a cedere.

«Vado in bagno un attimo».

«E hai bisogno del telefono?»

«Non si sa mai, mia madre potrebbe avere un attacco».

«Lo tengo io, se chiama le dico che sei in bagno».

«No, mia madre non sopporta che rispondano altri».

«Allora farò rispondere da tua sorella, molla l'osso», me lo strappa di mano.

Lo guardo indispettita. Ha vinto lui questa volta.

«Mmh, ho sete, vado a prendere un bicchiere d'acqua, vuoi qualcosa?», dice.

«Forse. Vengo con te».

«No, stai comoda, hai avuto una giornata pesante, ti porto latte caldo e biscotti, così dormirai bene e...».

«Ho detto che vengo con te».

Ci alziamo disarmati e andiamo in cucina a mangiare qualcosa.

Sembriamo due che si disintossicano in una clinica di riabilitazione.

E ho l'esatta sensazione di essere intossicata.

Ho *bisogno* di Andrea come un alcolista ha bisogno di bere. Mi tremano le mani e mi manca il respiro.

Riccardo prepara uno spaghetto aglio e olio, io nel frattempo bevo un po' di vino rosso.

Quando la pasta è pronta, sono già a mezza bottiglia.

«Riccardo, questa è la pasta più buona del mondo, non ne ho mai mangiata una migliore di questa».

«Chiara, sei ubriaca. La pasta è scotta e il sale è finito... Ma voi la spesa non la fate mai?»

«Toccava a Sara, io ero a farmi mettere quattro corna. È fantastico, non trovi? Finalmente sono la prima in qualcosa, è pur sempre una specialità, no?»

«Che schifo il tradimento. Io non ho mai tradito nessuna, eppure sono sempre stato tradito in un modo o nell'altro».

«Benvenuto nel club».

«Perché secondo te deve andare sempre così? Ti innamori di una persona e vuoi semplicemente passare il resto della vita con lei, c'è solo lei, non vedi più nessun'altra, vuoi sposarla, pensi per la prima volta di volere dei figli, e solo quando sei con lei ti senti a casa. Ogni piccolo passo avanti è una conquista, ogni sacrificio fatto per vedersi un'ora di più è una benedizione.

Non sai quante volte sono ripartito per Genova il lunedì all'alba e sono andato direttamente al lavoro o mi sono fatto quattro ore di macchina solo per cenare con lei e tornare a casa.

E poi, senza un preavviso, lei decide di cancellare tutto quello che c'è stato fra noi, ogni ricordo, ogni momento, ogni attimo. Tutto in una scatola e via nel fiume. Voi donne siete davvero assurde e incomprensibili».

Di colpo ritorno lucida.

«Incomprensibili un corno, vogliamo le stesse cose, sono i tempi ad essere incompatibili.

Quando noi vogliamo una famiglia, voi avete solo quarant'anni e non siete ancora pronti. Poi, quando abbiamo perso ogni speranza, ecco che, improvvisamente, decidete che non volete altro che una famiglia numerosa, ma noi a quel punto siamo così stanche e disamorate che preferiamo abbandonare la nave prima di affondare con lei».

«Secondo me lei ha solo avuto paura».

«E di cosa avrebbe dovuto avere paura? Di te? Non ti sopravvalutare. Una donna ha una resistenza al dolore che neanche ti immagini, pensa che siamo programmate per mettere al mondo dei figli. C'è niente di più pauroso dell'incognita di diventare madre? Pensi davvero che una convivenza in confronto sia così spaventosa? Noi vi inviamo continuamente dei segnali, ma voi fate di tutto per ignorarli!». Batto il pugno sul tavolo.

«E voi allora? All'inizio sembrate le più tranquille e sportive creature dell'universo: siete rilassate, comprensive, disponibili, vi va bene tutto, anche che vi si parli della propria ex, vi piace il calcio, adorate i nostri amici, avete sempre voglia di fare l'amore e siete di una dolcezza incredibile.

Ma dopo soli tre mesi, la vostra natura di scassacoglioni comincia a venire fuori di prepotenza e non riuscite più a nascondere il vostro innato istinto di informatore del KGB, cominciate a controllare qualunque cosa facciamo, a dirci come dobbiamo farla e a modificare ogni nostra singola abitudine!».

«Che colpa ne abbiamo se vi comportate come dei bambini? Non vedete al di là del vostro naso e non pensate mai alle conseguenze di quello che fate».

«Ma non ci date mai un minimo di fiducia, ci trattate come deficienti!».

«Vi comportate come deficienti!», sto urlando.

«E voi come delle pazze isteriche!».

«Voi ci avete portato a questo, siete totalmente inaffidabili e superficiali, se non pensiamo a tutto noi non siete capaci a togliervi un dito dal culo!».

«Principessa! Hai mai pensato che non ce ne frega niente di toglierci un dito dal culo visto che ci siete voi che siete tanto brave a farlo al posto nostro?»

«Non abbiamo scelta, non riuscite a masticare una gomma e camminare allo stesso tempo!».

«Lo vedi? Il vostro problema è che pensate di essere migliori di noi, ma in fondo *volete* essere come noi, invidiate il nostro cameratismo, la nostra lealtà nei confronti degli amici, il nostro successo e vi rode, allora la mettete sul casalingo: "non sapete caricare la lavastoviglie", "alzate sempre la tavoletta"... Be', la sai una cosa? Chi se ne frega! Avete voluto la parità dei diritti e ora pedalate!».

Batto le mani. «Bravo, bravissimo, molto maturo. E secondo te l'emancipazione esclude il rispetto?

Dobbiamo lavorare come un uomo, con l'aggiunta del carico della famiglia e della casa, essere pagate di meno, farci un mazzo così per essere prese sul serio e alla fine di tutto questo dovervi ringraziare per il favore che ci avete fatto? A tutte noi piacerebbe ancora essere protette, caro mio, coccolate e difese come creature preziose, ma nessuno lo fa più».

Squilla un cellulare.

«È il mio o il tuo?»

«Non lo so, corri!».

Mi tuffo sul letto a pesce e afferro il telefono, c' è un messaggio per me.

"Andate a letto, rincoglioniti! Firmato Sara".

L'indomani mi sveglio tardi.

Credo per la paura di non saper cosa fare una volta sveglia, a parte dipendere in tutto e per tutto dal maledetto telefono.

Andrea non ha più chiamato e questo mi agita moltissimo e acuisce la sensazione di perdita. Se mi chiama ma non rispondo, vuol dire che ha ancora bisogno di me, ma se non lo fa significa che ha di meglio da fare, e questo mi crea un senso di smarrimento.

Mi affaccio alla porta del salotto, ma Riccardo non c'è più.

Almeno ha richiuso il divano letto prima di andarsene.

Mi sento afferrare malamente per il braccio e trascinare in cucina.

«Quindi spiegami un po', avresti intenzione di fondare una comune?»

«Lo ha lasciato la ragazza ieri e non sapeva dove andare a dormire. Ci siamo incontrati in treno e ha dimenticato il suo cellulare sul sedile, allora ho contattato la sua ex e gliel'ho riportato».

«Ma tu non dovevi essere a Portofino con l'uomo sposato?»

«Infatti c'ero, ma l'uomo sposato ha anche un'altra donna e questa donna gli ha fatto una sorpresina ed è venuta a trovarlo in albergo, o meglio in camera anzi, se proprio vogliamo essere precisissimi, nel bagno della camera d'albergo, dove stavo facendo la doccia. Quindi, ripresasi dal colpo, lo ha chiamato al cellulare urlando insulti d'ogni tipo e quello è stato l'unico momento in cui mi sono sentita veramente a casa».

«Li trovi tutti tu gli stronzi».

«Ecco, appunto, benvenuta a casa. Comunque ancora non l'ho sentito, per cui non so cos'ha da dire in sua difesa».

«L'unica spiegazione plausibile è che sia un mormone e, conoscendoti, accetteresti di diventare la terza moglie».

«Vedi che alla fine è tutta una questione di stereotipi e cultura? Se la poligamia fosse legale, si supererebbe la questione del "o lei o me", e tutti vivrebbero felici e contenti!».

«Sei da ricovero!».

Mi chiudo in bagno per telefonare ad Andrea, ma appena mi siedo sul water sento bussare insistentemente.

«Apri, Chiara, che devo pisciare», è la voce di Riccardo.

«Ma ci sono io, aspetta il tuo turno. E poi non te ne eri andato?»

«Sono andato a far colazione e a parlare con Elisa. Ha detto che ha bisogno di fare altro e che questa vita le va stretta. Non capisco che cazzo voglia dire, quindi ora me lo spieghi tu che sai tutto! Lei stava chiamando i carabinieri un'altra volta e me ne sono andato. Avanti, esci o la faccio sulla porta».

Gli apro.

«Questo lo prendo io, non fare la furba con me», mi strappa il cellulare di mano. «Dai, vieni di là».

«Ma non dovevi andare in bagno?»

«No, dovevo solo controllare te. L'hai già chiamato?»

«Non me ne hai dato il tempo», borbotto.

«Meglio così. Ascolta, la notte mi ha portato consiglio. Ho due settimane di ferie, che dovevo passare con Elisa, ma a quanto pare non sarà così, e se torno a casa mia mi ubriacherò tutte le sere e mi ridurrò una larva a suon di psicofarmaci. Neanche tu sei in grado di stare da sola e mi pare di capire che non ci sia nessuno vicino a te che ti sostenga, quindi dobbiamo fare un patto: nessuno dei due mollerà l'altro finché non saremo in grado di stare a cinque metri da un telefono respirando normalmente.

Lo guardo con diffidenza.

«Io non voglio staccarmi da Andrea, sto solo metabolizzando. Non appena riuscirò a non pensare più a quello che è successo ieri, sarò pronta a ricominciare».

«Vuoi dire che non ti ferisce il suo tradimento?»

«Non se il prezzo da pagare è stare lontano da lui».

«Hai passato il punto di non ritorno, te ne rendi conto? È il punto in cui vai oltre i tuoi princìpi, accetti qualunque cosa e perdi la dignità. Così sei fregata e gli altri possono farti qualunque cosa. Se accetti di stare con un uomo sposato, allora perché non dovresti accettare una seconda amante? E una terza? Tanto, che ti cambia?»

«È quello che dicevo a mia sorella prima, ma lei mi ha detto che sono da ricovero».

«Ha ragione lei, possibile che non te ne rendi conto? Andrea è veleno e non puoi stare con lui. Punto».

Aggrotto la fronte. «Senti non sono così scema da non capire da sola che è una situazione sbagliata in partenza, ma io ci sono dentro e tu no, e non sai cosa significa. Io lavoro con lui, sono la sua segretaria, lo vedo tutti i giorni, abbiamo un rapporto, un'intimità, conosco le sue abitudini...».

«Conosci le sue amanti...».

«Okay, quello non lo sapevo, ma può darsi che ci sia una spiegazione».

«La spiegazione è che ti vuoi fare del male a tutti i costi. Forse così ti senti viva, che ne so. Te l'ho detto che voi donne siete assurde».

«È complicato».

«Non lo è, sei tu che lo rendi tale».

«E allora che faccio, mi licenzio?»

«Intanto ti dai malata e poi pensiamo ad una soluzione... Su, chiama in studio».

«Ma è domenica».

«Chiama una tua collega, o dovrai chiamare domattina e potrebbe risponderti lui».

Riluttante, chiamo Rossana che si dispiace per me e mi raccomanda di riguardarmi.

Sto entrando in uno stato confusionale che non ricordo di aver mai vissuto prima.

Che cazzo sto facendo? La mia vita fino a ventiquattro ore fa funzionava come un orologio, magari senza grandi slanci, ma avevo tutto sotto controllo e sopportavo l'andamento delle cose, mentre adesso sono alla mercé di un invasato che mi impedisce di farmi gli affari miei.

Squilla il mio cellulare.

Questa volta è Lui, mi si ferma il cuore.

Riccardo è più veloce di me e afferra al volo il telefono.

«Riccardo, molla il cellulare!».

«No!», tiene il braccio alzato sopra la testa.

«Non mi fare incazzare, dammelo, dai!».

«No, Chiara, abbiamo fatto un patto».
«Non c'è nessun patto fra noi, devo parlarci subito».
Il cellulare smette di suonare.
«Ecco, hai visto? Ora penserà che me ne frego di lui», gli dico con le lacrime agli occhi.
Mi guarda severo: «Se gli mancavi veramente, ti sarebbe venuto a cercare».
«Ma tu vivi a Cinecittà? Pensi veramente che qualcuno faccia gesti così plateali? Un uomo poi? Che ti venga a cercare nel cuore della notte, magari sotto la pioggia? Che prenda un aereo, o anche solo un treno regionale? Ma chi lo fa? Tu l'hai fatto solo perché ti sei sentito ferito nell'orgoglio, perché sei stato lasciato e ti brucia, perché hai perso il controllo della situazione».
«No. Io sono sempre corso dietro alle persone a cui tenevo. Questo non mi ha impedito di perderle, ma almeno ci ho provato. Non ho mai lasciato qualcuno andarsene via così, senza una parola, senza una spiegazione. Anche quando ho lasciato io. Le persone non si lasciano mai senza una parola. Potresti non rivederle più e non puoi vivere sapendo che gli dovevi delle risposte».
«Ti assicuro che gli altri vivono perfettamente in pace con se stessi, senza sentirsi in dovere di giustificare i loro gesti, anche quelli più incomprensibili. Non ci sono mai ragioni sofferte per cui si compiono certe scelte, la gente calcola rapidamente il proprio tornaconto e agisce di conseguenza».
«Devi aver avuto una vita tremendamente triste», dice lanciando il telefono sul letto. «Tieni, fai come ti pare», ed esce.
Non so che fare, non so cosa sia *giusto* fare, non capisco più niente, sono confusa, ho la testa che gira e ho bisogno di sentirlo, di sentire la sua voce e di farmi rassicurare.
L'angoscia mi stringe lo stomaco e la paura che sento è reale, e non mi permette di riflettere lucidamente.
Dicono che l'intensità delle nostre reazioni emotive sia ancora quella in voga nel Pleistocene, quando ci si relazionava ogni giorno con dinosauri e cavernicoli armati di clava.
Per cui non posso certo ovviare alla mancata evoluzione della mia corteccia cerebrale in un pomeriggio.

Respiro forte, chiudo la porta e lo chiamo.
Risponde dopo una lunga pausa a effetto, con voce tesa e controllata dicendo: «Finalmente ti degni di rispondere. A cosa devo l'onore?».
Sono spiazzata, non era questo il tipo di reazione che mi aspettavo.
«Scusa, non ho fatto in tempo a rispondere...».
«Immagino... Ti avrò chiamata una quarantina di volte da ieri, sarai stata molto occupata. Non solo te ne sei andata via senza dire niente, e mi hai lasciato lì come un imbecille, ma ti prendi anche la briga di non rispondermi. Vorrei sapere chi ti credi di essere e soprattutto con chi credi di avere a che fare per permetterti di agire così».
Mi sfugge qualcosa.
Mi sta cazziando o sbaglio?
«Ehmm... ma Andrea, io...».
«Tu cosa? Sei venuta con me a Portofino a scrocco, in una camera che non ti potresti permettere nemmeno lavorando un milione di anni e poi, di punto in bianco, te ne vai mollandomi nel bel mezzo di una piazzata napoletana. Pensavo di poter contare su di te, che fossimo una coppia, che fossimo complici, invece ti sei comportata come tutte le altre donne, sei stata davvero una gran delusione. Non voglio davvero avere più niente a che fare con te».
Mi prende il panico, mi sta abbandonando, non ce la posso fare, mi sento la testa ovattata e mi mancano le parole.
«Ma io non volevo... cioè... credevo che...».
«Certo, credevi che lei fosse la mia amante, e chiaramente hai avuto una reazione da bambina di cinque anni, che batte i piedi per terra se non le comprano lo zucchero filato. Non ti viene in mente di parlarne con me, no, prendi un taxi e torni a casa. Mi hai fatto fare una figura di merda che non ti immagini neanche, ho dovuto raccontare a tutti i miei colleghi, che non vedevano l'ora di conoscerti, che te ne eri andata per un problema in famiglia!».
«Ma... Io pensavo, cioè, non capisco più niente, ma quella ragazza in camera...».
«Ma chi, Giorgia? È la fidanzata di Guidi, era venuta a fargli

una sorpresa e la cameriera le ha aperto la camera sbagliata. A momenti lo ammazza. E tu anziché cercare la spiegazione più sensata, sei andata a cercare quella più torbida: cioè che io avessi un'altra donna ancora!», sta urlando. «Come se io fossi un pervertito, ma guarda che sei una bella stronza! Voglio che tu mi restituisca l'anello, non voglio avere niente a che fare con una persona meschina, limitata e che non si fida di me».

Sono ammutolita.

L'ho deluso. Lui credeva in me, in noi e io ho subito pensato alla peggiore delle ipotesi, senza dargli la possibilità di giustificarsi, scappando via come una ladra. Al posto suo anch'io sarei fuori di me dalla rabbia per essere stata fraintesa dall'uomo che amo. Che, oltretutto, non mi risponde al telefono...

«Andrea, ti prego», gli dico con la voce rotta dall'emozione, «non sai quanto mi dispiaccia, io sono mortificata...».

«Sì lo so, sei sempre mortificata, è la parola che usi di più. Sarebbe meglio che cominciassi a riflettere prima alle conseguenze delle tue azioni, non sei più una bambina e le cose che dici e che fai hanno effetti irreversibili, come in questo caso».

«No... Andrea, no», mugolo. «Ti prego, non mi lasciare, io non avevo capito niente, sono una cretina, una stupida e non mi merito il tuo perdono, lo capisco, ma ti prego di darmi un'altra chance. Non lo farò mai più, non dubiterò mai più di te. Non so perché l'ho fatto, ma mi sembrava la spiegazione più logica, ero lì in bagno ed è entrata lei e...».

«E tu hai pensato che fosse lì per me. Certo, io invito a Portofino tutte quelle che incontro, potevo dirlo anche a mia moglie, già che c'ero. Lei fra l'altro, per aggiungere altra merda, adesso sa di noi due e non so come sia successo, dato che non ti ho presentata al dentista appositamente per evitare casini. Come vedi questo ti dimostra quanto io sia un totale idiota, perché mi fidavo così tanto di te da uscire allo scoperto e correre questo rischio, e questa è la ricompensa. A mia moglie ho raccontato di tutto pur di evitare che venisse a saperlo così, da un pettegolezzo, e adesso, giustamente, non mi crede. Quindi, alla fine, quello che ci ha rimesso sono solo e soltanto io.

Bene, brava, hai rovinato tutto, volevo un grande futuro per noi e adesso è tutto finito, ma mi servirà di lezione».

«No, Andrea, non farlo, non mi lasciare, posso rimediare. Io ti amo, lo sai quanto ti amo e non posso stare senza di te. Ti ho sempre rispettato, sai che puoi fidarti di me per qualsiasi cosa, non farei mai niente per deluderti o danneggiarti. Non lasciarmi così, non saprei cosa fare».

«Guarda, mi secca anche doverti parlare, e non voglio nemmeno pensare di vederti domani, vorrei che tu non lavorassi in quello studio. Ma dovevo immaginarlo, ho corso un rischio troppo grosso e ora anch'io pago la mia parte».

«No, no, no», piango disperata. «Andrea, no, sei tutta la mia vita, sei la cosa più importante che ho, dimmi cosa devo fare e lo farò, non hai che da chiederlo. Se vuoi mi licenzio anche, ma non mi abbandonare, per favore...».

Sono accucciata sotto la finestra, in preda alla disperazione più totale, rannicchiata per terra, con l'unico desiderio al mondo di cancellare gli ultimi due giorni.

«Ti saluto... ciao».

Riattacca.

No. No. No. No... Non te ne andare, ti prego! Urlo dentro la mia testa con tutta la forza. Non ho più voce, il dolore se l'è divorata tutta, lo stesso dolore che mi sta paralizzando per terra, lo stesso che mi sta mangiando viva pezzo per pezzo. Spero solo che faccia presto, che mi divori, che mi spolpi, non voglio che rimanga niente di me.

La porta si apre e Riccardo viene a raccogliere i miei resti.

«Ma come ti sei ridotta, cos'è successo? Volevo entrare prima, perché non potevo credere tu ti stessi umiliando così, ma poi ho pensato non fossero affari miei. Vorrei non averlo pensato».

Si siede accanto a me, mi abbraccia tenendomi stretta e mi culla. Non oppongo resistenza, il dolore mi impedisce anche il pensiero.

Dicono che quando la sofferenza fisica è troppo intensa il cervello provoca il coma.

Mi chiedo perché non faccia lo stesso con la sofferenza emotiva.

Non posso più muovermi né parlare, non voglio nessuno, non

voglio sentire voci e parole, non voglio essere toccata, né consolata, non voglio niente a parte Andrea che mi dice che ci ripensa.

In cambio sono disposta a qualunque cosa.

«Ne ho viste di donne autolesioniste, ma tu le superi tutte, sai? Ma perché fai così? Qualunque cosa ti abbia detto non dovevi pregarlo di tornare, né supplicarlo di amarti. Non devi dare a nessuno il potere di decidere se sei degna d'amore o no e umiliarti fino a questo punto».

Non gli rispondo. Non ho risposte. Non ne ho mai avute.

«Dai, soffiati il naso e raccontami cosa ti ha detto».

Scuoto la testa piangendo.

«Parlarne ti può fare solo bene, dai raccontami».

Continuo a trincerarmi nel silenzio.

«Okay, chiamo tua sorella così parli con lei!».

«No, Sara no, per favore!».

«Allora vedi che ce l'hai la voce? Su, dimmi cos'è successo».

Gli racconto la conversazione fra i singhiozzi.

Lui mi ascolta con attenzione e non apre bocca finché non ho terminato, poi si accende una sigaretta e mi osserva attentamente con un sopracciglio alzato, come se stesse per rivelarmi il segreto dei segreti, e infine dichiara lapidario: «Ti ha preso per il culo».

«Come dici?», gli chiedo con un filo di voce.

«Se l'è inventata di sana pianta questa storia, dall'inizio alla fine, mi ci gioco le palle».

«Ma... cosa te lo fa pensare?»

«Sono un uomo. Fidati».

SESTA SEDUTA

«Secondo lei mi ha preso per il culo?»

«È difficile dirlo».

«Come sarebbe "è difficile", ma lei non ha tutte le risposte?»

«Dovrei consultare la mia sfera magica, ma l'ho lasciata negli altri pantaloni».

«Quella che mi ha dato Andrea è una spiegazione logica a tutti gli effetti: sono stata impulsiva e superficiale e non gli ho dato il tempo di capire cosa stesse succedendo, mi sono comportata come una bambina capricciosa e l'ho messo in imbarazzo».

Folli aggrotta la fronte.

«Lei si è comportata in modo adeguato a una situazione sgradevole totalmente imprevista, reagendo con molta dignità. Poteva mettersi a urlare, dare di matto, o anche affrontare lui, è vero, ma l'impulso a fuggire da quello che si prospettava essere un tradimento in tutto e per tutto ha avuto il sopravvento, e non c'è niente di male in questo».

«Ma lui mi ha chiamata decine di volte e io non gli ho mai risposto. Non è aggressivo questo?»

«Lo sarebbe se avesse provocato lei questa situazione, ma si stava semplicemente proteggendo per evitare di ritrovarsi in difficoltà, esattamente come sta accadendo adesso».

«Quindi non dovevo rispondere mai più?»

«Chiara, non c'è un *devo* e *non devo*. Stiamo parlando di imparare ad agire in una maniera che non tenga esclusivamente conto dei sentimenti degli altri, ma dei suoi *in primis*.

Cerchi di avere chiaro in mente, in ogni momento, che il suo bene viene prima di tutto.

Se fosse partita da questo presupposto, avrebbe potuto rispondere anche alla prima chiamata, purché fosse stata pronta a difendere il suo diritto a sentirsi ferita, e non ad accettare e subire qualunque interpretazione che la vedesse colpevole. È come se il fatto di sentirsi responsabile, in qualche modo contorto, la facesse star meglio, perché la mette in condizioni di espiare».

«Questo lo ha letto in qualche manuale o le è venuto in mente così, su due piedi?»

«La laurea che ho preso per corrispondenza ha dato qualche frutto».

«C'è un modo per smettere di sentirmi come mi sento?»

«Come si sente?»

«Vulnerabile, triste, abbandonata, smarrita e sola».

«Ha un quadro molto lucido e preciso delle sue emozioni».

«Sarà perché ci convivo da trentacinque anni».

«È assolutamente normale che dopo una rottura sopraggiunga una sensazione di smarrimento.

È un lutto a tutti gli effetti, e ci si trova obbligati a far fronte a un cambiamento forzato che il nostro cervello rifiuta categoricamente di accettare, e ci vuole tempo per elaborare l'esperienza. Ma quello su cui vorrei che lei riflettesse è ciò che oserei definire il suo "zerbinaggio", che non è una forma di floricoltura da appartamento, ma il suo modo di permettere che Andrea la faccia sempre sentire inadeguata, sbagliata e in colpa».

«È più forte di me, quando qualcuno alza la voce e mi accusa di qualcosa vado in tilt, così non riesco a ribattere a tono e finisco per convincermi che è colpa mia. Pensi che una volta, alle medie, due compagne prepotenti mi spinsero contro una finestra e mi fecero rompere il vetro con il gomito, ma mi convinsero che fosse colpa mia e così lo ripagai. Un'altra volta Barbara mi disse che le dovevo dei soldi, a me sembrava di averglieli restituiti, ma nel dubbio glieli ho ridati. E l'altro ieri, la signora del piano di sotto si lamentava che qualcuno avrebbe dovuto pulire le scale perché il cane di quelli del quarto piano sporca, e alla fine le ho pulite io».

Folli non cambia espressione da circa venti minuti, forse ha una paresi.

«Se io le chiedessi di fare le pulizie qui perché non ho tempo, lo farebbe?»

«Certo!», rispondo entusiasta.

«E perché?», sgrana gli occhi.

«Perché no? Lei è tanto gentile con me, sarei ben contenta di restituirle il favore».

«Ma io non le sto facendo un favore, io sto lavorando, lei le paga queste sedute!».

«Sì, ma cosa c'entra? Una cosa non esclude l'altra».

«Chiara, si ricordi dei limiti di cui parlavamo: io non ho il diritto di chiederle una cosa del genere perché sono il suo terapeuta, e una cosa esclude *totalmente* l'altra. Questo le è chiaro?», mi parla come fossi dura di comprendonio.

«Va bene, allora non farò le pulizie da lei».

«Ma non lo deve fare perché io le dico che è una cosa sbagliata, ma perché lei capisce che lo è!».

Questa terapia sta diventando un vero casino.

«Okay, d'accordo, non si arrabbi!».

«Ma non sono arrabbiato! Sto solo cercando di farle capire che... Okay, un altro esempio: se Barbara adesso le dicesse che esce con Andrea da tre mesi, lei che farebbe?»

Sospiro e faccio una smorfia.

«Oddio, dottore, questa è difficile. Sa, nessun uomo resisterebbe a Barbara, me lo dovevo aspettare prima o poi».

«Quindi non si arrabbierebbe, non romperebbe l'amicizia o cose del genere».

«Non posso competere con lei. Non le allaccio nemmeno le scarpe, e se decide che vuole qualcuno se lo prende, per questo non gliel'ho mai voluto presentare, per evitare che succedesse una cosa così».

Non dice niente.

«Ho dato la risposta sbagliata?»

«Non c'è una risposta sbagliata, ma diciamo che speravo me ne desse un'altra».

«Vede, non è che io mi aspetti che lei capisca, ma quando la propria vita prende una certa piega, vuol dire che c'è un motivo. Insomma, ci sono persone di serie A e persone di serie B e io mi sono sempre sentita di serie B. Ma l'importante è esserne consapevoli, no?»

«No, Chiara. Questo varrebbe se le mancasse un braccio e volesse a tutti i costi fare del tiro con l'arco. Ma quello che sta dicendo è totalmente sbagliato, come si è costruita questa convinzione?»

«Questa è una teoria del mio fidanzato storico Luigi, l'unico che sia durato un anno. Era un tipo molto sicuro di sé, con una quantità di teorie su tutto lo scibile umano e una propensione per le prediche.

In realtà fin da ragazzino voleva farsi prete, ma i suoi glielo avevano impedito, perché volevano che seguisse l'azienda di famiglia. Erano produttori di gabinetti, così lui aveva seguito passivamente gli ordini di suo padre ed era così represso che era diventato il più stronzo dei dirigenti.

Era perfettamente incastrato fra quello che gli ordinavano di fare e quello che desiderava veramente, una specie di mina vagante.

L'avevo conosciuto a un funerale, solo che lui non conosceva il morto, e nemmeno gli amici del morto: gli interessava l'omelia. Io mi trovai seduta accanto a lui, chiuso in profondo raccoglimento.

Quando ci scambiammo il segno di pace mi fece un sorriso tirato, ma si affrettò a spiegarmi che l'idea della stretta di mano a sconosciuti la trovava antigienica ed eccessivamente sportiva.

Da quel momento in poi non smise di parlarmi all'orecchio. Commentò l'architettura, i mosaici, mi spiegò il Concilio Vaticano II e recitò il "Credo" in latino.

Lo so cosa sta pensando: perché non ho fatto tesoro di tutte le altre agghiaccianti esperienze e me la sono data a gambe? E io che ne sapevo che fosse *così* strano? Perché non dovevo dargli una chance? E poi mica potevo decidere che fosse strano solo perché era colto!».

«Lei darebbe una chance anche a Jack lo Squartatore...».

«Cominciammo a frequentarci. Era molto intelligente, arguto, raffinato e sempre ben vestito. Il fine settimana mi portava in giro per santuari: la Madonna di Loreto, Sant'Antonio da Padova, Santa Rita da Cascia, oppure in trasferta: Montecassino, Assisi, Sulmona, Lourdes. La sua idea di weekend romantico era sempre abbinata a una processione, meglio se in qualche paesino sconosciuto e impervio. Ma a parte questo era veramente carino, leggeva in continuazione, sapeva tutto e mi regalava un sacco di libri a tema.

Una volta anche un rosario elettronico.

Mi piaceva l'idea che lui mi facesse da mentore, che si preoccupasse della mia istruzione, e che mi insegnasse cose che non sapevo.

Non era tanto l'argomento a essere importante, mi sarebbe andato bene anche se avesse voluto insegnarmi l'alfabeto Braille. Era l'idea di avere qualcuno interessato a me e al mio sviluppo personale che mi affascinava.

E, al solito, dopo un paio di mesi ero già irrimediabilmente coinvolta.

Il vero problema era il rapporto conflittuale che aveva col padre.

Lo odiava e lo temeva senza riuscire a ribellarsi, e si sfogava confessandosi anche tre volte a settimana. Ognuno si sceglie lo psicologo che preferisce, no?».

Folli dà un colpo di tosse.

«Oltre al rapporto conflittuale con il padre, aveva un rapporto morbosissimo con la madre e la sorella, che chiamava tutti i santi giorni e a cui raccontava qualunque cosa. Se azzardavo un commento o una battuta si offendeva molto, mi diceva che non erano affari miei e che se avessi avuto una famiglia normale lo avrei capito.

La mia non era certo una delle migliori, ma la sua quanto a distribuzione di follia non la batteva nessuno.

La madre gli portava tutte le mattine la colazione a letto e gli preparava i vestiti da mettersi sulla sedia... Le ho già detto che all'epoca aveva più di trent'anni? E la sorella invece era responsabile casting, nel senso che era lei a decidere se una ragazza andava bene o meno per lui».

«E lui glielo lasciava fare?»

«Certamente. Non si sarebbe mai opposto, dato che l'alternativa era suo padre.

Naturalmente non piacevo alla sorella, e me lo dimostrò la prima volta che mi portò a cena da loro.

L'ambiente era spettrale, la casa cupa, con mobili pesanti e scuri, l'orologio a pendolo che scandiva tutti i quarti d'ora, la tovaglia ricamata, i piatti bianchi con il bordo d'oro, le posate d'argento e il fermatovagliolo. Per cena ci servirono il brodo e mi ricordo che, essendo un venerdì, la madre cucinò pesce per lui e arista per suo padre.

La cena trascorse quasi nel totale silenzio se si escludono dei "Mi passerebbe l'acqua? Grazie" e "Squisito, davvero".

Nessuno mi chiese niente: la loro concezione di ospitalità era la stessa che riservavano i partigiani agli ufficiali tedeschi durante la resistenza.

Ognuno guardava nel proprio piatto senza mai alzare il naso.

La sorella si distinse in loquacità quando nominò Ilaria, la ragazza che suo padre avrebbe voluto che Luigi sposasse. Era figlia di un produttore di vasche idromassaggio. Credo che avesse in mente una *joint venture*!

Luigi non voleva frequentarla per fare dispetto al padre e, all'epoca, non sapevo di rappresentare l'esatto opposto di quello che sognavano per lui, perciò quella cena fu l'occasione per dichiarare l'apertura ufficiale delle ostilità nei miei confronti.

Non potevo dormire da lui perché non era appropriato. E in ogni caso dormiva in un lettino a una piazza fra la camera dei genitori e quella della sorella. D'altro canto lui non rimaneva da me perché non era cosa vista di buon occhio prima del matrimonio».

«Matrimonio?»

«Esatto, pur di vedere suo padre schiattare per la rabbia avrebbe sposato me. Per questo mi indottrinava a fondo, perché aveva deciso che sarei stata io la prescelta e dovevo essere all'altezza di un predicatore esaltato. La cosa mi lusingava anche se le intenzioni non erano proprio cristalline, ma all'epoca non lo sapevo. Fu quando sua sorella cercò di mettermi sotto con la macchina che mi venne qualche dubbio».

«Cercò di investirla?»

«Lei ha sempre negato, ma non aveva senso fare trecento metri contromano solo per guardare le vetrine».

«Ma quindi lui le chiese di sposarlo?»

«Non è che me lo chiese, lo dava per scontato. Così come il fatto che non potevamo fare sesso prima».

«Niente sesso prima del matrimonio?»

«Niente rapporti completi... Almeno non con me.

E le poche volte che avevamo qualche approccio un po' più intimo, lui si fustigava perché san Tommaso d'Aquino considerava peccato disperdere il seme, mi voltava le spalle e piangeva tutta la notte accusandomi di averlo tentato!».

«Non mi dica... E lei stava per sposarlo? Una specie di lefebvriano?»

«Era anche carino, quando non era posseduto. Era premuroso e mi voleva bene. Sa che io passo facilmente sopra i dettagli!».

«Dettagli!», esclama con le mani nei capelli.

«Be', lui era molto ligio alle regole proprio perché suo padre era stato un gran libertino e aveva riempito di corna la moglie. Avrebbe fatto qualunque cosa pur di fargli dispetto, ma alla fine credo che fosse solo lui a rimetterci, perché il padre continuava a divertirsi un sacco.

Una sera andò a cena dai suoi senza di me e disse loro che ci saremmo sposati a fine febbraio.

La cosa curiosa è che a me non lo aveva ancora detto. E poi, sinceramente, sposarmi in febbraio con un freddo tremendo non era proprio il mio sogno, ma credo che si volesse sposare in condizioni estreme per cominciare subito ad espiare.

Non mi sarei sorpresa di vederlo all'altare con un saio, i piedi nudi e un cilicio in vita».

«Quando si dice una cosa vecchia, una cosa blu e una cosa prestata...».

«Alla notizia, suo padre diventò verde, sua madre ebbe un attacco di nervi e sua sorella mi telefonò per insultarmi e promettere vendetta. E lì cominciai a preoccuparmi, memore del tentato omicidio. In tutto questo Luigi era totalmente serafico e soddisfatto di sé, perché era riuscito nel suo piano demente di fare un torto al padre».

Folli continua a prendere appunti e sorridere, stasera sarà l'anima della serata alla cena coi colleghi.

«Il padre non ci pensò due volte e venne da me a minacciarmi "velatamente" che se lo avessi sposato avrei fatto l'errore più grande della mia vita e che lui si sarebbe adoperato per troncare in ogni modo quella relazione. Ripensandoci adesso, mi stava solo facendo un favore, ma rimasi piuttosto male e ne parlai con Luigi che, nel frattempo, era venuto a stare da me.

Mi disse di non preoccuparmi, che aveva tutto sotto controllo, e iniziammo quello che doveva fungere da *training* di convivenza.

Naturalmente asessuata.

Mi resi subito conto di quanto fosse incapace di fare qualunque cosa di ordine pratico, abituato com'era dalla mammina, e presto mi ritrovai a portargli la colazione a letto anche se avrei potuto alzarmi un'ora dopo di lui.

Nel frattempo continuava a lavorare con suo padre e ad andare a pranzo tutti i giorni da sua madre, che si dilettava nel lavare e stirare i suoi vestiti, dato che a casa mia Luigi non lasciava neanche lo spazzolino da denti.

In fin dei conti, da me veniva solo a dormire e a sgranare il rosario, ma era comunque un buon inizio: almeno stava prendendo una decisione, si stava opponendo al volere del padre padrone e lo faceva per me.

Cominciarono le telefonate da parte di sua madre e di sua sorella per ricordarmi che non erano d'accordo e che non avrebbero mai benedetto quell'unione, che tanto lui non mi amava e lo faceva solo per contrariare il padre. Ed ecco che arrivava alla carica il padre per ribadire le sue ragioni, e spingermi a lasciarlo per il suo bene. Non c'era un giorno in cui non avessi notizie della famiglia al completo, e se quello doveva essere un modo per comunicarmi un rifiuto era particolarmente coinvolgente.

In fondo credo che mi amassero!

Mancavano tre mesi al matrimonio e non stava succedendo niente, non se ne parlava mai, né della cerimonia, né degli invitati o della lista di nozze. Per questo mi ero ben guardata dal parlarne a mia sorella, pensavo di dirglielo il giorno prima lasciandole un biglietto scritto sul frigo.

A proposito, lei odiava Luigi, adesso non glielo posso neanche nominare per scherzo, secondo lei quella volta ho "grattato il fondo del barile".

Improvvisamente l'assillo cessò: passai settimane intere senza sentirli, e le confesso che un po' mi mancavano, specialmente la sorella.

Non me ne preoccupai, pensando che si fossero arresi per stanchezza, solo che rimanevano qualcosa come due settimane al fatidico giorno e io non sapevo più come comportarmi, anche perché Luigi era assolutamente impenetrabile. Sempre di ottimo umore, usciva la mattina, andava a lavorare, tornava la sera, cenavamo, mi faceva una lezioncina su qualche martire o processione che non si voleva perdere e poi andavamo a dormire.

Se gli chiedevo qualcosa sul matrimonio diceva di star tranquilla e che comunque sarebbe stata una cosa molto frugale per far cosa gradita a Nostro Signore Gesù Cristo. Perciò pensavo che saremmo andati in Chiesa vestiti normalmente e avremmo regolato la cosa in cinque frugalissimi minuti, solo che andò peggio di così!».

«Ho i brividi all'idea di quello che può essere successo».

«E ha ragione a farseli venire. Il giorno del fatidico sì, uscì normalmente di casa, lo salutai e gli dissi "ci vediamo dopo".

Arrivò la sera e lui non tornava, aspettai un bel po', ma niente, lo chiamai al cellulare, ma era staccato, alla fine presi il coraggio a due mani e chiamai casa sua...».

Faccio una pausa ad effetto.

«...Mi rispose sua madre ed era raggiante, felice come non l'avevo mai sentita prima, era quasi... dolce... e sa cosa mi disse? Mi ringraziava per essere stata così comprensiva e matura, che avevo agito per il bene di Luigi e che il mio gesto era nobile e degno di una donna davvero sensibile e che presto avrei trovato l'uomo giusto per me. Io non capivo una sola parola di quello che mi stava dicendo e quando le chiesi dove fosse Luigi mi rispose che a quell'ora lui e Ilaria erano già in viaggio per Santiago e che, se mai avessi avuto bisogno di qualcosa, non avevo che da chiedere».

«Lui si era sposato... con Ilaria?»

«Esatto!», dico sorridendo.

«Il giorno del vostro presunto matrimonio si era sposato con Ilaria? E non l'ha mai più rivisto?»

«Mi mandò una cartolina da Santiago in cui mi augurava ogni bene ed era sicuro che avrei capito e che sarei stata d'accordo con lui sul fatto che la nostra unione non avrebbe mai funzionato, ma che il Signore mi aveva messo sulla sua strada per fargli capire quale fosse la cosa giusta da fare».

«E lei cosa ha fatto?»

«Avrei voluto bruciare la sua roba, ma non aveva mai lasciato niente da me, eccetto i cereali per la colazione, così ho buttato quelli».

«Tutto qua? Per sfogare la sua rabbia ha buttato via una scatola di cereali?»

«Avrei dovuto prendere un volo per Santiago di Compostela?»

«Non necessariamente, ma sarà stata arrabbiata, immagino».

«Sì, ma lui diceva che le persone di serie A non si mescolano con quelle di serie B e nella sua testa evidentemente non ero di serie A».

«O non lo era lui».

«A questo non avevo mai pensato».

A casa mi assale una tristezza estrema.

Se non mi tengo occupata sono ad altissimo rischio messaggio e non me lo posso permettere.

Mi illudevo che Andrea mi chiamasse non vedendomi in ufficio stamattina, ma non lo ha fatto e mi assilla il pensiero che non lo faccia mai più.

Sara non ha ancora digerito la faccenda di Riccardo, invece Lorenzo è felicissimo di avere un alleato con cui parlare di calcio.

Suona il mio cellulare.

«Allora Dea? L'hai sfinito?».

Sospiro.

«No, è lui che ha sfinito me».

«Wow, allora il look da Costa Azzurra ha funzionato!».

«Eh non proprio...».

«Che vuoi dire?».

Penso: "Che mi sono rotta i coglioni di raccontare questa storia per la centesima volta quando l'unica cosa che ti interessa veramente è avere la quotidiana conferma che sono una povera sfigata".

E dico: «Che alla fine siamo stati a letto tutto il tempo, quindi non ho potuto sfoggiare i miei acquisti».

«Ma sto davvero parlando con Chiara? Ero sicura che qualcosa sarebbe andato storto, invece tutto bene. Stai migliorando, l'allievo supera il maestro!».

«No, Barbara, e chi può mai superare te? Diciamo che ho avuto fortuna questa volta...».

«La fortuna del principiante! Stasera beviamo qualcosa insieme? C'è anche Paolo con la nuova ragazza».

«Certo, come no? Non vedo l'ora, a dopo».

Di nuovo, l'ho fatto di nuovo, non ho voglia di vederla e farmi umiliare, ma non so mai dirle di no.

Mi prenderei a sberle.

Riccardo bussa alla mia porta, ormai è diventato la mia ombra.

«Allora? Tutto bene dallo strizzacervelli? Qualche soluzione inimmaginabile?»

«Parla piano! Mia sorella non lo sa e gradirei che non lo sapesse, mi tratta già abbastanza male senza che si metta a darmi della squilibrata, anche se si divertirebbe un sacco. E tu? Sei tornato alla carica?».

Chiude la porta e si siede sul letto.

«No. L'ultima volta che sono andato da lei e ci siamo parlati dalla finestra, aveva uno sguardo diverso, non so come dire... era distaccata... Non te lo so spiegare. Non mi ha chiesto come stavo o dove dormivo, ha solo ripetuto che adesso ha bisogno di altro, che non è più contenta di come va la sua vita e che deve assolutamente capire quello che cerca e può farlo soltanto da sola. Stavo per dirle di smettere di dire cazzate da figlia dei fiori, che siamo nati per stare insieme e che io posso tranquillamente aspettare, ma c'è stato qualcosa nel suo atteggiamento che mi ha spiazzato: lei era calma e tranquilla, era serena e in pace con se stessa e io non me la sono sentita di guastarle questo equilibrio. Era come se si fosse messa a fare a meno di me. E mi si è rotto qualcosa dentro. Tu credi davvero che non tornerà più sui suoi passi?»

«Lo chiedi alla persona sbagliata, purtroppo. Io non ne ho mai azzeccata una in fatto di storie d'amore. Però una cosa posso dirtela con certezza: ci vuole un gran coraggio a volersi rimettere in gioco, soprattutto quando uno ha già impostato la sua vita da un pezzo. Quando hai un lavoro, una storia, una casa, e tutto è destinato a continuare così per sempre, magari un giorno cominci a domandarti se è veramente quello che vuoi, se è quella la vita che sognavi a diciott'anni».

«Ma allora scusa, se tutti entrassero in crisi dopo un anno e mezzo di relazione, nessuno farebbe più progetti, né mutui, né figli. Non è che a me non andrebbe di aprire un bar a Santo Domingo e smettere di fare l'assicuratore, ma non lo faccio perché, in fondo, non sarebbe la mia vita. Mi mancherebbe troppo la mia Genova, la mia famiglia e i miei amici».

«Mio padre l'ha fatto».

«Ha aperto un bar a Santo Domingo? È un grande!».

«Hai appena detto che non lo faresti».

«Io non lo farei, ma se non lo facesse nessuno, non ci sarebbero più bar sulle spiagge e sarebbe un peccato. Comunque per fare una cosa del genere ci vogliono capacità imprenditoriali non indifferenti, non basta certo la predisposizione al bere e fare i cocktail!».

«Okay, però ti assicuro che quando a farlo è tuo padre, invece dell'eccentrico vicino di casa, non è piacevole».

«Be', in effetti... non ci avevo pensato... E lo vedi mai?»

«Io non lo vedo da tre anni e mia sorella da cinque».

«Si è risposato?»

«A dirti la verità non lo so, non è il tipo da matrimonio, è più il tipo da fare figli in giro».

«Mio zio era così, ha avuto sei figli da sei donne diverse. Loro gli hanno fatto causa perché non pagava gli alimenti e l'ha vinta lui perché il suo avvocato riuscì a dimostrare che era stato violentato!».

«Sarà stato un avvocato dello studio di Andrea».

«E ti manca tuo padre?»

«Mi mancava anche quando c'era. Credo che sarebbe stato bello avere una famiglia sana, di quelle tradizionali, in cui non sei obbligata ad accettare scelte imposte che cambiano il corso del resto della tua vita e compromettono irrimediabilmente le tue relazioni future. Ecco, questo mi è un po' mancato, però siccome di psicologo ne pago già uno, sarei felice di cambiare discorso».

«Di cosa vuoi parlare?»

«Di Andrea».

«No, dell'infame ricattatore no. Se lo incontro per strada gli cambio la faccia. Quelli come lui sono più pericolosi di un'epidemia di vaiolo».

«Sì, però nessuno mi ha spiegato come mai dovrebbe aver detto una cazzata».

«Minchia, ma hai del Citterio sugli occhi? Tanto se si scopasse un'altra davanti a te diresti che è solo inciampato, quindi che te lo dico a fare?»

«No, davvero sono curiosa, vorrei capire cosa sfugge a me che invece è così chiara ai miei *maschi alfa* di riferimento!».

«Intanto la miglior difesa è l'attacco e questo lo capisci anche da sola, forse.

Lui ti ha trattata malissimo e senza neanche darti la possibilità di parlare, ed è una tecnica piuttosto rudimentale che insegnano ai corsi di marketing in un fine settimana. Se non avesse avuto una coda di paglia lunga un chilometro, avrebbe solo dovuto spiegarti tranquillamente cos'era successo facendosi una bella risata. Ma davvero non ci arrivi?»

«No».

«La deficiente che è entrata in bagno mentre facevi la doccia e si è messa a urlare contro di te non ne aveva alcun diritto, dovevi essere tu ad attaccarti al campanello e far accorrere la sorveglianza.

Lui, a quel punto avrebbe dovuto correrti subito dietro per rassicurarti e dirti che era un terribile malinteso oppure, appena possibile, venire qui da te per chiarire».

«Non credo che sappia neanche dove abito...».

«Ma se lavori da lui! Scendi dal pero, dai! Ce li hanno i tuoi dati, non sei mica il loro pusher!».

«Si è sentito tradito perché ho dubitato di lui, proprio quando andava tutto bene. No?

Mi metto nei suoi panni: lui va in riunione, io salgo in camera e dopo un'ora succede il finimondo. Anche la tizia che è entrata in camera ha creduto che io fossi l'amante del suo fidanzato, sai come c'è rimasta?»

«Ma che te ne frega di quella! La conosci? E poi la fai finita di metterti sempre al posto degli altri? Pensi che lui si prenda il disturbo di mettersi al posto tuo? Quella là è l'altra amante di Andrea, sono pronto a scommetterci. Non vedi che ci sono troppe coincidenze? La donna di servizio che sbaglia camera, la tizia che pensa che tu sia l'amante del suo fidanzato e lo chiama al telefono, i due che guarda caso dovrebbero essere vicini di stanza... Troppe coincidenze, sembra uno sketch con Sandra e Raimondo, anzi sono sicuro di averlo anche visto».

«Ma tu dici che potrebbe arrivare ad essere così stronzo?»

«È un avvocato! Lo pagano per mentire! E poi non ti sembra troppo forzato questo volerti far sentire in colpa a tutti i costi? Questa cattiveria gratuita? Se lui fosse innocente e tu avessi dubitato di lui con cognizione di causa, tutt'al più avrebbe potuto tenerti il muso per un quarto d'ora, non ti avrebbe certo lasciato per telefono. Ma ci pensi? Ti ha lasciata PER TELEFONO!».

«È già tanto che non lo abbia fatto per sms...».

«Non ti ha voluta neanche incontrare, ti ha dato un anello una settimana fa, avete una relazione da due anni e lui ti lascia per telefono! Ma sei scema? Scusa, sai, ma questo è proprio volersi far prendere per il culo».

«Ma io lavoro lì e adesso non so come fare, mi sento male solo a pensarci».

«Altra aggravante: non ti sembra strano che non abbia fatto parola di questo? Pensi che potrebbe rimanere totalmente indifferente a vivere con te nella stessa stanza? Se conosco bene gli uomini, lui tornerà alla carica nel giro di poco, comincerà a mandarti messaggini, e ti farà credere che, nonostante le tue colpe, è quasi disposto a chiudere un occhio. Quanto scommetti?», mi tende la mano.

«Una pizza quattro stagioni. Non succederà mai».

«Lo so, perché impedirò che accada».

«Vuoi venire a un aperitivo con me? Non posso affrontare Barbara da sola».

«Chi è Barbara?»

«Non te lo voglio dire, tanto fra due ore sarai già innamorato di lei e io dovrò ancora raccogliere tuoi pezzi».

«Impossibile, ho chiuso con le donne».

Mentre usciamo incrociamo Lorenzo che ci guarda come un cane che vorrebbe essere portato fuori.

«Vieni con noi?», chiede Riccardo.

«Meglio di no, aspetto Sara da un momento all'altro. Se torna e non ci sono ci rimane male, non le piace trovare la casa vuota. Ora le cucino qualcosa, se volete faccio un po' di pasta anche per voi, così quando tornate...».

«Quell'uomo è un santo», dice Riccardo chiamando l'ascensore, «e questo conferma la mia tesi che più sei carino con una donna e più lei te la fa pagare».

Arrivati al piano terra si aprono le porte e l'inquilina del quarto fa entrare il grosso boxer bavoso.

«Che bello il suo cane, signorina», esclama Riccardo carezzando la testa del cane.

«Signorina?», risponde sorpresa ma lusingata.

«Anch'io avevo un boxer, solo che sbavava tantissimo, il suo sbava?»

«Eh, insomma...», dice guardandomi storto.

Poi rivolto a me: «Ieri ho visto la signora del terzo piano, quella vecchissima hai presente? Inginocchiata per terra a pulire tutto il pianerottolo e l'ascensore. Poverina, mi ha fatto una pena. Diceva che, anche se nessuno la paga, lo fa per una questione di rispetto, perché il condominio è la sua famiglia e le dispiaceva vedere che non tutti la pensano così. Immagina se le viene un colpo con questo caldo...».

«Ma tu da dove sei venuto fuori? Sei diabolico!», gli dico uscendo.

«Un altro corso di comunicazione efficace di un fine settimana...».

Prendiamo l'autobus.

Mi sento strana. Mi manca Andrea, ho una paura fottuta di quello che succederà quando lo rivedrò e continuo a pensare alle parole di Riccardo sulle probabilità che lui si rifaccia vivo.

Non desidero altro.

Ma non accadrà mai, non ho mai sentito nessuno parlare con tanto risentimento, rabbia e delusione.

Mi sento la testa annebbiata, mi sento vulnerabile e senza pelle.

E non posso parlarne, né manifestarlo a nessuno, perché tutti sono lì pronti a saltarmi addosso, a dirmi che sbaglio, che è uno stronzo e che devo dimenticarlo.

Come se fosse facile dimenticare.

Come se fosse giusto dimenticare.

Un secondo prima di varcare la porta del bar, indosso la maschera di "quella che non ha mai problemi" e sorrido a mille denti quando vedo Barbara venirmi incontro, come se non mi fossi accorta che ha notato Riccardo da sei isolati.

Ho la sensazione che anche Paolo lo guardi con concupiscenza, nonostante tenga la mano sulla gamba della sua nuova fidanzata, femminile come Shrek.

«Ciao io sono Barbara», gli tende la mano, «tu sei Andrea, vero?», squittisce.

«No, sono Riccardo, piacere».

«Non ho mai sentito parlare di te», mi guarda sospettosa con un sopracciglio alzato.

«È un mio nuovo amico, ci siamo conosciuti in treno».

«Ma sei diventata una mangiauomini... E... Andrea lo sa?», insiste in tono provocatorio.

«Andrea chi?», chiede Riccardo.

«Il misterioso amante di Chiara. Pensa che non sono mai riuscita a vederlo in due anni che lo frequenta. Secondo me se l'è inventato!».

«Ma chi, quello con cui ho fatto a pugni?», risponde Riccardo.

«Hai fatto a pugni per lei?», dicono tutti in coro.

«Sì, sono un uomo all'antica e mi batto sempre per una donna», dice mettendomi un braccio sulla spalla.

Mi limito a sorridere e guardarlo con gratitudine, mentre la mascella di Barbara cade per terra.

«Che invidia», si lascia scappare Paolo, che è rimasto tutto il tempo incantato a guardare Riccardo, senza nemmeno presentarci la sua metà, che si presenta da sola.

«Piacere, Caterina».

È talmente robusta che potrebbe giocare al lancio del giavellotto usando Paolo...

Barbara prende uno sgabello e si siede in mezzo a noi due, con il preciso intento di separarci e poter catalizzare l'attenzione di tutto il creato.

«Prendi uno Spritz, Ricky?».

RICKY?

Cerco di camuffare la sorpresa.

«Tu cosa prendi, Chiara?», mi chiede lui gentilmente.

«Io? Non so... Quello che prendi tu».

«Allora due bicchieri di vino bianco».

«Per me un Cosmopolitan», dice Paolo.

«E una rossa media per me», conclude Caterina.

Quando si dice "le affinità elettive"...

Barbara è in fibrillazione, fa di tutto per cercare di capire come sia possibile che ci sia qualcuno interessato al brutto anatroccolo.

«Io e Chiara ci conosciamo dalle elementari, te l'ha detto?»

«Sì, mi ha parlato tanto di te, dice che sei la migliore amica che abbia mai avuto, che sei leale, onesta e sincera».

Barbara sembra spiazzata, non credo che nel suo vocabolario esistano questi aggettivi.

«Come si fa a non voler bene a Chiara? Guardala, non è adorabile questa faccettina carina?», mi pizzica la guancia fra l'indice e il pollice.

Vorrei morderla.

«È vero che è adorabile, sono fortunato ad averla incontrata, mi ha salvato la vita».

Ora sta esagerando, alla fine mi toccherà baciarlo. È ora di cambiare argomento.

«Paolo, come vanno i preparativi per il tuo viaggio in Patagonia?»

«Ci vado con Caterina, ci siamo conosciuti in una chat di viaggi.

Lei è esperta, è stata in Africa, in Cile, in India, in Perù...», dice poco convinto.
«Sarà bellissimo, voglio vedere la Terra del fuoco, gli iceberg, i ghiacciai, i pinguini, le balene. Dormiremo in tenda, sarà un'esperienza pazzesca», dice Caterina al massimo dell'entusiasmo.
Alla parola «ghiacciai» Paolo starnutisce.
«Scusate, è l'aria condizionata...».
«Noi andiamo a San Raphael o a Turks. Insomma il solito...», dice Barbara con aria finto annoiata.
«Noi invece andiamo all'Isola del Giglio», dice Riccardo, «vero, Chiara? Aria buona, mare pulito, pesce fresco...».
Ora Barbara mi tramortisce con lo sgabello.
«E cosa fai nella vita?»
«L'assicuratore».
«Davvero? Allora dovremmo proprio vederci per una consulenza. Voglio cambiare assicurazione perché è diventata carissima e con tutte le macchine e motorini in famiglia... Be', c'è parecchio lavoro, capisci cosa intendo? Quando possiamo vederci? Puoi venire da me in settimana?»
«No, guarda, ora sono in ferie e non ce la faccio proprio a parlare di lavoro, e poi, anche se so che non faccio il mio interesse, devo dirti che noi siamo i più cari sulla piazza...».
Non ce la fa, gli sfugge. Barbara sta andando in tilt, non credo le sia mai successo prima, ma è come vedere la strega dell'Ovest liquefarsi lentamente.
Sta studiando il modo di impadronirsi di Riccardo. Se la conosco bene la sua prossima tattica dovrebbe essere la corruzione: «Ti prendo un altro bicchiere di bianco, offro io».
«No, grazie, sono a posto così».
Tiè.
In quel momento entra un suo amico, lo chiama da lontano, poi gli corre incontro, lo abbraccia platealmente e lo porta da noi.
Prossima tattica, la competizione: «Lui è Lapo, è un *interior designer* bravissimo», dice sfoggiando l'erre moscia delle grandi occasioni.
«Be', non esageriamo...».

«No, dai, diglielo che hai arredato la casa di Cavalli».

«Solo i bagni, a dire la verità».

«Era su *AD*», prosegue lei. «Senti, ma tu quest'estate cosa fai?»

«Mah, veramente non saprei ancora».

«Allora vieni con noi, facciamo un giro in barca, forse le Eolie, Panarea, le solite cose...».

«No, guarda, con la mia ragazza pensavamo alla Spagna».

Barbara sta annaspando e io per la prima volta sono comodamente seduta sulla riva del fiume, con accanto il salvagente, ma una forza misteriosa mi impedisce di lanciarglielo e da lontano le faccio segno che non la sento e sorrido mentre la vedo bere e andare sotto.

Ho proprio voglia di vederla faticare a ottenere considerazione.

Benvenuta nel mio mondo...

E ora se non vado errato c'è la tattica che io chiamo "del Marchese del Grillo": Io sono io e voi non siete un cazzo!

«L'anno scorso abbiamo fatto il bagno nudi in notturna a Stromboli. Spettacolare, mi sono tuffata da uno scoglio altissimo e li ho lasciati tutti a bocca aperta».

«Vabbè, grazie, eri nuda», dice Riccardo.

Ha ha, come godo!!

E quando niente funziona di solito passa ai colpi bassi.

«...A proposito, come ti stava il costume? Te lo sei messo alla fine?»

«Sì, una volta...», rispondo abbassando gli occhi.

«E andava bene? Insomma non ti faceva uscire tutte le...», ridacchia.

Diventa una vera stronza quando si sente rifiutata, e se la prende con me perché sa che non le rispondo. «Chiara ha questo complesso assurdo delle tettone. Io le ho sempre detto che esagera, se fosse per lei non si metterebbe mai in costume. Quando eravamo piccole stava in spiaggia con una maglietta di tre taglie sopra. Pensa che ci sono delle donne che pagherebbero per avere il seno che hai!».

«No, mi stava bene davvero, lo hai scelto tu per me, non potevi trovare di meglio».

«Ma quale? Il costume che avevi al mare?», si intromette Riccardo. «Ti stava una favola».

Ecco, finita l'amicizia.

«Sì, ho scelto il costume intero apposta, così non si sentiva in imbarazzo».

«Sei proprio una buona amica tu, Barbara, la migliore che si possa desiderare», chiosa Riccardo.

Gli do una gomitata nelle costole.

«Ma è una stronza», mi bisbiglia nell'orecchio.

«Ma no, è fatta così, lasciala stare».

«Non la reggo», fa segno di mettersi due dita in gola.

«Sei il primo al mondo che dice una cosa del genere!».

«Ma la finite di parlarvi nelle orecchie? Non è educazione», sbotta Paolo sedendosi sulle ginocchia della sua imponente fidanzata.

Barbara gioca un'ultima tattica: la lusinga.

Passa una mano fra i capelli di Riccardo: «Adoro come li tieni, così spettinati, mi ricordi il mio ex, ma tu sei più carino».

Riccardo la fissa negli occhi.

Sento già le trombe della vittoria, sto salendo sul podio a ricevere la mia medaglia.

«Ti piacciono?», arrossisce. «Non so, non ci faccio mai molto caso».

Cazzo, che succede? Il mio cavaliere, il prode difensore degli oppressi si sta cagando addosso dopo un misero complimento. Ehi regia, mandate la pubblicità!

«Ti assicuro che sembrano pettinati così apposta, e poi hanno un bellissimo colore».

«Ma dici davvero?».

Paolo ci mette del suo: «Fai toccare?... Mooorbidi! Senti, ma non ti vorresti fare qualche foto come si deve? Io sono bravino, sai?».

Okay, basta, mi arrendo, bandiera bianca. È vostro.

Mentre usciamo non resisto e gli scompiglio i capelli: «Mooooorbidi, sembrano fatti apposta e che bel coloooore! Riccardo sei una vera sega!».

«Ma che volevi che dicessi? Non mi toccare, ho i pidocchi? Mi ha fatto un complimento, capirai!».

«Ma se un minuto prima hai detto che non la sopportavi! Ti sei fatto comprare con due moine, vergogna!».

«Nessuno mi fa mai dei complimenti, mi ha colpito nel punto debole».

«È la sua specialità trovare i punti deboli. Gliel'hai servito su un piatto d'argento. E pensare che andavi così bene, ero fiera di te».

«Okay, la prossima volta non la guarderò nemmeno, promesso».

«Non ce la farai, scommetto un'altra pizza quattro stagioni».

Sento arrivare un messaggio al mio telefonino.

"Ho bisogno di vederti. Andrea".

Ho perso la pizza!

SETTIMA SEDUTA

«È ritornata al lavoro. È andato tutto bene?»

«Devo dire che pensavo peggio. Ci salutiamo, ogni tanto mi dà qualcosa da fare, ma è quasi sempre chiuso nella sua stanza».

«E lei come si sente?»

«Cerco di non pensarci e di evitarlo più che posso. È davvero dura, ma spero di riuscire a farcela. Mi sta aiutando Riccardo».

«E chi è Riccardo?», chiede sorpreso.

«Il ragazzo che vive a casa mia da due settimane».

«Davvero? Non me lo aveva detto».

«No, ero troppo presa a pensare ad Andrea. L'ho conosciuto in treno il giorno del fattaccio e anche lui era stato appena lasciato dalla sua ragazza, così ci stiamo sostenendo a vicenda per riuscire a far passare questa fase critica».

«È un buon metodo. E lei si fida di lui?»

«Credo di sì. È un tipo molto schietto, senza peli sulla lingua, e devo dire che da quando c'è lui in casa non ho più litigato con mia sorella e il frigo è sempre pieno».

«Bene», mi scruta con un'aria per niente soddisfatta delle mie risposte. «Vada avanti».

«Riccardo è magro, ha i capelli corti e arruffati, gli occhi scuri, un naso importante, non saprei cos'altro dirle. È una specie di grillo parlante: se sto per chiamare Andrea me lo impedisce, se sono triste e mi butto sul letto a piangere mi obbliga a fare qualcosa. L'altro ieri per esempio mi ha fatto stirare la sua roba e mi ha fatto pulire il bagno. Sono metodi poco ortodossi, ma confesso che mi fanno pensare ad altro».

«Sembra un uomo diverso dagli altri, perché non prova a dargli una chance?»

«A Riccardo? Ma non ci penso nemmeno, non è il mio tipo».

«Almeno è diverso da quelli che mi ha descritto fin ora».

«Ho già avuto la mia dose, anche di quelli "diversi", mi creda. E poi se non ci sono complicazioni non rendo al meglio, non riesco a stare tranquilla e mi aspetto sempre che crolli il soffitto da un momento all'altro. Perciò adesso le parlerò di Marco, il ragazzo più gentile e normale che ci fosse sulla faccia della terra.

L'avevo conosciuto a un corso di computer. Era timido, educato e riservato e non apparteneva a nessuna delle categorie che avevo frequentato fino ad allora.

E questo doveva insospettirmi.

Siamo usciti per un paio di mesi prima di metterci insieme, ed era tutto tranquillo.

Troppo tranquillo.

Io stessa ero davvero stupita che tutto andasse così bene: nessuna strana abitudine sessuale, nessuna fobia, niente matrimoni o figli nascosti, nessun passato da naziskin, nessun fidanzamento con la madre.

Parlavamo, ridevamo, andavamo al cinema, avevamo praticamente gli stessi gusti e ogni giorno che passava mi convincevo che fosse l'uomo giusto per me, anche se devo confessare che non mi sentivo troppo coinvolta.

Però piaceva a mia sorella.

Dopo sei mesi di fidanzamento decidemmo di andare in vacanza in un villaggio turistico in Tunisia. Era la nostra prima vacanza ufficiale e ci tenevo che fosse tutto perfetto, per cui avevo espressamente chiesto una camera con vista mare, e il pacchetto "Tè nel deserto", che ci era costato 250 euro di più, ma che prevedeva un massaggio al cioccolato, una gita sul cammello e una mini crociera in catamarano al tramonto.

La prima sera avevamo prenotato una cena al ristorante sulla spiaggia, era meraviglioso: noi due tutti innamorati, la brezza leggera che soffiava, la musica araba di sottofondo, e una coppia di ballerini che si esibivano in una sensuale danza del ventre. Non mi era mai capitato in vita mia di fare qualcosa di così romantico ed ero veramente al settimo cielo.

Avevo ordinato tutto quello che di afrodisiaco potesse esserci: crostacei, ostriche, champagne, dolcetti speziati, cioccolata, Marco invece non mangiava pesce e quindi aveva preso cous cous e pollo con le verdure. Dopo cena avevamo passeggiato sulla spiaggia, ballato sotto le stelle e fatto un bagno di mezzanotte che ci era valso un cazziatone in arabo dal guardaspiaggia.

La notte cominciai a sentirmi strana, avevo un prurito pazzesco in tutto il corpo, e uno strano mal di pancia, che nel giro di mezzora mi convinse di avere le doglie.

Passai l'intera nottata fra il water e il lavandino finché, alle prime luci dell'alba, mi addormentai, sfinita, in un bagno di sudore e vomito.

Riesce ad immaginare niente di più romantico?

Il povero Marco mi stette accanto tutta la notte a tenermi la testa e aiutarmi a camminare avanti indietro dal letto al bagno.

Il dottore che venne a visitarmi disse che avevo tutti i sintomi di un'intossicazione coi fiocchi, ma che non ero la prima e mi raccomandò di rimanere a letto, bere molto e mangiare solo riso e banane».

«Cibo afrodisiaco...».

«Già! Mi ero giocata la vacanza, mi sentivo come se un trattore mi fosse passato sopra in retromarcia, non riuscivo neanche a stare in piedi e Marco passava le giornate seduto sulla poltroncina a guardare la televisione pur di farmi compagnia.

Il terzo giorno lo obbligai a fare l'escursione con la jeep. Non poteva rovinarsi la vacanza anche lui, ci era costata un occhio della testa. Ma non era tipo da fare le cose da solo, era incredibilmente timido e non amava le situazioni nuove. Per convincerlo lo chiusi fuori della porta.

I giorni a seguire non fu più così difficile convincerlo a uscire, aveva conosciuto un po' di gente e si sentiva più temerario.

Era sempre premurosissimo e dolce, si preoccupava che non avessi la febbre, che avessi da leggere e da mangiare, ed era sinceramente dispiaciuto di lasciarmi lì da sola. Ma io insistevo così tanto che alla fine lui andava.

È curioso come, in realtà, nonostante gli dicessi di andare speravo tanto che rimanesse.

Una sera c'era la festa in discoteca, io non ero andata perché avevo ancora un po' di febbre e rimasi in camera ad aspettarlo, ma erano quasi le tre di notte e ne avevo piene le scatole di stare da sola a guardare la tele, così decisi di vestirmi e raggiungerlo per fargli una sorpresa».

Folli sorride.

«Inutile che le dica che da quella notte ho cancellato la parola "sorpresa" dal mio vocabolario.

Uscii a cercarlo. Andai al bar, in discoteca, al ristorante, al teatro, ma niente: non era da nessuna parte. Pensai subito che lo avessero rapito o che gli fosse successo qualcosa di tremendo, ma quando lo trovai, capii che la cosa tremenda stava succedendo a me.

Andai giù alla spiaggia e vidi alcune coppie qua e là occupatissime a pomiciare. Non pensavo che ci potesse essere lui fra loro, ma per sicurezza diedi comunque una sbirciatina frettolosa per fugare ogni dubbio.

Una volta assicuratami che non fosse fra i pomicioni, tornai verso camera nostra, passando per una strada alternativa che costeggiava le camere degli animatori.

Mentre camminavo a passo di carica, chiedendomi se fosse o meno il caso di chiamare la polizia, riconobbi la sua risata venire proprio da una di quelle stanze.

Mi sentii come proiettata in un universo parallelo dove io guardavo me stessa, in un televisore HD al plasma, aprire la porta senza chiedere permesso, entrare in una camera disordinatissima, seguire una fila di scarpe e vestiti buttati per terra, alzare gli occhi e vedere il mio fidanzato con indosso solo un reggiseno verde smeraldo pieno di ciondoli e una gonna trasparente da odalisca, mentre si faceva dare lezioni private di danza del ventre dal ballerino della prima sera.

Non dimenticherò mai le nostre facce.

Fu talmente imbarazzante che, da quel momento in poi, non ci guardammo neanche più negli occhi, talmente non sapevamo come affrontare quella faccenda.

Non sapevo come avrei potuto rispondere alle amiche che mi avessero chiesto come eravamo stati: «Benissimo, peccato rubasse il mio rossetto!».

Ci limitammo a finire la vacanza comunicando a monosillabi e, una volta tornati a casa, mi chiese se ero disposta ad accettare lo stesso la nostra storia come copertura, perché non avrebbe mai potuto confessare la sua omosessualità alla famiglia. Prometteva che sarebbe stato tutto esattamente come prima, perché mi voleva molto bene».

«E lei lo ha lasciato?».

Mi stringo nelle spalle.

Folli si copre la faccia con le mani.

«Ma scusi, non era mica facile. E lei lo dovrebbe capire meglio di tutti! Come facevo a metabolizzare tutte quelle informazioni da un giorno all'altro? Il mio fidanzato perfetto mi ama, ma ama anche certe pratiche sodomite? Chi sono io per guardare tanto per il sottile?».

Folli si sta trattenendo dallo sbattere ripetutamente la fronte sulla scrivania.

«Vada avanti».

«Continuavamo a vederci come prima. Andavo a cena dai suoi che mi facevano mille domande sui nostri progetti e io gli reggevo la parte. La cosa incredibile è che, per lui, tutto era veramente tornato a essere come prima dell'"incidente". Era gentile, premuroso, attento, con l'unico dettaglio che adesso era bisessuale.

Erano passati mesi dalla vacanza incriminata e fingevo di ignorare con tutta me stessa quello che succedeva. Facevamo pochissimo sesso e sono sicura che quando lo faceva era per farmi un favore. Ma io nel frattempo non riuscivo a togliermi dalla testa l'immagine di lui vestito da odalisca.

Alla fine smettemmo del tutto e diventammo come fratello e sorella.

Quando guardavamo la televisione abbracciati sul divano dei suoi, con le foto di lui bambino incorniciate, mi chiedevo a chi stesse pensando in quel momento e che cosa saremmo diventati in futuro. Sarebbe diventato una vecchia checca ipocondriaca? La gente avrebbe capito che eravamo una coppia di copertura? Avrebbero parlato sottovoce incrociandoci al supermercato? Mi avrebbe rubato anche la biancheria intima?

La risposta arrivò un giorno in cui dovevamo andare a cena con il suo amico Sebastian, un ragazzo argentino che lavorava insieme a lui. Me ne aveva parlato un mucchio di volte con troppo entusiasmo per non capire che si trattava del suo nuovo fidanzato e che me lo presentava per ottenere la mia benedizione.

Sebastian era un bestione di 110 chili, effeminato come pochi, e molto gentile. A vederci da fuori sembravamo usciti da una puntata di *Il brivido dell'imprevisto*.

La sera, a casa mia, mi confessò che a Sebastian ero molto piaciuta perché gli piacevano le ragazze con un bel seno abbondante. E se piacevo anche a lui, per la proprietà transitiva, potevo considerare Sebastian il mio ragazzo e, di conseguenza, sarebbe stato lecito fare sesso a tre.

Guardai Marco come si guarda un tostapane che ti chiede: "dov'è Piazza del Duomo?". Presi un respiro profondissimo e gli chiesi se sapesse dove poteva infilarsi la proprietà transitiva, e per la prima volta, dopo un anno di umiliazioni, sfogai su di lui tutta la rabbia accumulata.

Gli diedi così tante sberle e calci in culo, che mia sorella uscì per fermarmi, ma non prima che gli lanciassi dietro la targa del maledetto corso di computer dove l'avevo conosciuto.

Scendendo di corsa, scivolò sulle scale e si ruppe l'osso sacro, conclusione che mi sembrò assolutamente biblica, e da quella sera non lo vidi mai più».

«Uffff, Chiara mi ha fatto prendere un colpo. Per un attimo ho creduto che avesse accettato anche il sesso a tre».

«No. E comunque mai con Sebastian!».

«Mi ha fatto prendere uno spavento. Ma... torniamo ad Andrea, mi racconti bene com'è stato il primo impatto ritornando al lavoro, dopo quello che è successo a Portofino e la telefonata. Avrete avuto modo di chiarirvi, insomma mi piacerebbe sapere come ha gestito una situazione così sgradevole, perché vorrebbe dire aver fatto un enorme passo avanti».

«Gliel'ho detto, è tutto normale. Lui non mi parla molto e io cerco di non pensarci, ho un sacco di lavoro arretrato e non esco mai dal mio ufficio quindi... non c'è molto da dire».

«Bene, sta facendo progressi. Forse è anche l'influenza positiva di Riccardo. Le confesso che ero preoccupato, ma vedo che sta reagendo molto bene e con grande autocontrollo».

«È tutto merito suo, dottore», gigioneggio.

«Non ci provi neanche!».

Gli ho mentito spudoratamente un'altra volta.

Se esiste l'inferno degli psicoterapeuti, lo immagino come un'infinita partita di pallacanestro contro Freud e Jung che non ti lasciano mai la palla, dove Freud a ogni canestro sottolinea il connotato sessuale della palla che entra nel cesto e Jung che gli risponde: «Eddai, Sig, ma la tua è proprio una fissazione!».

Ho visto Andrea la sera stessa in cui mi ha mandato il messaggio, sono uscita di casa per incontrarlo, raccontando una balla a Riccardo.

Andrea è inspiegabilmente venuto dalle mie parti, sono salita in macchina e siamo andati a fare un giro fuori Milano.

Era ansioso, preoccupato e sudato come non lo avevo mai visto.

Mi ha detto che gli sono mancata tanto e che è stato tutto un gigantesco equivoco. Che voleva veramente chiudere la nostra storia perché si era sentito tradito e deluso, ma che adesso che l'arrabbiatura stava diminuendo, non si ricordava neanche più il motivo della litigata.

Mi ha chiesto se fossi disposta a metterci una pietra sopra, soprattutto ora che sta lasciando la moglie. Gli ho restituito l'anello come mi aveva chiesto, ma mi ha pregato di rimetterlo e di tornare insieme.

Gli sono scese le lacrime e mi ha baciata.

Senza slacciarmi il reggiseno.

Baciarlo di nuovo, dopo tutto il dolore, e la certezza che fosse finita, è stato come tornare in superficie dopo una lunga apnea o come svegliarsi da un brutto sogno e accorgersi che va tutto bene.

Non so, mi ha colto alla sprovvista. Non credevo che mi chiedesse di tornare con lui, l'ho visto dispiaciuto, fragile e sincero, soprattutto ha voluto che ci pensassi molto bene, perché si rende conto che la situazione non è delle più semplici e sa di chiedermi molto.

Ci ho pensato un secondo e gli ho detto di sì.

L'indomani mattina sono tornata in ufficio. Lui ha palesemente finto indifferenza e mi ha caricata di lavoro.

Non siamo rimasti soli neanche un attimo e non so dire come mi sento. Starò a vedere.

Quando arrivo a casa mi accorgo che Riccardo non sta bene. È in piena ricaduta, nervoso e scosso.

«Chiara, non ce la faccio, ho esaurito le energie, sono alla frutta. Mi manca come l'aria, mi manca lei. Aiutami, dimmi qualcosa che mi faccia star meglio, dimmi come fare».

Sì, sono proprio la persona giusta...

«L'hai chiamata?»

Non dice niente.

«Dai, dimmi la verità, l'hai chiamata?».

Sospira.

«L'ho chiamata, sì».

«Riccardo...».

«Lo so, mi sembrava di essere forte, mi sentivo bene, padrone della situazione, pensavo di farcela, di riuscire a parlarle con calma e ascoltare quello che mi doveva dire. Ma poi, al solito, il sentirla così tranquilla e distaccata mi ha fatto diventare matto. Mi sono incazzato, le ho detto cose orrende e lei ha riattaccato.

Io non lo capisco, Chiara, non lo capisco proprio. Come si fa a dimenticare uno a cui hai detto ti amo fino a ventiquattr'ore prima, come si fa?»

«Lo sai che voi uomini lo fate sempre? È il tema centrale delle nostre conversazioni, facci caso: in autobus, in palestra, all'aperitivo, noi donne parliamo sempre di un uomo che ci ha lasciate senza un regolare preavviso e senza giusta causa. Ma ci siamo abituate, combattiamo la sofferenza con l'ironia e lo shopping compulsivo. Voi uomini, invece, avete ancora un sacco di strada da fare».

«Cosa dovrei fare allora? Uscire a comprare una Wii? Dvd? Palloni da calcio? Quando passerà questo schifo, me lo sai dire? Quando mi sentirò di nuovo padrone di me stesso e non mi sveglierò più con questo tarlo in testa?».

Ha lo sguardo smarrito.

«Ci vuole tempo, ma piano piano passa. Dai retta a una professionista, non avere fretta. Pensa di esserti rotto una gamba: non puoi accelerare la guarigione con la sola forza di volontà».

«Come te la stai cavando tu con Andrea?»

«Oh, alla grande», dico con un po' troppo entusiasmo, «pensavo peggio».

«Non so come fai. Vederlo tutti i giorni e non poterlo nemmeno toccare, è come smettere di fumare in una tabaccheria. Perché non ti licenzi?»

«Perché devo pagare l'affitto, ecco perché».

«Ma ci saranno un miliardo di studi legali a Milano, no?»

«Ora non è il momento. Ma se riesco a sorpassare questo, dopo non avrò più paura di niente».

«Sei più forte di me. Non credevo, ero sicuro che non avresti resistito».

«E invece...», dico guardando altrove.

Sara mi chiama in cucina.

«Ti devo parlare».

Mi siedo.

«Penso che accetterò l'idea di andare a vivere a Sassari con Lorenzo».

«DAVVERO???», salto in piedi facendo cadere la sedia.

«Sì. Ci ho pensato a lungo, mi sento male all'idea ma credo che sia la cosa più giusta da fare e se le cose non dovessero funzionare, potrei sempre tornare, giusto?»

«Certo, ti aspetterò sempre a braccia aperte».

«Il problema adesso è la mamma. Glielo dobbiamo dire».

«Tu glielo devi dire, io non parto mica».

«Devi venire con me, io da sola non ce la faccio. Me lo devi».

«No che non te lo devo!».

«È l'ultimo favore che ti chiedo... non ti ho mai chiesto niente. Un ultimo misero favore».

«Sara, questo è un ricatto morale».
«Okay, come non detto. Non voglio passare da cattiva anche questa volta, lascia perdere. Io non mi sono opposta quando hai fatto venire a casa nostra uno sconosciuto, ma se per te è un problema parlare con tua madre...».
«Che c'entra Riccardo adesso? È la cosa migliore che ci potesse capitare, non c'è mai stata tanta calma in questa casa. E poi tu vivi qui con Lorenzo perciò siamo pari, no?»
«Sto con Lorenzo da cinque anni, non puoi certo paragonarlo a un tizio mai visto prima che potrebbe essere un delinquente, no? A proposito, quand'è che se ne va?».
Sento sbattere la porta d'ingresso.
«Brava, l'hai fatto andare via, ma non la chiudi mai quella boccaccia?».
Corro giù per le scale chiamandolo, ma è sparito veloce come un fulmine.
Torno su in casa sconsolata e incazzata nera.
«Ma si può sapere che ti dice la testa? Ma perché non ti fai un corso di buone maniere?
Apri la bocca e le dai fiato, senza pensare mai alle conseguenze, MAI!».
«Ma come facevo a sapere che stava ascoltando?»
«Sara, tu urli sempre. Non riesci a sostenere una conversazione senza farti sentire dal palazzo accanto».
«È colpa dell'asilo, devo sempre alzare la voce».
«Sì, ma tu la pedagogia in questa casa non la usi mai. Cosa ti costerebbe essere solo un pochino più gentile?»
«Sono nervosa per la partenza».
«Sei sempre nervosa».
«Vieni a parlare con la mamma?»
«Solo se ti scuserai con Riccardo», le porgo la mano.
Me la stringe con una smorfia.
Dopo circa un'ora, Riccardo torna con due enormi sacchetti pieni di spesa.
Io e Sara ci guardiamo interrogative.

Entra in cucina senza degnarci di uno sguardo e comincia a svuotare le buste sul tavolo.

«Stasera vi faccio i testaroli al pesto, scommetto che non li avete mai mangiati».

Facciamo no con la testa, mentre si mette a lavare il basilico dandoci le spalle.

«Visto? Non mi ha sentita, non c'è bisogno che gli chieda scusa», bisbiglia Sara al mio orecchio.

«Certo che ti ho sentita, ma sono sicuro che non lo pensavi davvero!», risponde Riccardo senza voltarsi.

Più tardi ci raggiunge anche Lorenzo.

A guardarci da fuori sembriamo una vera famiglia, strampalata, ma felice: quattro persone un po' ammaccate dalla vita che si stringono per far fronte comune contro tutto il resto, gli abbandoni, le delusioni e le amare sconfitte.

Quattro persone che, nonostante tutto, hanno deciso di non rinunciare ad amare ed essere amati.

In un modo o nell'altro.

Passo una notte agitatissima, pensando a cosa aspettarmi l'indomani.

Anch'io sono meno forte di quello che voglio sembrare, ma quando cominci a mentire non puoi più tornare indietro. Ne ho piene le scatole di essere giudicata. E se sto sbagliando me ne accorgerò col tempo. E, in ogni caso, non è detto che io stia sbagliando.

E poi non sto neanche mentendo: ho solo omesso alcune parti della verità. È molto diverso.

È così facile sedersi in cattedra e pontificare. Tutti hanno la soluzione alla tua vita: «Non stare con lui, lo devi lasciare, stai sbagliando...». Okay, e anche se fosse? È la mia vita e ne sono l'unica responsabile. Non chiedo di essere consolata, giustificata o capita, chiedo solo di essere lasciata in pace. Anche questo è chiedere troppo?

La mattina arrivo presto in ufficio nella speranza di rimanere sola con lui.

È sempre nervoso e immusonito e cerco di non disturbarlo in nessun modo.

Vorrei abbracciarlo forte e accarezzargli la testa, dirgli che va tutto bene, che supereremo tutto questo insieme, che non lo lascerò mai e ci sarò sempre, ma mi limito a stare lì, sepolta dalle scartoffie, rendendomi invisibile.

«Signorina, può venire nella mia stanza per favore?».

Mi chiama.

Deglutisco, mi do una sistemata ai capelli, pulisco gli occhiali, liscio le pieghe della gonna e vado da lui.

Mi affaccio con la testa tanto per verificare che non mi sia sbagliata e che abbia chiamato proprio me.

Mi fa cenno di entrare.

«Signorina, c'è un sacco di lavoro arretrato, se ne rende conto?», dice strizzandomi l'occhio.

Sto per giustificarmi quando mi viene incontro e mi appoggia una mano sulla bocca, poi mi dice a bassa voce: «Shhhh, parla piano, di là ci sono Saluzzi e Ferrante... Mi è venuta una voglia...».

«Ma sono le otto di mattina!», protesto.

«E allora? Non ti piace il sesso mattutino?»

«Mi piace a letto, non in ufficio!».

«Dai, su, non sai quanto ti ho pensata e quanto mi sono mancate le tue sorelline...», dice sganciandomi il reggiseno.

Questo non mi è mancato affatto.

«Ma potrebbero sentirci davvero, sai che figura?», ribatto cercando di divincolarmi.

«Ma è proprio il rischio a renderlo emozionante. Dai, non farti pregare, anzi sì fatti pregare che mi eccita».

Questo è un incubo, o una candid camera.

Anch'io l'ho sognato tutti i giorni, ma nelle mie fantasie eravamo in un bellissimo letto king size, con tanti cuscini e petali di rosa, in una camera insonorizzata, su un'isola deserta.

«Dai Andrea, sii gentile, non me la sento, non ora».

Si ferma e mi guarda con la faccia delusa.

«Non ti piaccio più?», piagnucola.

«Certo che mi piaci, che domande».

«E allora perché non vuoi farlo? Non ti sono mancato allora».

«Mi sei mancato moltissimo, ma ho bisogno di un po' di tempo per riabituarmi a noi. Ho davvero creduto che fosse finita e non mi rendo ancora conto di quello che sta succedendo».

«Se non vuoi più fare l'amore con me vuol dire che non ti mancavo poi così tanto. E se è così, non credo sia il caso di rimettersi insieme», risponde imbronciato

«Come? Ma perché dici così?»

«Perché è evidente che non ti piaccio come dici. Forse hai già trovato un altro con cui stai meglio e quindi preferisco che lasciamo perdere. Sto già male abbastanza con tutti i miei casini e non intendo aggiungerne altri».

«Ma cosa stai dicendo, quale altro? Non c'è nessun altro, solo che speravo in qualcosa di più romantico per noi due, a costo di aspettare. Nessuno ci corre dietro, non siamo obbligati a questi incontri frettolosi in ufficio».

«Smettila di mentirmi, lo capisco quando sono rifiutato».

Si allontana da me e va verso la finestra.

Sembra un bambino a cui hanno bucato il pallone.

Cerco di allacciarmi il reggiseno da sopra i vestiti, ma ci rinuncio subito.

Gli metto le mani intorno alla vita e appoggio la testa sulla sua spalla.

«Io ti amo, lo sai? Nonostante tutto e tutti io ti amo e voglio stare con te normalmente, a costo di aspettare tutta la vita, capito?».

Si gira e mi guarda.

«Sì, ma non vuoi fare l'amore con me...».

Rettifico: un bambino scemo a cui hanno bucato il pallone... e hanno fatto bene!

«Okay facciamolo, forza, facciamoci beccare così saremo sputtanati su tutta la piazza e tua moglie ti chiederà l'addebito».

Si ferma pensieroso.

Ho trovato la parola magica...

«Mmh forse hai ragione... è meglio chiudere la porta a chiave».

E così ancora una volta giochiamo a "la segretaria ci sta con l'avvocato" e, ancora una volta, giuro a me stessa che sarà l'ultima.

Se lo sapesse il dottor Folli mi aumenterebbe la tariffa come cliente recidiva.

Lo immagino che scuote la testa e dice: «Chiara, bisogna che impari a imporsi, a dire di no!».

Ma io ho detto di no, dottor Folli. Ma i miei "no" non sono mai interpretati nel modo giusto. Voglio dire, io credo in quello che dico, ma quando gli altri mi spiegano le loro motivazioni mi sembra che abbiano ragione anche loro e così il mio castello di carte crolla. «Occorre tenere duro, Chiara», dice il piccolo dottor Folli nella mia testa. «Nessuno ha mai detto che è facile, ma lei ce la può fare. Ce la deve fare a farsi rispettare».

Sì è vero, devo imparare a farmi rispettare, devo riuscire a dire basta, devo saper dire...

«Basta!», e il piccolo dottor Folli nella mia testa batte le mani.

«Hai detto basta?», mi chiede perplesso Andrea.

«Non dicevo a te, prego, continua pure».

Ho perso un'altra occasione.

Il pomeriggio lo passo in studio da Paolo, che mi sembra più abbacchiato che mai. Tossisce, ha l'asma, è bianco come un sedano ed è profondamente triste.

«Che c'è? Non vai d'accordo con la tua nuova ragazza?», dico con un po' troppa ironia.

«Sì, d'accordissimo. Sono stato proprio fortunato ad incontrarla. Mi piacciono le donne che si occupano di tutto, non sono un tipo pratico, sono più da cinque stelle».

«Ma ti rendi conto che stai per partire per la Patagonia? Sacco a pelo, freddo pazzesco, scomodità, insetti strani, bisogni all'aria aperta...».

Mi guarda come se gli avessi confessato di essere sua madre.

«Bisogni all'aria aperta... ma io non posso...».

«Sei tu che vuoi fare una vacanza estrema, e questa lo è a tutti gli effetti».

«Sì, ma pensavo che ci portassero in giro in pullman e poi in begli alberghi».

«Con Avventure nel mondo? HAHAHAHAHAHAHAHAHAHA!».

«Smetti di ridere, dai».

«Ma no, anzi diventerai più forte, più sicuro di te, sarai un altro».

«Non posso farlo, devo dirglielo. Io lì ci muoio».
«Le spezzerai il cuore».
«Ma figurati, cosa vuoi che le spezzi, quella ha il cuore di un bue».
«Non sei carino...».
«Pazienza. Non sono mica tutti fortunati come te a trovare l'uomo perfetto seduto per caso nel sedile di fronte».
Ah già, anche lui pensa che io stia con Riccardo.
«Povera Caterina, mi sembra una così brava ragazza».
«Lo è, ma a volte è così pesante».
«La verità è che tu sei una lagna e nessuno vorrebbe andare in vacanza con te. Devi solo ringraziarla se penserà a tutto lei, tu dovrai solo portarti lo spazzolino da denti».
Fa spallucce e va verso la sua nuova cliente: una signora di settantanove anni che si sposa per la quarta volta e vuole delle foto sexy da regalare al fidanzato.
Amo questa donna!

Sara mi aspetta sulla porta di casa per andare dalla mamma. Nemmeno il tempo di lavarmi le mani.
Non ho voglia di polemiche per cui mi limito a fare dietro front e tenere fermo l'ascensore.
«Ci aspetta per cena?»
«Sì, l'ho chiamata prima».
È nervosa. Si è vestita "come piace alla mamma", con un vestitino lungo semplice, i capelli sciolti e ha messo l'orologio dei diciott'anni.
Mi fa una tale tenerezza, l'abbraccerei se me lo lasciasse fare.
Un secondo prima che nostra madre apra la porta, Sara si gira verso di me in pieno attacco d'ansia: «Come sto?»
«Sei una favola».
«Davvero?»
«Staresti meglio senza quella maschera di terrore sul viso, ma tanto lei c'è abituata».
La mamma apre la porta con un gran sorriso, ha tagliato i capelli cortissimi e indossa una tunica verde muschio con delle infradi-

to. Mi sembra in gran forma, è abbronzata, serena. Fuma sempre troppo, ma fa parte di lei: non c'è una sola foto che la ritragga senza una sigaretta in mano.

Forse quelle in cui ci allatta, ma non ci giurerei.

In casa sua, nonostante i due ventilatori, fa un caldo mortale. E, a proposito di cani, i due yorkshire non smettono di abbaiare un attimo.

«Venite, bambine, che la cena è pronta. Come state? Fatevi guardare... Come siete belle, venite qui che vi abbraccio. Mamma mia come siete grandi, mi sembra ieri che vi portavo nel cestino della bicicletta, Chiara davanti e Sara dietro. State bene? Il lavoro va bene? Aspetta che chiudo di là i cani che rompono, venite qui voi due, su...».

Ci sediamo in salotto.

Sembra quello di un rigattiere, ci sono tutte le nostre foto, le foto di tutti i cani che ha avuto, quelle con lei e papà in viaggio di nozze e con noi al mare, e quelle con lei e Piero, l'uomo che amava e che è morto due anni fa.

Da quel momento sono arrivati gli attacchi di panico.

«Ho preparato le zucchine come piacciono a Sara e le polpette per Chiara. Ma sbaglio o sei dimagrita? Tu lavori troppo. E tu, Sara, perché non hai portato Lorenzo? Non lo vedo da una vita».

«No, lui stasera non poteva. E poi almeno stiamo fra noi».

«Già, come ai vecchi tempi».

«Come ti senti ultimamente, mamma?»

«Insomma. Non esco mai, ho paura di sentirmi male come l'ultima volta al supermercato».

«Ma se sei abbronzantissima! Sei stata al mare?», chiede Sara in tono leggermente sarcastico.

«Ah, questo? Sono stata tre giorni con una mia amica a Baratti».

Chissà perché ho la sensazione che la serata possa finire in tragedia. Sarà il caso di nascondere i coltelli.

«Allora vedi che non ti succede niente se esci?», continua Sara, impegnata a togliere il grasso dal prosciutto.

«Non capisci», risponde mia madre mescolando l'insalata. « È una cosa terribile, come un treno che ti passa sopra a tutta velocità e non puoi fare niente per fermarlo. E quando lo provi, non hai proprio voglia che accada di nuovo, è... imbarazzante».

«Okay, mamma, ma andiamo... non è reale!».

Eccoci...

«Non sarà reale, ma ne ha tutta l'aria, credimi».

«Ma dal momento che lo sai e che sei consapevole di non morire, perché non reagisci?»

«Perché non c'è niente da reagire... Non faccio niente per provocarlo, arriva e basta quando meno te lo aspetti».

«Come un infarto?»

«Be', in un certo senso. Fa altrettanta paura, perché sembra di morire davvero».

«Ma non si muore...», insiste Sara prendendosi un calcio sotto il tavolo.

«No, non si muore», conclude mamma sospirando.

«Sai che abbiamo un nuovo inquilino a casa?», provo a distogliere l'attenzione dal fuoco incrociato.

«Davvero? E chi è?».

«Un trovatello che Chiara ha raccolto alla stazione».

«Non è vero, è un ragazzo in gamba che sta passando un momento difficile e perciò rimane per un po' a casa nostra».

«Appunto: un trovatello...».

«Chiara è sempre stata di buon cuore. Ti ricordi quanti gatti, passerotti e lucertole portava a casa?»

«Sì, questo però è molto più ingombrante».

«Ma se ti piace un sacco. Vuoi solo essere bastian contrario. E poi non devi neanche portarlo fuori».

«Su, non litigate, fate le brave. Sono talmente contenta di vedervi, mi piacerebbe farlo più spesso, ma siete sempre tanto impegnate, e io alla fine sono sempre sola».

«Guarda che abbiamo un lavoro, non andiamo certo a divertirci... L'affitto mica ce lo regalano... a noi».

Quando si dice cercare rogna...

«Guarda che lo so che lavorate, non ho detto il contrario. È solo che mi piacerebbe vedervi più spesso, tutto qui».

«Ma hai anche detto che sei sempre sola».

«È vero, sono sempre sola».
«E perché non ti fai delle amiche?»
«Perché le mie amiche hanno famiglie numerose di cui occuparsi».
«Bella questa tovaglia, mamma, bella... plastica, dove l'hai presa?», ritento con la mia strategia di distrazione. Se non funziona, tirerò fuori le palline da giocoliere.
«Al mercato, ti piace?»
«Tantissimo, ne vorrei una uguale. Posso avere ancora pomodori? E anche il pane... e mi passi un po' di vino già che ci sei?»
La mamma mi guarda come se avessi il verme solitario.
I successivi quattro minuti trascorrono nel silenzio più totale, devo inventare qualcosa.
«Avete avuto notizie di vostro padre?»
È finita...
«Chiara ci parla sempre, io neanche morta».
«Non ci parlo sempre! Una volta al mese, a volte anche meno».
«È alleata col nemico».
«Sara! Che dici? Non dovrei nemmeno rispondergli al telefono?»
«Dovresti fargli sentire che ce l'hai con lui».
«Ma non ce l'ho con lui, insomma non come te».
«Hai sentito, mamma? Lei non ce l'ha con lui. Bello schiaffo morale che dai a tua madre, sei peggio di una serpe in seno».
«Sara, ma sei pazza? Che ti prende stasera?»
«Basta ragazze! Chiara fa bene a parlarci se vuole».
La mamma si accende una sigaretta, non ha quasi toccato cibo.
«Non mangi altro?»
«Non ho fame ultimamente, mi gira spesso la testa. Dovrò fare un po' di controlli, sapete alla mia età non è che si diventa più giovani, ogni momento è buono...».
«Mamma», le prendo la mano, «che discorsi fai...».
«No, è vero. Un momento ci sei, il momento dopo non ci sei più e la sera quando vado a letto mi vengono mille pensieri e mi assale una tristezza, un'angoscia... Allora comincio ad avere paura di non svegliarmi più o che mi venga un brutto male e mi manca l'aria, allora mi alzo e guardo la televisione fino all'alba».

«...e tu non faresti niente per provocarteli gli attacchi di panico, eh?», ribatte Sara.

«Sara, è la verità. Non siamo eterni. Hai visto Piero quanto ci ha messo ad andarsene?»

«Mamma, ma sono passati due anni».

«E quindi non se ne può parlare? È tabù?»

«No, figurati, è un piacere parlare con te».

Mi metto a tossire.

«E poi certi giorni, vi dico la verità, sarei anche contenta di non esserci più. Sono stanca e non mi aspetto grandi cose, perciò se devo stare qui ad aspettare di avere ottant'anni, va bene anche se me ne vado prima».

Signore pietà....

«Sara, senti, perché non parli del tuo bel progetto di andare a...», tento il jolly.

«Che progetto, Chiara? Non ho nessun progetto, nessunissimo. Parla tu della tua splendida storia d'amore con l'uomo sposato, così tua madre si sentirà meno sola: se non ti suicidi tu, non vedo perché dovrebbe farlo lei!».

«Sei perfida».

«No, Chiara, come con un uomo sposato? Ma che ti salta per la testa, si può sapere? Vuoi fare l'amante a vita? Ti ricordi com'è finita tua cugina Teresa? È diventata vecchia e non se l'è più filata nessuno ed è stata con quello quindici anni e lui le prometteva sempre che avrebbe lasciato la moglie! O Gesù, ci mancava anche questa!», spegne la sigaretta e ne accende un'altra.

«Sei soddisfatta adesso?», dico a Sara a denti stretti.

«Almeno ha smesso di lamentarsi!».

«Ti odio lo sai? Neanche tua sorella Gaia Luna sarebbe arrivata a tanto».

Rimane spiazzata.

Touché!

«Allora perché non vai a vivere con lei? Tanto la casa di Via Tolstoj è pur sempre casa tua, no?»

«Lo prenderò in considerazione, così potrò raccogliere tutti i randagi che voglio, cani, gatti, criceti e uomini sposati».

In macchina non parliamo fino a casa.
Ma non sopporto chi mi tiene il muso, mi sembra tempo sprecato, per cui devo rompere il silenzio: «Come mai non hai detto alla mamma che parti?»
«Non glielo voglio dire. L'hai sentita? Secondo te posso partire con l'idea di ricevere una telefonata dei carabinieri tutti i giorni?»
«Ma lo sai che non dice sul serio. È un po' depressa, si annoia e così attira l'attenzione. Ho letto che i suicidi veri non lo annunciano mai prima, lo fanno e basta, quindi dovrai preoccuparti quando smetterà di lamentarsi. E poi ci sono sempre io, non te lo dimenticare».
«Non mi fido».
«Non ti fidi di me?»
«Non mi fido delle cose che fai, sei impulsiva e irrazionale».
«Carina... Mi fai veramente sentire amata».
«Smettila, Chiara, apri gli occhi. Nostra madre ha deciso di farci sentire in colpa tutta la vita e ci sta riuscendo. Vuoi dire che quello che ha detto non ti ha fatto stringere lo stomaco? Non ti è venuto un brivido? Una sensazione di tristezza infinita? Come ti fa sentire l'idea che nostra madre preferisca raggiungere Piero?»
«Mi fa stare da cani, ma non uso te come capro espiatorio».
«Non posso partire».
«Sì che puoi, Sara. Non va peggio di come andava ieri. Vai avanti con la tua vita, almeno tu, visto che evidentemente la mia fa schifo».
Rientriamo in casa con i musi lunghi. Ognuna entra nella propria stanza.
Lorenzo e Riccardo si guardano interrogativi in piena partita di scala quaranta.
Andrea mi ha scritto un messaggio.
Ora che sua moglie non c'è più sono cambiate le regole e mi manda messaggini quasi tutte le notti.
Riccardo me lo fa subito notare.
«Chi è che ti scrive a quest'ora?»
«Nessuno».
«Nessuno?»

«Mia mamma... ringraziava per la cena».
«È andata bene?»
«No».
«Vuoi raccontare?»
«Una tipica serata fra iene, conosci?»
«Ho due sorelle».
«Non sappiamo cosa fare. Lei è triste, scoraggiata e ci fa sentire in colpa. Non credo che lo faccia apposta, sicuramente no, ma di fatto non sappiamo come aiutarla se non ci mette un po' di volontà. E ora mia sorella non vuole più partire».
«ALLORA NON CAPISCI PROPRIO UN CAZZO, LORENZO!», sentiamo gridare dalla cucina.
Aiuto....
«Non posso andare da nessuna parte, non me la sento più. Non è proprio il caso, starei malissimo. Vivrei accanto al telefono, non posso andare a vivere in un posto che si raggiunge in aereo o in dodici ore di nave. Ma non potevi abitare a Monza?»
«Andiamo a fare un giro intorno all'isolato, mi sembra di stare ad origliare», propone Riccardo.
Usciamo nell'afa notturna.
Non c'è un filo di vento e sono convinta che questo caldo insopportabile e le zanzare tigre aumentino le probabilità di un omicidio volontario.
«Bel casino le relazioni, eh?» dice Riccardo camminando davanti a me con le mani in tasca.
«Chi ci capisce è bravo... ma una cosa è certa: qualunque mossa che fai è sempre quella sbagliata».
«Spero che smetta di mancarmi così tanto, spero di dimenticarmi presto di lei e delle cose che amo di lei. Spero di svegliarmi una mattina e non pensarci più...Elisa chi? Boh, mai sentita... Adesso tutto quello che vedo mi fa pensare a lei. Costantemente».
«Pensavo che gli uomini non soffrissero...».
«Certo che sì... tu guardi troppa televisione, noi uomini soffriamo eccome... Mi manca in ogni momento della giornata, mi manca il suo modo di legarsi i capelli, mi manca sentirla canticchiare a bocca chiusa, mi manca guardarla lavorare ai suoi progetti fino

a tardi, mi manca fare finta di dormire per farmi coprire con il plaid, mi manca fare la spesa con lei e comprare schifezze viste in pubblicità, mi mancano le vacanze in Grecia... Come si fa a dimenticare tutto questo? Come fa lei a non considerarlo più importante? Non lo capirò mai».

«Forse lo considera in modo diverso. Forse ha solo bisogno di un po' di tempo per sé».

«Sarà, ma il problema adesso è che la società di assicurazioni ha accettato il mio trasferimento qui a Milano, e ora non posso certo dirgli che non vengo più perché sono stato lasciato».

«Se riusciamo a convincere Sara a partire per Sassari puoi rimanere qui».

«Dici?»

«Ma sì, mi sembra che vada bene no? Andiamo d'accordo, non ci stiamo fra i piedi, ognuno sta nel suo angolo a leccarsi le proprie ferite... E se Sara va via avrò bisogno di un coinquilino».

«Speravo che me lo dicessi. L'idea di cercarmi un'altra casa da dividere con degli sconosciuti mi stava già mandando in crisi».

«Sì, è curioso come anch'io cominci a considerarti della famiglia».

Ci fermiamo.

«Già, meno male che ci siamo incontrati. Quando si dice il destino», sorride guardandomi dritto negli occhi e mi da un buffetto sulla guancia. «Dai, torniamo su».

Risaliamo in casa e incrociamo Lorenzo che sta uscendo in lacrime con una borsa a tracolla.

«Io non ce la faccio più, mi ha sfinito. Non ho più un briciolo di energia per andare avanti con lei, ce l'ho messa tutta, ma è come svuotare l'oceano con una tazza. Mi arrendo», dice alzando le mani.

Rimaniamo allibiti davanti alla porta di casa e lo seguiamo con lo sguardo mentre scende le scale a piedi, tirando su con il naso.

Sara è seduta al tavolo di cucina davanti a una tazza di caffè, ha un'aria pensierosa. Si gira, mi guarda ed esclama: «Hai mai notato che l'anagramma di madre è merda?».

OTTAVA SEDUTA

«Lo sa, dottore, che non ho mai avuto un orgasmo in vita mia?»
«In qualche modo lo sospettavo».
«Non mi è mai piaciuto fare sesso, l'ho sempre considerato come un dovere. In realtà, tutte le volte speravo di vivere una passione travolgente come quelle che si vedono nei film. Sa, come quelle scene d'amore appassionate, in cui ci si stringe, ci si bacia, ci si guarda negli occhi quasi piangendo e tutto il resto, insomma tipo *Da qui all'eternità*, *Un giorno per caso*, *Titanic*...
Ecco, ogni volta ho pensato che sarebbe successo anche a me, che avrei incontrato l'uomo con cui avrei vissuto l'intesa totale, e con cui mi sarei sentita tutt'uno, un unico respiro, un solo corpo e una sola anima. Invece mi sono sempre trovata a vivere delle relazioni stiracchiate, dove tutti sembravano esclusivamente attratti dalle dimensioni del mio seno e basta.
Lo sa che è davvero umiliante? Si immagina se le donne stessero con lei solo per le dimensioni del suo pene? O delle sue palle?».
Folli dà un colpo di tosse.
«Sì, insomma, magari a un porno attore potrebbe anche andar bene, ma quando uno cerca qualcosa di più, alla fine si arrende. Ecco perché considero il sesso un doveroso optional di cui farei volentieri a meno».
«Si sente sfruttata?»
«Mi sento un oggetto, e quando devo farlo spero che finisca presto, in modo da tornare ad essere una persona».
«Non dovrebbe essere così, Chiara. Il sesso è una grossa fetta di una relazione, ed è una parte delicata che svela molto dell'altra persona. Voglio dire che se un uomo non la rispetta nella sua inti-

mità, la usa o la umilia, tenderà a fare lo stesso anche negli altri ambiti della vostra storia».

«Forse dovrei trovare un eunuco».

«Forse dovrebbe abbandonare comportamenti autolesionisti e darsi una possibilità, cominciando a pensare che l'amore non è una croce da portare, ma uno scambio, una crescita e una condivisione fra due persone alla pari, stando alla larga da tutto il resto».

«Quello che so per certo è che non si può avere tutto. Non puoi avere un uomo che ti ami, ti sia fedele, ti rispetti e sia anche single. A qualcosa devi rinunciare».

«Non a queste cose. Queste caratteristiche lei le deve pretendere: può rinunciare ad andare a cena al ristorante giapponese, a prendere un gatto, ad andare al concerto di Vasco Rossi, ma non al rispetto. Se lo scriva da qualche parte e lo rilegga spesso: il rispetto che porta agli altri è lo stesso che deve pretendere per se stessa».

«A parole è facile, ma a fatti? Dovrei telefonarle ogni volta che mi trovo a parlare con qualcuno e chiederle se sto dicendo la cosa giusta, si rende conto di quanto è complicato?»

«Lei guida la macchina?»

«Sì».

«Quando sale prende il libretto delle istruzioni ogni volta o infila la chiave e va?»

«È così che dovrebbero essere i rapporti con gli altri?»

«Una volta che si impara a trattare con gli altri, dopo è come guidare, lo si fa e basta».

«Ma ogni volta che voglio partire "gratto" inserendo la prima!».

«Questo succede perché ha imparato a guidare così. La macchina va lo stesso, ma procede a saltelli e inchiodate e alla lunga il motore si danneggia».

«Queste metafore le usa anche a casa con sua moglie? Non so, dice che "al mio serbatoio manca la benzina" per dire che ha fame?»

«Non sono sposato», sorride un po' imbarazzato.

«NON È SPOSATO?», urlo. «Ma che sta dicendo? Vuole uccidermi? Lei, l'uomo con tutte le risposte, la Stele di Rosetta dei geroglifici della vita, l'interprete della Cabala dei comportamenti umani, lei non è sposato? Perché no?

Per controtendenza?»

«L'ho sconvolta?»

«Eccome! Lei che ha tutto, credibilità, rispetto, soldi e un mestiere che non conosce crisi come i panettieri, si concede il lusso di non sposarsi? Ma perché? Capisce che è ingiusto nei confronti di quelli come me?»

«Cosa intende per "quelli come lei"?», chiede calmo.

«Quelli che devono pagare uno psicoterapeuta che gli dica come vivere, come trovare un fidanzato e come smettere di fare sempre gli stessi errori. Lei non ha il diritto di farci questo!», rispondo indignata.

«Vede, Chiara, a volte si vive molto meglio da soli che in una relazione infelice. Lo capirà anche lei quando supererà questa fase di dipendenza affettiva».

«Vuol dire che diventerò arida e glaciale? Non voglio diventare arida e glaciale».

«Mi crede arido e glaciale?»

«Sinceramente un po' sì. Se ne sta lì seduto sulla sua poltrona e sembra che niente la sfiori, come se avesse già visto e sentito tutto. Potrei dirle di sentirmi attratta fisicamente dai sassi di Matera e lei non farebbe una piega, potrebbe vincere al totocalcio o perdere il portafoglio e sono convinta che non cambierebbe espressione».

«Cosa le fa credere che io sia una specie di gelido ragioniere dei sentimenti? Guardi che anch'io mi commuovo, mi arrabbio e mi emoziono», risponde un po' irritato.

«Sarà, ma non me la racconta giusta. Lei è un bell'uomo, quanti anni avrà? Cinquantacinque? E avrà un sacco di donne che le stanno dietro».

«Ne ho quarantotto...».

«Oh... Scusi, ho detto un numero a caso, così... A essere sincera stavo per dire quarantacinque ma mi sembrava troppo poco per tutte quelle specializzazioni... Invece... Complimenti... una bella carriera...».

Voglio sprofondare... Adesso farà apposta a mandare a monte la terapia, così ne uscirò ancora più rincoglionita di adesso.

«Chiara, mi dica una cosa: perché vuole trovare un uomo a tutti i costi? È la prima cosa che mi ha detto entrando qui al nostro primo incontro: lei vuole trovare un uomo decente. Ma perché?»

«Perché? Come perché? Devo stare sola tutta la vita? Non merito la mia chance di avere una famiglia?»

«Certo che sì. È un suo sacrosanto diritto, non mi fraintenda, ma è il "per forza" che assicura il fallimento. Non è come comprarsi un paio di scarpe, vede. Bisogna essere molto saldi sulle proprie gambe per costruire una relazione che funzioni».

«Oh, la smetta con queste storie. Le relazioni funzionano solo sul compromesso. Quante ne vede che funzionano nel suo lavoro, eh? Sinceramente!», dico seccata.

«Non si agiti, Chiara, stia calma. È successo qualcosa che le ha dato fastidio ultimamente? La vedo molto in ansia, spero non per il fatto che non sono sposato!».

Come faccio a dirgli che sto sopportando una sveltina dietro l'altra da due settimane perché Andrea si rilassa solo così? Come faccio a dirgli che la moglie lo ha lasciato e lui vuole veramente fare le cose sul serio, ma che ha bisogno di tempo? Folli non capirebbe, è troppo integralista. E poi non sopporterei che mi giudicasse, ho bisogno della sua stima assoluta. Almeno la sua.

«Scusi, dottore, forse sono stanca, in questo periodo lavoro molto. E mia sorella ha deciso di non partire più per la Sardegna, da quando siamo andati a cena da nostra madre, e dulcis in fundo ha lasciato il suo ragazzo storico. Quindi adesso può immaginare in che situazione stiamo vivendo, sembra una clinica psichiatrica: ognuno chiuso nella propria camera a piangere o ad ascoltare Tiziano Ferro, andando a turno in cucina per evitare di incrociare gli altri e rischiare di doverli consolare».

«Ma Riccardo è ancora da voi?»

«Sì, è con noi. Meno male che cucina lui, altrimenti saremmo già state travolte dalle scatole della pizza... Vede, proprio perché tutto intorno a me frana, sarei così felice di avere qualcuno a cui aggrapparmi, e glielo dico sapendo che disapprova questa parola. Ho bisogno di una corda da afferrare per non cadere giù».

«Chiara, la corda gliela sto lanciando da due mesi».

Va bene, forse non è così che si deve fare, forse la terapia richiede veramente la totale sincerità, ma insomma non posso mica dirgli proprio tutto, no? Non è sano!

E poi cosa sto nascondendo deliberatamente? Una relazione che va avanti da un bel pezzo e che, come tutte le relazioni, ha i suoi alti e i suoi bassi. Non mi sembra una cosa tanto strana, no? Ma siccome so che mi farebbe una ramanzina, perché il suo mestiere in fondo consiste nel trovare in tutto qualcosa di sbagliato, preferisco lasciar correre. Ci sono così tante cose di cui parlare: l'infanzia difficile, mio padre, mia madre, le mie sorelle. Possiamo andare avanti senza sfiorare l'argomento Andrea per anni, e il giorno che si deciderà a mettersi con me glielo dirò e basta, come se fosse successo il giorno prima.

Magari gli mando la partecipazione.

Poi diciamoci la verità, uno che non si è ancora sposato ed è senza figli a quell'età, non può certo parlare, no?

È come se uno volesse spiegarti che sapore ha il tiramisù senza averlo mai assaggiato.

Non lo sai e non puoi parlare, punto.

Barbara mi ha scritto almeno venti messaggi per uscire di nuovo tutti insieme, e finché non si sarà portata a letto Riccardo non sarà contenta. È una cosa che voglio impedire il più a lungo possibile, per questo sto accampando scuse da giorni.

Vuole che le dia il suo cellulare, ma gli ho fatto credere che non ce l'ha perché è un tipo alternativo (cosa abbastanza plausibile), anche se non so per quanto tempo riuscirò a farglielo credere.

Sarebbe contento il dottor Folli di sapermi «finalmente stronza».

Peccato che il mio momento di gloria finisce appena giro l'angolo.

«Barbara! Che ci fai sotto casa mia che è dall'altra parte della città rispetto alla tua splendida villa?»

«Chicca, amore, sono venuta a trovarti e a vedere se c'è Riccardo. Mi sembra che tu me lo tenga nascosto».

«Nascosto? E perché mai dovrei?».

«Non so, mi sembra strano che non sia mai libero per un aperitivo, una cena o anche un caffè».

«Non mangia e non beve molto, è piuttosto spartano», dico cercando discretamente di sbarrarle la strada.

«Ma uscirà ogni tanto, no? Fa l'assicuratore, ma ho chiamato tutte le agenzie e non sono riuscita a trovarlo».

«Mmmm, lavora in una subagenzia, lontano, in una zona di Milano che nemmeno conosci, qualcosa che finisce per *ate*».

He he, buona fortuna....

«A te non dispiace se salgo su, vero? Magari lo aspetto con te».

«Ma stasera non torna, ha un incontro con il gruppo», dico mentre chiamo l'ascensore.

«Che gruppo?»

«Il gruppo... di preghiera».

«Ha un gruppo di preghiera?»

«Sì, una specie di setta, non so bene, non ne parla molto».

«Ma è una cosa segreta?»

«Credo di sì. Esce di casa con un cappuccio e torna all'alba e dopo la casa puzza di zolfo per un paio di giorni, ma solo quando c'è la luna nuova».

Barbara mi guarda perplessa.

«E non pensi che sia pericoloso?»

«E perché? Finché non maneggia coltelli non c'è da preoccuparsi. Per ora l'ho visto solo armeggiare con delle corde».

«Ma scherzi? Mi fai paura, non credi sia il caso di chiamare la polizia?»

«Per così poco? Ma no, che vuoi che sia, ognuno ha i propri hobby, no? A te piace lo shopping, a lui la flagellazione...».

«La flagellazione? Ma... vuoi dire che si fustiga?»

«Ogni tanto, solo ogni tanto, si lega un cilicio bello stretto intorno alla coscia».

«Ti prego! Ma è pazzo completo».

«È un'alternativa al piercing. Dopo che se l'è fatto allo scroto voleva qualcosa di più estremo».

Forse ho esagerato.

«Oddio, mi sembrava un ragazzo così carino. Mi sono proprio sbagliata questa volta, chi l'avrebbe detto...».

«Comunque, se proprio ci tieni puoi aspettarlo!», dico soddisfatta entrando in ascensore.

«No, credo che lascerò perdere. Comunque sarebbe meglio che tu lo mandassi via».

«Ma no, guarda, ti assicuro che quando non fuma crack è adorabile».

«Perché fu...», Barbara è sconvolta.

Ma in quel momento il Dio dei bugiardi impenitenti mi punisce facendo scendere Riccardo a piedi.

«Salve belle signore, eravate voi a tenere l'ascensore occupato?».

Barbara schiva il bacio di Riccardo che rimane un po' male e lo scruta per vedere se ha segni di cicatrici evidenti.

«Stai uscendo?», gli chiede sospettosa.

«Sì, mi vedo con il gruppo».

«Ah... allora non è un segreto».

«Perché dovrebbe?»

«E come si chiama... il gruppo?»

«La vita oltre la morte».

«Riccardo, vai o farai tardi», lo spingo fuori del portone.

«Ma no, sono in anticipo pazzesco. Perché non prendiamo un aperitivo insieme qui vicino? È un sacco che non ci vediamo».

«Io non posso, ragazzi. Devo attraversare la città per tornare a casa... Magari un'altra volta», dice Barbara indietreggiando.

Gira sui tacchi e scappa di corsa.

«Ma che aveva Barbara?»

«Non ne ho idea, ma tu di che gruppo stavi parlando?»

«Quello con cui comincio a suonare stasera. Ho conosciuto dei ragazzi, da qualche parte devo pur cominciare, no? A proposito, tua sorella si sta preparando per uscire, sembra che non le sia successo niente, lei sì che è una roccia, dovremmo imparare da lei».

«Scherzi? È come voler diventare Terminator».

Le porte dell'ascensore si chiudono.

Sara sta reagendo anche troppo bene, mi sembra Giovanna d'Arco che affronta il rogo con strafottenza. Come dire: «Be'? Che c'è da guardare? Mi sto sacrificando per il bene dell'umanità, e allora?».

Mi fa una rabbia! Aveva la felicità a portata di mano ma ha preferito autopunirsi. Per cosa poi? Per raccontarlo in qualche trasmissione pomeridiana? Vedo già il sottotitolo: "Ho lasciato l'uomo che amavo, per stare vicino a mia madre". Ma perché? Per potersi far compatire?

Lorenzo mi ha chiamata già tre volte per sapere come sta.

Sta appostato sotto casa e appena vede uscire o me o Riccardo ci chiede un rapporto dettagliato delle sue mosse.

Naturalmente evitiamo di dirgli che non è così disperata come lui la vorrebbe, gli diciamo che mangia poco, che la notte non dorme e che piange sempre, e che presto tornerà sui suoi passi, perché sappiamo tutti com'è fatta. Anche se in realtà dorme come un ghiro e ha un appetito da scalata delle Ande.

Quando lasci qualcuno che è molto innamorato di te e che non ti farebbe nessun torto, ti senti invincibile, senti di avere in mano il controllo, sai che lui tornerebbe con te in qualunque momento e questo ti fa sentire onnipotente, forte e padrona della situazione.

Diversamente da quando vieni lasciato e la tua vita dipende interamente dalla decisione dell'altro.

Non che io abbia mai provato l'ebbrezza di lasciare qualcuno, ma è quello che ho sempre sentito dire.

Incredibile, no? Sono circondata da uomini che hanno bisogno che io spieghi loro cosa passa per la testa delle loro ex.

Scriverò un libro: *101 cose che una donna pensa veramente quando dice l'esatto contrario*.

Best seller assicurato.

Quando entro in casa Sara è in bagno che si prepara per uscire.

«Dove vai di bello?», chiedo con indifferenza.

«A cena con un collega».

«Un uomo?»

«Sì», risponde come se fosse la cosa più naturale del mondo, continuando a mettersi il rossetto.

«Ma non puoi uscire a cena con un uomo, sei in lutto».

«E dove sta scritto?»

«Ma non so, nel galateo della perfetta separazione. Non puoi mica farti vedere in giro con un altro, dieci giorni dopo aver lasciato l'uomo con cui vivevi da cinque anni, il potenziale padre dei tuoi figli, che si sarebbe gettato fra le fiamme per te, no?»

«Quando l'hai visto?», mi chiede senza voltarsi.

«Tutte le volte che esco di casa», confesso stringendomi nelle spalle.

Sara sbuffa con le mani sui fianchi.

«È qui sotto adesso?»

«Probabilmente. Anzi, forse ci guarda con un teleobbiettivo».

«Dici davvero?», guarda fuori della finestra e chiude le tendine.

«Era per scherzo, sai? Ti sembra così strano che qualcuno si tormenti per te e che non se ne faccia una ragione? La fai facile tu che non sei mai stata lasciata!».

«Senti, è ora che si rifaccia una vita. Fra noi non avrebbe mai funzionato e lo sapevo da anni!».

«Ma se prima di andare a cena dalla mamma volevi andare a vivere con lui a Sassari, hai la memoria corta?»

«Era solo per fargli un piacere e avrei fatto uno sbaglio incredibile. Sono così sollevata che sia andata così, è meglio per tutti, gli passerà».

«Sei davvero così cinica? Io non ci credo, ti conosco troppo bene. Fai la dura perché sai di aver fatto la più grande fesseria della tua vita».

«Non sono mai stata più sicura di me».

«E chi è questo tizio con cui esci?»

«Uno...».

«Uno chi?» incalzo.

«Uno che lavora con me».

«E che ti muore dietro, vero? Come sei prevedibile! Anzi come siete prevedibili voi *mollatori*, non sapete rimanere soli e ripiegate subito su qualcun altro che non vi piace, ma che vi venera e vi fa sentire importanti. Tu non sai stare sola, è questo il tuo problema!».

«Io sto benissimo da sola e sto soltanto uscendo a cena con un amico. Che male c'è?»

«Ti sei truccata e ti sei messa i tacchi, non lo facevi mai per Lorenzo!».

«E allora? Non ho il diritto di vestirmi carina? Non posso sentirmi desiderata? È forse un peccato?»

«È troppo presto! È innaturale. Non mi dirai che non sai come andrà a finire, no? Berrete troppo, ti accompagnerà a casa e ci proverà con te».

«E anche se fosse?»

«È un tradimento nei confronti di Lorenzo! Come puoi?»

«HO LASCIATO LORENZO! Sono libera di fare quello che voglio e con chi voglio!».

«No che non lo sei. È una regola non scritta, come ti sentiresti se dopo dieci giorni lui andasse con un'altra? Non penseresti che è uno stronzo che non ti ha mai amata, se riesce a sostituirti così in fretta?»

«Lui è libero quanto lo sono io di rifarsi una vita. Abbiamo sprecato già troppo tempo!».

«Non lo pensi!».

«Sì che lo penso!».

«No!».

«Sì e tu sei una bacchettona moralista, infantile e sognatrice, SVEGLIATI, CHIARA, LA VITA NON È UN FILM!».

SLAM!

Che carattere insopportabile.

Siamo proprio una bella coppia, non c'è dubbio. Io che non lascerei neanche il mio rapitore e lei che da quando ha cominciato a frequentare i ragazzi ha fatto una carneficina.

Stasera Andrea è a cena con dei clienti e ha promesso che mi avrebbe chiamata più tardi.

È la prima volta che rimango sola a casa da anni e non mi piace per niente. Lo spazio vuoto mi opprime e il silenzio mi spaventa.

Provo a mandare un sms ad Andrea.

Quanto vorrei che passasse di qui, anche solo per un abbraccio, per farmi sentire che mi vuol bene, per farmi sapere che c'è.

Incredibilmente risponde subito.

"Davvero sei sola? Se faccio presto passo a trovarti, non chiamarmi sono in una zona che non prende".

Non credevo che esistessero ancora "zone che non prendono", ma non voglio indagare oltre, dopo l'ultima volta.
Mi trascino per casa da una stanza all'altra, annoiata.
Accendo tutte le luci e le televisioni, così da avere una sensazione di presenza.
Passo davanti allo specchio dell'ingresso e mi accorgo che se sto di profilo si vedono solo le mie tettone mentre io rimango fuori della cornice.
Se facessi un agguato mi beccherebbero subito.
Ricordo che alle medie una delle spassose battute del repertorio era: «guarda, ci sono le tette di Chiara, fra dieci minuti dovrebbe arrivare lei».
Devo davvero prendere in considerazione l'idea di una riduzione del seno, potrei finalmente capire cosa significa farsi guardare negli occhi.
È mezzanotte passata e ancora non si vede nessuno. Mi annoio come un pesce rosso nel vaso.
Per ovviare alla calura e alla noia mi affaccio alla finestra come le vecchie impiccione che guardano in strada.
Quanto vorrei essere al mare invece che qui a sudare come una spugna. Andrea mi ha promesso che mi porterà a fare un viaggio per rifarci del drammatico weekend, ma non ha ancora specificato in quale anno.
Dopo un quarto d'ora una macchina si ferma all'angolo, una ragazza scende e viene subito raggiunta da un ragazzo, ma non riesco a vedere bene nessuno dei due per via del buio.
Si dicono qualcosa, lei ride, lui le accarezza un braccio, lei sembra impacciata e guarda per terra, lui si avvicina le solleva il mento con la mano e la bacia sulla bocca.
Dev'essere il loro primo bacio, si capisce subito quando due sono molto impegnati a dare il meglio di sé.
Si staccano e guardano per terra tutti e due, poi lui l'abbraccia e restano un po' così.
Com'è romantico, come vorrei anch'io provare l'emozione dell'attesa del primo bacio, con il cuore che batte a mille, piena di aspettative, cotta come una pera e totalmente preda degli ormoni.

Sto diventando una vera guardona, il prossimo passo sarà comprarmi un binocolo e tutta la collana Harmony e immaginare di essere rapita da un principe arabo... Ma quanto tempo è passato dall'ultima volta che mi sono sentita così?

Con Andrea è stato tutto frettoloso: eravamo in una discoteca per festeggiare una collega che andava in maternità, c'erano tre gatti e il dj non aveva ancora completato il corso per corrispondenza o aveva perso il fascicolo *Come imparare a mixare*, perciò fra una canzone e l'altra passavano almeno venticinque secondi.

Noi dipendenti stavamo a un tavolo e gli avvocati a un altro, a bere superalcolici.

È lì che Andrea mi ha fatto cenno di avvicinarmi e di bere qualcosa con loro. Io non mi azzardavo a guardarlo nemmeno in faccia. All'epoca non credo che sapesse nemmeno come mi chiamavo.

Mi chiese se mi stavo divertendo, come mi trovavo, se gli avvocati si comportavano bene e di dirgli se mi caricavano di troppo lavoro. Poi rivolgendosi agli altri soci disse: «Mi raccomando, trattate bene questa ragazza o farete i conti con me».

Mi sentii molto lusingata e protetta: uno degli associati si accorgeva di me e si preoccupava di come mi trovassi al lavoro.

Non avevo mai fatto nessun pensiero su di lui, non era il mio tipo ed era uno dei miei capi, ma soprattutto era un uomo sposato, elementi questi che occupavano i primi tre posti nel decalogo delle cose da non fare mai, se non ci si vuole complicare la vita in maniera esponenziale.

Sembrerà strano, ma questo era chiaro persino a me.

Chiacchierò con me tutta la sera. Era brillante, divertente, e si comportava come uno scapolo, non nominava mai la moglie e parlava sempre al singolare.

Questo avveniva al tavolo insieme a persone che lo conoscevano da anni, cosa che mi fece sospettare che, se si comportava così davanti a loro, non avesse niente da nascondere e che, forse, il suo matrimonio non doveva essere poi così solido.

Quando fu ora di andare a casa si offrì di accompagnarmi alla macchina e quando lo salutai mi diede un bacio sulla bocca.

Confesso di essermi sentita piuttosto confusa e imbarazzata, lo salutai e mi infilai velocemente in auto, mentre lui rimase sul marciapiede a guardarmi partire e mi fece un cenno di saluto con la mano.

Okay, non era il mio tipo, ma non era poi così male, in fondo, e forse ero prevenuta perché non avevo mai frequentato nessuno di quell'ambiente. Era uno dei miei capi, ma non dipendevo direttamente da lui. Però era sposato e questo non era propriamente un dettaglio.

Non ci dormii la notte. Rivedevo a rallentatore la serata in tutti i suoi dettagli, interpretando le sue parole ogni volta in modo sempre più interessato: tutte le domande sul mio lavoro servivano a pianificare i nostri futuri incontri, le curiosità sui miei gusti si sarebbero trasformate in azzeccatissimi regali di compleanno e le storie sulla sua vita abili tattiche per comunicarmi la sua insoddisfazione personale. Arrivai a trasformare tutti gli sguardi casuali in languide occhiate sornione e ad accompagnare gli "a domani" con sorrisi d'intesa e malinconici sospiri.

Avevo cominciato a scrivere l'immaginaria sceneggiatura della nostra storia d'amore, con qualcuno a cui non avevo mai pensato fino a tre ore prima!

Quella notte arrivai persino a scegliere la destinazione della nostra seconda luna di miele.

La mattina dopo ero ufficialmente innamorata di Andrea.

Non successe niente per due mesi, al punto che pensai di essermi inventata tutto, e quando persi completamente le speranze, una sera, mi trovai a rimanere in ufficio con lui fino a tardi.

Si avvicinò al mio tavolo, si chinò su di me per firmare un documento e mi diede un bacio sul collo.

Mi si fermò il cuore.

A quell'epoca, il film che mi ero fatta la sera del nostro primo bacio era già uscito in dvd, perciò fui costretta a rivedere un bel po' di scene.

Lui che mi dice che ha pensato a me per tutto quel tempo, che ha una situazione impossibile a casa, che lui e la moglie sono praticamente separati, ma che è fondamentale salvare le apparenze perché la famiglia di lei è molto facoltosa. Che è stanco, deluso, amareggiato e sfinito, ma che è innamorato di me.

Ascoltai tutto come se non stesse accadendo a me, con un misto di incredulità e voglia di affacciarmi alla finestra e urlare: «EVVAI!».

E fu sull'onda di quella gioia incontenibile che mi trovai seduta sulla fotocopiatrice, prima ancora che gli potessi dire quanto ero contenta.

La prima di una lunga serie di scomode sveltine.

La voce della ragazza in strada che insulta un terzo uomo che si è appena avvicinato a loro mi riporta alla realtà.

Corro a prendere il cellulare per chiamare la polizia, ma qualcosa mi ferma: riconosco quella voce, anzi ne riconosco due.

È Lorenzo che litiga con mia sorella.

«TE NE VUOI ANDARE? COSA VUOI DA ME? MI STAI SPIANDO ADESSO?»

«Sei una stronza, perché non voglio dire di peggio, Sono dieci giorni che non vivo più e tu mi hai già dimenticato! Sei la delusione più grande di tutta la mia vita, hai tradito la mia fiducia. Volevo chiederti di tornare insieme, dirti che rinunciavo ad andare in Sardegna per te, che avevo parlato con mio padre per farmi aiutare a prendere una casa qui perché tu non volevi lasciare tua madre, e tu non aspettavi altro che me ne andassi per fare la puttana!».

Porca miseria, da qui non riesco a vederli in faccia, è la prima volta che sento Lorenzo così incazzato. Sta a circa due metri da lei e sono sicura che se non ci fosse l'altro l'avrebbe già presa a schiaffi.

Sono sorpresa di sentirgli alzare la voce, ma c'è qualcosa di più: ha un tono deciso e determinato, qualcosa che non gli ho mai sentito prima. Anche Sara rimane impressionata perché cambia improvvisamente registro.

«Guarda, Lorenzo, che non è come pensi tu. Lui è solo... un mio collega, si chiama Giacomo, siamo andati a mangiare un boccone dopo il lavoro, vero?».

La sento annaspare.

«NON MI PRENDERE PER IL CULO! VI HO VISTI COI MIEI OCCHI! ME NE STAVO ANDANDO PERCHÉ MI VENIVA DA VOMITARE, MA VOLEVO CHE SAPESSI COSA PENSO DI TE. CHE SEI LA DONNA CHE HO AMATO PIÙ DELLA MIA VITA E CHE VOLEVO FOSSI LA MADRE

DEI MIEI FIGLI E ORA MI FAI SOLO SCHIFO E VORREI NON AVERTI MAI INCONTRATO...».

«Lorenzo, non dirai sul serio, dai, lasciami spiegare. Vieni su in casa ci prendiamo un caffè...».

Ma Lorenzo indietreggia.

«Allora non hai capito? DA QUESTO MOMENTO SEI MORTA. NON ESISTI E NON SEI MAI ESISTITA. NON MI CERCARE MAI PIÙ, NEMMENO SE FOSSI SOLA AL MONDO».

Estrae qualcosa dalla tasca, sembrano fogli dal rumore che fa mentre li strappa.

«Ecco! Questo era il contratto d'acquisto per la nostra casa. E fa la stessa fine della nostra storia: spazzatura».

Vedo una pioggia di coriandoli cadere ai piedi di mia sorella che non dice una parola.

Mannaggia, io gliel'avevo detto che era presto!

Segue un silenzio irreale.

Lorenzo si allontana, Sara cerca di seguirlo, ma si ferma subito, l'altro ragazzo è immobile da almeno dieci minuti, lei gli dice qualcosa e cammina verso il portone, alza la testa verso la finestra e mi vede.

«CHE COSA CAZZO STAI GUARDANDO! MI SPII ANCHE TU ADESSO?».

Tiro la testa dentro come se mi avesse beccato a rubare.

Dopo un minuto è in casa e, nonostante cerchi di fare la superdonna, vedo benissimo che è sconvolta.

«BE', COS'HAI DA GUARDARE? SEI CONTENTA? LO AVRAI CHIAMATO APPENA SONO USCITA!».

«Ma sei scema, Sara? Perché avrei dovuto? Ti avevo avvertita che lui era qui intorno, sapevi che ti aspettava e ti avevo detto che era presto per farsi vedere con qualcun altro, ma sei uscita sbattendo la porta. Adesso non puoi biasimare che te stessa».

Che belle parole quando mi ci metto.

Sara mi guarda seria, ho paura che mi dia una testata, invece cominciano a scenderle le lacrime a quattro a quattro.

Non la vedevo piangere da quando è andato via nostro padre.

L'abbraccio forte e rimaniamo ferme lì per non so quanto tempo.

Riccardo entra in casa silenziosamente pensandoci a letto, ma quando ci vede lì in piedi si preoccupa subito.

«Che avete fatto, è entrato un ladro?».

Sara si volta e lo guarda.

«No, solo una stronza, una grandissima stronza».

Stiamo svegli tutta la notte e ci alterniamo per consolarla, ascoltarla ed evitare che chiami Lorenzo.

«Certo, siamo davvero un bel terzetto», dice Riccardo. «Dovrebbero impedirci di usare il telefono, in mano nostra è peggio di una molotov».

Sara è disperata, non smette di piangere, è come se fino ad ora non avesse creduto che si fossero lasciati davvero perché era lei ad averlo deciso e credeva di averlo in pugno, mentre adesso che Lorenzo ha alzato la testa e lo ha sentito così determinato, ha perso tutta la sua spavalderia e sembra una bambina indifesa e sola.

Appena si assopisce, io e Riccardo andiamo in cucina

Si accende una sigaretta.

«Non mi sarei mai aspettato di vedere Terminator crollare così. Pensi che lui tornerà?»

«Non lo so, tu torneresti?»

«Io? Boh, non ho più risposte. Ma non credo, se penso a Elisa con il batterista non ce la faccio a pensare di tornare con lei. Ti sembrerà strano, ma per un uomo sapere che la propria donna è stata toccata da un altro è una cosa che lo fa diventare pazzo».

«Mmm, sarà che noi donne siamo un po' più flessibili».

«No, siete solo stupide. Come cazzo fate a stare con uno sposato lo sapete solo voi. Ma che credete di fare? Pensate davvero che uno cambi e che si innamori di voi? Ci sono un casino di uomini liberi al mondo, ma voi volete sempre e solo quelli occupati e possibilmente stronzi. Se sono liberi e fedeli sono degli sfigati. Ho un sacco di amici eccezionali che non hanno belle macchine o grandi carriere, magari hanno qualche chilo in più e qualche capello in meno, ma sono ragazzi affidabili, onesti, sinceri e simpatici, e sono tutti immancabilmente single. Sai cosa ti dico? Vi sta bene, non sapete quello che volete e meritate di stare sole o con uno stronzo che vi tratti come una pezza da piedi».

Ho la sensazione che non parli a me ma, oddio, anche se non ha tutti i torti, c'è qualcosa che gli sfugge.

«Okay, Riccardo, ma vogliamo parlare di tutti quelli che ci fanno credere di essere la donna della loro vita, che ci corteggiano come se fossimo la cosa più bella del mondo e ci riempiono di attenzioni, e poi quando ci hanno portate a letto non ci chiamano più? Ne vogliamo parlare? O quelli che fino al giorno prima ti scrivono canzoni d'amore e ti vogliono sposare e poi ti lasciano per sms: «Scusa sai, non me la sento più, non è colpa tua, ma non sono più tanto sicuro». Cosa dobbiamo pensare? Quando hai trentacinque anni e ti accorgi che il tempo passa e il tuo unico desiderio è quello di avere una famiglia e fare dei figli con la persona che ami, ma ti accorgi che è sempre più tardi e che non trovi nessuno con cui condividere le piccole cose. E ne hai piene le palle di essere single, perché non è né divertente né di moda, e a nessuna donna dopo i venticinque anni piace stare da sola, anche se la televisione ti fa credere il contrario! E ti senti perduta e ti fai andare bene qualunque situazione ti dia un barlume di speranza, perché è meglio male accompagnati che soli!».

Sono paonazza e tremo.

«No, Chiara, è meglio stare soli che con uno che ti prende per il culo. Tu non sai cosa diciamo noi uomini di quelle di cui non ci frega niente. Le consideriamo oggetti, passatempi, e le cerchiamo solo per andarci a letto. Ho delle amiche che si illudono in una maniera imbarazzante, che si attaccano a un sms e che interpretano frasi banalissime come quartine di Nostradamus e non si rendono conto che sono solo parole dettate dalla prospettiva di una scopata. Svegliatevi! Se quello che volete è veramente un uomo con cui formare una famiglia, dovete evitare quelli che ne hanno già una con qualcun altro!».

«Hai un bel parlare tu che sei un uomo! Gli uomini non rimangono mai soli, intanto perché avete una prospettiva di vita molto inferiore alla nostra, e poi perché anche dopo il peggiore dei lutti, tempo due mesi vi siete trovati già qualcun altra e anche se non l'amate, prima o poi vi abituate a farlo per pigrizia».

«Non rimaniamo soli perché ci sono donne che entrano a gamba tesa nella nostra vita e non ci danno più tregua qualunque sia la nostra situazione, è una bella comodità, non credi? Comunque io non ho mai accettato una situazione ambigua, non ho mai tradito nessuno, non sono mai stato con una donna sposata e mi sento la coscienza a posto».

«Neanch'io ho mai tradito né lasciato nessuno, ma sono stata abbandonata, tradita, e umiliata, e nonostante questo sono rimasta una persona corretta e fiduciosa che crede ancora nell'amore, e guarda che cosa ho in mano? Niente! Essere persone per bene non paga mai, non in questo mondo!».

Mi scendono le lacrime.

Riccardo mi abbraccia.

«Scusami, Chiara, non ce l'ho con te. È un momento duro per tutti e ce l'abbiamo con i nostri fantasmi. Lo so che sei in gamba, sei una ragazza fantastica, ce ne fossero come te».

Mi stringe forte a sé. Mi sento al sicuro fra le sue braccia, ne avevo così tanto bisogno. Continuo a piangere, piango per mio padre che se n'è andato, per mia madre che è sola, per mia sorella che soffre, per Andrea che non c'è, per tutti gli anni di solitudine, per la mia vita che non va da nessuna parte, per la paura del vuoto, e per la paura del futuro.

Poi alzo la testa e incrocio gli occhi di Riccardo che mi accarezza delicatamente i capelli.

E mi bacia.

NONA SEDUTA

«È in ritardo oggi. Cos'è successo?»

«C'era un traffico pazzesco, sono rimasta imbottigliata per più di mezz'ora».

«Poteva chiamarmi però, ha perso quasi tutta la seduta», dice un po' innervosito.

«Ha ragione, ma non avevo il cellulare con me, sono uscita di fretta e non l'ho messo in borsa. Se mi fossi fermata a cercare una cabina avrei fatto ancora più tardi, ma poi esistono ancora le cabine? E funzionano sempre a gettoni? A me sembrano delle specie di gabinetti pubblici!... Be', mi scusi, la prossima volta farò in modo di farglielo sapere».

«Sa già che arriverà in ritardo?», ironizza.

«No, ma se mi capitasse... potrei tenere un piccione viaggiatore in macchina o dei razzi di segnalazione!».

Mi guarda non troppo convinto.

Non volevo venire, ma non me la sono sentita di annullare la seduta.

«Posso chiederle un consiglio da parte di Barbara?»

«Se vuole».

«Lei ha una relazione con un uomo di cui è molto innamorata, è ricco, affascinante e sicuro di sé, poi a una festa ha incontrato un ragazzo che è completamente diverso, è sensibile, sognatore e pieno di ideali, e si sono baciati. Non vuole lasciare il primo con cui ha una storia da un bel po' di tempo, ma non sa come comportarsi col secondo. Cosa dovrebbe fare secondo lei?»

«Barbara si fa di queste domande? Credevo che fosse una che non si fa problemi a prendere quello che vuole».

«Questa volta è diverso: il secondo crede che lei sia libera, per cui deve raccontargli un mucchio di balle quando deve uscire col primo, e il primo ha lasciato la moglie per lei e se sospettasse del secondo le creerebbe un sacco di problemi. Secondo lei cosa dovrebbe fare?»

«Per quello che mi ha detto di Barbara, penso che una volta che la ventata di novità si sarà esaurita, tornerà al suo porto sicuro. Non credo ci sia da preoccuparsi».

«Ma lei al momento non sa come muoversi, insomma si sente disonesta!».

«Disonesta Barbara? E cos'ha avuto, la crisi dell'Innominato? È sempre la Barbara con un disturbo istrionico di personalità di cui stiamo parlando, vero? Quella che ha scritto una lettera spinta a quel ragazzo da parte sua? La stessa che la umilia costantemente davanti a tutti, quella che la cerca solo quando ha un calo di autostima?».

Ha ragione al cento per cento. Barbara è stato il peggior esempio che potesse venirmi in mente.

«Be' allora, le dirò che deve solo aspettare e che la decisione arriverà da sé».

Rimaniamo in silenzio per un paio di minuti che sembrano un'eternità.

«Non ha voglia di parlarmi di nient'altro? Ci restano ancora una decina di minuti».

«Ma non so, va tutto bene, non c'è niente di nuovo, a parte mia sorella che non esce più di casa e si dispera per aver perso Lorenzo e io e Riccardo che facciamo a turno per non lasciarla sola».

«È bello che sia lei a fare da madre a sua sorella, la rafforzerà. E vedo che con Riccardo siete in buona sintonia, mi sembra che sia un bene, no?»

«Sì, con lui va tutto bene. È carino e molto presente».

Odio dover dire che aveva ragione lui quando mi incoraggiava a dargli una chance, e io non gliela volevo dare.

Dalla sera del bacio siamo impacciatissimi, non ci guardiamo neanche negli occhi e siamo naturali come due guardie svizzere.

Una nostra conversazione tipo è:

«Scusa, mi passi il telecomando?»

«Il telecomando? Certo, tieni!».
«Ah, fantastico, grazie».
«Prego, figurati».
Sorriso.
Sorriso.
Silenzio.
Non gli ho detto che vedo ancora Andrea per la stessa ragione per cui non l'ho detto a Folli: disapproverebbe. E io odio essere disapprovata.
Allo stesso tempo mi sto davvero affezionando a Riccardo, mi piace averlo per casa, mi dà un senso di protezione, di tranquillità. Prima o poi gli parlerò di Andrea e sono sicura che capirà.
«Quindi ci vediamo la prossima settimana alla stessa ora, ma la prego di chiamarmi se ci sono intoppi, devo poter organizzare anch'io il mio tempo».
«Certo, lo farò».
Apro la porta e il mio cellulare comincia a squillare.
Folli mi guarda senza espressione, poi scuote la testa.
«Ma tu guarda, allora ce l'avevo. Ero sicura di no!».
«Ci vediamo la prossima settimana», mi dice severo chiudendo la porta.
Che figura di merda.
Certo che non potevo mica dirgli che non avevo il cellulare e poi spegnerglielo in faccia.
Devo ricordarmi di non giocare mai d'azzardo. Io e il calcolo delle probabilità siamo totalmente incompatibili.
È mio padre.
Sento subito una sensazione di disagio.
«Pronto!».
«Ciao Chiara, come stai?»
«Bene, papà! E tu?»
...
«Sì, bene, bene. Senti, sto cercando di chiamare Gaia Luna, ma c'è un problema con le linee per via dell'uragano di due giorni fa. Puoi metterti in contatto con lei e dirle che la sto cercando? È molto urgente!».

Preferirei sbattere ripetutamente il naso su una mensola.

«Ma... io non ho neanche il suo numero, non credo di poterti aiutare».

...

«Vai a casa sua, no? La strada la sai. Che ti costa farmi un piacere, te ne chiedo uno all'anno!».

Se ti vedessi più spesso sarebbe un continuo.

«È che... stavo andando a lavorare, e lei sta dall'altra parte di Milano e...».

...

«Okay, come non detto. Se è un problema così grosso lascia perdere, mi arrangerò per conto mio».

«No, no, non preoccuparti. Lo posso fare, chiamo l'ufficio e dico che arrivo tardi».

...

«Va bene, allora ci conto. Ti mando il suo numero, così magari prima provi a chiamarla. Tutto bene comunque? Qui è un casino per via del tifone, siamo senz'acqua e senza luce, e l'albergo è al completo, non ti dico altro. Trovami Gaia Luna, fai questo piacere a tuo padre, eh? Ciao bella, fai la brava, eh? Ciao ciao».

Fai un piacere tu a tua figlia e impiccati!

Non ci voleva questa bega, non ci voleva proprio.

La mia vita è già abbastanza complicata così senza altri bonus.

Un minuto dopo arriva il messaggio di mio padre con il numero di Gaia Luna. Non ho scuse, non posso dire di non averlo ricevuto.

Provo a chiamarla, se mi risponde lascio il messaggio e ho risolto.

Naturalmente il suo cellulare è staccato.

Lo sapevo, lo sapevo, Dio che rabbia. Non ci voglio entrare nelle loro questioni, non sono persone con cui andrei a prendere un caffè o al cinema e se ci fosse l'opzione "rimuovi la parentela", giuro che lo farei.

Chiamo Paolo per dirgli che farò tardi. Mi risponde una voce dall'aldilà.

«Che hai fatto?»

«Ho la febbre da cinque giorni».

«Oh mi dispiace, poverino, avrai preso freddo!».

«Caterina mi ha portato in montagna per allenarmi. Siamo arrivati in albergo la sera e abbiamo cenato, poi quando è arrivato il momento di andare a letto mi è venuta la febbre e non mi è più passata».

«Sarà l'influenza suina».

«Impossibile, sono vegetariano».

Per andare da Niguarda a Lorenteggio ci metto più di un'ora e un quarto. Sono fradicia di sudore, incazzata e frustrata. Il piccolo dottor Folli nella mia testa mi dice col dito alzato: «Vede, Chiara, se avesse preso più seriamente la terapia, adesso sarebbe in grado di affrontare questo genere di situazioni con sicurezza, e saprebbe dire di no senza sentirsi in colpa».

Fanculo anche il dottor Folli e la terapia.

Arrivo davanti alla casa dove sono cresciuta. Mi fa un certo effetto rivedere la strada dove ho imparato ad andare in bici, il marciapiede dove io e mia sorella giocavamo all'elastico, i gradini dove stavamo sedute a fare i battimano per giornate intere, la finestra dove stavamo affacciate aspettando la macchina di nostro padre.

Uno cresce, cambia vita, va avanti, diventa adulto, impara a sopportare, e poi basta una cosa da nulla e viene travolto da valanghe di ricordi.

Non c'è niente da fare, per quanto andiamo avanti, l'infanzia è il periodo che tutti cerchiamo di recuperare fino alla fine dei nostri giorni, perché quello è davvero l'unico stato di grazia che ci è dato conoscere, l'unico momento in cui la vita è davvero un meraviglioso giardino da scoprire, senza erbacce, trappole nascoste dalle foglie e sconosciuti con le caramelle.

Mi faccio coraggio e suono il campanello. Con un po' di fortuna sarà andata a licenziare qualche decina di dipendenti.

Ma oggi la fortuna è andata a farsi i capelli, perché il citofono dice: «Chi è?».

«Gaia Luna, sono... Chiara».

«Chi?»

«Chiara... tua sorella».

Silenzio.

Apre il portone.

«Terzo piano».

«Lo so», dico e me ne pento all'istante.

Non è più casa mia e non devo sapere neanche a che piano sta.

Gaia Luna apre la porta, senza fare caso a me, in realtà non vedo perché dovrebbe buttare l'olio bollente dalle scale, come dice Sara.

Mi guarda senza nessuna espressione particolare sul viso, né gioia, né fastidio, ma totale indifferenza.

Rimango sulla porta.

Si sta preparando per uscire. È vestita da "Barbie riunione di lavoro in una multinazionale che sfrutta i minori".

Completo blu, capelli scuri lisci e dritti, occhiali da sole e borsa di Marc Jacobs. Sta scrivendo sull'iPhone, senza guardarmi neanche in faccia.

Ripensandoci non vedo perché dovrebbe farsi dei problemi, sta solo aspettando che le dica cosa voglio, non è certo prevenuta come noi che viviamo dall'altra parte della barricata. Dopotutto lei lavora per il nemico.

«Scusa se ti ho disturbato, ma tuo padre, cioè mio padre, insomma nostro padre sta cercando di mettersi in contatto con te, ma non ci riesce per via di un tifone che ha buttato giù qualche palo e allora ha chiamato me perché te lo dicessi».

«E sei venuta apposta?», mi chiede meravigliata.

«Ho provato a chiamarti, ma il tuo telefono era staccato e siccome mi ha detto che è urgente...».

«Cazzo di gestore», sbotta, «ho cambiato compagnia telefonica e mi avevano promesso che non avrei avuto problemi con il passaggio... Che maledetti bastardi, ecco perché da stamattina non ricevo telefonate. Adesso gli faccio causa! Senti, Chiara, mi dispiace che tu sia venuta fin qua, ma devo correre in ufficio... Sii gentile, già che ci sei, la donna di servizio arriverà fra mezz'ora, puoi portare tu fuori il cane? Un giro veloce sennò scoppia, il tempo di tornare e Irina sarà già arrivata, okay? Grazie mille», mi dà in mano il guinzaglio, chiude la porta e sparisce di corsa giù per le scale.

Rimango come una cretina con il cane che mi guarda e non ho neanche avuto il tempo di dire no.

Il dottor Folli nella mia testa si tiene la pancia dalle risate: «Uuuuuhh! Chiara, lei è uno spasso. Grazie a lei sto facendo un figurone con i miei colleghi, è la paziente che tutti mi invidiano!».

Porto il cane a fare un giro dell'isolato, e una signora mi fa un cazziatone gigantesco perché fa la cacca sul marciapiede e non ho il sacchetto. Invano le spiego che il cane non è mio, ma per evitare che tutto il quartiere inveisca contro di me, la raccolgo con un fazzoletto di carta.

Gliela spiaccicherei in faccia a quella stronza!

Se lo racconto a Sara viene a prenderla per i capelli.

Torno su e per fortuna la signora Irina è già arrivata.

Le restituisco il cane e lei mi invita ad entrare a bere un tè freddo.

È più la curiosità di vedere com'è diventata la casa che mi fa accettare l'invito.

Non la riconosco più: nel '75 c'era moquette colorata in ogni stanza e in camera dei miei un poster con un fiume. Noi dormivamo in una cameretta con il letto a castello che ora è il suo guardaroba, la libreria l'aveva fatta mio padre e il divano era di seconda mano, mentre adesso è una casa hi-tech arredata da Bang & Olufsen, con un soppalco in ferro battuto, parquet e cucina con l'isola.

Ma chi gliel'ha arredata, Philip Stark?

La signora pare indovinare i miei pensieri.

«Bella casa, sì? Grande, ma fredda. Tu amica di Gaia di Luna?»

«No, non sono sua amica, sono solo sua sorella», rispondo senza riflettere.

«Tu sorella? Tu non uguale come lei!».

«Ah no, abbiamo lo stesso padre, ma due madri diverse».

«Capito, capito, non sapevo che c'era sorella».

«Non ci vediamo mai».

«Peccato, lei lavora troppo, mai riposare. Lei bisogno di famiglia dopo che sua madre morta».

«Non sapevo che sua madre fosse morta».

«Sì, tumore sei mesi fa».

«Mi dispiace, non lo sapevo».

«Tu torna a trovare lei, sì?»

«Non credo, signora, non penso sia il caso, ma grazie del tè. È stato un piacere».

Corro fuori più in fretta che posso, così in fretta che non mi accorgo neanche che ha cominciato a piovere, uno di quegli assurdi temporali tropicali con il vento forza sette.

Non sono soddisfatta della mia vita, questo è certo, ma non la cambierei mai con la sua: quella casa era un igloo. Nessun calore, nessuna foto, il biglietto di un concerto sul frigo, niente, solo scarpe costosissime e creme per il viso da trecento euro.

Arrivo alla metro che sono da strizzare, e quando raggiungo lo studio di Paolo sembro una che ha subito una seduta di waterboarding.

È tornato *faccia da pirla* a ritirare le sue foto. È molto fiero, sembra quasi meno pelato di prima.

Mi dice che ha applicato uno spray colorante che forma una specie di lanugine artificiale.

Paolo è verde in faccia, tossisce e gli è venuto un herpes sul labbro superiore.

Quando esco di lì, anch'io non mi sento troppo bene.

Proprio stasera che dovevo vedere Andrea.

Prima di arrivare a casa lo chiamo.

«Tesoro, sono io».

«Ciao chérie, dammi un minuto», lo sento armeggiare e parlottare sottovoce, «dimmi tutto».

«Mi sa che mi è venuta l'influenza», piagnucolo.

«No, proprio stasera che volevo portarti dove siamo stati l'altra volta, ti ricordi? Dove fanno il risotto con i gamberi di fiume».

Solo a sentirne parlare mi viene il vomito.

«Questa volta proprio non me la sento, devo avere la febbre alta, mi sono bagnata tutta oggi».

«Ti sei bagnata pensando a me?»

«Ti hanno bocciato alla scuola della simpatia? Non hai visto che è venuto giù il finimondo oggi?»

«Ma sì, avevo capito, non si può neanche scherzare con te. E poi che ne so, sono stato chiuso in ufficio tutto il giorno, non mi sono accorto di niente. Allora ti chiamo più tardi per sentire come stai. Bevi un latte caldo con il miele, mi raccomando. Ciao piccola!».

Non si può dire che non sia un uomo essenziale: non mi aspettavo che venisse a rimboccarmi le coperte, ma magari poteva salutarmi dalla finestra senza scendere dalla macchina».

Mi accontento davvero di poco.

Entro in casa quasi sulle ginocchia, mi fa male tutto come se mi avessero masticato e sputato.

Riccardo mi vede e mi viene incontro per aiutarmi con le buste della spesa e si accorge che sono in uno stato pietoso.

Non nascondo un certo imbarazzo, ma il bisogno d'aiuto supera ogni barriera.

«Che ti è successo? Hai una faccia!».

«Mi sento male, devo avere la febbre».

«Povera! Vai a letto, ti porto un'aspirina».

Perché si ottengono attenzioni dalle persone da cui non siamo attratti? Che legge è questa?

Mi spoglio dai vestiti bagnati e mi infilo il pigiama.

Anche se fuori ci sono trentadue gradi, batto i denti come se ce ne fossero tre.

Dopo un po', la testa di Sara fa capolino dalla porta.

«Ho saputo che sei malata».

«Sì», rispondo come *l'incompreso* prima di morire. «Tu invece? Qualche novità?».

Fa spallucce e sospira.

Non sopporto di vederla così avvilita, non è da lei. Deve reagire, non la riconosco più.

E trovo immediatamente il rimedio.

«Oggi sono stata a casa di Gaia Luna», dico tutto d'un fiato e nascondo la testa sotto le coperte.

«COS'HAI DETTO?????».

He he! Come conosco i miei polli...

«Mi ha telefonato tuo padre che non riusciva a chiamarla e ha mandato me a casa sua per dirglielo».

«A CASA SUA UN PAIO DI PALLE, A CASA NOSTRA! E TU CI SEI ANDATA?? MA SEI DIVENTATA PAZZA?»

«Sembrava questione di vita o di morte, che potevo fare?»

«DIRE DI NO E RIATTACCARE? CHE DISCORSI! HAI ATTRAVERSATO MILANO PER QUELLO STRONZO?»

«Mmh, sì. E dopo che le ho portato fuori il cane si è messo a piovere e mi sono ammalata».

«LE HAI PORTATO FUORI IL CANE? DIMMI CHE SCHERZI, TI PREGO, O TI TOLGO IL SALUTO».

«Mi ha messo il guinzaglio in mano ed è andata via chiudendo la porta non potevo mica lasciarlo lì sulle scale!».

«MA COME NO??? TU SEI TUTTA DA RIFARE! MIA SORELLA È DA RICOVERO, ODDIO SE LA RACCONTO NON CI CREDE NESSUNO. COME VORREI CI FOSSE LORENZO, LUI SÌ CHE MI CAPIREBBE!».

Esce dalla stanza a grandi passi, lasciando la porta aperta.

Riccardo entra timidamente con un bicchiere in mano.

«È tornata in gran forma! Che le hai detto?»

«Le ho dato un po' di materiale su cui riflettere tipo "che sorella cretina che ha" e cose del genere».

Riccardo si siede sul letto.

Sposto le gambe e mi rannicchio.

Mi appoggia la mano sulla fronte e sulla guancia. È così carino, se solo mi piacesse un po' di più.

«Ma tu scotti! Su, bevi, l'aspirina ti farà bene».

Mi aiuta a bere tenendomi una mano sotto la nuca. Sono talmente poco abituata alle attenzioni che mi sento davvero in grande disagio.

Gli restituisco il bicchiere vuoto e mi rimetto sotto le coperte sbadigliando.

«Ti lascio dormire un po', se vuoi qualcosa da mangiare chiamami», mi sorride e mi accarezza i capelli.

Faccio di sì con la testa e mi giro dall'altra parte.

Non essere così gentile con me, ti prego. Non esserlo, non so come comportarmi, non lo so, non lo so.

«Chiara!», mi dice sulla porta.

Mi giro e lo guardo.

E come in tutti i film americani risponde: «Niente».

Dopo un paio d'ore di brividi e dolori sento riaprire la porta.

È mia sorella che mi porta la cena, e ovviamente lo fa spalancando la porta con un calcio e accendendo la luce col gomito e questo me la rende molto familiare.

Mi tocca la fronte e mi fa aprire la bocca.

«Fai Aaaaaah!», dice puntandomi una pila tascabile in gola. «Mmmm, è brutta brutta brutta!», sentenzia scuotendo la testa. «Se fra tre giorni non ti passa devi prendere gli antibiotici».

«Esagerata, ho preso solo freddo», dico tossendo.

«Lo vedi? Hai anche la tosse, domattina non puoi andare a scuola!», sorride.

«Mi firmi la giustificazione?».

Mi dà un bacio sulla fronte e mi abbraccia.

Non so se sono più malata io o lei.

«La mia sorellina... Sei così buona che mi fai rabbia, ma ti adoro».

«Sì, però ora smetti perché non vorrei attaccarti l'influenza». Si alza ed esce spegnendo la luce.

Rimango sveglia al buio per molto tempo a pensare alla giornata assurda che ho passato. A Gaia Luna e alla sua sicurezza fatta di oggetti costosi, a quanto sia importante avere persone intorno, a Riccardo e mia sorella che sono stati così gentili con me.

Riccardo e mia sorella....

E se si mettessero insieme?

Mi sveglio la mattina e vedo Riccardo addormentato sulla sedia, con la testa appoggiata al muro e i piedi sul letto.

Lo chiamo e si sveglia di soprassalto.

«Mi sono addormentato solo cinque minuti, ti porto la colazione?».

Mi tocca ancora la fronte.

Mi sembra di essere diventata un'acquasantiera, tutti che mi mettono le mani in faccia.

«Sto meglio, ma ho ancora la febbre e dolori ovunque».

Riccardo mi porge il cellulare. «Hai ricevuto dei messaggi stanotte».

Sono di Andrea, faccio finta che non sia niente di importante e appoggio il telefono sul comodino.

Appena esce col vassoio mi precipito a leggerli.

“Come sta la mia piccola malata preferita? Chiamami appena ti senti meglio, così giochiamo al dottore”.

“Ma stai così male che non puoi nemmeno rispondermi? Mi devo preoccupare? Se hai bisogno di un medico ti mando il mio, ti amo. Fammi sapere come stai”.

Ecco perché adoro quell’uomo, perché mi spiazza, letteralmente: alterna momenti di cretinaggine totale a dolcezza e dedizione.

Riccardo rientra in camera mia con il caffellatte.

Aspetta che mi sistemi a sedere e mi porge la tazza.

«Ti vorrei parlare se non sei troppo stanca», dice passandomi un piattino con i biscotti.

«No, va bene, dimmi pure».

Anche se non vorrei.

«A proposito dell’altra sera, è inutile che ci giriamo intorno, è stato un attimo di debolezza da parte di tutti e due. Siamo convalescenti e ci sentiamo soli. Non roviniamo una così bella amicizia per una cazzata, sei d’accordo?».

Alla parola “cazzata” lo stomaco mi si chiude

«Assolutamente sì», rispondo disinvolta. «Non ci pensavo nemmeno più. Non complichiamoci la vita più di quanto non lo sia già».

«Meno male. Credevo che ti fossi messa in testa chissà cosa e... insomma, ecco, mi sento sollevato».

«Anch’io», mi affretto a rispondere, «tutto dimenticato».

Sorride e lascia la stanza.

Questa sua uscita mi ha lasciato l’amaro in bocca.

Non è una cosa tanto carina da dire, «credevo che ti fossi messa in testa chissà cosa», ma chi si crede di essere?

Chiamo Andrea d’impulso.

«Buongiorno, come ti senti, principessa?»

«Male, mi manchi tu!».

«Anche tu mi manchi. Quando guarisci?»

«Non lo so, mi aspetterai?»

«Certo, io mica scappo. Voglio solo te».

«Grazie per essermi vicino».

«Ti pare? A proposito, mi dici dov’è il fascicolo Cosi-Lombardo, che non lo trovo?»

«Nel mio cassetto. Ci stavo lavorando ieri mattina».

«Sei la migliore. Ti amo tanto. A dopo, tesoro, ciao».

Passo la giornata a guardare la tele e a origliare alla porta per ascoltare cosa si dicono Riccardo e mia sorella.

Sarebbero perfetti insieme: due caratteri così forti e impulsivi farebbero scintille, lui le terrebbe testa e lei lo prenderebbe a schiaffi appena si gira a guardare una.

Così impara a dire alle ragazze di non mettersi strane idee in testa.

Ma prima di mia sorella, voglio fargli provare il "trattamento Barbara".

La chiamo subito.

«Ciao Chicca, come stai?». Non dice mai pronto.

«Sono a letto con l'influenza».

«Povera, vabbè così cresci, ti ricordi? Ce lo dicevano sempre da piccole».

«Senti, ti interessa ancora Riccardo?»

«Il satanista? No grazie, lo lascio a te».

«Non è un satanista, ti ho preso in giro. È il miglior ragazzo del mondo».

«E allora perché non te lo prendi?»

«Perché parla sempre e solo di te!».

Silenzio.

«Davvero?».

Troppo facile.

«Mi sta facendo una testa così dicendomi quanto sei bella, quanto sei simpatica e che bei capelli che hai».

«Davvero ti ha detto che gli piacciono i miei capelli?»

«È la prima cosa che lo ha colpito».

«E perché non mi chiama?»

«Barbara, mi meraviglio di te, ma non vedi quanto è timido? Sei tu che lo devi chiamare, lo dici sempre che sono le donne che devono fare il primo passo. Però non dirgli che te l'ho detto io, altrimenti si imbarazzerà a morte».

«Ma no figurati, so trattare con gli uomini, io».

«Okay, ti mando il suo numero per sms. In bocca al lupo, ciao Barb».

Conto Cinque-Quattro-Tre-Due-Uno.

Il cellulare di Riccardo squilla.

Corro alla porta ad ascoltare con il bicchiere vuoto dell'aspirina.

Lo sento titubante e imbarazzato, immagino che cammini su e giù per il corridoio spettinandosi i "mooooorbidi" capelli, poi silenzio, una risatina, silenzio ancora.

È un classico, conosco troppo bene il suo repertorio. Lo sta ubriacando di parole. Ora lui dice «volentieri», poi dice «magari» e fa una risatina più forte ed eccolo pronto per essere fritto.

La saluta e riattacca e io salto a infilarmi sotto le coperte.

Aspetto che mi venga ad annunciare la notizia, ma non vedo arrivare nessuno.

Ma come? Sono la sua amica, gliel'ho procurato io l'appuntamento, bella riconoscenza.

Dopo circa tre quarti d'ora bussano alla porta. È Riccardo.

«Senti, io esco. Se hai bisogno di qualcosa mandami un messaggio, okay?»

«Okay!», rispondo senza guardarlo, fingendomi rapita dalla pubblicità delle poltrone.

Richiude la porta.

Che rabbia!

Destino crudele. Sono trent'anni che competo con Barbara e questa volta non posso nemmeno prendermela con lei perché gliel'ho servito su un piatto d'argento.

Il resto della serata lo passo ascoltando le conversazioni telefoniche di mia sorella con le amiche, unico argomento di discussione: "Lorenzo". Unica domanda: «Tornerà?».

Verso le due e mezza del mattino sento aprire la porta di casa, e due voci che ridono.

DUE VOCI?

Parlottano un po' nell'ingresso, sento ridere Barbara, poi silenzio.

Ma allora è un vizio, questo le bacia tutte.

Altre risatine, poi la buonanotte e la porta che si richiude.

Salto di nuovo nel mio letto, ma nel buio non prendo bene le distanze e sbatto fortissimo la fronte contro la mensola con un boato che pare un'esplosione.

Ho dato una craniata che nemmeno i pagliacci al circo. Dio come mi sento stupida.

Mentre mi massaggio il bernoccolo che cresce a vista, sento aprire la porta.

«Chiara, dormi?», bisbiglia Riccardo. «Eri tu che hai fatto quel rumore?».

Rimango immobile sotto le coperte fingendo di dormire e dopo un paio di secondi la porta si richiude.

L'indomani mattina la febbre è passata, ma ho un bozzo in fronte che non so come coprire.

Mi siedo al tavolo della colazione davanti a Riccardo e lo fisso in silenzio, mentre Sara, con le sue inseparabili occhiaie blu, prepara il caffè.

«Allora, ieri sera com'è andata?»

«Bene», risponde senza staccare gli occhi dal televisore col telecomando a mezz'aria.

«Dove sei andato?»

«A suonare».

«Dove?»

«In un locale».

«Quale?»

«Ai navigli».

«E cosa hai suonato?»

«La chitarra».

«Quale?»

«La mia».

«Ma se era in salotto!».

Gira lentamente la testa verso di me e mi guarda come fossi un nano da giardino impertinente.

«Cos'hai fatto alla fronte?»

«Niente. E tu al collo?»

«Dove?», si tocca preoccupato il collo con le mani.

«Lì, hai un succhiotto grosso come un limone».

«Cazzo!», si alza di scatto e corre allo specchio. «Bugiarda!!», lo sento urlare dal corridoio.

«Bugiardo tu! Allora racconta com'è andata!».

«Non è successo niente».
«Ah no? E allora perché ti sei preoccupato così?»
«Perché non si sa mai, che gli racconto ai clienti poi».
«Allora Barbara ti si è avvicinata a sufficienza perché potesse darti un succhiotto!».
«Che ne sai che ho visto Barbara?»
«Ho tirato a caso».
«Non me la racconti giusta».
«Neppure tu», dico alzandomi, poi gli punto due dita contro e lo minaccio: «Ti tengo d'occhio, amico».
Torno a letto, ma a metà pomeriggio ne ho piene le scatole di stare lì da sola, almeno mi avessero portato un album da colorare.
Chiamo Barbara per sapere la sua versione.
«Allora, raccontami un po'».
«È cariiiiino, e non è mica tanto timido come dicevi, anzi ha certe mani lunghe...».
Riccardo ha le mani lunghe? Il mio Riccardo?
«E che avete fatto?»
«Quando? Prima o dopo cena?»
«Prima, solo prima, non voglio altri dettagli».
«In giro per Milano, qualche locale, cena, i navigli, poi ci siamo sdraiati sul prato del Sempione a guardare le stelle, siamo stati da Dio».
«Che fortuna, sono così contenta...».
Che ti scioglierei nell'acido.
«Stasera ci rivediamo».
«Ah sì? Siete partiti in quarta, vedo».
«Siamo troppo uguali».
«Pensa che non lo avrei mai detto».
Trascorro le due ore successive a elencare svariate torture da infliggere a Riccardo e Barbara e aspetto che Andrea si decida a venirmi a trovare, ma ha sempre impegni fuori Milano e riunioni fino a tarda sera e poi non gli piace "la comune", come chiama casa mia.
Sara mi gira intorno come uno squalo, non capisco se mi vuole dire qualcosa o se la infastidisce il fatto che io sia ancora in casa.

Alla fine sbotto.
«Sara, ti prego, parlami. Non ti leggo ancora nel pensiero».
«Sono riuscita a vedere Lorenzo».
«Davvero?», salto in piedi.
«Sì, ho insistito così tanto che alla fine ha accettato di vedermi. L'ho tempestato di telefonate, ma le ha sempre rifiutate tutte, poi sono andata sotto il suo ufficio e l'ho aspettato finché non è uscito. Quando mi ha vista è rimasto sorpreso, ma era con i suoi colleghi e non è potuto rimanere con me. Alla fine mi ha dato un appuntamento per questa sera».
«Ottimo, e come ti è sembrato?»
«Un po' freddo, ma sai, con quello che stiamo passando, e lui è un testone ed è orgogliosissimo, quindi non sarà facile convincerlo. Ma è pur sempre un primo passo».
«Incrociamo le dita».
«E Riccardo con la tua amica stronza?»
«Non è stronza, è particolare!».
«Quanto ti rode da uno a dieci che esca con lei?»
«Undici».

Passo un'altra serata da sola, aspettando i resoconti di gente che ha vite molto più interessanti della mia.
Nessuno che si preoccupa se mi sento sola.
Forse Gaia Luna mi capirebbe. La immagino il sabato sera, mentre cataloga le sue scarpe di Gucci e le fotografa con una Polaroid, sorseggiando martini cocktail insieme al cane.
Non più tardi delle nove sento sbattere la porta d'ingresso e Sara piangere a singhiozzi ed entrare in camera sua.
Mi alzo dal letto e corro da lei.
Mi guarda smarrita e disperata.
«Lorenzo si sposa».

DECIMA SEDUTA

«Sa che Barbara esce con Riccardo?»

«Chiara, dobbiamo parlare dell'altra volta».

«Quale?»

«Quando mi ha raccontato un'altra balla. È la seconda volta che succede, avevamo già affrontato la questione della fiducia a proposito dell'anello e ora mi ha di nuovo mentito dicendomi che non aveva il telefono con sé».

Uffa che palle ancora con 'sta storia, ma quanto è permaloso?

«Mi scusi, sono stata superficiale, me ne rendo conto».

«Ho l'impressione che lei non prenda tanto sul serio la terapia. Mi sembra che la consideri una specie di gioco, come se io fossi un compagno di scuola a cui raccontare le ultime novità. Guardi che la terapia è un faticoso percorso che serve a capire e riconoscere i propri blocchi emotivi per riuscire a superarli, ma se lei mi racconta un sacco di storie spreca soltanto tempo e denaro».

Mi sembra davvero seccato questa volta.

«Non volevo mancarle di rispetto, solo che mi sono sentita in imbarazzo per il ritardo e ho detto quella cosa del telefono così, senza riflettere».

«Chiara, se non fosse squillato il telefono, non avrei mai saputo che mi stava prendendo in giro. A questo punto mi mette in condizioni di dubitare delle cose che mi racconta, e questo è controproducente».

Mi sento come se mi stessero mettendo dietro la lavagna.

«No, non le ho mai mentito, ho solo detto questa cosa per giustificare il fatto che non l'avevo chiamata».

«Lei non voleva venire all'appuntamento, vero?»

«No», dico guardando fuori della finestra.
«Perché?»
«Perché quando faccio cose per cui lei non andrebbe fiero di me, non mi va di raccontarglielе».
«Smetta di preoccuparsi di quello che penso io. Io non la giudico, io lavoro, e sono qui per aiutarla, non sono un suo amico, e lei non ferisce in nessun modo i miei sentimenti. Ma se vogliamo avanzare dobbiamo cambiare sistema o prima o poi sarò obbligato a chiederle di rivolgersi a qualcun altro, perché così non posso esserle d'aiuto».
«Non voglio qualcun altro».
«E allora perché non prova a fidarsi di me? Crede che non lo sappia che lei continua a vedere Andrea e che le interessa un po' anche Riccardo?».
Arrossisco dall'imbarazzo, mi sembra di sentire mia madre che mi chiede: «Ti piace qualche bambino della tua classe?».
«Chi gliel'ha detto?»
«Me l'ha detto lei, parafrasando. Capisco che non nutra particolare fiducia nelle mie capacità e che mi consideri una specie di barista che l'ascolta distrattamente asciugando i bicchieri, ma le garantisco che i titoli che ho non li ho comprati!».
Rido.
Il dottor Folli è proprio in gamba, non c'è niente da fare. Almeno una scelta giusta l'ho fatta.
Gli racconto tutto dall'inizio, della mia relazione con Andrea post Portofino, che a modo suo mi è stato vicino in questi giorni di malattia, che non vive più con la moglie e si sta facendo più affettuoso, del bacio con Riccardo, e del mio piano demente di farlo uscire con Barbara che ahimé, ha funzionato.
«Non è che mi interessi Riccardo, ma quello che mi fa saltare i nervi è che, per la prima volta, l'unica volta in vita mia, avevo qualcosa che Barbara non poteva avere. Riccardo era mio amico e sono io che l'ho buttato fra le sue anoressiche braccia e da quel momento si è rimbambito, esce con lei da una settimana e torna sempre alle quattro, ha perso il sarcasmo e mi sembra si sia rammollito. Non riesco a capire cosa mai ci trovi in lei».

«Quello che più o meno ci troveranno tutti. È una bella ragazza che sa di piacere e che è stata abituata a pensare di poter prendere tutto quello che vuole. Ma non creda che sia immune dalle delusioni. Vede, chi ha avuto un'infanzia difficile è in vantaggio rispetto a chi non ha conosciuto il dolore, ma questo si comprende solo quando si diventa grandi e si fanno i conti con le frustrazioni e i dolori quotidiani. Quelli come Barbara hanno una scarsa tolleranza ai fallimenti che sono, mi creda, inevitabili».

«Lei mi sta dicendo che è solo questione di tempo?»

«Parafrasando».

Uscendo mi sento sollevata.

Stavo accumulando una tale serie di balle fra quelle che ho detto a Folli e a Riccardo che cominciavo a fare fatica a ricordarmi a chi ho detto cosa.

I bravi bugiardi hanno buona memoria.

Dovrei tornare in ufficio domani mattina, ma una settimana di malattia è stata più che sufficiente, considerando che l'ho passata con Sara a cercare di capire chi sia la donna con cui Lorenzo si sposa. Anche se le uniche "femmine" che frequentava eravamo noi due, ho dovuto comunque giurarle che non sono io visto che, come al solito, si è fatta prendere dall'"ipotesi di complotto" e ha cominciato a vedere nemici immaginari anche sotto il letto.

Faccio un salto veloce in studio per rendermi conto della mole di lavoro che mi aspetta: anche se in piena estate non c'è un gran da fare, vorrei evitare di essere sostituita da due gemelle diciottenni.

Se mi assento ho la sensazione che il mondo vada avanti senza di me e mi sento immediatamente inutile e tagliata fuori.

Andrea è a Udine, motivo per cui non mi sono neanche truccata. Sono debole e mi stanco presto, e anche tenere il mascara in mano è uno sforzo enorme.

Quando arrivo c'è solo il dottor Saluzzi che sta andando a casa. Mi sorride, mi chiede come sto e mi annuncia che se ne va in ferie in barca.

Lo studio è tutto mio e posso dedicarmi al mio passatempo preferito: fare la trottola con la sedia con le rotelle.

È una cosa che adoro, mi do lo slancio spingendo i piedi contro la scrivania e volteggio per tutta la stanza.

Altro che Facebook.

Sistemo un po' di carte, faccio delle fotocopie, e prima di andarmene entro un attimo nella stanza di Andrea.

È tutto incasinato, come sempre. Per forza mi chiama dieci volte al giorno per trovare i fascicoli.

La foto della moglie è sempre sul suo tavolo, vorrei capire perché. Spero sia solo per salvare le famose apparenze, ma sento una punta di gelosia che mi trafigge.

Assurdo, lo so. Quando si accetta una relazione con un uomo sposato si pensa che la gelosia sia automaticamente superata, invece nessuno capisce che si tratta soltanto di una rimozione del pensiero, un proiettarsi totalmente nel futuro, dove la moglie è solo un lontano ricordo.

Il vero problema è che i ricordi non si cancellano con un click e le mogli non si eliminano dalla mente con l'opzione "svuota cestino" come invece pretendiamo noi "seconde scelte": lei c'è tutti i giorni dell'anno, in ogni decisione, progetto, marca di caffè e festa comandata e bisogna essere maledettamente determinate per accettare tutto questo.

Forse sono più forte di quanto credo.

Prima di uscire faccio un salto in bagno e mentre sto facendo pipì sento aprire la porta principale.

Dev'essere la donna di servizio che viene a fare le pulizie serali.

Sento rumore di chiavi e risate.

Mi sembra una scena già vista, ma non ci voglio pensare. Mi guardo allo specchio e ho la fronte imperlata di sudore. Con tutti gli antibiotici che ho preso ho la pressione sotto i tacchi, le occhiaie e la lingua bianca.

Faccio spavento.

Aspetto di sentire silenzio prima di uscire dal bagno.

Inspiro profondamente e nella mia testa ripeto una canzoncina che cantavo da piccola tutte le volte che dovevo stare al buio in punizione, solo che la paura che avevo a sei anni non era reale, mentre questa lo è.

Robin Hood e Little John van per la foresta...
Apro piano la porta senza far cigolare la maniglia.
...Ed ognun con l'altro ride e scherza come vuol...
Cammino come la pantera rosa fino alla porta d'ingresso.
...Son felici del successo delle loro gesta...
E vedo Andrea che si sta scopando una tipa sulla mia scrivania.
...Urca urca tirulero oggi splende il sol!

«Oh, Chiara, non è come pensi tu!», esclama con i pantaloni calati e la tizia ancora avvinghiata intorno ai fianchi.

No??? E com'è???

Immobile, li guardo come si guarderebbe un'installazione di arte moderna.

Sorrido.

Ho tre possibilità: la scenata, il silenzio, o l'ironia.

Tutte opzioni ugualmente inutili.

Opto per la numero tre.

«Ma noi non ci conosciamo già?», dico avvicinandomi alla ragazza che sembra abbia una paresi. «Ma sì, a Portofino nella vasca da bagno, ti ricordi? Sono io, Chiara! Non ho una gran cera, è vero, ma ho avuto l'influenza! Tutto bene? Tuo marito? Guidi, se non erro! Certo che se continuate così rischiate davvero di farvi beccare! Occhio, perché potrebbe entrare qualcuno!», mi sfilo l'anello. «Senti, questo tienilo tu, non ho capito cosa significhi, credo che voglia dire "la scema di turno" o qualcosa del genere, quindi ti voglio passare il testimone».

Poi ci ripenso e glielo strappo di mano: «Anzi no! Voglio venderlo su eBay».

L'adrenalina mi sta lasciando rapidamente, sento che sto per crollare, bisogna che mi sbrighi o la mia carrozza si trasformerà in zucca.

La festa è finita.

Un'altra volta.

Non mi dicono niente, Andrea non mi chiama, non cerca di fermarmi, non si scusa.

Ma prima di chiudere la porta mi volto solo un attimo.

«Ah, a proposito. Mi licenzio».

Esco da quell'ufficio con la testa che mi sta per esplodere.
Se solo non lo avessi visto, se solo fossi uscita cinque minuti prima, se non fossi mai venuta qui non lo avrei saputo e adesso non mi sentirei a pezzi.
Qualunque cosa pur di tornare indietro nel tempo.
Un altro tradimento, un'altra bugia, un'altra umiliazione.
Non finirà mai, vero?
Non smetterò mai di essere trattata come uno zero e non smetteranno mai di andarsene tutti.
Non ho neanche la forza di piangere. Sono stordita, forse sto sognando: sono ancora a letto con la febbre e questo è un incubo e ora mi sveglio.
Magari torno indietro e lui è lì, da solo, che lavora a una causa. Magari c'è ancora una spiegazione logica.
Potrebbe esserci, no?
Se chi ti ha messo al mondo ha una buona ragione per lasciarti, allora ce la possono avere tutti.
Arrivo a casa senza neanche rendermi conto di come ci sono arrivata.
Lui non mi ha neppure chiamata.
Entro e butto le chiavi sul tavolino.
Riccardo è in salotto a guardare la televisione.
Mi siedo accanto a lui e prima ancora che si giri a salutarmi lo bacio sulla bocca.
Lui prima si irrigidisce, e mi prende i polsi, poi si lascia andare e comincia a baciarmi con tenerezza e passione, stringendomi i capelli.
«Ti prego, lascia Barbara, sono innamorata di te».
Sto mentendo, Riccardo. Non è vero, non sono innamorata di te. Dimmi che non mi vuoi, che ti piace Barbara, che pensi ancora a Elisa. Io non ti merito, sono indegna, stammi lontano.
«Anch'io sono innamorato di te, Chiara», mi sussurra tenendomi stretta contro la sua spalla. «Ho provato a stare con la tua amica, ma non ce la faccio. Non mi piace, è una sciroccata, io volevo stare con te... dall'inizio».
Mi culla fra le sue braccia dove io non vorrei essere, perché non riesco a togliermi dalla mente l'immagine di Andrea con l'altra e

non riesco a credere che sia così stronzo, perché è un livello troppo alto, a cui solo uno senza cuore, anima e cervello potrebbe ambire.

Continuo a pensare che ci dev'essere stato un malinteso e che, se ho sopportato che fosse sposato, in fin dei conti, non fa differenza che stia con una donna o con un'altra, quello che mi ferisce è che non riesca a smettere di scoparsi altre donne.

«Non è un caso se ci siamo incontrati, non smetto di pensarlo da quando ho lasciato perdere Elisa.

Non sono uno che crede al destino, ma più ripenso a come ci siamo conosciuti, più mi sembra un film».

Faccio sì con la testa, ma la mia espressione tradisce le mie parole.

«Ti senti bene?»

«No, mi sento uno straccio, vado a sdraiarmi».

«Ti preparo qualcosa per cena? Tua sorella è ko, ma voleva che cucinassi i testaroli. Stasera vi farò da infermiere».

Sorride con gli occhi che brillano per la gioia e l'emozione.

«Non ho fame. Ti dispiace se vado di là?»

«No, figurati», risponde deluso. «Chiamami se hai bisogno e anche se non hai bisogno».

Mi dà un bacio sulle labbra.

Vado in camera come uno zombie.

Sono distrutta e adesso devo anche trovarmi un altro lavoro.

Tengo il cellulare in mano e mi aspetto che squilli da un momento all'altro.

Bussano alla porta. È Sara.

Il dolore le ha fatto imparare le buone maniere.

«Stai male?», chiede sedendosi sul letto e accoccolandosi accanto a me.

«A pezzi, e tu?»

«In briciole. Non vivo più senza Lorenzo. Mi sono resa conto troppo tardi di cosa avevo perso, di quanto fosse speciale, paziente, fedele, onesto, dolce, protettivo...».

«Sì, però te ne sei approfittata fino alla fine, lo hai trattato così male che non poteva fare diversamente. Anche un santo perde la pazienza».

«Lo so, farei qualunque cosa per tornare indietro».

Sì, anch'io...

«Non me lo perdonerò mai. Era l'uomo perfetto, quello che ogni donna sogna di avere accanto, con tutti gli stronzi che ci sono in giro poi...».

«Già...».

«Che posso fare, Chiara? Dimmelo tu, che sei così ottimista e fiduciosa».

«Non sono più ottimista», le dico seria. «Ho esaurito tutte le scorte».

«Come sei diventata cupa. Che ti succede?»

«Ma niente, un po' di malinconia. Ora mi passa».

Bussa anche Riccardo.

«Chiara», mi dice con un sorriso tenero, «io dovrei uscire con Barbara... ne approfitto per parlarci... sei d'accordo?».

Aggrotto la fronte.

«D'accordo di cosa?», dico.

«Di...». Fa il gesto di "noi due" per non farsi capire da Sara. «Ma ti sei fatta una canna per caso?»

«Ah giusto, Barbara!». Rinsavisco.

«CHE MI NASCONDETE VOI DUE?», sbotta Sara. «NON POTETE PARLARE CON ME ADESSO? COS'HO, LA LEBBRA?»

«No è che... Io e Chiara...», dice a voce bassa, «ci siamo messi insieme».

«Ah sì? E quando?»

«Dieci minuti fa».

«MA CHE CAZZO DITE? MI PRENDETE PER UNA RINCOGLIONITA?»

«No, no, è vero», intervengo, «gliel'ho chiesto io», dico sospirando.

Sara ci guarda allibita, si alza ed esce sbattendo la porta.

«Allora io vado a fare il mio dovere di gentiluomo, poi torno e vengo a vedere come stai. Ok?».

Riccardo esce e io vado a farmi un bagno caldo e mi metto a rileggere tutti i messaggi di Andrea.

Ha distrutto la mia autostima, la mia dignità, la mia fiducia.

E ora anche questo silenzio colpevole e definitivo.

Il silenzio e l'abbandono sono la mia condanna a morte.

Posso sopportare il dolore, le umiliazioni e le offese, ma muoio se mi mettete ancora in uno stanzino buio.

Come se avesse percepito qualcosa ricevo un messaggio al cellulare.

Sobbalzo.

Ma è Riccardo.

"Stai bene? Ti serve niente? Sto passando vicino a una farmacia aperta, se hai bisogno fai un fischio".

Ho bisogno che tu mi lasci tranquilla, per favore.

Mi avvolgo nell'accappatoio e torno in camera a sdraiarmi.

Un altro messaggio, dopo un quarto d'ora, mi risveglia dal torpore.

Che due palle, quello che mi serve non lo puoi trovare in farmacia, a meno che non ti chieda la stricnina.

Cerco il telefono nel buio e leggo: "Sono sotto casa tua, ti prego scendi".

Mi affaccio e lo vedo.

Mi precipito fuori da camera mia e scendo di corsa le scale a due a due, ancora in accappatoio e ciabatte, e in un attimo mi trovo in strada.

Andrea mi viene incontro a braccia aperte.

«Stammi lontano», gli intimo con tutto l'odio di cui sono capace, «non ti avvicinare mai più a me, meschino, bastardo, malato, figlio di puttana», dico con un filo di voce.

Rimane spiazzato. «Chiara, guarda, non so cosa dirti, lei non mi ha dato tregua, mi ha fatto degli appostamenti sotto casa e, sai, la carne è debole. Ma non mi importa niente di lei, ti giuro, niente. Ma l'hai vista? Non è nemmeno il mio tipo! Tu sei...».

Fa un passo verso di me.

«Stammi lontano ti ho detto, o non rispondo di me», dico indietreggiando. «Non voglio mai più vederti né sentirti. Eri l'uomo che amavo, che volevo diventasse il padre dei miei figli e adesso per me sei morto».

Se c'è qualcuno alla finestra crederà che siamo una compagnia teatrale itinerante.

Andrea rimane senza parole, non è abituato a sentirsi rifiutato.

Non gli lascio il tempo di ribattere e salgo di sopra.

Mi siedo sul letto con il cuore che mi batte forte.

Ho una sensazione strana addosso: ho di nuovo l'adrenalina in circolo che mi fa sentire onnipotente e invincibile, ma sento ancora il bisogno perverso che lui mi cerchi di nuovo.

È assurdo, ma vorrei che mi chiamasse ancora per continuare a rifiutarlo, ma se lui invece se ne va, rinunciando a me, sarò di nuovo sopraffatta dall'angoscia dell'abbandono e sarò di nuovo disposta a qualunque cosa pur di ritornare con lui.

Questa è la malattia che dovrebbe guarire il dottor Folli e che mi vergogno di riconoscere.

Riccardo torna verso le undici. Devo concentrarmi su di lui, devo convincermi che è quello giusto, perché con lui sto bene, mi rispetta e ha scaricato Barbara per me.

Ed è la prima volta che succede.

Riccardo entra in camera mia con la maglietta strappata e un lungo graffio sulla guancia.

«Ma che hai fatto alla faccia?», gli chiedo preoccupata.

«La tua amica, non l'ha presa benissimo».

«Cosa le hai detto?»

«Che non volevo continuare la relazione. Che dovevo dirle? Che mi sono arruolato?»

«Nessuno ha mai lasciato Barbara e ne è uscito indenne. Forse avrei dovuto avvertirti, è una specie di "potere nero" il suo. Gli unici due che hanno rotto con lei hanno fatto tutti una fine orribile».

«E me lo dici adesso?»

«Mica le avrai detto che ti mettevi con me, vero? Anche le ragazze che hanno rotto con lei hanno fatto una fine orribile!».

«Certo che gliel'ho detto, scusa».

«MA SEI IMPAZZITO?? MORIREMO TUTTI!».

«Dai, stai tranquilla. Vedrai che le passerà».

«Da quando ci siamo incontrati mi sembra di essere in una commedia degli equivoci, è tutto uno sbattere porte, lasciarsi e rimettersi insieme, ci mancano le risate di sottofondo».

Il mio telefono squilla.

Sussulto.

«Cazzo, è Barbara! Che faccio?»

«Rispondi! Che altro devi fare con un telefono che squilla? Ma come mai hai una propensione per le soluzioni contorte?»

«Perché sono una donna, che domande!... Pronto?».

Urla così forte che devo tenere il telefono lontano dall'orecchio.

«No... Stai calma, Barbara, stai... calma».

«Calma un cazzo, pezzo di stronza!».

«Ehi, perché mi offendi? Non ho fatto niente!».

«La mia migliore amica mi ha fregato il ragazzo e tu lo chiami niente? Sei una pezzente, lo sei sempre stata, ti piacciono gli scarti. E gli scarti ti meriti. Prenditelo pure quello sfigato! Te lo lascio, non me ne può fregare di meno! È anche una schiappa a letto».

Riattacca.

Guardo Riccardo con un sopracciglio alzato.

«Ha detto che sei una schiappa a letto».

«Che bastarda, ma se l'ho fatta venire tre volte!».

«Ci sei stato a letto?», lo guardo con gli occhi fuori dalle orbite.

«Sono fatto di carne! Se una me la sventola sotto il naso che devo fare?»

«Siete fatti di carne? È questa l'unica risposta che sapete dare? Non riuscite a tenerlo nei pantaloni? Cos'è, una specie di tubo dell'acqua impazzito? Ma perché voi uomini dovete sempre uccellare in giro?»

«Uccellare?»

«Sì, insomma, hai capito. Non potete accontentarvi di stare abbracciati a guardare la televisione davanti a una tazza di caffè? Guardare un tramonto o leggere un libro? Dovete sempre e per forza scopare in giro? Ma siete telecomandati dalle vostre palle forse?»

«Ehi, aspetta un attimo. Io non sono uno che scopa in giro. Con Barbara è stata una cosa così, è stata lei a provarci, lo sai benissimo».

«E tu dovevi andarci a letto per forza? Ti ha violentato forse? Ti ha sciolto qualcosa nel bicchiere? Ti ha detto che era il suo ultimo desiderio prima di morire? Lo vedi? Siete facili».

«Ti sbagli di grosso, e poi perché parli al plurale? Cos'è questa generalizzazione improvvisa? A te piace quando ti dicono "voi donne"? Io non sono come gli altri e lo sai!».

«Dici "voi donne" di continuo e tu sei esattamente come gli altri, siete tutti fatti della stessa pasta, dal primo all'ultimo e senza eccezioni!».

«Basta, vado a dormire sul divano. Siamo insieme da tre ore, e mi hai già fatto incazzare!».

«Tu dormi sul divano da quando abiti qui! Dove pensavi di dormire stanotte?»

«Con te, no? Mi sembrava ovvio! Ma devi essere in piena sindrome premestruale perché ti comporti come una pazza!».

Ed esce sbattendo la porta anche lui.

Mi scoppia la testa.

Dopo un'ora che mi giro nel letto rinuncio e accendo la luce.

Sono imbestialita. Non posso crederci, ma è un'epidemia forse?

Basta, non voglio più far sesso in vita mia, voglio diventare una suora di clausura e mi vestirò solo di beige.

Esiste un solo uomo sulla terra che sappia essere fedele a una donna? O anche per un miserabile periodo di lutto? Non dico un anno ma, non so, tre mesi.

Sento il divano del salotto cigolare, segno che Riccardo si sta girando ininterrottamente come me.

A meno che non si stia scopando mia sorella.

Oddio, ma cosa sto dicendo? Questa è una cosa che solo lei riuscirebbe a pensare.

Devo cambiare aria, questo è un manicomio, e quando mai si esce rinsaviti da un manicomio?

Dopo un po' sento sbattere la porta.

Poi il portone.

Guardo fuori della finestra senza farmi notare, e vedo Riccardo sul marciapiede che si accende una sigaretta e si allontana.

Istantaneamente ricevo un messaggio.

«Domani vieni in ufficio. Per favore. Non andartene».

La mattina aspetto che escano tutti di casa prima di alzarmi.

Non andrò più in quell'ufficio, cascasse il mondo.

Verso le dieci Andrea mi chiama.

Lascio squillare.

È questa la sensazione di cui parlavo: se mi cerca sento che non ho bisogno di lui, se non mi cerca crollo.

Tutta questa nuova situazione è angosciante, è come essersi svegliati in un altro mondo dopo la guerra nucleare: ho lasciato Andrea, ho litigato a morte con Barbara, mi sono messa con Riccardo e mi sono licenziata.

Cos'altro mi manca? Diventare vegetariana?

Devo trovare un altro lavoro al più presto, ma più che altro dovrei trovare un lavoro vero, qualcosa in cui credere, un obbiettivo, qualcosa che mi renda realizzata nell'attesa di un uomo che mi ami davvero e con cui mettere su famiglia.

Sarò demodè, ma che ci posso fare? Non concepisco una vita da sola e farò qualunque cosa pur di non sentire più il respiro del silenzio alitarmi sul collo.

Mi è venuta voglia di chiamare mia mamma.

L'unica che alla fine mi conosce veramente.

«Ciao mamma».

«Chiara, stai bene?».

Accidenti che fiuto.

«Mi è venuta l'influenza. Stavo meglio, ma sono uscita e mi è tornata la febbre».

«Hai avuto una ricaduta. È normale, poi con questo caldo... Tua sorella come sta? Si è calmata?»

«Senti non le dire che te l'ho detto io, anche se non so chi altri potrebbe dirtelo, ma lei e Lorenzo si sono lasciati!».

«Davvero? Vuoi dire che ha mandato al manicomio anche lui?»

«Esattamente».

«È tutta suo padre, ma non le dire che te l'ho detto io», ride.

«L'ho sempre sospettato. Tu come stai invece?»

«Sono qui da sola, come sempre, lo sai. Perché non mi vieni a trovare?»

«Ma se ti attacco l'influenza?»

«I figli non attaccano niente ai genitori.».

Mi metto una tuta da ginnastica ed esco.

Mi fa una strana impressione non essere in ufficio alle 11:30.

A questo punto potrei anche prendermi tutte le ferie che mi spettano.

Arrivo da mia madre.

Nonostante dica di sentirsi costantemente come uno straccio vecchio, mi sembra sempre più in forma, più abbronzata e giovane, ma non glielo direi mai.

Non vorrei si sentisse bene tutto insieme e le venisse un attacco di panico risalendo in superficie troppo in fretta dalla depressione.

Oddio che cinismo, anche questa è una frase che direbbe mia sorella.

Mi prepara un caffè e mi offre pane e marmellata di fichi che ha fatto lei.

«Tu lo sapevi che era morta la mamma di Gaia Luna?»

«La ex di tuo padre? No, non lo sapevo!», mi risponde stupita.

«È morta qualche mese fa».

Mia mamma cambia espressione, e si porta una mano alla bocca. Poi si alza in piedi e va in camera a chiudere i cani, e torna con un pacco di lettere ancora chiuse in mano.

«Saranno mica stati tutti gli accidenti che le ho mandato negli ultimi trent'anni?».

Mi stringo nelle spalle.

«Non saprei, hai usato i suoi capelli?»

«No, ma guarda quante lettere le ho scritto, dall'82 all'89, tutte le settimane. Pagine di insulti e maledizioni e lei le rimandava al mittente chiuse. Ero accecata dall'odio».

«Come mai hai smesso?»

«Mi scrisse il suo avvocato».

«Le conservi ancora?»

«Sì, non so perché, forse mi ricordano di quando ero giovane, ingenua e battagliera. Ma ora mi fanno un effetto strano, non ci pensavo più da così tanto tempo. Quanta vita ho sprecato a prendermela con lei e con tuo padre, mi sono così concentrata su di loro, come fossero la causa di tutti i miei mali, che non ho visto più nient'altro».

«Mamma, ti posso fare una domanda da donna?»

«Vuoi sapere come nascono i bambini?», sorride.

«Volevo chiederti... ma tu amavi papà?».
Respira forte e si accende una sigaretta.
Ecco da chi Sara ha preso il senso drammatico.
«Pensavo di sì. Ero così giovane quando l'ho sposato, e poi ai miei tempi era diverso, non ti stavi a fare tante domande, come si fa oggi. Doveva essere per tutta la vita, e basta, e sapevamo che, a un certo punto, sarebbe arrivato il momento di stringere i denti e sopportare, come avevano fatto le nostre madri e le madri delle nostre madri».
«Non è che fosse una prospettiva invitante».
«Mah, non mi sembra che adesso le cose vadano meglio. Non c'è più un matrimonio che funzioni... Comunque ci eravamo sposati, eravate subito nate voi due e io pensavo che le cose sarebbero sempre andate così: tuo padre che lavorava, io che badavo a voi, le vacanze a Riccione, il Natale dalla nonna, la scuola, la macchina in leasing... La normale vita di una famiglia, no?
Come l'avevo vissuta io, per lo meno. Poi lui cominciò a tornare tardi la sera, ad avere sempre più riunioni di lavoro, e uno strano profumo sul colletto della camicia. Ma chi aveva il tempo di pensarci, eravate così piccole, io avevo venticinque anni e prima di tuo padre non avevo avuto nessuno, perciò che ne sapevo degli uomini?»
«Venticinque anni. Eri davvero giovane».
«Macchè giovane! I figli si devono fare presto, sennò non te li godi», poi mi guarda e si ricorda. «Vabbè, poi uno i figli li fa quando se la sente», si versa altro caffè.
«E poi cos'è successo?»
«Un sabato vi avevo portato dalla nonna a Magenta e dovevo rimanere lì a dormire, ma Sara si era dimenticata l'orsetto e lei senza Bruno non riusciva ad addormentarsi, così tornai a casa e trovai tuo padre a letto con la segretaria».
«La segretaria?»
«Eh sì, la mamma di Gaia Luna. E lo sai cosa disse tuo padre quando entrai in camera?
"E che ci fa questa signorina nel nostro letto?"».
Ridiamo.
«È tipico di papà».
«Un paraculo nato! Con il senno di poi forse avrei potuto anche

lasciar perdere, almeno saremmo rimasti nella casa di via Tolstoj, voi sareste cresciute, io e tuo padre avremmo trovato un compromesso, come fanno tante coppie, e il tempo avrebbe fatto il resto. Ma ero giovane e impulsiva e lo buttai fuori di casa».

«E lui dove andò?»

«A stare da sua madre per un po'. Poi un mese dopo venne fuori che l'altra era incinta e successe il finimondo. Già il fatto che lui mi avesse tradita era gravissimo, ma pensavo che dopo avergliela fatta scontare saremmo tornati insieme. Ma questa cosa era irreparabile e a quel punto mi sentii veramente crollare il mondo addosso. Non avevo un lavoro, ero senza una lira e c'eravate voi due piccole».

«La parte che segue la conosco anche troppo bene, purtroppo».

«Lo so, lo so. Ma dalla nonna non siamo state poi male, ripensandoci adesso. Almeno eravamo tutte insieme».

Ha rimosso il fatto che lei e la nonna hanno litigato per quindici anni consecutivi rinfacciandosi l'ospitalità e i reciproci fallimenti.

«Però ti voglio dire una cosa: finché non ho conosciuto Piero non avevo idea di cosa volesse dire amare qualcuno. Non sapevo cosa fossero l'armonia, il rispetto, la serenità e la sicurezza, non sapevo cosa volesse dire potersi fidare di un uomo, non sapevo cosa si provasse a sentirsi veramente amati, né cosa volesse dire veramente fare l'amore con l'uomo che ami».

«Mamma!».

«Chiara, voi non siete nate sotto il cavolo, lo sapevi vero?... Stavamo così bene insieme, avevamo le stesse passioni, ridevamo, facevamo un sacco di cene con gli amici, andavamo in montagna a camminare, insomma una sintonia che mi faceva stare veramente in pace col mondo».

«Ti manca, vero mamma?», le prendo la mano.

«Tanto. Tutti i santi giorni. È come se se ne fosse andata una grossa parte di me».

Non è proprio il caso che le stia a raccontare che mi sono licenziata, e soprattutto il perché.

Mi alzo a sciacquare le tazze e su una mensola noto un tubetto di ansiolitici.

«Te li ha dati il dottore?»

«Sì, mi ha segnato delle gocce, non riesco a dormire la notte.

«Però, mamma, vacci piano con questa roba, che una goccia tira l'altra e poi finisci stesa come Michael Jackson».

«Magari... una bella dormita eterna».

«Dai mamma, che così mi preoccupo. Già Sara sembra un morto vivente, non ti ci mettere pure tu!».

«Le servirà di lezione, una volta tanto qualcuno che la mette a posto».

«Mamma, la verità è che lui voleva che lei andasse a vivere a Sassari, ma lei non se la sente di lasciarti sola qui».

«Allora dovrebbe venirmi a trovare un po' più spesso, se le sto così a cuore».

«Eh sì, considerando che ci sei venuta a trovare solo una volta in tutti questi anni, uno sforzo potresti farlo anche tu, non ti sembra?»

«Sapessi quanti sforzi ho fatto per voi due...».

Sbotto esasperata.

«Mamma dai, adesso finiscila. Tu sei la nostra colonna portante, il nostro faro nel buio, sei tu la persona a cui vogliamo assomigliare, devi essere forte quando noi non lo siamo, è il tuo lavoro, non ti puoi arrendere!».

Mia madre rimane basita come se le avessi lanciato un gavettone in testa.

«Davvero, mamma, tu non hai il diritto di buttarti giù, semplicemente non lo puoi fare, è il problema di essere genitore, devi continuare a dare il buon esempio per sempre. Noi figli crediamo in voi tutta la vita, qualunque cosa facciate, e anche se ci deludete o ci spezzate il cuore cerchiamo sempre di recuperare il vostro amore fino all'ultimo dei nostri giorni e siamo disposti a tutto pur di avere la vostra approvazione».

Non dice una parola, la sigaretta è arrivata al filtro e non se n'è neppure accorta.

Quando scendo in strada mi sento stremata esattamente come se avessi spinto la montagna da Maometto per ore.

Il mio cellulare è pieno di chiamate e messaggi di Andrea, uno più disperato dell'altro.

E quando arrivo a casa c'è un mazzo gigante di gigli che mi aspetta, con un biglietto che dice: "Perdonami, sono uno stronzo".

UNDICESIMA SEDUTA

«Non ha risposte, vero? Non mi sorprende, ho fatto un tale casino questa volta che merito un oscar alla carriera».

«Non c'è male in effetti, ma un paio di cose giuste le ha fatte anche se non le vuole vedere: ha agito ancora una volta con grande dignità di fronte a un'orribile umiliazione e ha parlato col cuore a sua madre. Queste cose sono importantissime».

«Sì, peccato che poi sono tornata a casa e ho mentito a un ragazzo d'oro facendogli credere di essere innamorata di lui».

«Devo dire che su questo punto mi ha spiazzato. Questa è una cosa che avrebbe fatto Barbara e in effetti è una vendetta trasversale un po' disonesta, ma le fa bene comportarsi in modo aggressivo ogni tanto, correggeremo il tiro più in là. Intanto godersi il gusto della rivincita, che per lei è del tutto nuovo, non può che farle bene», dice compiaciuto.

Forse ha aperto una bisca con suoi colleghi: «Questa settimana do Chiara 10 a 1 con l'avvocato e 50 a 1 con il coinquilino, si accettano scommesse...».

«Quello che mi interessa sapere è questo: il fatto di essere stata tradita in un modo così meschino e volgare ancora una volta dallo stesso uomo, non le ha fatto scattare dentro un molla di repulsione definitiva nei suoi confronti? Sia sincera».

«Questa volta ho provato un disgusto più forte delle altre, anche se avrei preferito non scoprirlo e non doverlo affrontare. L'idea che mi si avvicinasse, dopo averlo visto lì con i pantaloni calati, mi è parsa insopportabile».

«Bene, è un bel passo avanti nel recupero della sua dignità. Ovviamente è libera di fare quello che vuole, ma si ricordi di pensare innanzitutto al suo bene».

Ora me lo immagino all'angolo del ring, che mi spruzza l'acqua in faccia e mi dice: «non fa male, non fa male, coraggio, Chiara, spaccagli la mascella, la mascella, Chiara!».

«Chiara? Tutto bene?»

«Benissimo! Sì, pensavo a una storia che ho avuto con uno che aveva un problema con il gioco».

«Uno scommettitore?», chiede sistemandosi nella poltrona. Adesso tirerà fuori il pop corn.

«Incallito! Lo avevo conosciuto a una cena in pizzeria insieme a Barbara e un'altra amica sua, una di quelle sventurate uscite a tre che non funzionano mai fra donne. Infatti loro due erano concentratissime a puntare due tizi seduti a un altro tavolo, mentre io mi battevo per riuscire a tagliare una pizza di gomma.

Il gestore della pizzeria, un aitante quarantenne, si avvicinò al nostro tavolo facendo un sacco di scena. Sa, con quelle uscite un po' patetiche del tipo: "Ma dove sono i vostri fidanzati? Come non ce li avete? E com'è possibile che tre top model come voi siano senza un cavaliere?". E ci dedicò *I' te vurrìa vasà*, suonando con la chitarra».

Folli sorride.

«Era un trafficone, ma simpatico, a modo suo. Uno di quelli che hanno fatto fortuna vendendo la fontana di Trevi ai turisti e le radio con il mattone, ma alla fine era riuscito a comprarsi due pizzerie, una tabaccheria e una Ferrari».

«Tipo interessante».

«Si mise a cantare in ginocchio davanti a me, mentre loro due si davano di gomito: "Hai fatto colpo, hai fatto colpo". E io mi sentii lusingata».

«Ma era un guitto!», ride

«Dottore, mi meraviglio di lei. Sa che sono una collezionista di esemplari rari! Ma tornando a noi, questo tizio, Antonio, non si fece problemi a chiedermi subito il numero di telefono e con l'occasione sfoggiò il suo ultimo modello di Nokia (che lui chiamava Noghia) non ancora uscito in Italia».

«Andava dritto al sodo!».

«Anche troppo. Dava per scontato che io sarei uscita con lui, perciò mi chiamò il giorno dopo, mi invitò subito a cena e mi venne a prendere in Ferrari. Le risparmio l'imbarazzo di stare fermi al semaforo mentre sgassava ammiccando ai passeggeri delle altre macchine. Mi portò a cena nel suo ristorante, cosa ben poco romantica perché i camerieri che ci servivano non riuscivano a stare seri e lui non riusciva a evitare di guardare tutti gli altri tavoli e sollecitare il servizio, e un paio di volte si alzò anche a portare il conto.

Mi regalò subito un cellulare e non volle sentir ragioni, dovevo accettarlo e basta. Quello fu il nostro fidanzamento ufficiale e mi dissi che c'erano cose ben peggiori che farsi regalare un telefono nuovo.

Aveva un amico che era tutto un programma: un tizio obeso e calvo che non parlava quasi mai e lo seguiva come un'ombra. Forse questo avrebbe dovuto insospettirmi, ma non ero mai uscita con uno che aveva un locale, e immaginavo ci fossero cose delicatissime di cui occuparsi a qualunque ora del giorno e della notte.

Si parlavano sempre all'orecchio e si passavano spesso dei soldi, ma io credevo che fosse il suo amministratore, quello che gestiva l'incasso.

Era molto intraprendente, aveva sempre qualcosa in ponte, una gita in barca con degli amici, un fine settimana in montagna. Non stavamo mai soli, come minimo doveva avere una corte di dieci persone intorno a sé. Pensi che a casa aveva un televisore al plasma grande come tutta la parete e un divano che poteva accogliere comodamente venti ospiti.

Un giorno mi chiese se potevo prestargli 250 euro perché gli avevano clonato il bancomat, ma i giorni passavano e lui non me li restituiva. La cosa era abbastanza imbarazzante, perché in effetti lui era talmente generoso che chiedergli indietro quei soldi poteva sembrare spilorcio da parte mia. Ma in fondo era lui quello con la Ferrari, io avevo la bicicletta e lavoravo in un call center.

Un paio di settimane dopo me ne richiese altri, io di nuovo in grande imbarazzo glieli diedi pensando che me li avrebbe restituiti tutti insieme. Fu alla terza volta che mi permisi di fargli notare che non ne avevo più e che avrei sperato in una restituzione da parte sua perché ero proprio sul lastrico».

«Lui come la prese?»

«Apriti cielo! Me ne disse di tutti i colori, mi disse che ero meschina, attaccata ai soldi, che mi dovevo vergognare e via così. Prese un mazzo di banconote e me le tirò addosso e io ci rimasi così male che mi misi a piangere».

«Che ne fece dei soldi?»

«Mi chiese scusa e io gli dissi che mi dispiaceva tanto e così mi chiese se poteva tenerli ancora un po', finché non gli si sbloccava una certa cosa. Nel giro di due mesi gli avevo dato tremila euro».

«Chiara! Non ha firmato niente, vero?»

«Stavo per farlo, a dire la verità, voleva farmi socia di un nuovo locale che, a suo dire, avrebbe riscosso un successo pazzesco: un mega car wash con delle lap dancers a fare il pieno alle auto.

Voleva farlo gestire a me, se solo avessi acconsentito a mettere un'ipoteca sulla casa di mia nonna».

«Non ha mica...».

«No, i carabinieri arrivarono proprio nel bel mezzo della finale della Champions League, quando il Milan batté la sua Juve per un 3 a 2 con un rigore di Shevchenko.

Un uomo finito.

Ripensandoci credo di aver capito perché non me ne andai subito».

«Perché le ricordava suo padre?»

«Lei fa progressi enormi, dottor Folli, sono colpita!».

«Grazie, troppo buona».

Uscendo dallo studio mi affaccio furtiva sulla strada, per paura che qualcuno mi abbia seguito.

Dopo la telefonata di Barbara, mi aspetto da un momento all'altro una punizione esemplare, qualcosa di esageratamente umiliante e sadico, tipo pubblicare su Facebook le foto di quando avevo quindici anni e avevo già la quarta, con scritto sotto: non presentate il vostro fidanzato a questa donna.

Sono alcuni giorni che vedo spesso una Punto blu.

Sarà certamente un caso, ma dato che le chiamate e i messaggi di Andrea non accennano a diminuire mi è venuto il sospetto che anche lui potrebbe farmi seguire.

Quando tutto mi sembra tranquillo e mi preparo a uscire, il portiere alle mie spalle intona a squarciagola: «PAZZA IDEA DI FAR L'AMORE CON LUIIIII».

A momenti mi viene un infarto, non mi volto neanche e scappo.

La prossima volta vengo vestita da Napoleone.

Sto andando tutti i giorni in studio da Paolo, un po' per passare il tempo un po' perché, al momento, non so bene cosa fare della mia vita.

Non ho ancora del tutto accettato l'idea che non lavorerò più per Andrea e, a dire il vero, non ho ancora inviato la lettera di dimissioni, ho solo preso due settimane di ferie.

Lo so che questo si chiama *tenere i piedi in due staffe* e che il dottor Folli non approverebbe, ma devo far decantare la delusione.

So per esperienza che anche le situazioni più spinose e inaccettabili, con il senno di poi, perdono molto del loro alone tragico, e diventano quasi sopportabili. O forse è solo perché rimuovo tutte le parti veramente umilianti e dolorose.

Infatti se adesso penso alla scena dell'ufficio, vedo Andrea che si sta facendo cucire un bottone dei pantaloni da una ragazza inginocchiata ai suoi piedi e dice: «Chissà cosa direbbero vedendoci così... Oh, Chiara, non è come pensi tu!»...

Potrei quasi giurarlo. Per questo spero di non essere mai testimone di un incidente: potrei avallare qualunque versione dei fatti.

Sì, dottor Folli, lo so che si chiama negazione, lo so!

In studio Paolo è insieme a Caterina e cerca di comportarsi come un buon fidanzato premuroso, ma la sua faccia tradisce ogni migliore intenzione e il risultato è, come dire, "fuori sincro", cosicché, alla fine, è lei che sposta le attrezzature pesanti, che regola l'aria condizionata e che si preoccupa che lui prenda gli integratori.

Quando gli chiedo chi stiamo aspettando, mi risponde che è una sorpresa e mentre sistemo i cosmetici, immaginando di veder sbucare da un momento all'altro Ashton Kutcher, sulla soglia appare Barbara.

E vedo passarmi tutta la vita davanti.

O almeno le tre cose degne di nota.

Il labbro superiore mi si imperla di sudore e tradisce il terrore cieco che sto provando in ogni molecola del mio corpo.

Mi sorride in un modo glaciale, oserei dire diabolico, e ha una strana luce negli occhi.

«Ciao», balbetto, «come mai da queste parti?»

«Devo fare delle foto, il mio agente me ne ha chieste di nuove per una pubblicità», lo dice con un misto di compiacimento e disprezzo, fissandomi negli occhi, e mi fa rabbrividire.

Sembra il Padrino che viene a baciare il picciotto che ha sgarrato.

«Okay», rispondo con il minimo sindacale dell'entusiasmo previsto da queste situazioni.

Paolo entra e la ricopre di complimenti esagerati, nemmeno fosse arrivata Naomi.

Barbara taglia corto, si siede sulla poltrona del trucco e chiude gli occhi, dicendomi a voce bassa: «Avanti, vediamo cosa sai fare».

Mi tremano le mani, è così potente che potrebbe farmi causa per il rossetto sbavato e la vincerebbe.

Comincio a stenderle un velo di fondotinta con la spugnetta e, anche se ha gli occhi chiusi, riesce lo stesso ad esprimermi tutto il suo odio.

«Ti credi molto furba, vero?», mi domanda aprendo improvvisamente gli occhi.

«No, niente affatto», rispondo indietreggiando di scatto.

«Tu pensi di potere ottenere tutto con il tuo atteggiamento da Biancaneve, vero?»

«Biancaneve io?», le chiedo confusa, stando ben attenta a non sembrare ironica, sarcastica o provocatoria.

Il risultato è una specie di raglio strozzato che tradisce tutto il mio panico.

«È da quando siamo piccole che riesci a ottenere tutto quello che vuoi con quell'aria falsamente timida e innocente. Ma pensavo che fossi onesta con le amiche vere, soprattutto con chi ha fatto di tutto per farti sentire accettata nonostante la tua scarsa personalità e la tua insicurezza cronica».

«Ma...».

«Non interrompermi quando sto parlando», risponde gelida. «Sei stata peggio di una serpe in seno, mentre io facevo di tutto per starti vicino perché non avevi uno straccio di amico. Ma adesso ho capito che mi hai sempre invidiata, che avresti sempre voluto essere me, tu con quelle tette sproporzionate e quei capelli assurdi. Non ci volevo credere, ma adesso tutto è chiaro, sei stata tu a raccontare in giro che mi sono rifatta gli zigomi e che ho pagato per ottenere la laurea, chi altri avrebbe potuto? Non l'ho capito prima perché ero accecata dalla buona fede, ma adesso vedo quanto sei perfida».

Non riesco neanche a muovermi per come sono sconvolta da questa esplosione insensata.

«Barbara, non stai dicendo sul serio, vero?»

«Se dico sul serio? Hai sempre desiderato tutto quello che avevo io: un padre affettuoso, i soldi, la bellezza, il seno piccolo, gli amici, i fidanzati e la carriera, e hai sempre cercato di copiarmi. Ti confesso che mi facevi tenerezza, sempre sola e impacciata, e ti portavo con me per darti un po' di soddisfazione, perché eri così palesemente perdente, che non me la sentivo di infierire più di quanto la natura avesse già fatto.

Invece mi hai succhiato il sangue come una zecca e hai tramato alle mie spalle tutto questo tempo finché mi hai accoltellato».

«Barbara, spero che tu sappia cosa stai dicendo, perché le tue accuse sono molto gravi oltre ad essere totalmente pazzesche».

«Ti ho smascherata, Chiara, ma adesso ho intenzione di fartela pagare con gli interessi. Non potevi sopportare che Riccardo fosse innamorato di me e gli hai raccontato un mucchio di stronzate perché mi lasciasse e ci sei riuscita. Allora goditi questa minuscola vittoria perché sarà l'ultima che ti concedo. E adesso finisci quello che hai cominciato, e alla svelta che ho altro da fare».

«No, Barbara, ora ti calmi e la finisci di parlarmi così. Sai perfettamente che non è vero, che siamo state sempre amiche e che non ti avrei mai fatto un torto. Riccardo ha la sua testa e sceglie per conto suo, che ne so, forse eri troppo per lui, non ci hai pensato?»

«Di certo lo ero, ma se tu non ci avessi messo lo zampino non mi avrebbe scaricata in quel modo».

Entra Paolo a vedere a che punto siamo.

«Su, Chiara, sbrigati, dai. Non potete stare qui a chiacchierare tutto il giorno. Lo so che ne avete una cifra da raccontarvi, ma così mi si accavallano tutti gli appuntamenti!», dice incrociando le braccia seccato.

«Le ho già detto tutto quello che dovevo», dice rivolta a me con uno sguardo omicida.

Si alza e va sul set.

Rimango sola e senza parole, con le guance in fiamme e una sensazione orribile di imbarazzo e sopraffazione.

E qualche metro di coda di paglia.

A casa aspetto Riccardo per parlargliene, ma quando arriva è piuttosto contrariato.

«C'era un altro mazzo di fiori per te fuori della porta. Il tuo ex fidanzato bastardo sposato non si è ancora dato pace? Te l'avevo detto che sarebbe andata così. Mi devi una pizza!».

Se sapesse da quanto tempo l'ha vinta...

«Chissà come mai insiste così», mento spudoratamente.

«È un classico: prima ti teneva sotto controllo, ora che ti sei licenziata gli sfuggi e cerca di recuperarti. È la lezione numero quattro. Tu gli hai detto di noi due, vero?»

«Ma certo», mento di nuovo.

«E allora se ne farà una ragione. Questi tipi arroganti hanno solo bisogno di un buon motivo per arrendersi, ma basta essere chiari e diretti e mollano la presa. In fondo sono dei cacasotto».

Già, chiari e diretti, è proprio il mio caso.

«A proposito, Barbara mi vuole uccidere perché l'hai lasciata».

«Ecco, di lei invece mi preoccuperei e molto. Mi sembra una ragazza che crede che tutto le sia naturalmente dovuto e che potrebbe fare cose strane se non ottiene ciò che vuole. Lo sapevi che scrive con la sinistra perché pensa che sia più fico?»

«Sì, ha cominciato quando scoprì che Julia Roberts e Tom Cruise erano mancini. Ma che devo fare adesso? Perché non ci parli tu? È convinta che sia tutta colpa mia, che tu sia una specie di bamboccio privo di volontà e io l'arpia che ti ha sedotto e convinto ad abbandonarla».

«Le donne pensano sempre che sia colpa delle altre donne, e hanno ragione, perché sanno perfettamente come si seduce un uomo. Ci fate credere di essere i cacciatori, quando invece ci avete scelto voi fin dall'inizio. E poi te l'ho detto: ha fatto tutto lei, io mi sono limitato ad assecondarla».

«Che vuoi dire con questo? Che avrei sempre voluto stare con te, ma che ho aspettato che ti mettessi con lei per fartelo capire? È troppo contorto!».

«Infatti. Ed è esattamente il vostro modo di ragionare: sono diventato interessante ai tuoi occhi nel momento in cui ho cominciato a uscire con la tua amica. Prima non mi degnavi di uno sguardo. Quindi in questo Barbara ha ragione: sei tu che le hai soffiato il nuovo gioco da sotto il naso, così gliel'hai fatta pagare per anni di umiliazioni subite», dice soddisfatto aprendo una lattina di coca. «Anche se credo che... inconsciamente, tu provassi qualcosa per me da tempo», sorride compiaciuto.

«Che presunzione! Non pensi di sopravvalutarti? Chi ti fa pensare di essere così irresistibile?»

«Il fatto che due donne bellissime si stiano sbranando per me! È una cosa che adoro, e che sta facendo lievitare il mio ego a dismisura. Vi prego non smettete mai», ride.

Gli lancio l'asciughino, ma lo schiva.

Si alza, viene verso di me e appoggia le mani sui miei fianchi.

«Ma forse le fa più comodo pensare che sia colpa tua, perché aspettava solo l'occasione per litigare con te, perché in fondo è sempre stata invidiosa».

«Di me? E cosa c'è da invidiare? Stiamo parlando di una donna che ha tutto e anche di più, e non c'è una sola cosa che lei possa invidiarmi».

«Oh, sì che c'è, e lei lo sa...», sussurra mentre comincia a baciarmi il collo e le orecchie. «Tu sei bellissima... intelligente... ironica...

dolce... divertente... hai una pelle morbidissima... profumi di vaniglia e... sei sexy da morire...», dice accarezzandomi le braccia con la punta delle dita. «E credo che tu sia veramente una strega perché sto completamente perdendo la testa per te... Devi avermi fatto un incantesimo...», mormora accarezzandomi le labbra con le sue.

Sento il suo cuore battere forte contro il mio e il suo respiro diventare sempre più affannoso, mentre le sue dita scivolano sotto la mia maglietta e cominciano a scorrere delicatamente lungo la schiena.

La sua barba di un giorno punge appena contro la mia guancia e il suo profumo speziato mi fa sentire la testa leggera, ho le gambe deboli e i brividi lungo tutto il corpo.

Mi appoggio contro il muro e mi irrigidisco quanto basta a fargli sentire che non ho voglia che si spinga oltre.

Dopo quasi una settimana che stiamo insieme non gli ho permesso niente di più di un bacio e un paio di carezze.

Quello che sui giornali per le teenager veniva chiamato "petting".

Sono nauseata dal sesso e suoi derivati: grandi promesse durante i preliminari e totale indifferenza subito dopo.

Mi sono fatta usare anche per troppo tempo.

«Ti senti bene, Chiara? Ogni volta che ti abbraccio mi sembra che tu mi sfugga, se non fossi un fine conoscitore dell'universo femminile direi che ti dà fastidio, ma fingerò di sbagliarmi».

«Scusa Riccardo, ma è un periodo in cui mi sento così stanca e confusa... Fra le dimissioni, la litigata con Barbara e Sara che non alza più la voce, mi sembra di essere stata proiettata in un universo parallelo».

«Capisco», dice con rassegnazione dandomi un bacio sulla fronte e accendendosi immediatamente una sigaretta. «Quella del licenziamento è stata la miglior cosa che potessi fare, anche se avresti dovuto andartene subito dopo la vostra rottura a Portofino. Ma so che sei una persona responsabile e non hai voluto lasciarli nella merda, anche se quello stronzo se lo meritava al cento per cento».

«Già, mi ci è voluto un bel po' di tempo per istruire la mia sostituta».

Mentre intreccio di nuovo una bugia a fin di bene dietro l'altra, ecco mia sorella comparire sulla soglia della cucina:

«HAI DETTO TU A TUA MADRE CHE LORENZO MI HA LASCIATA?».

Ecco un'altra che modifica la realtà a suo piacimento.

«Sei stata tu a lasciare Lorenzo, non ti ricordi?»

«Solo la prima volta, quella di prova, ma quella definitiva mi ha lasciata lui».

«Non ho detto niente alla mamma».

«Allora perché mi ha telefonato per dirmi che verrebbe volentieri a cena da noi?»

«E da questo deduci che lei sappia di te e di Lorenzo».

«Non sarebbe mai venuta altrimenti. Sente puzza di dramma e vuole venire a farci vedere che lei soffre di più».

«Magari invece vuole solo venire a cena e stare un po' con noi».

«Questa è la conferma che l'hai chiamata tu. Non posso più fidarmi nemmeno di te».

Ed esce.

Nessuno si fida più di me ormai.

«Stasera vado a suonare con gli altri ragazzi, vieni a sentirmi? Mi farebbe tanto piacere».

«Stasera no, Riccardo».

«Hai qualcos'altro da fare? Ma se non hai più né lavoro, né amici, né parenti!», ride.

Oddio, che prospettiva orribile, non ha tutti i torti.

«Sì, ecco, preferisco stare a casa a riprogettare il mio futuro».

Aspetto che esca dalla cucina per leggere il biglietto insieme ai fiori.

"Mi hai fatto capire che senza di te non posso stare e non c'è mai stata nessuna altrettanto importante".

Certo, come no, non c'è n'è mai stata *una sola.* Solo gruppi di cinque.

Sistemo i fiori insieme agli altri senza nemmeno cambiargli l'acqua.

Mi affaccio alla finestra e noto di nuovo la Punto blu parcheggiata all'angolo.

Se fosse un investigatore privato sarebbe una vera schiappa.

Poco dopo squilla di nuovo il mio cellulare.

È Andrea.

«Pronto», rispondo con un senso di disagio misto a emozione.

«Chiara...», chiama con una voce commossa e lontanissima. «Chiara, chérie», rompe in singhiozzi, «Chiara, amore mio... mi manchi... non ce la faccio».

Sono senza parole, piange come un bambino, un bambino stronzo, ma pur sempre un bambino.

«Andrea, ti prego... basta».

«No, non mi dire così, non mi abbandonare. Ho fatto una cazzata, è vero, non so cosa darei per tornare indietro, ma era una cosa senza alcun senso, non era niente».

«Andrea, devi ammettere di avere un problema, e io non voglio un uomo che non riesce a tenersi i pantaloni su con ogni donna che incontra».

«È vero Chiara, ho un problema. Mi curerò se è questo che vuoi, andrò in terapia, ma ti prego non farmi rinunciare a te, ti prego», ricomincia a piangere da spezzare il cuore.

«Andrea, dai, calmati...».

«Chiara, ti amo... Ho bisogno di te, non c'è nessun'altra. Sto divorziando e l'ho fatto per stare con te, lo sai».

«No, l'hai fatto perché tua moglie ha voluto il divorzio, perché l'hai tradita troppe volte».

«Chiara, senza di te sono finito, non posso andare avanti. Ho bisogno di vederti, ti prego, almeno una volta, una sola».

«Andrea... io sto con una persona adesso», sgancio la bomba.

Silenzio.

«Chi è?», chiede con un tono gelido.

«Non è importante».

«Dimmi chi è, voglio saperlo», chiede con il tono perentorio dell'avvocato a cui nessuno resiste.

«Un ragazzo che non conosci».

«Voglio il nome».

Sento che sta vacillando, gli scivolo via fra le dita come la sabbia e non ha più possibilità di trattenermi e questo mi fa sentire incredibilmente forte.

«Andrea, sto per riattaccare. Non abbiamo altro da dirci, è finita, basta».

Mi meraviglio di me e mi alzo per guardarmi allo specchio, mentre scarico l'uomo che mi ha fatta soffrire per anni.

Mi farei una foto!

«No, non riattaccare, Chiara!», implora cambiando tono e tattica. «Chiara, se sei felice e hai trovato l'uomo della tua vita, io sparisco per sempre, te lo giuro. Se lui è la risposta a tutte le tue preghiere non sentirai mai più parlare di me, ma devi dirmelo adesso».

Esito un secondo, poi due, poi tre.

Non è il fatto che lui sia o meno l'uomo della mia vita a paralizzarmi ma lo "sparisco per sempre".

E lui lo sa.

L'indomani mattina Sara entra in camera mia a passo di marcia.

«Alzati, dai, visto che non hai niente da fare devi aiutarmi a fare una cosa».

Mi siedo sul letto e cerco di metterla a fuoco, e lo farei letteralmente.

«Ho trovato un modo per scoprire chi è la stronza che sposa Lorenzo».

«Sentiamo», dico inforcando gli occhiali.

«Tu gli manderai una mail fingendoti una che si è fatta dare il suo indirizzo da un amico, perché ti piace molto e vorresti uscire con lui».

«Che ideona, Sara, sarai rimasta sveglia tutta la notte per progettare una cazzata simile!».

«Ho già creato il tuo account e ho scritto la mail per te, ora devi continuare tu».

«Manco morta, perché dovrei?»

«Perché so che io farei qualcosa di impulsivo e rischierei di rovinare tutto. Quindi devi cambiare la password e andare avanti con la tua consueta diplomazia».

«Adesso la chiami diplomazia? Di solito la chiami idiozia!».

«Dai, non ti costa nulla. Ci vorranno due o tre mail, lui ti dirà che è lusingato, ma che non può uscire con te perché si sposa e tu cercherai di farti dare più indizi possibile».

«Tu sei matta».

«Dai, sorellina preferita, lo farai, vero?»

«Non ho dubbi di essere la preferita. Gaia Luna al mio posto avrebbe chiamato la polizia postale e ti avrebbe denunciata».

«Dai, vieni che ti faccio vedere».

Prende il suo computer, apre il mio nuovo account e mi mostra il messaggio.

«Perché mi devo chiamare Azzurra?»

«Perché è particolare e non sembra troppo inventato».

«Anche Anna, che è il nome più comune del mondo, non sembra troppo inventato».

«Funzionerà, invece. Avanti leggi!».

Caro Lorenzo,

sarai sorpreso da questa mia improvvisa intrusione nella tua vita, ma non sapevo come altro contattarti e, essendo patologicamente timida, era l'unico modo di parlarti senza diventare rossa come un peperone!

Abbiamo un amico in comune che mi ha dato il tuo contatto al lavoro, e nulla più, quindi se vorrai mettere questa mail sotto "spam" ne avrai tutte le ragioni – forse io lo farei!!

Tutto qui, mi piaceva l'idea di farti un saluto e di farti sapere che esisto.

Naturalmente se sei impegnato cestinami pure.

Un abbraccio

Azzurra

«Complimenti», batto le mani, «sei stata vaga al punto giusto, hai messo in mezzo l'amico a rendere tutto plausibile, sintetica quanto basta a scatenare curiosità... Brava, aspetta che la faccio leggere a Riccardo!». Lo chiamo.

Arriva in camera mia in boxer, coi piedi nudi e la bocca piena di Buondì Motta.

Com'è carino appena sveglio tutto spettinato e addormentato.

Gli sottopongo la mail senza dirgli niente.

«Cosa penseresti se ricevessi una cosa del genere?»

«Una che mi dice di diventare "rossa come un peperone" mi sembra una povera sfigata, ma ad alcuni piace!».

«Non deve piacergli, deve avere fiducia in lei», interviene Sara.

«Che cos'è, un adescamento?»

«Una specie».
«Mi fate paura voi due, anzi rettifico: mi fate paura voi donne, un uomo non farebbe mai una cosa del genere. Siete malate», ed esce borbottando.
«Allora invio?»
«Invia!».
Click.
Ci guardiamo.
«L'avrà ricevuta?» mi chiede.
«Sì, ma non l'ha ancora letta».
«E come faccio a sapere quando la legge?»
«Lo saprai se ti risponde».
«Oddio, non ce la posso fare, è stata una pessima idea».
«Sì, questo lo sapevamo. Ma tu adesso ti vesti e vai a fare il tuo lavoro di educatrice, dove esorti i bambini a diffidare dalle persone come te. Su, vai».
«Ma tu stai qui e controlli la posta ogni cinque minuti, vero? E se ti risponde mi chiami subito!».
«Promesso», le dico poco convinta.
«NO, ME LO DEVI GIURARE!».
«Lo giuro, uffa!».
Quando Sara esce, Riccardo entra per un salutino veloce.
È in camicia e cravatta, tiene la giacca sulla spalla destra e mi sorride con quella sua adorabile aria furbetta.
«Allora, stai bene stamani? Mi devo preoccupare?», mi accarezza la guancia.
«No, adesso comincio a cercarmi un lavoro, sarò abbastanza impegnata».
«Okay, se sento qualcosa ti chiamo».
Mi dà un bacio sulle labbra ed esce.
Alle nove spaccate il mio cellulare squilla e il numero è quello dello studio di Andrea.
Rispondo seccata.
«Chiara, buongiorno. Sono il dottor Saluzzi, la disturbo?».
Immediatamente mi metto sull'attenti.
«No, si figuri, mi dica».

«Mi diceva Pieratti che adesso lei è in ferie, e che dopo pensava di cercare altro».

Questa non ci voleva, ha messo in mezzo anche i soci.

«Non so ancora esattamente cosa farò. È molto che sono da voi e cominciavo a riflettere sul mio futuro...», temporeggio.

«Certo, ha perfettamente ragione. Comunque prima che prenda qualsiasi decisione, ci premeva farle sapere che siamo tutti contenti di lei e che ci dispiacerebbe se ci lasciasse. E a questo proposito vorremmo offrirle un contratto a tempo indeterminato per un full time».

Deglutisco.

Un contratto a tempo indeterminato? Uno vero? Non ne ho mai visto uno, credevo che non esistessero, che fossero un'invenzione dei sindacati.

Come faccio a rifiutare un contratto a tempo indeterminato con questi chiari di luna?

«Dottor Saluzzi, be'... grazie. Che dire, sono sorpresa...».

«Lei ci pensi, poi ci faccia sapere. Ma in fretta, altrimenti dobbiamo cercare qualcun altro».

«Dottor Saluzzi, aspetti. Ci ho già pensato, sarebbe ingrato da parte mia rifiutare una così gentile offerta».

«Bene, allora si goda le ferie e quando torna le faremo trovare il nuovo contratto».

Perfetto. Adesso non mi resta che nasconderlo a Riccardo per i prossimi vent'anni.

Esco per andare a comprare dei giornali di annunci economici che farò finta di leggere e cerchiare di rosso.

Mi sento improvvisamente euforica e positiva, grazie alla *dopante* sensazione di avere finalmente tutto sotto controllo: un lavoro vero, un ragazzo carino, un ex fidanzato che pende dalle mie labbra, un ottimo terapeuta, una mamma che... una sorella che... un'amica che...

Okay, non si può avere tutto dalla vita.

Scendendo in strada non vedo la Punto blu, segno che non stanno seguendo me, e anche questa è una buona notizia.

Dopo aver fatto la spesa torno in camera mia e accendo il computer.

Entro nella pagina di posta col mio nuovo account e la risposta è già lì.

Carissima Azzurra,
la tua mail mi ha davvero sorpreso, e mi ha fatto molto piacere.

Credo anche di aver capito chi sei, ma non ne farò parola con lui, sarà il nostro piccolo segreto.

Apprezzo moltissimo il fatto che ti sia fatta avanti e sono convinto che tu non sia poi così timida come pensi: ci vuole coraggio da vendere per scrivere a un perfetto sconosciuto!

Al momento sono single quindi se vorrai scrivermi ancora ne sarò felice.

Un abbraccio
Lorenzo ☺

Oh cazzo!
E ora chi lo dice a mia sorella?

DODICESIMA SEDUTA

«Così adesso sto platonicamente con Riccardo, Andrea pensa che domattina tornerò con lui e mia sorella aspetta ancora una risposta da Lorenzo, mentre Azzurra sta intrattenendo una relazione "*e-pistolare*" con lui».

«Ha mai pensato di fare la sceneggiatrice?»

«La prego, mi aiuti... Mi sto incartando!».

«Lei ha la tendenza a inventare storie a fin di bene per proteggere le persone che ama. Solo che tutte queste storie, che prese singolarmente non sono così gravi, insieme formano un intricato groviglio di bugie e le rendono la vita impossibile. Quando pensa di ferire qualcuno dicendogli la verità, preferisce indorare la pillola, ed ecco che non dice a Riccardo di Andrea, ad Andrea di Riccardo, a sua sorella del suo ex, a Barbara di Riccardo e a me di tutti quanti!

La sua vita si complica ogni giorno di più, se ne rende conto?»

«Sì, cioè no. Okay, me ne accorgo dopo, quando comincio a sudare perché fatico a ricordarmi a chi ho detto cosa».

«Ha sempre fatto così?»

«Che io sappia sì... Cerco sempre di trattare gli altri come vorrei essere trattata io, non perché io sia particolarmente buona, ma solo perché gli altri mi hanno fatto sempre talmente male, senza curarsene, che l'idea di procurare dolore a mia volta mi distrugge».

«Però alla fine ferisce un po' tutti».

«Non intenzionalmente! Come si dice? Lontano dagli occhi lontano dal cuore, no? Se Riccardo non sa che torno a lavorare in studio da Andrea non soffrirà, se mia sorella non sa che il suo fidanzato non è poi così inconsolabile, non soffrirà nemmeno lei e così Andrea, nel suo modo contorto di volermi».

«Le va di parlarmi di suo padre? Potrebbe esserci utile a capire come mai si trova sempre in queste situazioni».

«Cosa vuole sapere?», mi agito sulla sedia.

«Quali sono i suoi ricordi più importanti».

«Ecco...».

Ci metto un po' a rispondere, le immagini mi si affollano nella mente, ma non c'è niente di veramente chiaro, non ci sono facce vere e proprie, gesti, o momenti importanti. Piuttosto rumori, voci ovattate, porte che si chiudono e lacrime.

Molte porte che si chiudono e molte lacrime.

«Io e Sara guardavamo sempre l'attaccapanni: se c'era il cappello, lui era in casa.

In realtà il cappello non lo vedevamo quasi mai, ma quando c'era, per noi era festa, anche se significava stare solo cinque minuti per uno sedute sulle sue ginocchia, mentre guardava la partita mangiando uova al tegamino.

Ricordo il mio quinto compleanno. Mio padre mi aveva promesso di venirmi a prendere per portarmi alle giostre e a prendere il gelato, ero così felice che avevo cominciato a chiedere a mia madre di vestirmi due ore prima che arrivasse. Avevo insistito perché mi mettesse le scarpe di vernice e un vestitino rosso con le gale e lei mi aveva fatto le trecce. Mi misi ad aspettare seduta sulla mia sediolina verde, ferma immobile, con il panierino sulle gambe. I bambini possono aspettare all'infinito se non gli si dice di smettere, lo sa?».

Folli annuisce.

«Doveva venire alle quattro e ho continuato ad aspettare fino alle otto passate. Né mia madre né mia sorella riuscirono a convincermi ad alzarmi di lì. Alla fine mi addormentai».

«È venuto il giorno dopo?»

«No, passò la settimana dopo e mi portò un orsacchiotto, ma a quel punto non mi interessava più».

«Le hanno spiegato dov'era?»

«Si era dimenticato. Ho sentito che lo diceva a mia madre. Ma non era colpa sua, insomma, capisco che avesse altre priorità», sorrido.

«No Chiara, il suo compleanno *doveva* essere l'unica priorità per suo padre, perché un figlio è per natura la cosa più importante».

«Evidentemente no. Non abbiamo mai contato nulla per lui, né io né mia sorella...».

Mi sistemo sulla sedia: «...Il giorno che se ne andò definitivamente, ricordo nostra madre piangere disperatamente aggrappata alle sue gambe, mentre lui cercava di uscire.

A pensarci ora è quasi comico, fa molto film muto. Lui aprì faticosamente la porta e all'ultimo si voltò e mise una mano sulla mia testa dicendo: "Fai la brava, eh? Non fare arrabbiare la mamma! Ciao, eh, ciao". E spingendo da parte mia madre sbatté la porta per l'ultima volta. Noi rimanemmo sedute accanto a nostra madre, sdraiata per terra tutta la sera, cercando di consolarla accarezzandole i capelli, finché Sara telefonò alla nonna che venne a occuparsi di noi.

E da quella volta non lo abbiamo visto che di sfuggita fino al giorno dello sfratto».

«Se la sente di parlarne?»

«Ormai che ci sono...», cerco di ironizzare. «Se n'era andato di casa da circa otto mesi e la mamma di Gaia Luna stava per partorire. Noi non avevamo ben capito che cosa intendesse nostra madre quando parlava dell'"altra donna di vostro padre" e dell'"altra bambina", credevamo che un giorno avremmo visto il cappello appeso di nuovo all'attaccapanni e che tutto sarebbe andato bene, o almeno lo pensavo io; mia sorella da quella volta non ha più voluto sentirlo nominare. Mia mamma passava le giornate al telefono a piangere e imprecare con sua madre, con l'avvocato e con mio padre, che appena la sentiva perdere il controllo riattaccava. Io e Sara stavamo dietro la porta ad ascoltare le telefonate per capire cosa succedeva, finché un giorno sentimmo nostra madre urlare come una iena. Sono certa che se lo avesse avuto fra le mani lo avrebbe ammazzato. Lui le diede quarantotto ore per andare via, le disse che avrebbe pensato lui al trasloco, ma che noi tre dovevamo cedere la casa all'altra che, a quanto pare, aveva lasciato la Germania per venire a vivere con lui. La mamma cercò di opporsi, ma non ci fu niente da fare, lei non aveva né soldi, né amicizie influenti, né un lavoro, così andammo a vivere dalla nonna. Il resto della storia gliel'ho già raccontato».

«Capisco... E a scuola? Come si trovava?»

«Per lo più disegnavo. Una volta la maestra fece chiamare mia madre perché continuavo a disegnare donne incinte che entravano in una casa dalle porte e dalle finestre e due bambine che si riparavano sotto un cappello».

«Lei è incredibilmente sensibile, Chiara, ed è stata strapazzata per tutti gli anni più importanti e formativi della sua vita. Ma vede, anche se suo padre è stato totalmente assente e patologicamente egoista, non è perché lei non meritasse il suo amore e le sue attenzioni, ma perché lui ha un enorme problema relazionale e non è capace di manifestare affetto».

«E questo cosa cambia?»

«Cambia la percezione della sua realtà: suo padre è solo una persona, peraltro piena di difetti, ed è una figura che deve ridimensionare, rimpicciolire e cominciare a considerare come un essere umano con una gran quantità di debolezze, che non ha saputo apprezzare e valorizzare adeguatamente le figlie che aveva. Se la vede in questo modo, capisce di essere stata vittima di un'ingiustizia, perché non le è stato dato l'amore che meritava. Non c'è motivo per cui gli altri si dimentichino di lei o se ne vadano da un giorno all'altro, come ha fatto suo padre, perché lei è una persona amabilissima. Lei è importante per me, per Riccardo, per sua sorella, e a modo loro anche per Andrea e Barbara e, sicuramente, lo è moltissimo per sua madre. So perfettamente che questo non le ridarà un'infanzia felice, né una famiglia degna di questo nome, ma noi dobbiamo cominciare a demolire le sue convinzioni e le sue idee preconcette che gli altri l'abbandoneranno sempre, perché, così com'è, non va bene e non merita affetto. Chiara, lei è una persona di grandissimo valore e si merita tutto l'amore e la considerazione di questo mondo, senza doversi costruire costantemente una maschera per rendersi accettabile. Cominci a dire la verità alle persone che l'amano, a mostrarsi per quello che è e quello che pensa. Non è meglio rimanere ignari di come stanno le cose, mi creda. Anche se a volte preferiremmo tutti negare la realtà, bisogna imparare a tollerare un po' di frustrazione. Faccia piccoli passi alla volta, inizi con le persone che non l'hanno mai lasciata, come sua sorella o sua madre, dica loro le cose che sente, lo faccia senza pensare a cosa potrebbe far loro piacere, ma cominci a fare quello che farebbe bene a lei».

«Se conoscesse mia sorella non parlerebbe così».

In metro ripenso alle parole del "Mahatma" Folli.

Ha ragione in tutto e per tutto, ma non si impara a correre se non si è ancora in grado di camminare.

Non dev'essere poi così difficile fare lo psicoterapeuta, anch'io so perfettamente cosa sia giusto fare, solo che non sono capace di farlo!

Sono in ansia per il mio rientro in studio di domani.

Andrea mi ha scritto una decina di messaggi, da quando ha saputo che sarei tornata, tutti nello stile "cane picchiato con il giornale".

Non ho risposto quasi mai, solo una volta quando mi ha scritto: "Tu non sei una coincidenza, sei un miracolo".

Era un messaggio talmente lontano dai suoi schemi abituali che non sembrava neanche suo.

Infatti ho risposto: "Non sembra neanche tuo", e lui mi ha risposto che sta leggendo Deepak Chopra.

Tenere a bada Riccardo invece sta diventando difficile.

Cerco di mostrarmi sempre impegnata, stanca o con l'emicrania, ma sta diventando insofferente, non capisce in che razza di rapporto si trovi e ha ragione. Il problema è che mi sento in una fase di totale rifiuto fisico e confusione emotiva, e non sono in grado di dare spiegazioni.

Riccardo mi piace tantissimo, ma non mi sento innamorata, e allo stesso tempo ho un bisogno incredibile di lui, della sua protezione e della sua presenza.

Andrea è uno stronzo fatto e finito, ma abbiamo avuto una lunga storia e mi manca molto. Al momento non riesco a capire cosa provo per lui, oltre alla delusione, la rabbia e l'amarezza, ma ho anche bisogno di credere che, toccato il fondo, potrebbe anche cambiare.

Mentre chi è cambiato completamente è Lorenzo.

Da giorni scrive ad Azzurra, e io rispondo sperando di capire perché si sia inventato la storia del matrimonio, ma sta diventando sempre più complicato.

E il fatto che l'affidabile ex ragazzo di mia sorella corteggi una maniaca che lo ha adescato in internet mi fa venire una lunga lista di dubbi.

Sara non sa che ci scriviamo, ma come facevo a dirle che ha abboccato subito all'amo?

Dolcissima Azzurra,

ti pensavo oggi mentre ero al lavoro.

Le giornate sono lunghe e monotone e Milano non è un bel posto dove passare l'estate.

Conosci la Sardegna? È la mia terra e mi manca moltissimo.

Mi piacerebbe portartici, adoreresti La Maddalena. Hai presente le Maldive? Ecco, il mare è più bello e ci sono spiagge a perdita d'occhio. E poi i profumi e il vento, per non parlare della cucina!

Certe seadas...

Sono noioso, vero? È che mi sento un po' solo da qualche tempo, per questo mi sembra quasi destino che tu sia capitata proprio adesso nella mia vita.

Se hai tempo rispondimi, parlami un po' di te, di cosa fai, se vai in vacanza, o se ci sei già stata. Io stasera sto a casa e penso che guarderò la tele.

Anche se non fanno mai niente. ☺ ☺

Un bacione

Lorenzo

Mamma mia che palle!

D'accordo che sono stata con un mucchio di imbecilli e non dovrei parlare, ma almeno erano "ricreativi", quando non erano pericolosi; mentre il massimo della trasgressione per Lorenzo sono le faccine!

E mia sorella si dispera per questo sfigato?

Stasera mia madre viene a cena a casa nostra e, per rasserenare gli animi, ho raccontato che ho trovato un posto in un altro studio legale, così da fugare sospetti e domande imbarazzanti.

«Ciao micia, ho preso dei fiori per tua madre, un prosecco e del gelato. Pensi che possa bastare?», dice Riccardo entrando in cucina con le braccia cariche di buste.

«Hai pagato tutto tu? Dimmi quanto hai speso che facciamo a metà!».

«Non ci penso nemmeno, è un pensiero da parte mia, non li voglio i tuoi soldi», mi stringe forte a sé. «Emozionata per domani? Hai bisogno che ti accompagni?»

«No, tesoro, grazie è vicino, ci arrivo in venti minuti».

Ci mettiamo a preparare una cena degna di un ambasciatore. In perfetta sincronia affettiamo cetrioli, pomodori e peperoni per l'insalata greca, Riccardo prepara il pesto e Sara affetta la focaccia e sistema i fiori.

È così semplice, in fondo, creare un po' di armonia.

La mamma arriva alle otto in punto.

Sara entra in agitazione appena sente suonare il campanello.

«Sto bene così? Non sarà troppo o troppo poco?», chiede lisciando le pieghe del vestitino.

«Sei un sogno! Se non fossi già impegnato...».

«Ehi, sei scemo?», gli do una pacca sulla spalla.

«Ma tu hai fatto voto di castità, di che ti impicci?», sussurra al mio orecchio, ridendo. «Non temere, sei sempre la mia sorella preferita e non in senso biblico!».

Oddio! Dovrei leggere fra le righe che, se non mi decido a dargliela, lui ci proverà con mia sorella?

Non posso nemmeno pensarci.

La mamma entra in casa e ci emozioniamo tutti.

Non la vediamo qui a casa da anni, ed è bello che abbia fatto questo passo.

Si è messa un completo di lino bianco e una sciarpa di seta turchese e si è anche truccata.

Mi salgono le lacrime agli occhi e l'abbraccio.

«Ciao, piccole mie. Che belle siete e che bella casa che avete sistemato...». Poi, rivolta a Riccardo: «Lei è...?»

«Riccardo! Benvenuta, Marta», le stringe la mano e le dà un bacio sulle guance.

La mamma sorride sorpresa.

Ci accomodiamo tutti in salotto, dove Sara ha insistito perché facessimo un aperitivo serio: ha preparato degli spiedini con fichi secchi, melone e maionese e una salsa per il pinzimonio con panna, barbabietole e noce moscata.

Nessuno ha osato contestare l'accostamento... Se c'è una cosa in cui mia sorella è proprio negata è la cucina.

Sara è così intimidita che ho paura che, da un momento all'altro, le chieda se vuole vedere la sua cameretta.

Riccardo stappa il prosecco e ne offre un bicchiere a mia madre, uno a Sara e uno a me.

È perfettamente a suo agio, forse anche perché il salotto è camera sua.

«Sono davvero contento di conoscerla, Marta. Da quando queste ragazze adorabili mi hanno accolto qui, senza nemmeno conoscermi, ho capito che la loro mamma doveva essere una persona speciale».

«Ma via, Riccardo, che dici? Queste due non mi sopportano, vuoi che non lo sappia?»

«Forse la stupirò, ma tutte e due parlano spesso di lei con gratitudine e affetto».

È talmente paraculo che sembra vero.

Io e Sara ci guardiamo e scoppiamo a ridere.

«Che c'è...? Non è vero?», ride mentre versa il vino ovunque tranne che nel bicchiere.

«Riccardo, ti ringrazio per averci provato, ma le ho fatte io queste due befane e so perfettamente cosa dicono di me quando non ci sono», dice allegra. «Senti, ma dimmi la verità, ti hanno noleggiato in un'agenzia teatrale?»

«Almeno il senso dell'umorismo l'hanno preso da lei».

«Assolutamente sì! Il senso dell'umorismo il loro padre l'ha tirato fuori solo quando ha dovuto scegliere i nomi!».

«E perché?», diciamo in coro.

«Come perché? Chiara Sole, Sara Stella e per non farsi mancare niente Gaia Luna, ma davvero non lo sapevate? Fortuna che all'anagrafe sono andata da sola e ho fatto mettere la virgola per separare il primo dal secondo nome, altrimenti sareste sembrate il frutto di un concepimento sotto LSD».

Rimaniamo confuse e in silenzio, quando mi accorgo che Riccardo, seduto in poltrona, si sta coprendo la faccia con una mano e sussulta.

«Scusate... non è per mancarvi di rispetto, ma... Chiara Sole?... Sara Stella... nemmeno in *Battlestar Galactica* sono arrivati a tanto», e comincia a ridere sempre più forte con le lacrime e il prosecco che gli esce dal naso.

Guardo mia sorella e le tendo la mano: «Piacere, Chiara Sole, vivo su Orione e tu?»

«Io sono Sara Stella, vuoi giocare nella mia astronave spaziale? Ho dei nuovi raggi fotonici».

«E tu vuoi assaggiare gli spiedini cosmici di plutonio arricchito? Sono fatti con melone radioattivo!».

Ridiamo tutti come matti, non ci succedeva da...

Ma forse non c'era mai successo.

È una serata strepitosa. Beviamo, mangiamo e soprattutto ridiamo senza sosta, tanto che la signora del piano di sotto si mette a bussare con la scopa.

Vorrei che fossimo sempre state così, serene, spensierate e allegre.

Sara è bellissima, con i capelli rossi spettinati, gli occhi verdi che brillano e la sua risata da bambina felice. E la mamma stasera è davvero uno spettacolo con il suo savoir faire, la sua eleganza e il suo ritrovato buonumore.

E Riccardo è lì che scherza e fuma con lei come se la conoscesse da sempre.

Osservo la mia vita stasera fotogramma dopo fotogramma e vorrei premere stop adesso e rimandare indietro il nastro ogni volta che le cose andranno male.

Il piccolo dottor Folli nella mia testa mi ricorda quanto sia importante vivere le persone che si amano nel modo più completo e sincero possibile.

Più tardi Riccardo si offre di accompagnare la mamma a casa con la mia macchina, così io e Sara possiamo rimanere un po' sole.

Ci mettiamo a lavare i piatti e a mettere a posto senza parlare, per trattenere dentro di noi l'emozione di una serata speciale senza sciuparla con parole superflue.
Almeno per una decina di minuti.
«Allora? Ti ha risposto?»
«Chi?»
«Dai, sai di chi parlo».
«Ah no, mi dispiace. Ho controllato la posta anche prima, niente di niente. Forse ha pensato fosse uno scherzo».
«Già», risponde delusa. La luce dei suoi occhioni verdi si è già spenta.
Ironia della sorte.
«Dai, Sara Stella!!», sorrido alzando le sopracciglia.
Ride.
«Chiara Sole... sembra il nome di uno yogurt».
«Ma come gli è venuto?!».
«Qualche fotoromanzo...».
«Qualche infermiera, vorrai dire!».
«Che ci fa questa signorina nel nostro letto?».
Ridiamo ancora e ci abbracciamo forte.
«Ti voglio bene, Sara Stella».
«Sì, anch'io. Però adesso non esageriamo con tutte queste effusioni che non siamo abituate e possono farci male!».
Finisco di asciugare i piatti e vado in camera.
Ci sono due messaggi sul mio telefono.
Il primo è di Andrea.
"In amore non essere un mendicante, sii un imperatore. Dà e resta semplicemente a vedere che cosa accade...".
Ma che si è fumato stasera?
L'altro è di Riccardo.
"So che quando tornerò sarai già a letto, ma volevo solo dirti che stasera, per la prima volta, ti ho vista davvero felice. Ed eri bellissima. Ti voglio bene. R".

La mattina mi alzo in preda all'angoscia.
Come se dovessi dare l'esame di terza media.

Improvvisamente mi sembra di aver fatto una cazzata galattica ad accettare quel contratto.

Per la prima volta ho sfiorato la sensazione di vivere uno stato di grazia, ho vissuto un momento magico e oggi devo di nuovo ricominciare a tessere la rete di bugie.

Perché poi?

Perché mi sono volontariamente legata mani e piedi a un uomo che finora è stato solo capace di farmi soffrire?

Non posso andare avanti così, glielo devo dire. Cosa mi può accadere una volta firmato il contratto? Che mi faccia del mobbing? Peggio di così?

Impossibile.

Riccardo si è appena alzato ed è entrato in bagno camminando lentamente massaggiandosi il fianco.

Se continua a dormire su quel divano quest'inverno dovrà comprarsi un deambulatore.

Mi ha lasciato un post-it appiccicato alla macchinetta del caffè pronta per essere messa sul fuoco.

"In bocca al lupo per oggi. Sei la migliore. R".

È un ragazzo stupendo.

E io devo smettere definitivamente di prenderlo in giro, a partire da oggi.

Salgo le scale del palazzo elegantissimo dove ha sede lo studio, con una lentezza da patibolo.

Non ho voglia di vedere Andrea, vorrei schioccare le dita e farlo sparire. Di più, vorrei non averlo mai conosciuto, non esserci mai andata a letto, e soprattutto non esserci mai ri-andata a letto.

Apro la porta e sono fortunatamente sola, proprio come l'ultima volta. Solo che stavolta non mi metto a fare la trottola con la sedia con le ruote.

La mia scrivania sta per crollare sotto il peso di una quantità di fascicoli, raccoglitori e cartelle.

Guardo l'orologio.

Sono solo le otto e un quarto del primo giorno della mia nuova vita.

Verso le nove arrivano le mie colleghe Rossana e Lucia. Mi salutano con un misto di imbarazzo e sorpresa, con un diplomatico: «Bentornata... ti sei riposata in ferie?», che rapidamente traduco in: «Che puttana, io lavoro qui da più tempo di te e ho ancora un contratto a progetto».

Sarà dura, sarà veramente molto dura.

Il dottor Saluzzi arriva verso le nove e mezzo, mi saluta educatamente e mi consegna il contratto da firmare.

Andrea non si è ancora visto, forse è in udienza. Non ho il coraggio di chiedere e questa attesa mi uccide.

Origlio più che posso per sapere se ci sono novità, ma tutto pare tranquillo, come se niente fosse successo.

Entro nell'ufficio di Andrea per mettere un fascicolo sulla sua scrivania e noto che non c'è più la foto di lui con sua moglie.

Curioso.

Gli sarà caduta e avrà fatto cambiare il vetro.

Mentre sto uscendo, la porta si apre improvvisamente e sbatto contro Andrea.

Rimango frastornata dalla botta e dalla sorpresa, e sono obbligata a guardare per terra.

Andrea è sorpreso quanto me, forse di più.

Ha un'aria vulnerabile, indifesa e smarrita, tre aggettivi che non fanno rima con la parola "avvocato".

«Ti ho messo lì sul tavolo un contratto da firmare... ma se vuoi passo dopo».

Lui sembra confuso e disorientato, il che, combinato col messaggio di ieri sera, mi fa pensare veramente che abbia fumato crack.

«Va tutto bene?», gli chiedo toccandogli il braccio. Sembra abbia perso dieci chili e che non dorma da un mese.

Mi guarda con un'espressione che non gli ho mai visto prima. È indescrivibilmente triste e malinconico.

«Chiara», appoggia le mani sulle mie spalle e alza la testa verso il soffitto.

Dopo alcuni secondi mi accorgo che gli stanno scendendo delle lacrime.

«Ma tu piangi», allungo la mano verso la sua guancia. Si ritrae.

«Non voglio che tu mi veda così, scusami. Sto passando un momento di merda, sono in crisi nera». Si siede alla scrivania e affonda la faccia fra le mani. «Non mi sono mai sentito così in vita mia, Chiara. Vorrei che tu mi stessi lontano. Non sono buono per te, non sono buono per nessuno, sono solo spazzatura».

Mi sento in imbarazzo. Vorrei poter dire qualcosa di utile ma non ero preparata a questa reazione.

In effetti non ero preparata a nient'altro che alla solita mano che mi slaccia il reggiseno.

Prendo uno sgabello e mi siedo accanto a lui senza parlare.

Appoggio una mano sulla sua gamba per fargli sentire che ci sono, ma mi rendo conto che la sua disperazione è davvero immensa. Continua a singhiozzare senza guardarmi.

«Ti prego, lasciami solo. Magari dopo parliamo, ora proprio non me la sento, ti dispiace?».

Esco più sconvolta di lui.

Che gli è successo? È stato visitato dai fantasmi dei processi futuri?

A cosa è dovuta una simile crisi di coscienza?

Preparo un tè caldo con molto zucchero e limone e glielo porto.

La porta adesso è chiusa a chiave e mi devo annunciare per farmi aprire.

Si è asciugato gli occhi, ma ha lo stesso un'aria sbattuta e stanca.

«Va un po' meglio?».

Mi sorride appena, ma ha lo sguardo spento.

«Scusami per poco fa. La notte non dormo ora che sono solo. Continuo a pensare alla cazzo di vita che ho fatto, a questo mestiere di merda, al mio matrimonio finito e a te. E non ho molto per cui compiacermi... Sono un fallimento su tutta la linea».

«Andrea», gli dico prendendogli il viso con la mano, «non fare così, ti prego. Stai passando un brutto momento, è vero, ma passerà».

«No, Chiara, non capisci. Ho fottuto la mia vita e quella di chi mi stava accanto, ho tradito tutti, ho mentito, ho pensato solo a me stesso per tutti questi anni. Ora non mi è rimasto che il lavoro e non ho nessuno accanto, non ho un amico, non ho mia moglie e non ho te».

Le lacrime gli scendono ancora una volta.

Se le lascia asciugare con il tovagliolo.

«Perché non prendi un giorno di ferie? Forse è meglio se vai a casa a riposarti un po', non puoi lavorare in queste condizioni».

«No, ho un'udienza fra un'ora. E poi se torno a casa è peggio, manca poco che sento le voci».

Lo guardo struggersi nel suo sconforto e non posso fare nient'altro che allontanarmi in silenzio.

Non sembra più la stessa persona.

Il tipo sovraeccitato che passa la vita fra un appuntamento e una telefonata, che non si ferma a godersi niente, che vuole tutto e subito è scomparso, sostituito da un uomo fragile e smarrito che piange la sua solitudine.

Forse per la prima volta condividiamo veramente qualcosa.

Lucia mi guarda storto, credo che mi tenga d'occhio e vada a riferire tutto a Rossana.

Devo cercare di essere discreta: anche se ho un contratto a tempo indeterminato non posso inimicarmi tutto l'ufficio.

Lavoro più che posso per cercare di non pensare a tutta la scena, ma l'immagine di Andrea che piange e che parla con consapevolezza e dolore non mi lascia per tutta la giornata, tanto che mi dimentico di chiamare Riccardo.

All'ora di pranzo vado a comprarmi un panino e, senza neanche riflettere, ne prendo uno anche per Andrea.

Siamo soli, le ragazze sono uscite, Ferrante è in ferie e Saluzzi fuori con i clienti.

Busso alla sua porta.

Non sentendo risposta apro e lo vedo con la testa china sul tavolo a leggere assorto.

Do un colpo di tosse per attirare la sua attenzione.

Alza la testa di scatto e mi sorride.

«Ah, sei tu? Non ti ho sentita entrare».

«Lavori sodo».

«Oh no, stavo solo leggendo questo libro». Alza la copertina e riconosco la foto di Osho.

«Uh, ti sei dato alla filosofia indiana!».

«È un libro che mi sta spiegando tutti gli errori che ho fatto finora, e tutto il male che ho causato agli altri. Spero tanto che mi dia anche qualche soluzione per porre rimedio».

«La soluzione è dentro di te e la felicità è dove ti trovi in questo momento, giusto?»

«La sintesi è quella, più o meno», sorride.

«Ti ho portato un panino, tieni».

Mi guarda con gratitudine e stupore, come se gli avessi portato un unicorno.

«Non dovevi, sei troppo gentile, non me lo merito».

«È vero, ma un pasto non si nega a nessuno».

Ride girando il panino incartato fra le mani.

«Lo mangio più tardi, non ho molta fame adesso».

«Ma devi mangiare qualcosa, sei pelle e ossa».

«Meglio! Ho foraggiato per anni tutti i ristoranti della Lombardia, adesso voglio darci un taglio».

«Sono così sorpresa, non sembri la stessa persona di qualche settimana fa».

«Avrei voluto capirlo prima di arrivare a questo punto, sai?», dice amaramente disegnando circoletti su un foglio.

«Se può servirti, io ti apprezzavo anche prima, anche se non eri proprio carino con me, anche se... hai fatto quello che hai fatto. Insomma, sì... io ti apprezzavo molto», dico sentendo lo stomaco stringersi.

Andrea alza gli occhi dal foglio.

«E io ti ho lasciata andar via... fra le braccia di un altro. Lo vedi che stronzo che sono?», dice guardandomi negli occhi.

Poi, picchiando forte la mano aperta sul blocco, ripete: «Stronzo, stronzo, stronzo. Sono un maledetto stronzo!». Poi si alza e va alla finestra. «Lui ti tratta bene almeno?»

«Sì... molto bene», ammetto.

«È giusto. Sono contento che sia così. Me lo merito, è una lezione che mi servirà per il futuro».

«Andrea, io sono senza parole. Non posso vederti così, mi fa male al cuore, davvero».

Bussano alla porta. Lucia entra con alcuni atti in mano.

Mi passa vicino e mi fulmina con lo sguardo.

È incredibile, sono la donna meno interessante che ci sia sulla faccia della terra e nonostante questo tutte le donne mi odiano.

La giornata passa velocemente.

Poco prima di andare via scrivo un messaggio a Lorenzo da parte di Azzurra:

Caro Lorenzo,

conosco molto bene la Sardegna, è una terra davvero bellissima.

A dire la verità ci sono andata in vacanza col mio ex ragazzo. È finita tre mesi fa e ci penso ancora ogni tanto.

Non so se sei stato mai lasciato da qualcuno che amavi molto, fa davvero male.

È un dolore continuo che non ti lascia né giorno né notte.

A momenti sembra che perda d'intensità, ma è solo nascosto in qualche angolo del cuore ed è pronto ad azzannarti di nuovo quando ti sembra di stare meglio.

Stavamo insieme da tre anni e lui mi ha lasciato per un'altra.

Sono cose che succedono, lo so, e non voglio annoiarti oltre con le mie paranoie di mezza estate.

Perciò scusami se ti ho rattristato, la prossima mail prometto che racconterò solo cose divertenti.

Un bacione

Azzurra

Invio, senza sapere esattamente cosa aspettarmi.

Forse così si sentirà spronato a parlare di sé e di Sara e riuscirò a capirci qualcosa.

Uscendo busso di nuovo alla porta di Andrea.

Sta scrivendo al computer.

Non si accorge di me neanche questa volta.

Devo constatare che quest'aria tormentata lo rende ancora più affascinante di prima.

Purtroppo.

«Allora io vado a casa. Se hai bisogno di qualcosa prima che esca, non hai che da dirmelo».

Chiude il laptop e sospira.
«Io ho bisogno di te, Chiara, più che mai. E mi mangio le mani per essermi giocato come un coglione la storia più importante della mia vita». Mi tende una mano sopra la sua scrivania.
Cammino lentamente verso di lui.
Prendo la sua mano fra le mie.
È gelata.
Mi appoggia la testa in grembo, e mi abbraccia le gambe.
Improvvisamente non so più quale sia la decisione giusta.

TREDICESIMA SEDUTA

Non parliamo da dieci minuti, se si escludono due colpi di tosse e una telefonata sua per spostare un appuntamento.

«Chi ride per primo perde?», scherza Folli.

«Lei ci crede alle conversioni?»

«Religiose?»

«Ai cambiamenti improvvisi delle persone».

«Se non credessi ai cambiamenti, cambierei mestiere».

«Sì, ma si dice anche che "chi nasce tondo non muore quadrato"».

«Sicuramente chi ha un certo tipo di temperamento tenderà a comportarsi in una determinata maniera, ma la consapevolezza ci permette di bloccare certi atteggiamenti sul nascere e trovare delle alternative. Perché me lo chiede? Cosa sta cercando di nascondermi questa volta?»

«Andrea sta attraversando una crisi di coscienza davvero profonda. Piange sempre, non dorme, è diventato sensibile, addirittura umile».

«Cosa lo ha fatto cambiare secondo lei?»

«Un insieme di cose, credo. La presa di coscienza che la vita che ha condotto fin qui è stata arida e incentrata solo sulla carriera, il senso di solitudine, l'essersi reso conto di aver usato e ferito tutti quelli che lo amavano, me compresa».

«È vero, ha moltissimi motivi per essere in crisi e il fatto che abbia rivolto lo sguardo verso se stesso è importantissimo. Ma si ricordi che, fino a poche settimane fa, l'ha tradita ripetutamente e le ha mentito con grande leggerezza».

«Forse mentire è una deformazione professionale».

«Conosco molti avvocati e le garantisco che non mentono così spudoratamente. Ma conosco molti più uomini con grossi problemi di affermazione dell'ego che lo fanno di continuo. Dico questo giusto per spezzare una lancia in favore della categoria».

«Quindi secondo lei mi sta mentendo anche questa volta? Guardi che sarebbe da Actors' Studio!».

«Non sto dicendo che mente, sto solo mettendola in guardia contro eventuali ulteriori delusioni».

«Ma scusi, nel suo mestiere avrà visto degli uomini come lui decidere di cambiare vita».

«Sì, ma le loro compagne non hanno mai avuto una vita facile, perché è una strada impervia fatta di gravi ricadute, e il mio compito è di agire nel suo interesse».

«Capisco la sua posizione, ma mi creda, vedo un uomo nuovo. Non glielo direi se non ne fossi assolutamente convinta».

«Le ha per caso chiesto di ritornare insieme?»

«No, non l'ha fatto. Anzi, gli ho detto di Riccardo e ha capito che è giusto, solo che mi si spezza il cuore a vederlo così demoralizzato e solo».

«La conosce la storia della rana e dello scorpione?»

«Immagino che finisca male».

«In effetti sì. Lo scorpione chiede alla rana di trasportarlo sull'altra sponda del fiume, e lei si rifiuta perché ha paura che lui la punga. Lui la rassicura dicendole che, se lui la pungesse, affonderebbero tutti e due. Così la rana accetta di trasportarlo, ma una volta arrivati nel centro del fiume lo scorpione punge la rana...».

«Nooo!», esclamo delusa. Le storie tristi mi fanno sempre diventare ipersensibile.

«...La rana, prima di morire, gli chiede perché l'abbia fatto, dato che adesso annegherà anche lui, e lo scorpione risponde che non avrebbe voluto farlo, ma che è stato più forte di lui. Che è stato obbligato a obbedire alla sua natura».

«Allora la morale è che qualunque cosa accada prima o poi lui mi pungerà?»

«Diciamo che in un individuo con delle pulsioni particolarmente intense, la tendenza alla ricaduta è più probabile. Ma mi dica una cosa, Chiara, e sia sincera: lei vorrebbe tornare con lui?»

«No! Nel modo più assoluto. E poi non vorrei fare la fine della rana!».

«Mi fa piacere sentirglielo dire. E come procede la sua nuova attitudine alla verità? Ha detto a Riccardo che lavora ancora in studio? E ha chiuso quella storia con Lorenzo?»

«Certo! Ho chiuso la storia con Lorenzo e con Riccardo va tutto bene. Lui è adorabile, non si lamenta mai, è sempre disponibile e di buon umore...».

«Chiara...».

«Okay, no, non l'ho fatto. Non ho detto a Riccardo che lavoro lì perché lo ferirei e non si fiderebbe più di me. E con Lorenzo ho un piano che credo stia prendendo forma: gli faccio domande sulla sua vita privata e sento che presto mi parlerà di Sara».

Folli mi guarda con disappunto. Ecco perché non glielo volevo dire.

Ora mi mette in punizione e a letto senza carosello.

«Chiara, è importante che adesso scelga l'opzione che le fa meno paura affrontare fra le due».

«Non ne scelgo nessuna».

«Forza: busta numero uno o busta numero due».

«Numero tre».

«La tre è la peggiore: deve dire ad Andrea che fra voi due non ci sarà mai più niente».

Dio, mi sento una scolaretta col fiocco e le lentiggini disegnate con la penna.

«La prego, non mi faccia dire a Riccardo che lavoro ancora da Andrea... Mi lascerà!».

«Ma se lo scopre da solo potrebbe lasciarla comunque. Se glielo dice, invece, potrebbe capire. È un rischio da correre o la vostra relazione sarà costruita su basi fragili e destinata a crollare».

«Le prometto che lo farò, ma mi faccia cominciare da qualcosa di più facile. Scelgo di dire la verità a mia sorella».

«Lo farà? È il suo impegno per la settimana prossima: dirà a Sara che Lorenzo le ha risposto, ma non nel modo che speravate e che lei ha tentato di proteggerla nascondendole la realtà, cioè che lui non si sposa. Non voglio fare il moralista, o il bacchettone, ma se non smette di invischiarsi in questi giochi pericolosi, alla fine qualcuno si farà del male. E non vorrei che fosse proprio lei quel qualcuno».

«Dottor Folli... posso chiedere l'aiuto del pubblico?».

Ho la coda fra le gambe.

L'ultimatum non ci voleva proprio, anche perché Lorenzo si sta davvero aprendo con Azzurra e sono sicura che riuscirò a scoprire qualcosa di importante.

Per quanto riguarda l'idea di dire a Riccardo del lavoro... be', non ho scelto quella busta.

Quando lo vedo a casa però non posso non sentirmi in colpa.

«Chiara, ti dovrei parlare», mi dice fermandomi sulla porta.

«Certo. Cosa succede?»

«Andiamo in camera tua, così stiamo più tranquilli».

Chiude la porta nonostante mia sorella sia fuori e mi fa sedere sul letto mentre lui rimane in piedi.

«Chiara, ho pensato a lungo a noi, in questi giorni, e sinceramente non so cosa dire. Stiamo bene insieme, siamo affiatati, ci divertiamo, ci rispettiamo, ma ho la sensazione che tu mi consideri come un fratello. Sbaglio?».

Dovevo aspettarmi un discorso del genere, prima o poi.

Non posso continuare all'infinito con la scusa della confusione, della stanchezza e del periodo difficile.

Lui si aspetta qualcosa di più che una pomiciata ogni tanto.

Perché ci deve sempre essere la complicazione del sesso? Potremmo farne a meno, no? Non avere un sesso semplificherebbe talmente tanto le cose...

Il piccolo dottor Folli nella mia testa dice che questa è una splendida occasione per spiegare quello che sento, senza il timore di ferire l'altra persona.

«Sto davvero bene con te, Riccardo...».

«Questo lo so, lo vedo e anch'io sto benissimo con te, ma manca qualcosa, non trovi?»

«Ss-sì, forse manca un po' di... Spazio, decisamente ci manca lo spazio, siamo troppo stretti in questa casa e tu non hai neanche una camera tua».

«No, Chiara, ci manca l'intimità. Ci manca di baciarci, toccarci, coccolarci, dormire nudi e fare l'amore. Questo fanno le persone che stanno insieme. Quello che facciamo noi lo fanno i ragazzini di quattordici anni...».

«Ma...».

«Ferma là. So che stai per dirmi che se sto con te solo per il sesso allora me ne posso cercare un'altra... Con tutti i corsi di comunicazione non verbale che ho fatto, solo i divani hanno ancora qualche segreto per me! Non è assolutamente per questo che sto con te, e sono sicuro che lo sai, ma penso che tu ti renda conto che non è normale, specialmente all'inizio di una storia, non avere voglia di conoscere l'altro, di impregnarsi del suo odore, di entrare nella sua pelle, di incantarsi a guardarlo dormire e di godere del suo piacere. So che sto per dire una cosa di pessimo gusto, ma i primi tempi con Elisa non potevamo staccarci un minuto, ci baciavamo di continuo, ci eccitavamo a vicenda, eravamo complici...».

«Ma...».

«Aspetta! Prima che tu mi dica che non sei Elisa e che se voglio Elisa so dove andarla a trovare, voglio dirti che io non voglio Elisa, non più almeno. Io voglio te, sto bene con te e sono davvero disponibile a venirti incontro, ma tu devi venire incontro a me... Ho ventinove anni, non sedici. Non posso andare avanti a docce fredde. Prima o poi mi ammalo e muoio».

Okay, dottor Folli, ha vinto anche questa manche.

«Riccardo, siediti qui accanto a me».

«Non credo di volerlo fare, sono molto sensibile quando discuto e preferisco rimanerti a distanza».

«Va bene, ti devo una spiegazione». Cerco di riordinare le idee in maniera più o meno logica.

«Tu sai come sono andate le cose con Andrea, no? La storia di Portofino, le sue telefonate, i fiori e il resto... E adesso lui...».

«Ti piace ancora, vero?»

«No! Non mi piace più».

«Hai stretto le labbra, hai mentito!».

«Cazzo, Riccardo, ma lavori per i servizi segreti?», sbotto.

«No, l'ho sentito dire al Tg2... Scusa, vai avanti».

Mi ha fatto prendere un colpo, credevo mi avesse beccato.

«Dicevo che quella con Andrea è stata una storia sofferta e difficile. È stata dura stargli vicino, e ci ho provato con tutta me stessa. C'è stato un momento in cui credevo veramente che avrebbe lasciato la moglie per me, che saremmo stati insieme ufficialmente e che la mia perseveranza, alla lunga, avrebbe ripagato l'attesa. Ma poi hai visto com'è finita e con quanta vigliaccheria e bassezza. Ora io sono a un bivio: sto bene con te, forse come non lo sono stata con nessuno, ma sono bloccata, mi sento vulnerabile e impaurita. Non ho più voglia di buttarmi nel vuoto e sfracellarmi, ho paura di sbagliare un'altra volta e non me lo posso permettere».

Riccardo mi guarda immobile in attesa della conclusione.

«Ho puntato tutto su un numero sbagliato e ho perso e adesso sono molto cauta. Ho bisogno di tempo per ricominciare a fidarmi, ho bisogno di certezze, sicurezza, pazienza e calma...».

Sto dicendo la verità, nient'altro che la verità e sto andando bene.

«Io ti capisco, Chiara. Capisco che hai bisogno di tempo e non voglio metterti fretta in nessun modo. Ma non mi spiego il fatto che tu ti irrigidisca quando ti abbraccio o ti sono vicino.

Mi fai sentire respinto, mi fai male. Il resto lo posso accettare, ma questo no: se mi rifiuti significa che non mi vuoi e se non mi vuoi penso che sia giusto fare marcia indietro. In fondo non siamo stati insieme che per una ventina di giorni, abbiamo passato di peggio».

A sentire queste parole sento scattarmi in testa la sirena di pericolo.

È un ragazzo straordinario e lo sto perdendo perché non sono in grado di gestire una storia normale.

L'unica storia normale che mi sia dato vivere la sto buttando via, peggio di come ha fatto Sara.

Siamo due masochiste senza speranza che rimarranno sole tutta la vita in una casa in affitto a rimpiangere il passato.

Affondo la faccia nel cuscino e comincio a piangere senza riuscire a fermarmi.

Farei qualsiasi cosa pur di non vederlo andar via, qualsiasi cosa pur di non farmi soffocare da questo vuoto che avanza, qualsiasi cosa pur di non essere lasciata al buio da sola.

Riccardo si siede accanto a me e mi accarezza i capelli, poi mi prende delicatamente fra le braccia.

«Bambina... Sei la mia bambina... Shhhh, non piangere. Va tutto bene, ci sono qua io e non vado da nessuna parte».

È tutto quello che ho bisogno di sentire.

Mi sveglio nel cuore della notte, ho una coperta addosso.

Ho un mal di testa terribile e mi sento triste come non mai.

Mi affaccio in corridoio per vedere se qualcuno è ancora sveglio, ma dormono tutti.

In strada non passa una macchina, e il palazzo è deserto, sembra che tutto il mondo sia da un'altra parte e io qui, al buio.

Apro il computer e controllo la mail di Azzurra.

C'è un messaggio di Lorenzo scritto un paio d'ore fa che dice:

Cara Azzurra,

so cosa vuol dire perdere un amore, so cosa vuol dire vedere un sogno che si infrange e con esso la fiducia totale che riponevi in quella persona.

È come rimanere sotto un tir.

Ma per fortuna tutto questo è passato e ora sto andando avanti.

Bisogna saper voltare pagina e far piazza pulita anche dei bei ricordi, altrimenti rimani intrappolato e continui a cercare quella persona nella folla, passando accanto alle belle cose che hai intorno...

Volta pagina, Azzurra. Dammi retta, è l'unica cosa da fare.

Mi piacerebbe incontrarti uno di questi giorni, potremmo bere un caffè insieme, se ti va.

Se poi non vorrai...

Sigh... ☹ ☹

Mamma mia che nerd. Credevo che solo De Amicis dicesse "e con esso".

E adesso che faccio? Sparisco così? Senza una parola? Con una scusa? Non è carino, rimarrebbe male e perderebbe anche quel poco di fiducia in se stesso che ha appena ritrovato.

Caro Lorenzo,

una volta qualcuno mi ha scritto:

"In amore non essere un mendicante, sii un imperatore. Dà e resta semplicemente a vedere che cosa accade...".

Credo che volesse dire che l'amore che dai non va mai sprecato, e che ci vuole molta pazienza per vedere i suoi frutti sbocciare, perché è l'unica pianta di cui non si conosce il momento della fioritura. È una pianta difficile da accudire, richiede una devozione costante, con il sole o con la pioggia. Possono volerci anni, a volte tutta una vita di cure quotidiane, per poterla veder fiorire, senza averne peraltro la certezza.

Ma vale la pena tentare, perché un giorno qualunque, magari quando il cielo è cupo e il vento soffia freddo, immensi fiori rossi si schiuderanno cominciando a spargere un profumo mai sentito prima, un aroma che fa perdere la testa e che ripaga di tutti i sacrifici e la fatica fatta. E vale la pena vivere la vita, anche solo per sentire quel profumo una sola volta.

Non disfarti di quei ricordi, Lorenzo.

I ricordi sono tutto ciò che ci resta.

Buonanotte
Azzurra

La mattina, uscendo di casa, vedo ancora la Punto blu con un tizio dentro che legge il giornale.

La cosa mi insospettisce.

Arrivo in fondo alla strada, giro l'angolo e aspetto qualche minuto, mi affaccio e la macchina è ancora lì.

Mi apposto vicino a un albero dove posso controllare il portone di casa mia senza essere vista.

Vedo Sara uscire, come sempre in ritardo, e con troppe cose in mano che le cadono: disegni arrotolati, la busta con il pranzo, libri e pennarelli.

La Punto blu non si muove.

Poco dopo esce Riccardo, in completo da lavoro, e non posso evitare di sentire un tuffo al cuore.

Quando è a casa vive in jeans e magliette sformate ed è sempre spettinato e scalzo, mentre quando va in ufficio è impeccabile, pettinato, rasato, profumato e stirato.

Devo chiedergli cosa usa per fare stare i colletti così rigidi, i miei sembrano agonizzanti.

Lo seguo con lo sguardo immaginando i suoi pensieri, chiedendomi quale sia la sua canzone preferita, se gli piace ballare, qual è il suo ricordo più bello da piccolo, se è mai stato a Parigi, se sa guidare un motoscafo, se ha avuto la varicella, se andava bene in matematica, se gli piace il burro di arachidi e se preferisce il mac al pc...

Quando mi volto, la Punto Blu è sparita.

In ufficio mi comporto come una specie di ectoplasma.

Mi muovo come se mi spostassi su cuscinetti d'aria, cercando di non fare rumore, specialmente quando incrocio Andrea. Ho la sensazione che si possa infrangere come un vaso Ming. Lui non riesce a sostenere il mio sguardo e abbassa gli occhi ogni volta, come se il rimorso fosse troppo forte.

Mi chiede le cose a bassa voce, con cautela e garbo, che si tratti di lavoro o di vita privata.

Il suo inseparabile cellulare non squilla quasi più, il completo che indossa è sempre lo stesso, e non si è rasato.

È esattamente il prototipo del depresso.

Gli altri soci se ne sono accorti e vanno nella sua stanza sempre più spesso chiudendo la porta, cosa che prima non facevano mai. Immagino che stiano già meditando come fargli le scarpe.

Apro il mio cassetto per prendere le forbici e trovo un fiore giallo con un biglietto.

"Scusa per non avertene mai regalati abbastanza, ne meritavi a non finire".

Mi sporgo per vedere la faccia di Andrea, ma lui sembra sempre molto assorto nelle sue letture.

Appena le ragazze escono per il pranzo (non senza avermi chiesto con aria perfida: «Rimani qui per vedere se l'avvocato ha bisogno di te?»), entro nella stanza di Andrea.

«È interessante?», chiedo appoggiata alla porta, con il fiore in mano.

«Questo? È di Goleman, spiega come riuscire a trasformare la propria vita».

«Accidenti, ti stai mettendo d'impegno!».

«È il minimo che possa fare. Vorrei anche cercare uno psicologo, penso che potrebbe aiutarmi».

Prendo in considerazione per un nanosecondo l'idea di dargli il numero di Folli e immagino la scena di noi due in terapia di coppia che ci prendiamo a cuscinate e insulti mentre lui cerca di separarci.

Abbandono immediatamente l'idea, ma sono molto colpita dal fatto che stia prendendo in mano la sua vita.

Non ci avrei scommesso una pizza.

Già...

«Grazie per il fiore».

«Figurati, l'ho visto stamattina passando davanti a una bancarella e ho pensato a te. È solare, profumato, e mette di buonumore».

Sorrido imbarazzata, pensando: "Esci da quel corpo!".

È quasi irritante tutta questa cortesia in un uomo il cui gesto più altruista era regalare le mimose prese nel vaso del bar di sotto.

Come se mi avesse letto nel pensiero, ricevo un messaggio da Riccardo: "Che ne dici se stasera mi offri la pizza che ho vinto?".

Sorrido involontariamente e comincio a rispondere, quando Andrea mi chiede: «Buone notizie?»

«Oh... è mia sorella. Mi chiede se ho voglia di una pizza stasera».

«Dev'essere bello vivere con qualcuno che ti ama incondizionatamente».

«Sì, è vero, è bello».

Mi rendo conto che lo faccio di default, senza nemmeno pensarci.

Come se, al momento in cui devo rispondere, i miei pensieri sentissero lo sparo dello starter e cominciassero a correre come centometristi alle olimpiadi... Solo che la cazzata è sempre quella che vince al fotofinish!

«E viene anche il tuo ragazzo?»

«No, non credo».

«Va tutto bene fra di voi?»

«Benissimo!».

Mi imbarazza parlarne con lui, non dovrebbe farmi queste domande. Perché mi fa queste domande? Perché è un avvocato, ecco perché.

«Scusa, non volevo essere invadente, non sono affari miei».

Non rispondo, per sottolineare il fatto che è stato invadente, e ritorno alla mia scrivania.

«Chiara», mi chiama dalla sua stanza.

«Arrivo!», mi rialzo e torno da lui.

«Mi chiedevo... se ti andava... una di queste sere di mangiare una pizza anche con me. Lo so che non sono di grande compagnia, ma sto sempre in casa da solo e...», fa una pausa. «No, scusa, lascia stare. Non avrei dovuto mai domandartelo, sono un cretino invadente. Che motivo avresti di venire a cena con uno che ti ha fatto arrivare a Gallarate con il treno, per portarti a cena».

L'idea di me che lo aspetto con la valigia all'aeroporto mi fa venire un attacco di riso.

Andrea cerca di stare serio, ma non riesce a trattenersi neanche lui.

«Dio, ma ero proprio un imbecille, eh?»

«Non posso dire nulla, sei il mio capo e sei anche un avvocato...».

«Non ti preoccupare, me lo dico da solo abbastanza spesso e mi fa star bene riconoscere i miei errori. Secondo questo libro è il primo passo verso il cambiamento».

«Diventerai un guru e ti vestirai con un pastrano e comparirai in una nuvola di fumo verde? Perché se è così, do le dimissioni oggi stesso».

«È bello scherzare con te, sai Chiara? Non avevamo mai parlato così tranquillamente e alla pari, e più lo faccio più mi pento di esserti stato infedele».

«Allora lo ammetti?»

«Come potrei negarlo? Sarebbe prendere in giro la tua intelligenza e tu meriti di meglio di un cretino che si crede molto furbo».

Sento le voci delle ragazze che rientrano dalla pausa pranzo e corro al mio tavolo.

Mando un sms ad Andrea.

"Okay per la pizza, ma il locale lo scelgo io".

Faccio un salto da Paolo dove sto andando sempre meno.

Non mi chiama più tanto spesso: c'è poco lavoro, dice, ma la vera ragione credo che sia stata la mia litigata con Barbara.

Ha sempre subito la sua influenza, le ha sempre dato ragione e l'ha difesa in ogni occasione.

Anche quando era obbiettivamente indifendibile, come quella

volta in cui disse che, secondo lei, la migliore interpretazione di Vin Diesel era *Fast and Furious* quando tutti sanno che è *Compagnie Pericolose*.

Giù le mani da Vin Diesel.

Come previsto, mi saluta con un sorrisetto falso, pronto a sputare veleno.

«Come mai da queste parti? Non c'è niente oggi, solo un paio di book veloci, ma ci pensa Caterina».

«Ah, Caterina sa anche truccare adesso? Siamo al grande risparmio!», ironizzo seccata.

«Eh, Chiara, c'è la crisi, e anch'io devo cominciare a fare un po' di economia... Sai com'è».

«Bene. Allora forse è meglio se porto via la mia roba, non credo serva a molto lasciarla qui, non trovi? E poi costa».

Rimane un attimo interdetto, non aveva calcolato che ricomprare tutto l'occorrente gli costerà più che far lavorare me ogni tanto.

«Ah... Porti via tutto?»

«Eh sì, non vorrai che tenga qui tutti questi cosmetici per farli usare da qualcun altro, no? La crisi poi viene a me!».

Così dicendo, comincio a mettere via i pennelli nel beauty case, incazzata come una scimmia.

«No, ma dai, Chiara, non prendertela così, se vuoi queste due le puoi fare tu...».

«No, no, grazie, non ci tengo. Fai fare tutto a Caterina, però con i vostri cosmetici, altrimenti è troppo facile, non credi?», sorrido stringendo gli occhi come una serpe.

«Te la sei presa per quello che ho detto prima? Eh, ma come sei permalosa. Non ti si può dire nulla!».

«Sono *terribilmente* permalosa e specialmente con gli ipocriti!».

«Non c'è mica bisogno di essere offensivi, sai? Chi ti credi di essere? Non sei mica insostituibile».

«Oh, lo so benissimo, credimi. Però oggi sì».

Prendo la mia borsa e me ne vado senza voltarmi indietro, mentre lo sento dire a Caterina: «Ma tu guarda questa. Fa finta di essere tutta perbenino, timida e sfigata e poi è falsa come Giuda. Lo vedi che Barbara aveva ragione? È proprio una stronza!».

Paradossalmente l'idea di sentirmi chiamare stronza mi carica, anziché umiliarmi, così torno indietro a dirgli due parole.

«Intanto stronza lo dici a tua sorella. E poi, se qui c'è qualcuno che fa finta di essere quello che non è sei tu, e sai benissimo a cosa mi riferisco!».

Vado via sbattendo la porta con tutta la forza che ho.

Arrivo a casa che ho un diavolo per capello.

Sara è al telefono con mia madre che, dall'altra sera, è ufficialmente la sua migliore amica, mentre Riccardo è pronto che mi aspetta sulla porta... con una rosa in mano.

Mi ero pure dimenticata.

«Successo qualcosa?»

«*Successo qualcosa?*», ripeto con una vocetta stridula. «La tua ex fidanzata mi sta facendo il vuoto intorno e questo è solo l'inizio».

Riccardo mi guarda perplesso.

«Pensi che sia rischioso andare a cena fuori?»

«A questo punto tutto è possibile. Probabilmente sono su una lista nera e non prenderanno mai più prenotazioni a mio nome».

«Dai, non preoccuparti. Ho prenotato a nome mio. Hai sempre voglia di uscire a cena?»

«Sì, non voglio entrare nemmeno in casa, andiamoci subito».

Scendiamo di nuovo in strada e per tutto il tragitto fino al ristorante gli racconto più volte la scena con Paolo.

«Ma poi dico... con una faccia... Come il culo! Lo dovevi vedere! E ci conosciamo da quindici anni! QUINDICI!».

«Su, Chiara, non te la prendere. Farete pace», tenta timidamente di stemperare la mia collera.

«Pace un accidente! Lui e Barbara sono uguali! Stessa pasta: arrivisti, egocentrici, maligni!».

«Ma siete andati all'università insieme, li conosci da una vita, se li consideri così pessimi perché non hai tagliato i ponti prima?»

«Non lo so, non mi sono mai posta il problema. Ma adesso rimpiango di aver perso tutto quel tempo dietro a due stronzi!».

Non mi accorgo nemmeno che siamo già arrivati.

È il nostro primo appuntamento e sono stata orribile.

Non ha prenotato in una pizzeria, ma in un bel ristorante con la luce soffusa, la musica di sottofondo, i calici, le candele, la gente che parla a voce bassa.

«È il nostro primo appuntamento ufficiale», dice Riccardo un po' emozionato, «ci tenevo a fare le cose per bene».

«Scusami, io non mi ero resa conto... Ho rovinato tutto anche questa volta».

«Non ancora. Spero potrai recuperare nelle prossime due ore».

Entriamo e seguiamo il caposala fino al nostro tavolo.

Improvvisamente mi rilasso, il mondo è rimasto chiuso là fuori.

Qui ci siamo solo io e lui.

Riccardo ordina il vino e fa subito un brindisi.

«A una donna straordinaria che mi ha cambiato la vita e che mi fa innamorare ogni giorno che passa». Arrossisce leggermente. «Ho fatto le prove davanti allo specchio... Ora tocca a te».

Cerco le parole, ma non mi viene in mente niente di originale e mi lancio in un: «A quello che il futuro ci riserva!».

Non posso fare a meno di notare un barlume di delusione sul suo viso, quindi concludo con un: «A noi due».

Sorride.

«Sai che sono qui già da due mesi?»

«Già due mesi che dormi sul divano?»

«Eh sì, sembra ieri...».

«...che eravamo in treno io a riattaccare e tu a telefonare a Elisa».

«Che cosa straordinaria che è la vita, eh?», dice giocherellando con una mollica di pane.

Rimaniamo un attimo in silenzio, sorridendoci con gli occhi attraverso il tremolio delle candele.

Riccardo è straordinario, così sereno e in pace con il mondo, sempre sicuro delle sue scelte perché non scende a nessun compromesso e dice sempre quello che pensa.

Io sono arrivata al punto che devo scrivermi le versioni che ho dato.

«Ti senti meglio, oggi?», mi chiede.

«Sì, un po' meglio. Ho pianto così tanto che mi sono addormentata».

«Lo so, sono stato con te fino a mezzanotte passata, poi mi si è addormentato il braccio sotto di te. Allora ti ho tolto le scarpe, ti ho coperta e sono andato a letto anch'io».

«Fino a mezzanotte?»

«Ti ho promesso che non me ne sarei andato, che figura ci facevo se dopo mezz'ora ti svegliavi e non c'ero?»

«Potevi dormire con me».

«Eh no, non è questa l'idea che ho del dormire con la mia donna. Quando ti sentirai in vena di coccole, tu chiamami e io accorro. Però non mi far aspettare due anni, o mi si sarà rotta la schiena sul quel divano».

«Tu sei sempre così ottimista?»

«Ho preso da mio padre. Lui è l'uomo più ottimista della terra. Sai da quanto tempo sono sposati i miei? Da quarantaquattro anni!».

«Sempre insieme?»

«Sempre!».

«Be', dopo quarantaquattro anni o sei ottimista o sei sordo!».

«Mi piacerebbe farteli conoscere. Un giorno ti ci porto, mia madre ti adorerà».

«Non riesco a immaginare una vita in una famiglia dove tutti vanno d'accordo e non spariscono da un giorno all'altro. Dev'essere bello avere la sicurezza, l'approvazione e il sostegno di quelli che ti amano».

«Forse ad averli sempre intorno alla fine li dai per scontati, però è vero che sono la cosa più importante della mia vita. Noi siamo molto uniti».

«È bello sentirti parlare così dei tuoi. Avrei voluto anch'io crescere in un ambiente sano e positivo, dove essere me stessa e avere la certezza di contare su un appoggio incondizionato. Perché se non ce l'hai, è un po' come essere l'ultimo gattino della cesta, hai presente? Quello piccolo, nero, tutto solo, che miagola e non sa dove andare?»

«Piccolo il mio micio nero, adesso non sei più solo però», mi accarezza una guancia. «Ci sono io».

«Allora brindiamo a quelli che rimangono al loro posto per almeno quarantaquattro anni!».

«Cin!».
«Posso farti una domanda personale?», chiedo.
«Direi».
«Elisa è stata la prima persona importante della tua vita?»
«È stata la prima persona con cui mi sono visto proiettato nel futuro, ma prima di lei ho avuto un'altra storia importante. Però... ecco... è finita male».
«Ti ha lasciato?»
«...È... morta di leucemia... a 26 anni».
«No!», mi copro la bocca con le mani.
«Sì, fulminante. È stato... orribile».
Beve un sorso di vino.
«Ma... sei stato con lei fino...».
«Le ho tenuto la mano... fino alla fine, sì. Ci eravamo preparati, sapevamo... Voleva che restassi con lei».
«Mi dispiace... non sai quanto».
«Lo so...», dà un colpo di tosse e si sistema la giacca. «Per questo adesso non sopporto le cazzate, i musi lunghi e i sotterfugi. Bisogna vivere bene e in pace con se stessi, non c'è altro da fare».
Mi mancano le parole.
Mi guardo da fuori e mi accorgo che sto rovesciando la realtà, e che tutti i miei dolori sono legati a qualcosa di astratto.
Ho subito ripetuti lutti emotivi, ma mai materiali, mai definitivi come la morte di qualcuno che si ama profondamente.
Anche se mi sembra la stessa cosa.
Di punto in bianco Riccardo esclama: «Dai, facciamo il gioco del "preferiresti"!».
«Il che?»
«Il gioco del "preferiresti"! Funziona così: io per esempio ti dico "preferiresti mangiare una cicca raccolta da terra o fare la schiava a Barbara per un anno?"».
«Che gioco scemo!», rido. «Ma è da scuola elementare! Vabbè, è facile, la cicca senza dubbio. Ora tocca a me! Preferiresti prendere la metropolitana nudo o stare legato a una sedia mentre mia sorella litiga con mia madre tutta la notte?»
«La metro!».

«Preferiresti baciare me o il cameriere?»
«Il cameriere!».
«Allora lo chiamo».
«No, dai, per questa volta vai bene anche tu, vieni qui».
Ci baciamo al lume della candela.
Le sue labbra morbide e calde si appoggiano sulle mie come un soffio.
E mi bacia in un modo così delicato e intenso che comincio a sentire l'emozione salire dalla pancia fino ad avvamparmi le guance. Il cuore perde i battiti e sento che sto perdendo totalmente la testa e il controllo, e se il mondo fuori non ci fosse più non mi importerebbe niente.
Usciamo abbracciati teneramente come veri innamorati al primo appuntamento. Sto così bene che decido di ignorare deliberatamente la Punto blu parcheggiata fuori del ristorante.
Passeggiamo mano nella mano per la città deserta. È una serata magica, piena di stelle, e dopo tanto tempo, finalmente, mi sento anch'io in pace con il mondo, a mio agio, all'altezza e sicura che sto facendo la cosa giusta.
Ma quando, come sempre nella vita, sembra che vada tutto bene e cominci a rilassarti, ecco che gli sceneggiatori del tuo destino inventano subito qualcosa per far salire l'audience nell'alto dei cieli.
E mandano un sms al tuo cellulare che dice: "Di' a quello stronzo del tuo ragazzo che sono incinta".

QUATTORDICESIMA SEDUTA

«È proprio sicura che Barbara sia incinta?»

«Lei dice di sì, non posso verificare».

«E Riccardo?»

«Riccardo è fuori di sé. Dice che non è possibile, che è stato attento, ed erano protetti. Sono giorni e giorni che litigano al telefono. Lui vuole andare a parlare col suo ginecologo, mentre lei si oppone e ripete che deve prendersi le sue responsabilità. Barbara è un osso duro ma non ha capito con chi ha a che fare. Se pensava di sganciare una bomba simile senza conseguenze, ha scelto la persona sbagliata».

«Come sono le cose fra voi?»

«Si sono raffreddate. Lui è taciturno e triste. Si sente braccato, obbligato a subire scelte non sue con una donna che non ama. Ci siamo fatti più distanti, questa cosa ci ha scioccati e non sappiamo come affrontarla. Non voglio lasciarlo solo, ma non so come aiutarlo e non riesco a togliermi dalla testa che lei aspetta un figlio da lui. Ed è ingiusto, oltre che assurdo».

«È arrabbiata... La capisco».

«Sono folle di rabbia, ce l'ho con il destino, con Dio e con la Durex, ma soprattutto ce l'ho con me stessa!».

«Perché? Lei non c'entra in tutto questo».

«Sono stata io a farli uscire insieme, si ricorda? Sono stata io a dire a Barbara che Riccardo la trovava bella, io a darle il suo numero, e ha visto? Sono stata punita per tutte le cazzate che ho detto e fatto in vita mia e mi sta bene. Avevo trovato un uomo stupendo, innamorato di me, sincero e senza ombre e l'ho buttato nelle braccia di un'altra. SONO UNA CRETINA!».

«Chiara, non è colpa sua se Barbara è rimasta incinta. Loro si conoscevano già, poteva succedere anche senza il suo intervento».

«Oh, ma così ho dato proprio una bella mano al destino, non crede? Già che c'ero potevo andare a rimboccargli le coperte e leggergli una fiaba!».

«Aspettiamo di avere notizie più certe prima di decidere sul da farsi, che ne dice? E stiamo a vedere come si evolve la cosa. Conosciamo Barbara e sappiamo che è disposta a tutto pur di ottenere quello che vuole. Potrebbe anche non essere vero, potrebbe non essere di Riccardo. Non fasciamoci la testa per il momento».

«Non me lo perdonerò mai, gli ho rovinato la vita».

«Ascolti, lei reagisce come un genitore che, quando il figlio cade con il motorino, si colpevolizza per averglielo comprato. Le persone compiono delle scelte e sono responsabili delle conseguenze. Non dimentichiamo che esiste un grande margine di fatalità che nessuno di noi è in grado, in alcun modo, né di prevedere né di controllare».

«E io cosa faccio adesso? Comincio a lavorare i golfini a maglia?»

«Gli stia vicino. Riccardo ha bisogno di lei».

Facile, come no.

Quando vieni a sapere che il tuo ragazzo (con cui eri *a tanto così* dal trascorrere una notte d'amore indimenticabile), ha messo incinta la tua ex migliore amica, come minimo pensi che qualcuno, da qualche parte, si stia facendo delle risate pazzesche.

L'ufficio intanto sembra essere diventato un ashram.

Manca poco che Andrea si tolga le scarpe e canti gli inni vedici.

È diventato l'avvocato più calmo e pacifista del mondo, si sta facendo crescere i capelli e ha smesso di indossare la cravatta.

Ieri ha dissuaso due coppie dal proseguire con le pratiche di divorzio ed era elettrizzato.

Saluzzi e Ferrante manca poco che lo prendono a ceffoni.

La mattina, quando arriva in ufficio, mi porta sempre una tisana ayurvedica e trascorre una mezz'ora a raccontarmi i sogni che ha fatto, i progressi con il suo psicologo e i libri che sta leggendo.

La sua ultima scoperta è Krishnamurti.

Dire che mi sembra impazzito è poco, ma ammiro le persone che decidono di cambiare radicalmente la propria vita perché sentono una forte incongruenza fra il modo in cui hanno sempre vissuto e la loro essenza più profonda.

Credo che se fin da piccolo hai sempre desiderato fare il giardiniere, ma le vicissitudini della tua vita ti hanno portato a fare il commercialista, è probabile che, prima o poi, una parte di te che sembrava sepolta torni fuori di prepotenza e pretenda di essere ascoltata, a prescindere da quello che stai facendo in quel momento. Allora capisco l'avvocato che si toglie le scarpe e corre sulla sabbia e l'impiegato di banca che si dà alla pittura.

Mi chiedo se siamo fatti per una vita così lontana dalla nostra natura, così impostata, artificiale e impegnativa, in cui il sacrificio deve prevalere sempre e comunque sul piacere personale.

Devo ammettere però che lavorare con il "guru" è più gradevole di prima: le cose funzionano lo stesso, anche senza uno che ti urla dietro tutto il giorno di sbrigarti e che crede che se vai in bagno cinque minuti stai rubando lo stipendio.

A casa invece le cose sono ben più serie.

Riccardo è annientato, non riesce a capacitarsi che la sua vita sia stata radicalmente stravolta da un giorno all'altro senza che dipendesse da lui, che tutti i suoi progetti sono andati all'aria e che il suo futuro, d'ora in poi, sarà indissolubilmente legato a quello di una donna che detesta.

Anche Sara è molto più cauta nel rivolgersi a lui.

Tutte e due gli parliamo scegliendo gli argomenti ed evitando intere categorie come: bambini, gioco, genitori, donne bionde e ricatto. Le conversazioni si fanno sempre più difficoltose e senza senso. Siamo così innaturali che Riccardo si sente ancora più a disagio.

Quando guardiamo la televisione, poi, è tutto un dar colpi di tosse e cambiare canale: Sara, l'altra sera, durante la pubblicità dei pannoloni ha staccato la corrente.

Adesso che torno a casa molto più tardi, ho meno tempo per stare con lui. Sento che è solo e pieno di rabbia e vorrei abbracciarlo e dirgli che andrà tutto bene, ma non posso ignorare che questo ostacolo sia insormontabile e che ha definitivamente creato una barriera fra noi e il nostro futuro insieme.

Ho appena finito di lavare i piatti quando lo sento rientrare. Sono le nove passate.

«Chiara, ti vorrei parlare».

Ahia...

«Okay, intanto faccio un caffè», dico con eccessiva allegria.

Riccardo si siede al tavolo e si accende una sigaretta.

Fra un minuto mi darà una cattiva notizia. Mi piacerebbe poter fermare il tempo e non doverla sapere.

«...Ho camminato per tutta Milano per trovare una soluzione possibile per noi due, ma non l'ho trovata. Dobbiamo guardare in faccia la realtà. Fra qualche mese avrò un figlio da Barbara e, che mi piaccia o no, dovrò occuparmene. La mia vita cambierà per sempre. Non potrò certo abitare più qui, ma dovrò andare a vivere con lei e anche se in questo momento mi sembra un incubo, prima mi abituo all'idea, prima riuscirò a farmene una ragione». Ha gli occhi lucidi. «Non so dirti come mi sento, perché sono completamente sconvolto e impotente».

«Be', no, dai... Guardala dal lato buono: impotente non sei!», cerco di ironizzare stupidamente.

«Sai che vorrei esserlo? Cioè mi correggo, vorrei esserlo stato quella sera. A me i bambini piacciono un sacco e ne avrei voluti, ma dalla persona che amo. Non così, con una donna che non mi piace e che non mi piacerà mai e con cui non ho niente in comune. Capisci cosa vuol dire che sarò obbligato a doverla vedere e sentire tutti i giorni? E che la cosa più importante della mia vita mi legherà per sempre alla persona più odiosa della terra?».

Annuisco senza alzare la testa.

«Quel figlio che aspetta è mio. C'è una parte di me in lui, è l'eredità che lascio al mondo, capisci quanto è importante che mio figlio sia frutto dell'unione fra me e una persona che ritengo degna di fargli da madre? Capisci perché non voglio che sia contaminato da lei?

I bambini non si fanno per capriccio, perché non si sa come recuperare un rapporto, o con la merdosa superficialità di Barbara, che ha trovato il *giochino* che le mancava.

Non è giusto che lei abbia deciso per me, e che mi stia obbligando a questo, ma non ho scelta.

Mi troverò a lottare per dargli un'educazione che non corrisponderà minimamente a quella che ha in mente Barbara. Dovrò avere a che fare con la sua famiglia, dovrò dirlo ai miei, sapendo che gli spezzerò il cuore, perché non gli sarà concesso di fare i nonni come hanno fatto con le mie sorelle e perché mi vedranno infelice... Insomma, Chiara, senza girarci troppo intorno, la verità è che se fosse successo a noi due adesso sarei, sì, fuori di testa, ma per la gioia.

Me la farei sotto chiedendomi se sono all'altezza di un compito così importante come fare il padre, ma non dubiterei un istante del fatto che sei tu la persona giusta. Mi preoccuperei per la tua salute, mi alzerei la notte per scendere a comprarti le fragole con la panna, non mi perderei un'ecografia e il giorno del parto sarei lì a beccarmi i peggiori insulti e a piangere tagliando il cordone...».

L'emozione mi travolge per un lungo attimo.

Lascio l'eco di queste parole risuonare nella mia testa, perché voglio ricordarle per tutta la vita, come il regalo più bello che qualcuno mi abbia mai fatto.

Soprattutto perché conosco già la conclusione.

«...Per questo, Chiara, non posso pretendere, né accettare, che tu stia con me. Io non ce la farei a starti accanto sapendo che aspetti un figlio da un altro uomo, anche se non lo ami, sarebbe troppo.

Non si può fare. Io mi sento a pezzi e anche se l'ultima cosa che vorrei è rinunciare a te, sono costretto a farlo».

Ecco, l'ha detto.

Lo sapevo, me l'aspettavo da giorni ormai. Ed è normale, neanch'io potrei sopportare la presenza forzata di Barbara nelle nostre vite.

Impazzirei.

«Alla fine ce l'ha fatta», dico amaramente, «ti voleva a tutti i costi ed è riuscita nel suo piano».

«Non mi sono mai sentito tanto infelice in vita mia. Mi chiedo come riuscirò ad abituarmi alla mia nuova vita».

«Te ne andrai di qui?», chiedo con un nodo in gola.

«Non me ne andrei mai... Ma se per te va bene, aspetterei ancora un po' prima di venire definitivamente travolto dagli eventi».

«Tu puoi stare qui quanto vuoi», dico alzandomi e abbracciandolo stretto, tenendo la guancia contro la sua fronte mentre piangiamo silenziosamente.

La mattina dopo ho bisogno di parlarne con qualcuno, ma sono sempre la prima ad uscire di casa e non posso parlare con Sara quando lui è presente.

Stasera lui e Barbara si vedranno per la prima volta per decidere i dettagli.

Sono tesa, preoccupata e disperatamente triste.

Aspettavo di sentirmi pronta per vivere una vera relazione con lui, aspettavo di dimenticare definitivamente Andrea, pensavo che avremmo avuto tutto il tempo del mondo, ed è già tutto finito.

E non sapremo mai come sarebbe stato.

In ufficio, Andrea si accorge subito che qualcosa non va, grazie alla sua nuova empatia con tutti gli esseri viventi.

«Sei sicura di star bene?»

«Benissimo», rispondo con gli occhi fissi sullo schermo.

«Non ti credo, sembra che tu abbia pianto».

«Ho visto un film triste ieri sera».

«Che film?»

«S'intitola *La mia vita fa schifo*, lo conosci?»

«Certo che sì, l'ho visto un sacco di volte. C'entra il tuo ragazzo?»

«Lo sai che non voglio parlare di questo con te».

«Okay. Comunque se vuoi qualche consiglio spicciolo, il titolo di un libro da leggere o una tisana, sai dove trovarmi».

Dopo dieci minuti sono nel suo ufficio, seduta per terra sul tappeto a parlare dei massimi sistemi.

«Hai chiuso a chiave, vero?»

«Sono un po' più spirituale, non scemo».

Mi sento strana all'idea di raccontare cose così personali ad Andrea, però mi sembra di parlarne ad una persona totalmente diversa. Sento che può capirmi, e forse mi fa anche piacere che mi sappia interessata a un altro.

È pur sempre una vendetta.

Sono quasi certa che Folli disapproverebbe, ma lo vedrò solo fra tre giorni, quindi ho tempo per fare ancora qualche idiozia.

«Riccardo vive a casa mia da quel giorno che sono venuta via da Portofino».

«Davvero?», mi guarda interrogativo.

«Sì, ci siamo aiutati nella fase post rottura. Anche lui si era appena lasciato con la sua ragazza e a poco a poco è nato qualcosa fra noi che si è rafforzato, man mano che ti dimostravi più stronzo... Avete già affrontato questa fase col tuo psicoterapeuta o sei sempre in piena negazione?»

«No, no, prego, infierisci pure», fa una smorfia come se si fosse schiacciato un dito.

«Questo *qualcosa* è culminato la sera in cui hai dato il meglio di te stesso alla ragazza sulla fotocopiatrice... Posso continuare? Ce la fai ancora?»

«Credo di sì».

«E da quella sera ci siamo messi insieme».

«Ecco...».

«Cominciavamo a conoscerci e a piacerci quando... Barbara è rimasta incinta di lui».

«Scusami, forse mi sono distratto un attimo, credo di essermi perso un passaggio».

«No. Prima che ci mettessimo insieme ho fatto di tutto perché lui uscisse con Barbara, la mia amica. Ti ricordi? Ti ho parlato spesso di lei».

«Mi ricordo che all'inizio della nostra storia hai insistito perché uscissi con lei».

«Ecco, forse avrei fatto meglio a insistere di più, visto com'è finita fra noi. Sono usciti insieme per una settimana, poi quando io e lui ci siamo messi insieme e lui l'ha lasciata, è successo il fattaccio».

«Sei sicura che sia suo?»

«Ma perché mi fate tutti questa domanda? E che ne so io? Mica c'ero! E poi sarà un problema loro scoprirlo, a questo punto».

«Non ti arrabbiare con me, però. È la prima cosa che mi sarei chiesto come uomo».

«Ce lo siamo chiesto tutti, ma lo può sapere solo lei. Lui ieri sera ha deciso che dobbiamo lasciarci perché è impossibile portare avanti la nostra storia dal momento che aspetta un figlio da un'altra».

Andrea riflette con la fronte aggrottata: «Sto cercando di mettermi nei suoi panni. Non so, un figlio, ora come ora, magari, potrei anche prenderlo in considerazione. Ho già quarantatré anni, fra un po' vado in andropausa».

«Il problema non è se avere un figlio o meno, ma è averlo con la persona sbagliata».

«Certo che poteva stare attento, però!».

«Andrea, ti ricordo che quando ci siamo messi insieme non sapevi neanche usarlo un preservativo».

«No, che c'entra? È che mi fidavo di te...».

«E perché dovevo fidarmi io di te allora? È così che la gente si prende ogni genere di zozzeria! La fiducia non ha niente a che vedere con le abitudini sessuali e le malattie veneree!».

«Okay, ho capito la lezione... E adesso?»

«Stasera si incontrano per decidere come andare avanti e io... sto malissimo».

Mi si riempiono gli occhi di lacrime.

Non avrei voluto davanti a lui, ma è inevitabile.

«La mangiamo stasera la famosa pizza?»

«Sì, preferisco non stare in casa ad aspettarlo».

Quando torno a casa Riccardo è già uscito.

Mi ha lasciato un biglietto in cucina che dice: "Spero di far presto, ma non mi aspettare alzata. Un bacio, R".

Appallottolo il biglietto e lo butto.

Sara entra in camera mia.

«Allora è vero che ha messo incinta Barbara?»

«Sembrerebbe», dico piegando i miei vestiti.

«Ma siamo sicuri che sia suo?».

Mi volto di scatto: «MA NON AVETE ALTRO DA DOMANDARE TUTTI QUANTI??»

«Ma che ho detto? Non te la prendere con me! Ho solo fatto una domanda!».

«NON PENSI CHE IO SIA LA PERSONA MENO ADATTA A CUI CHIEDERLO?»

«Scusa! Ma non c'è bisogno di alzare così tanto la voce!».

Ritorno ai miei cassetti.

«Ma...», prosegue, «voi due... stavate insieme, no?»

«Be'?»

«E com'è che è incinta un'altra?»

«PER INTERVENTO DIVINO, SARA! CAZZOOOO! SONO USCITI INSIEME PER UNA SETTIMANA PERCHÉ L'HO VOLUTO IO!», sono isterica.

«E perché mai?»

«PERCHÉ VOLEVO PUNIRLO DOPO CHE MI AVEVA DETTO CHE ERA MEGLIO SE RIMANEVAMO AMICI DOPO CHE C'ERA STATO UN BACIO IN CUCINA!».

«E tu gli hai combinato un appuntamento con quella vipera?»

«NON ME LO RICORDARE O FACCIO UN MACELLO!».

«Chiara, ti vuoi calmare? Mi preoccupi!».

Respiro profondamente.

«Okay, va tutto bene. Me lo sono meritato, non posso che rassegnarmi, no?»

«È proprio un marchio di famiglia quello di voler rinunciare alla felicità, vero?»

«Se ci fossimo impegnate nella realizzazione delle nostre vite come ci siamo impegnate per rovinarle, saremmo delle imprenditrici!».

«Forse è così che ha fatto Gaia Luna».

Mi preparo e aspetto che Andrea mi venga a prendere sotto casa.

Arriva puntuale con una Yaris bianca.

«E il Suv?», chiedo perplessa

«L'ho venduto, non mi rappresentava».

È vestito con una camicia bianca fuori dei pantaloni e dei jeans scoloriti.

È la prima volta che lo vedo in jeans da che lo conosco e glielo faccio notare.
«Hai visto? Non mi entravano più, invece adesso guarda...». si alza la camicia e mi fa vedere la pancia.
«Sarà stata la tisana».
«E il non andare più al ristorante. Mi sento come nuovo: avevo il colesterolo così alto che il dottore credeva avessi la gotta!».
Mi porta in una minuscola pizzeria a Città Studi.
Ci sediamo sulla panca di legno e ordiniamo due birre.
«Qui fanno la pizza più buona di Milano».
Se quella sera mi avesse portato qui, invece che al ristorante sul lago, forse molte cose sarebbero andate diversamente.
Tiro fuori dalla borsa la scatolina con l'anello.
«Tieni, Andrea, te lo volevo restituire da tempo».
Rimane in silenzio.
«Sei proprio sicura?»
«Sì. È tuo, devi riprenderlo. Lo darai alla persona con cui ricomincerai una vita».
«Mi sa che quella persona me la sono appena lasciata scappare».
«Dai, Andrea, se ti riferisci a me, non credo che avremmo mai avuto un grande futuro insieme, a prescindere dal tuo divorzio. Tu sei un donnaiolo impenitente e la mia idea di coppia è "finché morte non ci separi", anche se sono rimasta l'unica al mondo a crederci. Perciò direi che è meglio così».
Lo dico veramente a malincuore.
Forse non dovrei farlo, forse sto dando un calcio a un'altra chance, ma lui mi ha preso in giro così tante volte che adesso...
Mi prende la mano.
«Non pensi che potrei essere cambiato?»
«Non lo so, Andrea. Lo vorrei tanto, ma mi hai fatto così male...».
Per un attimo penso che forse dovrei credergli e saltare di nuovo su questo treno, sperando che stavolta non deragli.
Nella testa mi scorrono rapidamente le immagini delle decine di sveltine sulla scrivania, sulle scale, sul lavandino, lui che mi dà l'anello, lui che parte sgommando, l'arrivo a Portofino, lui che mi ignora, che mi umilia, che piange, che mi supplica di tornare, la ti-

zia che entra in bagno, altre sveltine, altre bugie, altre telefonate, altri messaggi, altre umiliazioni, altre donne...

È veramente questo quello che voglio?

Poi immagino lui come Riccardo, leale, sincero, premuroso, onesto... e mi chiedo se l'incaricato della distribuzione della personalità nei diversi corpi umani sia perennemente ubriaco.

«Allora? Davvero non pensi che potrei meritare l'ultima chance? Chiara, dicevi di amarmi, vuoi dire che è veramente tutto finito? Che ti è passata così da un giorno all'altro?»

«Non da un giorno all'altro. Da un corno all'altro, per essere precisi».

«Hai ragione, non ho giustificazioni, né scuse, te l'ho detto. Lo so che sono stato una merda, ma me ne sono reso conto e sto lavorando sodo. Vuoi il numero del mio terapeuta? Te lo do, così lo chiedi direttamente a lui. Io ho capito di essere stato aggressivo e prepotente per poter prevaricare sugli altri e fare una carriera tale che mi permettesse di riscattare i sacrifici dei miei. Ho capito di avere un problema con le donne, che ho bisogno di sedurre in maniera sistematica per sentirmi sempre forte e vincente. Guardami. Davvero, Chiara, guardami, ho una camicia del mercato e dei jeans di quattro anni fa e ti sto dicendo cose che non direi a mia madre. Non merito un minimo di fiducia?»

«Andrea, io non ho più fiducia in te. Sono stata così cieca da diventare lo zimbello della Lombardia, non so neanch'io come ho fatto a non voler vedere la realtà, ma adesso non potrei più stare lì a guardare mentre fingi di piangere e riesci a farmi sentire in colpa anche dopo avermi tradito. Ho resistito fino a molto oltre i tempi supplementari, ma adesso anche una sciocca come me è riuscita a capirlo».

Andrea non dice più niente.

«Lo sai perché mi sento male da morire?», dice gravemente. «Perché ho avuto una quantità di occasioni per recuperare con te e sono dovuto arrivare a esasperarti e perderti, mentre sarebbe bastato rendermi conto di quello che ero solo un po' prima, e avrei potuto cambiare completamente il corso delle nostre vite».

«Forse dovevi toccare il fondo».

«Sì, lo credo anch'io. Ma ora non mi voglio arrendere. Dove sta scritto che le persone non possono cambiare? Io sto sperimentando un cambiamento sulla mia pelle e ogni giorno che passa mi sento più sereno, più libero, meno competitivo. Sto riappropriandomi di me stesso e ti giuro che te lo dimostrerò. Ti riconquisterò, ricomincerò tutto da capo e farò in modo che tu possa di nuovo fidarti di me. Vedrai che mi farò perdonare tutte le cose brutte che ti ho fatto e un giorno racconteremo questa storia ai nostri nipoti», ha un sorriso estasiato da predicatore nel bel mezzo dell'omelia.

Vorrei tanto potergli credere, ma non adesso. Non ora che penso continuamente a Riccardo, che mi manca da impazzire, e che vorrei non aver provocato tutto questo. Mi chiedo cosa si stiano dicendo in questo momento. Magari lui ha cambiato idea e improvvisamente si sente felice e le sta accarezzando la pancia, mentre scrivono i nomi su un tovagliolo e poi lui la guarda nei suoi infiniti occhi azzurri e le dice «spero che sia una femmina, così sarà bella come te».

«Chiara, mi stai ascoltando? Stai bene?»

«S-sì, certo perché?»

«Stavi digrignando i denti, e stritolando la pizza».

«Ah sì... È solo che ho fame e quando ho così fame sono nervosa», dico pulendomi col tovagliolo, «forse è meglio se mi riporti a casa».

Durante il viaggio di ritorno non parliamo, e Andrea mette su un cd di campane e sonagli.

Arrivati sotto casa lo saluto e lo ringrazio come si fa con un tassista.

«Possiamo almeno essere amici?».

Sorrido.

«Amici».

«Ciao», mi prende la mano e me la bacia.

Non è più come lo faceva prima, è un gesto più intimo, più sentito.

O forse è solo la mia immaginazione.

In camera mia accendo il computer e leggo la mail di Lorenzo.

Ciao Azzurra,
ho letto e riletto la tua mail. Lo sai che mi hai commosso? Devi essere una persona straordinariamente sensibile e devi aver sofferto molto.
I miei ricordi mi stanno uccidendo dal male che mi fanno. Per questo, se potessi, me ne sbarazzerei.
Le persone ti entrano nel cuore e mettono le radici.
Ne fanno la propria casa, l'arredano e la abitano per anni diventando una parte di te.
Ma quando decidono di traslocare, si portano via tutto, anche quello che non era loro: la fiducia, la gioia, l'ottimismo, la voglia di vivere. E tu rimani lì, svuotato e sfinito, e non ce la fai più ad andare avanti.
Io sto attraversando questa fase, sono in mezzo alla corrente e non vedo ancora l'altra sponda. Ma spero di arrivarci prima o poi e spero che, dall'altra parte, ci sia qualcuno come te ad aspettarmi.
Ti mando un grosso bacio
Lorenzo

Quello che a Roma viene definito «de coccio»...

Ciao Lorenzo,
ti capisco perfettamente. Sto attraversando le stesse "rapide", e mi sento travolgere ogni giorno di più dalla tristezza e dal rimorso. Ma io ho giocato male le mie carte e ho perduto e adesso ne sto pagando lo scotto. Se tu invece hai ancora anche una sola speranza di poter tornare indietro e riprendere ciò che era tuo, ti prego, fallo, prima che sia troppo tardi. Fallo adesso, perché l'orgoglio distrugge la vita e ti costringe a vivere con un peso insostenibile sul cuore.
Rifletti bene, pensa al tuo futuro con e senza di lei e se quello con lei è ciò che desideri di più e puoi recuperarlo, fai tutto il possibile.
La vita è lunga e viverla tutta chiedendosi "come sarebbe stato se..." la renderebbe davvero triste.
Ti abbraccio
Con affetto
A

Sento aprire la porta e il cuore comincia a battermi forte per l'ansia.
Vado incontro a Riccardo.
Mi guarda e si appoggia contro la porta.
«Allora?»
«Mi ha fatto vedere le analisi. È incinta».

«Ma sei sicuro che sia tuo?»

Ecco, l'ho detto anch'io!

«Da quello che dice lei non c'è stato nessun altro né prima né dopo di me. Le devo credere. E anche se mi pesa ammetterlo, la verità è che questo è un rischio che si corre ogni volta che si fa sesso con qualcuno. Può succedere anche quando stai attento, quindi che senso avrebbe mettersi a fare scenate o chiedere il test del dna? È incinta e basta e ora devo farmene carico».

È amareggiato e stanco e, quel che è peggio, è in trappola.

Una settimana fa ci stavamo baciando in un ristorante a lume di candela.

Adesso sembriamo due estranei.

«Posso fare qualcosa per te?»

«Puoi portare indietro il tempo?».

Scuoto la testa.

«Allora non puoi fare niente per me».

Sono così arrabbiata che mi metterei a urlare. Non sopporto il suo atteggiamento rassegnato.

«Stai dicendo che anche se non fosse tuo lo terresti?»

«No, ma non è neanche una scusa a cui aggrapparsi. Non puoi subito saltare alla conclusione che non sia tuo e che lei sia andata con altri. Io mi fido delle persone fino a prova contraria».

«Perfetto, e ciò ti fa onore. Ma tu non conosci Barbara: lei è capace di tutto, giurerebbe il falso convincendo una giuria. È un'attrice figlia di un produttore, praticamente è cresciuta su un set. È capace di piangere a comando!».

«In effetti ha pianto molto stasera, ma mi è sembrata anche fragile e indifesa».

«È indifesa come una tarantola! Lei è abilissima nell'individuare i punti deboli degli altri».

«Non lo metto in dubbio. Ma questa è una cosa che devo accettare e prima lo faccio meglio è.

Avrò tutta la vita per conoscerla».

«Ma non puoi arrenderti senza combattere!», esclamo esasperata.

«Non è una battaglia, Chiara. È un bambino a cui devo fare da padre. Se non mi metto in quest'ordine di idee il prima possibile sarà ancora più dura. Ti prego, se davvero mi vuoi aiutare cerca di venirmi incontro e di appoggiarmi. Se mi lascio prendere dalla rabbia sarà ancora più difficile andare avanti».

«Sì, ma...».

«Ti prego», mi supplica con un faccino triste, «se mi vuoi bene...».

Non me lo doveva dire...

«Tu non sai nemmeno quanto bene ti voglio, accidenti a te», dico con rabbia. «Non dovevi farmi questo, hai rovinato tutto. Eri la prima persona di cui sentivo di potermi fidare, che mi dava sicurezza e che mi faceva sentire quasi bella. Hai visto che avevo ragione io ad avere paura? Che facevo bene a pensare che l'amore non arriva gratis e te lo devi meritare? Non me lo sono meritato neanche questa volta. È il mio destino, e non cambierà mai, MAI!», affondo il viso sul suo petto e scoppio in singhiozzi. «Non dovevi farlo, non dovevi, non mi dovevi lasciare così...».

Riccardo mi abbraccia e rimaniamo lì, stretti contro il muro dell'ingresso, al buio, mentre le nostre vite prendono strade diverse.

QUINDICESIMA SEDUTA

«Le ho mai raccontato della mia gravidanza isterica?»

«La sua cosa?»

«Stavo con un ragazzo, si chiamava Corrado, l'avevo conosciuto durante un weekend in montagna con Barbara e il suo ragazzo campione di sci.

Avevano fatto in modo che ci conoscessimo perché, secondo Barbara, eravamo perfetti insieme... sì, insomma, due sfigati!».

«Via, Chiara...», ma non riesce a trattenere una risata.

«Okay, lei si immagini la regina delle nevi con una tutina aderente bianca, occhiali da sole e un paraorecchie rosa, che scia magistralmente insieme a Big Jim e dietro, a spazzaneve, una coppia di incapaci vestiti con gli scarti della Caritas, che arrancano goffamente tenendosi per mano per non cadere».

«Non ci voglio credere».

«Glielo giuro. Nessuno era mai andato in montagna in casa mia, perciò mi ero fatta prestare i vestiti da un'amica di mia madre. Ma erano tutte cose datatissime e striminzite, come un passamontagna da rapinatore, delle calze di lana infeltrite da mettere sotto una salopette imbottita rossa e una sciarpa multicolor. Corrado, invece, non era neanche vestito da neve: aveva un cappotto stretto, dei jeans, i moonboot pelosi e non aveva neanche i guanti. Sembravamo due profughi.

Il nostro non fu un innamoramento, ma una coalizione fra perdenti.

Dopo qualche mese che stavamo insieme, mi sembrò che lui cominciasse a stancarsi. Non ci vedevamo quasi più e mi chiamava solo ogni tanto. Io ero piuttosto coinvolta e, come sempre, lo diventavo di più quando l'altro cominciava a prendere le distanze da me.

Barbara si era messa in testa che fossimo una coppia perfetta, lei l'aveva capito fin dall'inizio, diceva. Così, quando le confidai i miei dubbi, mi disse che se c'era un modo per riprendersi un uomo era quello di rimanere incinta, come avevano fatto anche sua madre e sua nonna».

«È stata profetica...».

«Barbara è così, fa tutto per calcolo. Comunque, io e Corrado eravamo stati a letto insieme solo un paio di volte, e siccome non ci stavamo vedendo quasi più, sarebbe stato difficile realizzare il suo piano».

«Avrebbe veramente voluto un figlio da lui?»

«Non ci avevo neanche riflettuto. Ma il fatto che anche uno sfigato mi lasciasse mi aveva colpito profondamente nell'orgoglio... Allora cominciai a pensarci così tanto e insistentemente che a un certo punto cominciai a svegliarmi con la nausea e i capogiri. Le dirò di più, anche la pancia mi si era gonfiata!».

«Il potere dell'autosuggestione».

«Al cento percento! E quando gli dissi che aspettavo un bambino, mi disse che ero pazza, che non era matematicamente possibile, e lui di matematica ne capiva. Provai a convincerlo, ma non ci fu niente da fare. Mi lasciò, e il giorno stesso finì anche la mia gravidanza isterica».

«Mi viene da dire "meno male"».

«Adesso anche a me. Ma in quel momento ero così convinta che sarei arrivata a procurarmi le doglie!».

«Bene... Adesso mi dica un po' come sta andando con i suoi compiti a casa. Si è impegnata a fare ciò che avevamo concordato?»

«Posso giustificarmi?»

«Non può. Ha parlato a sua sorella?»

«No».

«Non lo ha fatto?»

«No. In compenso ho detto ad Andrea che fra noi non ci sarà più niente».

«La busta tre? La più difficile? Ha illuminato la mia giornata!».

«Già. Dopo che con Riccardo è finita, è diventato lui il mio pensiero fisso, quindi è stato più facile del previsto: desidero solo chi mi sfugge».

«Desideriamo tutti chi, per un motivo o per un altro, ci abbandona. È una cosa che ha a che fare con la nostra primissima infanzia, quando non siamo in grado di sopravvivere senza qualcuno che si occupi di noi: ogni minimo allontanamento della figura materna ci provoca il panico. Nel tempo si impara a superare i distacchi, ma la prima sensazione che si prova è che se non recuperiamo chi se ne sta andando moriremo di fame d'amore».

«Lei è un poeta, dottor Folli».

«Me lo dicevano anche le mie fidanzate al liceo!».

L'indomani, Andrea mi fa trovare sulla scrivania due foto mie in bianco e nero: in una sono appoggiata alla finestra della camera di Portofino e guardo lontano, nell'altra dormo.

Non sembro nemmeno io, e questo è ciò che penso quando vengo bene in foto.

Deve avermele fatte con il cellulare senza che me accorgessi.

Infatti eccolo che arriva.

«Allora, ti piacciono?»

«Sono proprio belle».

«Sembri una modella».

«Sì vabbè, non esageriamo. Sono solo venuta bene».

«Ti sottovaluti come sempre, e non dovresti. Devi credere di più in te stessa».

«Sì, lo so».

Come se fosse qualcosa che fai a comando, un'impostazione che modifichi: "Autostima sì/no". La mia è impostata sul *no* da così tanto tempo, che credo sia stata disabilitata. Certo gli eventi non mi aiutano, ultimamente.

«Come sta Riccardo?»

«Il solito. È taciturno e triste».

«E Barbara?»

«Non l'ho più sentita e spero di non incontrarla mai più».

«Hai voglia di uscire per pranzo?»

«Ho un sacco di lavoro arretrato, preferisco di no».

«Dai, andiamo a fare un picnic sul prato, ho preparato i panini».

«Tu hai preparato i panini?»

«No, a dire la verità me li sono fatti fare in un posto che prepara tutto l'occorrente, cestino compreso. Ti va? Prendiamo un po' di sole, che ci ricarica».

«Il capo sei tu. Se Saluzzi mi dovesse chiedere qualcosa, scaricherò su di te l'intera responsabilità».

«Saluzzi è in barca con l'amante, figurati se ha voglia di passare di qui».

«Saluzzi ha l'amante?»

«Certo che sì, ed è anche giovane! Ma io non ti ho detto niente!».

«E Ferrante?»

«Ferrante è gay, lo sanno tutti nell'ambiente!».

«Basta, non voglio sapere altro!», mi tappo le orecchie.

Scendiamo in strada e lo vedo togliere il lucchetto a una vecchia bici da uomo appoggiata a un palo.

«Dai, sali su». dice indicando il manubrio.

«No, Andrea... Non ci entra il mio culo lì sopra...».

«Dai, avanti, un picnic che si rispetti si fa in bicicletta. Coraggio».

Salgo sul manubrio aggrappandomi al suo collo, impacciata come non mai.

«Rimpiango i tempi del Suv!».

«Vedrai che bello, invece, sentire il vento fra i capelli e godersi la città deserta. Vengo tutte le mattine in bici e mi sento come nuovo».

Andiamo in Parco Sempione e ci sistemiamo vicino al laghetto.

«Non ti sembra di essere a New York?»

«Non ci sono mai stata».

«Ci andremo».

«Quando?... In un'altra vita?»

«No, penso in questa».

Distendiamo la tovaglia e ci mettiamo a sedere.

«Ecco, scegli quale panino preferisci. Quelli vegetariani sono miei».

«Sei diventato anche vegetariano?»

«Esatto. Ho bandito la carne dalla mia tavola, dovresti farlo anche tu».

Ogni giorno una novità. Ma che gli prende?

Dopo pranzo ci sdraiamo sotto gli alberi al fresco.

Finalmente il caldo sta passando, e con lui anche l'estate, senza che io mi sia fatta un solo giorno di mare.

Quel maledetto weekend a Portofino non voglio nemmeno considerarlo.

Nel pieno del relax, con un sottofondo di cicale e acqua che scorre, Andrea mi sveglia di soprassalto.

«Oddio, Chiara, ci siamo addormentati. Sono quasi le tre, è tardissimo! Avevo un appuntamento alle due e mezza!».

I nostri cellulari sono pieni di chiamate senza risposta.

«E adesso che facciamo?»

«Mi invento qualcosa. Tu intanto prendi tutta la roba».

Mentre snocciola una balla dietro l'altra, con la stessa facilità con cui io mi infilo le mutande, corriamo verso la bicicletta.

Mi siedo cercando stabilità aggrappandomi dove posso e lui comincia a pedalare a perdifiato. Nel disperato tentativo di alleggerirgli il carico, mi muovo a destra e a sinistra, per agevolarlo nelle curve.

O almeno credo.

«Chiara, stai ferma che non vedo niente».

Non termina la frase che una ruota si infila nella rotaia del tram e voliamo per terra con un carpiato di almeno cinque metri, scorticandoci le ginocchia, i gomiti, il mento e le mani, come due ragazzini a cui hanno appena tolto le rotelle dalla bici.

Nonostante la gente che si raduna intorno e i dolori in tutto il corpo, abbiamo le convulsioni dal ridere e me la faccio quasi sotto.

«Oddio, Andrea, sto morendo, non ce la faccio più... Che ridere, e che dolore. Non cadevo da almeno trent'anni, ma prima faceva meno male!».

«Avevi il baricentro più basso e le ossa più elastiche», ride spolverandosi i pantaloni strappati.

«Devo passare da casa e cambiarmi. Prendiamo un taxi, così ti disinfetti il mento e le ginocchia!».

Fischia e un taxi si ferma subito.

«Credevo che succedesse solo nei film».

«Dipende da come fischi. Se sei abbastanza intimidatorio pensano che sei un pezzo grosso e si fermano subito. Se esiti passano dritto».

Ci fermiamo davanti a casa sua.

È un condominio molto elegante dalle parti di corso Magenta: un appartamento da single in carriera dai gusti sofisticati, con un comodino solo accanto al letto e neanche lo spazio per lo spazzolino da denti in bagno, di quelli che ti comunicano "non metterti strane idee in testa perché non rimarrai qui a dormire stanotte".

Bello, ma freddo.

Divani di pelle, tavolo in cristallo e ferro battuto, sedie di Le Corbusier e sanitari neri.

La casa perfetta per Gaia Luna.

«Ti piace? L'ho riarredata quando è andata via mia moglie, ma ora la voglio cambiare. Troppo asettica, impersonale, mentre ho bisogno di sentirmi a mio agio. Farò mettere un camino».

Mi dà un batuffolo di cotone e del disinfettante, mentre si cambia girando disinvolto per casa in mutande.

« Sono proprio un deficiente, ci siamo massacrati... Hai niente di rotto?»

«Il polso mi fa male, mi sembra gonfio. Forse una lussazione».

Lo prende e lo tasta con molta cautela.

«Te ne intendi?»

«Ho giocato a pallacanestro per anni... Non è rotto, ma va fasciato stretto. Ti porto al pronto soccorso».

«No, non ci voglio andare al pronto soccorso!», protesto.

«Invece sì, perché te lo dico io che sono più grande», mi strizza l'occhio.

Sono sempre più sorpresa da questo lato da capo scout di Andrea.

Mi sento bene qui con lui, soprattutto da quando non fa più il cretino con me e non prova a mettermi su un tavolo.

«Tu vivevi qui con tua moglie?»

«Sì», risponde mentre si disinfetta il gomito, «ma come vedi, di lei non c'è più traccia».

«Quanto siete stati sposati?»

«Cinque anni».

Già, per due dei quali è venuto a letto con me.

«Dovevamo lasciarci prima, ma io continuavo a tradirla e a tornare con lei. Alla fine si è stancata ed è andata via».

«Ci pensi molto?»

Si ferma davanti all'armadio e mi guarda nel riflesso dello specchio.

«Sento che è stata la cosa giusta», mi sorride con un velo di tristezza. «Dolorosa, ma giusta. Dai, andiamo».

Scendiamo in garage a prendere la macchina e in un attimo siamo al pronto soccorso.

Mi sembra di aver conosciuto un'altra persona fino ad ora. Se penso alla soggezione che mi metteva poco tempo fa... Ora, invece, mi sento così tranquilla e serena.

C'è poca gente, ma mi danno un codice bianco e mi dicono di prepararmi ad aspettare.

«Io faccio un salto in ufficio e torno subito qui».

«No, non ti preoccupare. Ho da leggere», dico indicando la pila di vecchissimi numeri di «Panorama».

«Certo che mi preoccupo. Secondo te ti lascio qui da sola?».

Dopo un'ora e mezzo è il mio turno e un gentilissimo dottore si occupa di me e del mio polso dolorante.

Andrea mi ha chiamata tre volte perché non mi sentissi sola.

Una volta mi ha cantato *You are not alone* e un'altra ha imitato Bruno Vespa.

Mi fasciano il polso e mi dicono che guarirà in una settimana.

Andrea mi viene a prendere e mi porta a casa.

«Sei sicura di farcela?»

«Andrea, ho solo un polso lussato, stai tranquillo!».

«Okay, è che mi dispiace lasciarti sola».

«Non sono sola, ci sono mia sorella e... Riccardo».

Ripensare a lui mi fa ripiombare nella malinconia e Andrea se ne accorge.

Mi prende il mento con le dita: «Dai che sei coraggiosa!».
Sorrido e scendo.
Giro la chiave nella porta a fatica con la mano sinistra.
Sara apre prima di me.
«MA CHE HAI FATTO?»
«Sono caduta».
«Ma come? Hai avuto un incidente?»
«No, no, ho fatto tutto da sola, sul marciapiede».
Anche Riccardo viene a vedere.
«Ti sei fatta male?», chiede allarmato.
«Ma no, davvero, non è niente. Sono stata al pronto soccorso e me l'hanno fasciato, mi hanno dato anche i sette giorni!».
«E chi ti ha portato al pronto soccorso?»
«Una ragazza dell'ufficio».
«Ma perché non hai chiamato? Potevamo venire noi».
«Per una cosa da niente come questa? Non ce n'era motivo, vi giuro. Sono stata lì ad aspettare il mio turno, non c'era altro da fare».
Sia Riccardo che Sara sono eccessivamente preoccupati per me e, a dire la verità, mi fa molto piacere.
«Se non vi dispiace vado a letto, mi sento stanca e il polso mi fa un male tremendo».
«Certo. Ti preparo il letto, non ce la puoi fare da sola», dice Sara.
«Vuoi qualcosa di caldo? Una camomilla per dormire meglio?», chiede Riccardo.
«Sì, magari, con tanto zucchero», rispondo con voce lamentosa.
Poco dopo me li trovo tutti e due sulla porta della camera, che mi guardano come se fossi entrata in casa con la testa sotto il braccio.
«Vado a letto... se per voi va bene».
«Certo, hai bisogno di niente?»
«Se volete farmi compagnia...».
«Vengo io. Sei mia sorella, ho la precedenza, no?».
Sara entra e si siede pesantemente sul mio letto.
«Lo sai cos'è successo?»
«No, cosa?».
«Mi ha telefonato Lorenzo».
«Per questo sei così contenta!».

«Non me l'aspettavo dopo tutto questo tempo».
«Che ti ha detto?»
«Voleva sapere se stavo bene, se mi vedevo con qualcuno e se qualche volta poteva chiamarmi».
«Ma non si deve sposare?»
«Non me ne ha parlato e non gliel'ho chiesto».
«Che bella notizia, Sara», sbadiglio. «Dai... se son rose fioriranno».
«Vabbè, non hai altro da dire? Mi rispondi con un proverbio?»
«Che vuoi che ti dica? Meglio non essere troppo ottimisti, ma non smettiamo di sperare».
«Ti hanno dato la morfina per caso?»
«No, ma sono un po' stanca, ti dispiacerebbe...».
«Sì, ti lascio dormire. Domattina non vai al lavoro, vero?»
«No, ne approfitto per riposarmi».
«Beata te, ti chiamo Riccardo».
Dopo un secondo, ecco Riccardo che entra e si siede sul letto.
«Ti fa male?»
«Solo se lo muovo».
«Davvero sei caduta dal marciapiede?»
«Certo, perché?», rispondo in malo modo.
«No, così... chiedevo. Magari ti hanno scippato e non lo vuoi dire».
«No, ho fatto tutto da sola».
Rimaniamo in silenzio.
«Hai sentito Barbara oggi?»
«Sì», risponde con tristezza.
«E... ci sono novità?».
Mi pesa così tanto chiederglielo. Quando lo vedo mi si chiude lo stomaco, ho voglia di baciarlo, di abbracciarlo e di fuggire con lui su un'isola deserta.
«Non si sentiva bene. Mi ha chiamato tre volte e sono dovuto andare da lei, prima per portarle l'acqua spray, poi delle caramelle omeopatiche per la nausea e alla fine voleva un libro sul parto in acqua. Sono stanco morto, mentre lei è piena di energia».
«Non ti senti, come dire, più vicino a lei? Non ti piace un po' di più?»
«Ti sorprenderà, ma più sto con lei più mi chiedo come ho fatto

a uscirci insieme, mi chiedo chi cazzo gli abbia dato il mio numero, lei non me lo vuol dire».

«Sai, lei ha un sacco di conoscenze... non sarà stato così difficile».

«Se non mi avesse chiamato non sarei mai uscito con lei e tutto questo casino non sarebbe successo. Non l'ho neanche cercata».

Ecco, non me lo ricordare, sarà meglio.

«Non starei troppo a indagare, fossi in te. Ti farebbe solo arrabbiare di più, non credi?»

«Hai ragione, tanto cosa cambia?».

Silenzio.

«Allora vado a letto».

«Sì, è meglio. Ho bisogno di dormire».

Mentre tutto il mio corpo sta urlando il contrario.

La vita a volte è veramente una gran presa per il culo.

La mattina dopo, mia sorella mi porta la colazione a letto e scappa in ufficio, poi Riccardo entra timidamente a vedere se ho bisogno di qualcosa.

Smetti di essere gentile con me, non farlo, non devi farlo più.

«Hai dormito bene?»

«Benissimo».

«Il braccio?»

«Sta bene, grazie».

«Vuoi che scenda a prenderti il giornale?»

«No».

«Allora vado».

«Ciao».

«Ciao».

Appena sento la porta chiudersi mi copro la faccia col cuscino e urlo dalla rabbia.

Non è giusto, non è possibile, non può capitare a me!

Verso metà mattinata mi chiama Andrea.

«Come stai oggi?»

«Bene. Il polso è ancora indolenzito, ma niente di più».

«Vuoi che passi a trovarti? Hai bisogno di niente?»

«No, grazie. Ne approfitto per portare avanti del lavoro arretrato».

«Ti chiamo più tardi per sentire come stai».

Oddio, se avessi saputo che un polso fasciato avrebbe suscitato così tanto interesse...

Mi chiama anche mia mamma.

«Tesoro, mi ha detto Sara che ti sei fatta male».

«Ma non è nulla, non ti preoccupare».

«Più tardi devo andare dal medico, se vuoi passo di lì».

«Solo se mi porti le bamboline di carta da vestire e mi racconti una favola».

Più tardi leggo la posta e c'è un altro messaggio di Lorenzo.

Cara Azzurra,

avevi ragione tu, bisogna mettere l'orgoglio a tacere e cercare di riappropriarsi della felicità a cui siamo stati legati per tanto tempo. Con ogni mezzo.

Sono contento di averti conosciuta, sei una persona speciale e deve ritenersi fortunato l'uomo che avrà la possibilità di starti vicino.

Se non fossi così innamorato di questa donna, ti avrei voluto davvero incontrare e sono sicuro che ci saremmo piaciuti. Sento che mi somigli molto, che sei sensibile ed emotiva come me. La donna che amo invece è testarda, rigida e sempre arrabbiata.

Lo so che detto così sembra tremenda, ma non sai quanto lei sia passionale, forte, coraggiosa, generosa, amorevole e intelligente, e non saprei come fare senza di lei.

Pensa che è lei che si preoccupa di sua madre e sua sorella. Se non ci fosse lei, quelle due non so che fine farebbero.

È per questo che abbiamo litigato e ci siamo lasciati.

Augurami buona fortuna, ne avrò bisogno. ☺ ☺

Ciao Azzurra. Ti auguro tutto il meglio.

Come sarebbe "se non ci fosse lei, quelle due chissà che fine farebbero"?

Ma che faccia tosta!

Carissimo Lorenzo,

sono felice che tu abbia deciso di riprovare ancora con lei.

Se ti ama, come la ami tu, non potrete che avere uno splendido futuro insieme.

Voglio solo darti un ultimo consiglio: anche se lei, come dici, è una persona forte e volitiva, non farti mai mettere i piedi in testa e non le permettere di fare quello che vuole, né di mancarti di rispetto. Lei probabilmente si fa scudo della madre e della sorella per non prendere delle decisioni importanti per se stessa e riversa sugli altri le sue responsabilità.

Mi sembra di capire che abbia una tendenza a prevaricare e, finché glielo permetterai, lei si sentirà autorizzata a prendersi ogni libertà con te.
Lo so perché conosco una persona identica, che si calma solo quando qualcuno urla più di lei.
Anch'io sono sicura che saremmo andati d'accordo.
Un in bocca al lupo enorme per la tua vita.

Un abbraccio
Chiara

Almeno Renzo e Lucia ce la faranno a sposarsi alla fine!

Mia mamma arriva con dei pasticcini.
È sorridente e di buon umore.
Mi chiedo se quella che ha gli attacchi di panico sia la stessa persona.
«Ma come hai fatto a cadere?», mi chiede
«Sono scivolata su una buccia di banana».
«Sai che quando eravamo sposati tuo padre si ruppe tutte e due le gambe sciando?»
«Tutte e due?»
«Già e un giorno entrai nella sua stanza d'ospedale e vidi un'infermiera a cavalcioni su di lui... E sai cosa mi disse?»
«Che ci fa questa signorina nel nostro letto?»
«Peggio. Disse: "Arrivi al momento giusto, questa signorina si è persa!"».
Ridiamo.
«Ma perché non lo hai lasciato subito?»
«Perché lui era così: un adorabile figlio di buona donna, e gli uomini come lui non cambiano mai. In fondo non è che siamo stati sposati molti anni, ho avuto tutto il tempo per rifarmi una vita. Per voi, invece, è diverso, è il vostro unico padre ed è quello che avrebbe dovuto darvi sicurezza e stabilità».
Per un attimo sono tentata di raccontarle tutto del mio triangolo senza via d'uscita.
Ma poi lascio perdere.
«E Riccardo come sta? Abita sempre qui con voi?»
«Sì, sta benone, cioè... si fa per dire, ha messo incinta Barbara».

«Barbara? La tua amica del liceo?», chiede allarmata.

«Sì», rispondo con gli occhi bassi.

«Benissimo! Un altro che non sa tenere l'uccello al suo posto!».

«Mamma!!!».

«Si parla male di tuo padre, ma non è che le nuove generazioni diano tutto questo esempio!».

«È stato un errore...», piagnucolo.

«Questo lo so anch'io, quella è sempre stata una stupida. Fin da bambina faceva certi discorsi da far drizzare i capelli in testa! Parlava di sesso già a dieci anni. Ma io credevo che lui facesse il filo a te».

«Me lo faceva in effetti, ma poi... è caduta questa tegola».

«Mentre faceva il filo a te ha messo incinta lei? Bel personaggio! Mi ricorda qualcuno!».

È veramente arrabbiata.

«Non è andata esattamente così. Usciva con lei prima che con me e....».

«Non dirmi altro, conosco a memoria questa storia. Loro hanno sempre una spiegazione valida per tutte le occasioni!».

Sento aprire la porta d'ingresso.

È Riccardo.

«Chiara? Stai bene?», chiede, entrando sorridente in camera con un barattolo di gelato. «Salve Marta, come sta? La trovo benissimo!».

«Giusto tu!», tuona mia madre. «Si può sapere cosa avete nella testa voi uomini? È mai possibile che ragioniate solo con gli ormoni? E adesso cosa conti di fare? Lo sai cosa vuol dire tirare su un bambino? Lo sai quanto costa? E dove andrete ad abitare? A quella i soldi non mancano di certo, ma tu? Cosa farai, ti farai mantenere?».

Riccardo è in piedi sulla porta con lo sguardo basso e il gelato in mano.

Mi si stringe il cuore.

«Mamma, ti prego, non hai il diritto di trattarlo così. Lo sa anche lui come stanno le cose».

«Gli sto parlando come gli parlerebbe sua madre! Lui crede di sapere come stanno le cose, ma non ne ha la più pallida idea! Saranno anni di sacrifici, notti insonni e litigate! Scordati la libertà che hai avuto finora, puoi dire addio alla tua vita da irresponsabile menefreghista, con una donna in ogni porto. Tu adesso hai un figlio e non ti puoi più permettere di usare le donne come fazzoletti usa e getta. D'ora in poi le tue responsabilità ti terranno inchiodato qui e pretenderanno di essere nutrite e cambiate ogni tre ore!».

«MAMMA!», intervengo. «Finiscila di parlargli così, lui non è papà!».

Riccardo non ha spiccicato parola, è bianco in faccia, quasi sotto shock.

Lui, a differenza di noi, non è abituato alle scenate nevrotiche in cui ognuno dice tutto quello che gli passa per la testa, e poi trascorre sei mesi a scusarsi e giurare che non lo pensava.

«Io... lo so bene», balbetta, «che cambierò vita, ma voglio affrontare le mie responsabilità. E se è necessario mi sposo anche. Non sono uno che scappa e non ho mai avuto donne in ogni porto...».

È così ferito che non riesce nemmeno a risponderle come meriterebbe.

Mi volto verso mia madre e la guardo dritta negli occhi: «Mamma, chiedigli subito scusa. Sua madre non gli parlerebbe mai così. Non gli offrirebbe uno scenario della paternità come una vita ai lavori forzati, senza più diritti ma solo doveri. Gli darebbe appoggio, supporto e buoni consigli ed è quello che anch'io e Sara avremmo sempre desiderato da te!».

Non dice niente. Se la conosco bene, piuttosto che chiedere scusa, si spegne una sigaretta sotto la lingua.

Da chi avrà preso Sara?

Poi mi volto verso Riccardo: «Cos'è questa storia che ti vuoi sposare?», gli chiedo come se mi avesse comunicato che vuole attraversare l'Atlantico in groppa a una balena.

«Me lo ha chiesto Barbara, dice che suo padre non approverebbe che lei avesse un figlio senza essere sposata e così...».

«Ma che c'è, Riccardo, ti hanno lobotomizzato? Non contano più le tue esigenze? Avrete un figlio, okay, ma la tua vita non è finita, anche se tutti vogliono farti credere il contrario», guardo mia madre. «Sarai un ottimo padre, non ho il mimino dubbio, e non devi fare quello che lei ti chiede solo perché ti senti in colpa. Eravate in due, ti ricordo».

Dottor Folli, guardi come sono assertiva, cazzo!

Riccardo mi sorride con gratitudine. Appoggia il gelato sulla scrivania, saluta mia madre, che continua a guardare il muro, ed esce dalla mia stanza.

«Brava, bravissima», le dico battendo le mani. «È così che hai superato il tuo passato? Che ti sei rifatta una vita? È così che si parla a un ragazzo spaventato di ventinove anni?»

«Si è rovinato la vita, quello stupido. È bene che se ne renda conto!».

«A parte il fatto che se ne rende conto molto bene da solo, perché dovrebbe essersi rovinato la vita? Non pensi invece che non tutti gli uomini siano come papà? Piero non è mica scappato, no?»

«Piero non ha mai avuto figli».

«Per forza, con un cancro ai testicoli! Ma sarebbe stato un padre stupendo, con noi lo è stato, era entusiasta, sempre di buon umore, ci incoraggiava a seguire le nostre inclinazioni, non è mai stato severo, non ci ha mai giudicate ma solo consigliate. Perché tu non riesci a dare speranza a nessuno?

La vita può cambiare in ogni momento se lo si desidera veramente, e anche le persone cambiano».

Penso ad Andrea in bicicletta che sorride salutando tutti.

«Puoi prendermi un bicchiere d'acqua? Mi gira un po' la testa».

«Certo, mamma! Vado subito, tu nel frattempo cerca di non morire».

«Che discorsi, ma chi muore».

Quanto è facile...

In cucina vedo Riccardo appoggiato al lavandino che si sciacqua il viso.

Ha pianto ancora.

«Non le dar retta, non ce l'aveva con te, parlava a mio padre».

«Sì, lo so. Non ti preoccupare, ora mi passa. È solo che ho pensato a mia madre, quando hai detto quelle cose. Nemmeno la conosci e sapevi esattamente che queste sarebbero state le sue parole».

«Conosco te e ho visto come reagisci alle situazioni di stress. Mi hai detto che i tuoi sono meravigliosi e i genitori meravigliosi fanno così. Almeno credo. Pensi che mi adotterebbero?»

Sento sbattere la porta con una violenza tale che credo si sia scardinata.

Sara entra in cucina come una furia e mi punta il dito sotto il naso. È già finita la premura nei confronti di un'invalida?

«ADESSO IO T'AMMAZZO!».

«Che ho fatto? Non mi sono mossa di qui!».

«LORENZO MI HA DETTO CHE VI SIETE SCRITTI PER SETTIMANE!».

«Non è vero!».

«NON MENTIRMI, PERCHÉ POSSO STRANGOLARTI CON QUESTE MANI».

Mia madre accorre sentendo le grida, e Riccardo si mette fra noi per evitare che Sara mi faccia lo scalpo.

«MAMMA! LO SAI COS'HA FATTO QUESTA STRONZA? SI È SCRITTA CON LORENZO FIRMANDOSI CON UN ALTRO NOME PER SETTIMANE. VOLEVA USCIRE CON LUI ALLE MIE SPALLE! BASTARDA, MA SE TI PRENDO!».

Si divincola e balza su di me, che la schivo e mi metto dietro Riccardo.

«Ti ricordo che è stata tua l'idea di scrivergli e di firmarmi Azzurra!».

«MA TU MI HAI DETTO CHE NON AVEVA PIÙ RISPOSTO! BUGIARDA!».

«L'ho detto perché mi aveva risposto che era single e che non si sposava, volevo capire che gioco stava facendo con te!».

«NON È VERO. ANCHE QUELLA VOLTA CHE VI HO BECCATI IN CAMERA TUA CI STAVI PROVANDO CON LUI!».

«Non ci proverei nemmeno se fosse l'ultimo uomo al mondo! E ne ho piene le scatole di passare la vita a farmi insultare da una pazza che ha un problema con il controllo della rabbia!».

Giriamo intorno al tavolo mentre Riccardo e la mamma assistono impotenti.

«Da piccole facevano così almeno due volte a settimana, ma la spuntava sempre Sara. Una volta le ha chiuso un dito nella porta, un'altra le ha lanciato un sasso nell'occhio e, giocando al rock and roll acrobatico, le ha fatto sbattere la testa sul marmo», dice la mamma a Riccardo.

«Le mie sorelle, invece, giocando agli esploratori, una volta hanno tentato di cuocermi in una pentola e un'altra volta, giocando ai palombari, stavano per affogarmi nella vasca».

«Te ne accorgerai cosa vuol dire fare il genitore...».

«Grazie di avermelo ricordato».

Io e Sara ci studiamo come due pitbull, con il fumo che esce dal naso.

«TU NON VUOI CHE IO SIA FELICE!», grida Sara

«*Tu* non vuoi essere felice, Sara, come tutti in questa famiglia!».

Incredibilmente si ferma.

Abbiamo il fiatone e siamo in debito d'ossigeno.

«Okay, è vero, ho continuato a scrivergli qualche altra mail, ma per convincerlo che stava facendo uno sbaglio enorme a lasciarti per una questione d'orgoglio. Se non mi credi, come al solito, leggile pure, le ho conservate tutte».

«Anche Lorenzo ha detto che hai usato delle bellissime parole, ma me l'ha urlato dalla finestra mentre stavo sgommando per venire qui a spaccarti la faccia».

«Quando comincerai a fidarti un po' di me? Io non ti ho mai tradita e mai ti tradirei. Sei mia sorella, quella con cui ho passato tutta la vita, con cui ho condiviso tutti i dolori e le gioie, le sconfitte e le soddisfazioni, ti darei un braccio se ne avessi bisogno!».

«Vi potete abbracciare, per favore?», dice Riccardo spazientito. «Vorrei vedere almeno un lieto fine ogni tanto».

Sara mi tende una mano.

E io l'abbraccio.

«Come l'ha saputo che ero io?»

«Hai firmato Chiara. Cretina».

SEDICESIMA SEDUTA

«Quanto è fiero di me, da uno a dieci?»

«Undici!», risponde Folli sorridendo. «Ha aperto tutte le buste».

Quasi tutte le buste, col cavolo che ho detto a Riccardo di Andrea.

«Sua sorella ha deciso di partire?»

«Sembrerebbe di sì, Lorenzo le ha chiesto di sposarla in ginocchio con tanto di anello e lei non ha potuto trovare scuse, anche se ci ha provato».

«Ma lui non doveva sposarsi con un'altra?»

«Non era vero, l'ha detto per ferirla, dopo che l'aveva vista baciare un altro».

«Si rende conto che se non fosse stato per il suo intervento, quei due forse non si sarebbero mai più messi insieme? E lo avrebbero rimpianto per tutta la vita?»

«Lasci perdere, il mio mestiere di Cupido part time termina qui. Ho fatto solo danni, scagliando frecce alle persone sbagliate».

«Magari in tutto questo c'è una lezione da imparare».

«Sicuramente a prendere meglio la mira, a non mischiare lavoro e sentimenti, e soprattutto a farmi sempre gli affari miei».

«Con sua madre come va adesso?»

«Mi ha tenuto il muso per qualche giorno, poi ha parlato con Riccardo e gli ha chiesto scusa».

«Come si sente dopo essere riuscita a esprimere i suoi sentimenti, in modo diretto e sincero, alle persone che ama?»

«È stato abbastanza facile, in effetti. È più la paura di una reazione degli altri che mi frena, ma poi quando sono lì, e sento che sto dicendo le cose in cui credo, la paura viene meno».

«Consideri ogni occasione di confronto con gli altri come un'opportunità per riuscire a comunicare in modo efficace le sue necessità, più che un campo di battaglia da cui uscire sempre sconfitta.

È lei che può dirigere il corso della sua vita, riuscendo a trasmettere le sue emozioni senza paura. È come se fosse un gioco: provi a osservare le reazioni degli altri a seconda di quello che gli viene detto e come. È un'ottima scuola per imparare a relazionarsi col prossimo».

«Mi metterò a origliare in metropolitana».

«E con Andrea, invece?»

«Tutto bene. Non sono andata in ufficio in questi giorni per via del polso, ma mi ha chiamato tantissime volte. Dovrei tornare in ufficio domani, ma ci torno oggi».

«Si ricordi cos'è successo l'ultima volta che è ritornata in anticipo: le sorprese, dopo i sette anni, sono sempre una pessima idea!».

Arrivo in ufficio e trovo un immenso mazzo di fiori sulla mia scrivania.

Chiedo a Lucia di chi siano, e lei mi risponde con la solita aria di chi è affetto da stitichezza cronica: «Non lo chiedere a me, non sono la tua segretaria».

Mi affaccio da Andrea che sta parlando al telefono e appena mi vede mi fa un gran cenno di saluto con la mano.

Almeno è solo. Sempre che non ci sia l'altra segretaria sotto il tavolo a fargli un servizietto.

No, ma a cosa penso?!

Ha i capelli decisamente più lunghi, e il suo ufficio è talmente incasinato che se non ci fosse il suo nome fuori non saprei che è il suo.

Adesso ha una testa di Budda Tailandese su un tavolino basso di teak e una sedia di legno intagliato a forma di mano.

«Ti piace l'ufficio? Ho preso tutto a una svendita. Indovina quanto ho pagato la testa?»

«Non saprei, non sono informata sull'attuale quotazione delle teste di Budda... Cinquanta euro?»

«Seicentonovanta!».

Faccio una smorfia di sorpresa.
«Spese benissimo». Ironizzo.
«Hai visto i fiori? Conoscendoti, sapevo che non avresti resistito a casa e saresti tornata prima».
«Già, non farmici pensare!».
«In effetti... battuta infelice. E il polso? Guarito?»
«Sì, ho tolto la fascia stamattina».
Si alza e viene verso di me, mi prende il polso e lo muove delicatamente su e giù, poi da destra verso sinistra, infine lo ruota.
«Diagnosi?»
«Con una cena al ristorante indiano stasera, guarirà perfettamente».
«Ah, okay, tanto sono sola in casa».
«Grazie! Mi sento lusingato!».
«Scherzo. Mi passi a prendere?»
«Alle otto al solito posto».
«A Gallarate?!», esclamo.
«No, scema! Sotto casa tua».

Casa mia è di nuovo il deserto dei Tartari.
Sara è tutte le sere a casa di Lorenzo, e dorme quasi sempre lì.
Lui mi ha scritto la mattina dopo e mi ha preso così tanto in giro che mi sono sentita Mr Bean.
Riccardo lo incontro a volte a colazione o a cena, se Barbara vede le sue amiche. Ma non parliamo molto. Lui ha sempre il muso lungo e passa la maggior parte del tempo in salotto a suonare la chitarra.
Neanche lui sembra più lo stesso, ha perso la luce negli occhi, l'ottimismo, la gioia di vivere.
Da quello che mi ha detto, Barbara gli impone di passare quasi tutte le sere da lei, o perché dice di stare poco bene, o perché vuole che rimanga a cena con la sua famiglia. Mi ha raccontato che suo padre lo mette in soggezione, sottolineando spesso che non è all'altezza della figlia.
Conosco suo padre e metteva in soggezione anche me per lo stesso motivo.

Dice che quando è lì si sente soffocare e non vede l'ora di scappare via, e con queste premesse non sa come affrontare i prossimi diciotto anni.

Andrea mi passa a prendere alle otto.

Ha una casacca con il colletto alla coreana.

«Ti prego, Andrea! A quando le lezioni di sitar?»

«Non sto bene?»

«Ti prenderanno per un cameriere!».

«Ho una sorpresa per te».

No, le sorprese no!!!

Arriviamo al ristorante che è sospettosamente vuoto.

Un signore indiano vestito in abiti tradizionali ci accompagna al nostro tavolo al centro della sala, l'unico apparecchiato.

C'è una bottiglia di vino in fresco che ci attende in un secchiello, e appena ci accomodiamo ecco arrivare le cameriere, in abiti giallo oro, verde e rosso, che ci portano piattini con lenticchie speziate, ceci al curry, cavolfiore al cumino, riso basmati al cardamomo, focacce, salsa allo yogurt, chutney di mango e fagottini ripieni di patate.

«Hai prenotato tutto il ristorante, dì la verità!».

«Sì, vostro onore».

«Non è molto mistico come atteggiamento, non credi?», lo rimprovero.

«Volevo godermi questa serata con te. Ho pensato che abbiamo sempre troppa gente intorno tutto il giorno e, a meno che uno non rimanga a casa, devi sempre sederti in locali pieni di gente, aspettare un tavolo e parlare a voce alta. Così almeno è come se fuori il mondo non ci fosse più».

Ho già sentito questa frase.

Me la ripetevo durante la serata più bella della mia vita, dopo il bacio più bello della mia vita, con la persona più speciale della mia vita.

Di nuovo mi perdo nei miei ricordi e Andrea mi riporta alla realtà.

«Dai, mangia che si fredda».

Sorrido addentando un *puppodum* che si sbriciola in mille pezzi.

Ci mettiamo a ridere.

«Mi piacciono da impazzire questi sapori, non mangerei altro. Vieni in India con me?»

«Non volevi andare a New York?»

«Sì, ma voglio anche conoscere l'India, Katmandu, il Tibet...».

Mi fa ridere questo Andrea versione Sai Baba, non so cosa ne pensa l'Ordine degli avvocati, ma mi sembra che ci abbia solo guadagnato nella trasformazione.

«Dammi la mano, te la voglio leggere».

«Dai, ti prego...».

«Che bella mano», dice lisciandola come per vedere meglio le linee. «Vedo un passato fatto di incontri importanti che si interrompono e ritornano nel futuro, persone che ti avevano deluso che rivaluterai completamente, un amore che ritorna, viaggi, regali, carriera... solo cose belle!».

«C'è scritto anche con chi?»

«Con un giovane e bell'avvocato fricchettone!».

Sento emozioni contrastanti.

Se dovessi dire che sono ancora innamorata di lui mentirei, ma lo sono stata per così tanto tempo che non posso dire di averlo dimenticato, così come non posso dire di aver ricostruito la fiducia in lui. Però mi piace che si preoccupi di me e che mi dia sicurezza e protezione.

In fondo è tutto quello che cercavo.

«Balli con me?», mi tende la mano e mi accompagna al centro della sala.

Balliamo un lento su una nenia straziante, che ricorda molto un gatto in calore, ridendo e pestandoci i piedi.

«Non so ballare, sono sempre stato negato. Non ho ballato nemmeno al mio matrimonio».

«Anch'io sono una frana».

«Perché non impariamo? Andiamo a scuola di tango, dai!».

«Di tango? Io e te?»

«Vedi qualcun altro qui? Domani m'informo».

Alla fine della serata, secondo i suoi progetti, degni di uno a cui restano solo due mesi di vita, dovremmo partire per il Kerala, Singapore, le Comore, la Groenlandia e la Terra del Fuoco, ci dovremmo iscrivere a corsi di tango, di flamenco, di cucina macrobiotica, di yoga kundalini, di scrittura creativa e di sub e, se ci resta un po' di tempo, dovremmo costruire una capanna su un albero e andarci a vivere.

Mi gira la testa.

Usciamo mentre sta cominciando a piovere e corriamo alla macchina per mano, ridendo, mentre i lampi illuminano il cielo a giorno.

Arrivati alla macchina, Andrea non riesce a trovare le chiavi e quando finalmente le trova gli cadono per terra. Ci abbassiamo contemporaneamente per raccoglierle, e picchiamo la testa l'uno contro l'altra. Perdo l'equilibrio e, andando indietro, lo trascino con me in una pozzanghera.

Siamo completamente bagnati e continuiamo a ridere come deficienti.

Andrea mi prende il viso fra le mani e mi bacia sotto la pioggia.

Mi lascio baciare.

Sento che è giusto. Non è come con Riccardo, ma va bene così.

Può funzionare, sì, forse può funzionare.

«Vieni a casa mia, ti do una maglietta asciutta».

A casa Andrea accende le luci soffuse e mette su un po' di musica.

Mi dà un accappatoio pulito e un pigiama suo.

«Andrea... Io non me la sento di rimanere qui a dormire».

«Se vuoi ti porto a casa, ma sono le due e trenta. Pensavo di prepararti il letto nella stanza degli ospiti, poi domattina andiamo in ufficio insieme».

In effetti non fa una piega.

Andrea viene a rimboccarmi le coperte.

«Pensavi che ne avrei approfittato subito, eh?»

«Sarebbe stato anche normale».

«Ma io ti ho detto che voglio ricominciare da capo. Perciò è come se ti stessi conquistando per la prima volta».

Mi accarezza i capelli, sistema il lenzuolo e va in camera sua.

Non avrei mai detto che si sarebbe comportato così... da gentiluomo.

È la prima volta che mi capita di dormire da un uomo e non dover subire un attacco notturno.
Forse dovrei chiudere a chiave.
La mattina mi fa trovare il caffè pronto e il pane tostato.
Si è rasato e sta finendo di stirare una camicia.
«Ma non avevi la donna di servizio che veniva da te tutti i giorni?»
«Lei mette in ordine, ma a cucinare e a stirare ci penso io».
Andiamo in ufficio.
Fingo di non accorgermi degli sguardi che si scambiano le mie colleghe.
Se fossi al loro posto penserei lo stesso.
La giornata passa lentamente e ho voglia di tornare a casa mia, a cambiarmi. Ho ancora i vestiti di ieri sera.
Quando finalmente è ora di chiusura, Andrea mi chiama nel suo ufficio.
«Tutto a posto? Ti porto a casa io?»
«No, ti ringrazio. Vado in metro».
«Sicura? Posso chiamarti un taxi».
«No davvero, sei gentile, ma preferisco fare una passeggiata».
Un po' di gentilezza va bene, ma ora ho bisogno di ossigeno.
Se mai ci rimetteremo insieme dovrà essere con modi e tempi miei.
Giusto, dottor Folli?
Tornando a casa mi fermo in rosticceria a prendere qualcosa, dato che, come al solito, sarò da sola.
Invece quando entro in casa trovo Riccardo che sta cucinando.
Mi guarda sorpreso e un po' preoccupato.
«Ma non sei tornata a dormire stanotte?».
Mi sento colta sul fatto e arrossisco.
«Sono rimasta dalla mamma».
Oddio, speriamo non l'abbia chiamata.
Sembra sollevato.
«Ci avevo pensato e stavo per chiamarla, ma poi non volevo che ricominciasse a farmi il cazziatone... Due fili di pasta?», mi chiede con un sorriso.
Sento che ha bisogno di una faccia amica con cui parlare.

Se fossi obbligata a vedere Barbara e i suoi tutta la vita, mi sarei già sparata.

«Stasera sei in libera uscita?»

«Arrivava sua madre da Miami e sono stato convocato per domani sera. Cena ufficiale».

«Buona fortuna! Sua mamma è una iena bionda, repubblicana e spaventosamente determinata. Gestisce la casa di produzione americana da sola: nell'ambiente la chiamano "The Jackal", e lei lo trova divertente».

«Stai scherzando, vero?»

«No. A qualcuno Barbara doveva pur somigliare, no?»

Riccardo si passa le mani sul viso come se si volesse cancellare la faccia.

«Dio, che situazione...», sospira.

«L'hai già detto ai tuoi?»

«Non ancora. Vado giù questo fine settimana e glielo dico. Già immagino la faccia di mia madre, e mio padre che mi dice "ma sei contento, vero? Ce la fai conoscere?". E io che non so se me la sentirò mai di presentargli questa gente di plastica che parla in un modo che non capisco nemmeno io. Oddio, Chiara, la mia vita è davvero rovinata...».

«No, Riccardo. Ora è dura, ma le cose si aggiusteranno. Tutto trova una sua posizione, prima o poi. Anch' io, mia madre e mia sorella ci siamo trovate senza una casa da un giorno all'altro e certo non è stato più come prima, ma la vita è andata avanti e le cose si sono sistemate. Fa parte dell'adattamento. È la vita, vedrai che quando nascerà impazzirete tutti dalla felicità».

In realtà la mia frase doveva finire con «impazzirete», ma ho pensato di ammorbidirla...

Trovo incredibile parlare di lui e del figlio che avrà con Barbara, ancora non riesco a realizzarlo nemmeno io.

Sto facendo la parte dell'amica, quando fino a poco fa ero la sua donna, ed è l'unico ruolo disponibile che mi resta. Buffo, detto da una che ha fatto l'amante ufficiale per più di due anni.

Si direbbe che sono stata adeguatamente punita.

Il telefono di Riccardo squilla. È Barbara.

Mi guarda come un uomo braccato.
Si allontana per rispondere.
Gli sento dire «Okay...» almeno quattro volte, senza emozione e con grande stanchezza.
«No, ti prego, stasera no. Ho la febbre, forse è influenza, e non vorrei attaccartela... è pericoloso per il bambino... Sì che lo è, dai... Vengo domani...».
La telefonata va avanti così per altri cinque minuti.
Sta esasperando anche me, gli faccio cenno che vado in camera mia.
Dopo un po' viene a darmi la buona notte.
Sta sulla porta con le mani in tasca e la maglietta che gli ho lavato per sbaglio a novanta gradi.
«Scusami per prima, lei fa così tutto il giorno».
«Fa così finché uno glielo permette».
«Non sono nella posizione di scegliere».
«Nessuno può scegliere con lei. L'unico ragazzo che ha osato rifiutarla è stato accusato di molestie e ha passato un grosso guaio».
«È pazza da legare, me ne sto accorgendo ogni giorno che passa».
«L'hanno educata a prendere tutto quello che vuole con qualunque mezzo, non ha scrupoli né morale, per lei la vita è molto più facile che per quelli come noi».
«Non vorrei mai essere così».
«Se ci nasci non te ne accorgi nemmeno».
«Ti dispiace se rimango un po' qui con te?».
Non vorrei altro, ma sto facendo di tutto per dimenticarti e mi rendi le cose troppo difficili.
«Sono stanca morta, Riccardo...».
«Okay, ti lascio dormire».
Mi dà un bacio sulla guancia ed esce spegnendo la luce.
Poco dopo sento squillare di nuovo il suo cellulare.
«Sì, Barbara, dimmi... Sì, ho ancora la febbre...».
È una tortura, non posso permettere che gli rovini così la vita.
Dopo che l'ha rovinata a tutti quelli che hanno avuto a che fare con lei.

La mattina dopo ricevo da Andrea il messaggio che avrei sempre voluto ricevere.

"Stanotte la casa, per la prima volta, mi è sembrata davvero vuota".

Quando arrivo in ufficio lo trovo sorridente, sereno, ma con un che di malinconico.

Al suo computer ascolta musica classica.

«Siamo nostalgici, oggi?», gli chiedo portandogli il caffè.

«Te l'ho scritto, la casa è vuota... Io sono solo, e sto affrontando un percorso difficile, mi sa che anticipo l'appuntamento con lo psicologo».

«Posso fare qualcosa?».

Già detta questa frase.

«Puoi venire con me».

«Dal tuo psicologo?»

«No, a casa. Cucino qualcosa, guardiamo un film, stiamo insieme. Davvero non me la sento di stare solo».

Stasera Riccardo presenzia alla cena alla Casa Bianca e potrebbe avere bisogno di me, ma è meglio che inizi subito a prendere le distanze da lui, perché presto se ne andrà e non lo rivedrò più.

Mi si stringe lo stomaco per il dolore. Ricaccio indietro le lacrime.

«Okay, vengo da te».

Ormai non ci prendiamo nemmeno il disturbo di far finta di non avere una relazione.

Se si può chiamare una relazione.

Provo comunque a chiamare Riccardo, per sapere se posso aiutarlo.

Risponde al primo squillo senza guardare.

«Sì, Barbara, che c'è?»

«Sono Chiara».

«Chiara? Che sorpresa! Stai bene?»

«Io sì, tu piuttosto? Sei pronto per stasera?»

«Pronto come uno che va alla forca».

«Stai tranquillo, andrà bene. Un giorno lo racconterai ai tuoi nipoti».

«Io dopo questo mi sterilizzo, te lo giuro... Riesco a vederti prima di andare via?»

«Sono a cena con un'amica. È il suo compleanno e ci teneva a vedermi».

«Okay», risponde deluso. «Ci vediamo domattina, augurami in bocca al lupo».

«In bocca al lupo».

Altre bugie a fin di bene.

Alla fine ho detto la verità a tutti tranne che a lui.

Verso le sette Andrea viene da me per darmi le chiavi e spiegarmi come togliere l'antifurto.

Aspetto, per amore della correttezza, che le mie colleghe vadano via.

Poi vado verso casa di Andrea passando prima alla sua gastronomia di fiducia a prendere il pane ai cinque cereali.

Entrare in casa sua mi fa uno strano effetto.

Quando immagini le cose, le rendi sempre cinematografiche e romantiche: pensi che lui ti inviti a vivere da lui, cucini per te, ti tenga abbracciata mentre guardate il film e poi, quando succede, sei lì a fare i conti con le sensazioni, i dubbi e i presentimenti.

Questa casa è perfetta per un servizio fotografico di modelle minorenni che sniffano col trucco colato.

Tutti questi soprammobili costosi, queste stampe, gli elettrodomestici, il distributore di cereali, le luci che cambiano colore.

Non è proprio il mio stile e non lo sarà mai.

Apro dei cassetti a caso. Niente, a parte le istruzioni del condizionatore e qualche utensile misterioso dell'Ikea.

Non c'è anima. Non qui almeno.

Chi ci abitava se l'è portata via e adesso lui ne sente la mancanza.

Lo capisco.

Questa casa mette ansia. È piena di fantasmi.

Verso le otto e mezzo arriva Andrea con la spesa.

È felice di trovare qualcuno in casa.

«Che bello trovarti qui, trovare le luci accese, la casa viva».

«Potresti lasciare la televisione accesa quando esci».

«In effetti non ci avevo pensato, se accendo anche la lavatrice sembrerà che faccio una festa!».

Si rinfresca e poi torna a in cucina, si mette il grembiule e comincia a preparare il risotto allo zafferano.

Non sopporto lo zafferano, ma non glielo posso dire.

Stappa una bottiglia di vino e lo versa nei bicchieri giusti.

«A noi e al nostro primo appuntamento!».

Il soffritto sfrigola nella pentola. C'è il telegiornale, siamo vestiti comodi, è casa a tutti gli effetti ed è tutto perfetto, come in un film. Eppure, la ragazza che sta brindando non è felice.

La serata è piacevole, dalla finestra aperta entra una brezza leggera di fine estate, lui mi racconta di com'è andata la seduta, io dei pettegolezzi dello studio. Ridiamo, stiamo bene, siamo rilassati, carichiamo la lavastoviglie, ci mettiamo scalzi sul divano a guardare i programmi più trash che ci sono, mangiamo biscotti al cioccolato, ci addormentiamo l'uno sull'altra.

Ce la posso fare, posso abituarmi.

Se Riccardo si abitua a Barbara, io posso abituarmi ad Andrea.

Mi farà stare bene, si occuperà di me, mi occuperò di lui.

Il mio telefono squilla in pieno abbiocco. Anche Andrea si sveglia e mi chiede chi è.

Gli dico che è mia madre e vado in bagno.

«Riccardo, che succede?»

«Quando torni a casa?»

«Non lo so, perché?»

«Perché mi prende malissimo. Questa gente è fuori dal mondo, io non ci voglio stare. Glielo lascio il bambino, firmo per l'adozione, non posso adattarmi... è impossibile».

«Aspettami sveglio, sono a casa fra una mezz'ora».

Esco dal bagno e Andrea è in salotto che finge di seguire un documentario.

«Tutto bene?»

«No, mia madre si sente poco bene».

«Ti accompagno a casa sua».

«No, prendo un taxi. Le succede spesso, non è niente».

Insiste ancora un paio di volte, poi si arrende a patto che lo chiami quando arrivo.

In taxi non posso fare a meno di chiedermi se sono normale.

Avrei sempre desiderato vivere questo con Andrea, e ora che ce l'ho, perché mi sento così poco coinvolta?

Perché adesso mi sta trattando bene?

Forse perché gli sono morta dietro finché mi ha trattata come spazzatura?

Finché sapevo di dover rimanere nell'ombra e vivere di sotterfugi, subire la sua assenza, lesinare le telefonate, e accontentarmi di qualche sveltina sul tavolo non avevo testa che per lui, mentre adesso che tutto è regolare e alla luce del sole, mi sento coinvolta come la mucca che guarda passare il treno.

Riccardo è in cucina che mi aspetta davanti al portacenere pieno.

«Pensi di suicidarti provocandoti un cancro al polmone? Potrebbe volerci un sacco di tempo e sarebbe una morte lenta e orribile. Meglio una lametta».

«A casa loro non posso fumare, questa è la mia dose della giornata».

Ha la faccia gialla, le occhiaie, ed è pelle e ossa.

Sta andando dritto nelle braccia di una depressione coi fiocchi, per colpa di quella carogna.

«Com'è andata la cena?»

«È stato orribile. Non sono reali, è una continua recita, tutto un atteggiarsi a chi è più vincente e realizzato. Parlano solo di soldi e di come farne ancora di più.

Quando sua madre ha saputo che lavoro faccio ha arricciato il naso poi ha tirato fuori l'iPhone e ha chiamato qualcuno parlando in inglese».

«Pam lo sciacallo...».

«E poi hanno anche deciso a quale università lo manderanno, praticamente era come se io non ci fossi nemmeno. Mi chiedo perché mi debbano rendere partecipe. Intanto sto diventando di giorno in giorno più distante, più insensibile e non provo nulla. Guardo questo squallido circo come se fossi uno spettatore legato alla sedia!».

«Ho sempre odiato il circo...».

«A chi lo dici... una puzza la cacca degli elefanti... E poi ho paura dei pagliacci», sorride.

«Ma Barbara come la sta vivendo questa gravidanza?».

«Come una star di Hollywood, che domande! Si fa dei beveroni di erba di grano che si fa portare dall'America, prende le vitamine, fa pilates, light terapy, il repertorio completo. Il peggio è che... forse non te lo dovrei dire, lo so, ma ormai... lei insiste per avere rapporti... perché dice che "fa bene al bambino". A parte il fatto che mi sento in imbarazzo solo a pensare che mio figlio mi stia guardando, proprio non riesco ad avvicinarmi a lei. Giuro che le sto dicendo di avere mal di testa tutte le sere!».

«Che strega egocentrica, se penso che vi ho fatti conoscere io».

«Vabbè, mica mi hai spinto fra le sue braccia, anzi mi avevi anche avvertito la prima volta che l'ho conosciuta, quando non faceva altro che passarmi le mani fra i capelli! Ti avessi dato retta...».

Ecco, questo è uno di quei momenti che, a raccontarlo, non ci crederebbe nessuno.

Ricevo un sms di Andrea, che è preoccupato.

Mi sono dimenticata di chiamarlo.

«Chi ti scrive a quest'ora?»

«Niente... È l'avviso che sto per esaurire il credito».

Evvai, così, senza mani...

«Quando ti hanno convocato per la prossima udienza?»

«Domani sera, ma gli ho detto che vado dai miei».

«E ci vai davvero?»

«Sì, tanto vale che mi faccia coraggio».

«Mi mancherai», dico senza pensare. «Cioè... così, come amico, ovviamente».

«Anche tu... come amica».

Ci guardiamo qualche secondo in cui ci diciamo tutto.

Poi Riccardo esce.

Rimango seduta al tavolo ad ascoltare il mio cuore.

Nonostante mi senta triste, amareggiata, e piena di rabbia, per una volta sono lucida e non sono in balìa degli eventi.

So esattamente quello che sceglierò.

L'indomani mattina in ufficio Andrea sembra nervoso.

Lo evito accuratamente.

Mi sto facendo carico di tutti i problemi dell'universo e sto perdendo di vista me.

«Chiara, puoi venire un momento in ufficio?».

Entro e chiudo la porta.

«Ho bisogno di parlarti molto seriamente».

«Ti ascolto», dico sedendomi.

«Non so a che gioco stai giocando, ma io non ti capisco più».

«Prego?», lo guardo sorpresa.

«Vedi? Lo stai facendo di nuovo. Fai la dura, sembra che tu mi voglia provocare».

«Veramente no», mi stringo nelle spalle.

«Chiara, non so più cosa inventarmi per capire se ci tieni a me. Mi sembra di essere Mary Poppins che tira fuori l'attaccapanni dalla borsa. Ti porto a cena, ti do le chiavi di casa mia, ti invito a dormire da me e non ti sfioro con un dito, ti rispetto in tutto e per tutto, ma ti sono completamente indifferente. Non ti sento partecipe, non sei della partita. Se non mi dimostri che per lo meno ti interesso ancora un po', io mi arrendo».

«No, ecco... non è che non mi interessi, tutt'altro. Ma te l'ho detto che sono in un periodo delicato».

«Sì, però mi fai sentire come un idiota che perde tempo dietro a una che non lo vuole, ma a cui piace farsi corteggiare».

Questo tono non mi fa presagire niente di buono e comincio a sentirmi a disagio.

«Be', dopo tutto quello che è successo, è anche normale prendersi del tempo per riflettere. Tu stai uscendo da un divorzio e anch'io ho molte preoccupazioni...».

«Sì, ma cosa c'entra questo? Io voglio sapere se posso contare su di te, se ci sarai, se tutto quello che sto facendo non è inutile», risponde polemico.

«Vuoi dire che tutto quello che hai fatto finora è una farsa?»

«No che non lo è, ma voglio capire se l'impegno che sto mettendoci per dimostrarti che posso cambiare non è tempo sprecato. Perché se è così, preferisco che lasciamo perdere, in modo da potermi dedicare a una persona che mi apprezza e non mi fa sentire sull'ottovolante».

Ottovolante?
«Non capisco, Andrea. Ieri sera andava tutto bene, poi cos'è successo?»
«No che non andava tutto bene. Te ne sei andata senza accettare un passaggio, non mi hai chiamato quando sei arrivata da tua madre e anche oggi, quando sei arrivata, non mi hai nemmeno degnato di uno sguardo. Sinceramente, adesso sei tu che stai prendendo in giro la mia intelligenza. Ricordati che sono un uomo e anche un professionista e non un ragazzino delle medie».
È davvero irritato e quando è così mi mette in soggezione e mi fa sentire una bambina cattiva.
Esattamente così, oggi come ieri, quando ero alta quanto un soldo di cacio, ed ero tutta sola, e anche i genitori degli altri bambini si prendevano la libertà di sgridarmi.
Ti prego, Andrea, non mi sgridare, farò la brava.
«Allora? Vuoi dirmi cos'ha intenzione di fare?».
Eccola qui la chiave: lui mi rifiuta e io voglio solo stare con lui.
«Voglio stare con te, credevo fosse chiaro».
«Ah. Ecco», risponde un po' spiazzato. «Io... volevo solo sapere questo».
«Posso andare ora?»
«Sì, cioè no, vieni qui, ti prego».
Mi avvicino a lui esitante.
«Scusami di nuovo, non so cosa mi sia preso, ma non sopporto quando mi ignori».
Mi abbraccia e mi bacia.
Paradossalmente questa volta sento un'emozione più forte dell'altra sera.
Dottor Folli, smetta di scuotere la testa... è imbarazzante!
Fa scendere le mani lungo la mia schiena, le infila sotto la maglietta, mi accarezza i fianchi, i seni ed ecco che succede di nuovo: mi irrigidisco come un palo.
Che il mio corpo stia tentando di dirmi qualcosa?
«Che succede? Ti sento tesa».
«No... o forse sì, un po'. Sai, non sono più abituata».
«Ma è come andare in bicicletta, non si scorda mai, sai?»

«Oddio, per come siamo caduti l'altro giorno...».
Ride.
«E poi... a dirti la verità... l'ufficio, non è proprio...».
«Hai ragione, ora che possiamo stare a casa mia, non c'è più bisogno di farlo sempre in piedi, no?»
«Eh sì...».
«Anche se ha il suo fascino... Allora... più tardi a casa mia?»
«Stasera purtroppo non posso. È il compleanno di una mia amica e ci teneva a vedermi».
Dovrei scrivere il manuale delle scuse pronte. Nemmeno mi spreco a inventarne una nuova.
«Be', passa più tardi allora».
«D'accordo, appena ho finito ti chiamo».
Anche se mi sta venendo un mal di testa...

DICIASSETTESIMA SEDUTA

«Riccardo è andato a Genova dai suoi, mia sorella non c'è mai e Andrea mi fa qualche avance di troppo. Sono un po' sottosopra ultimamente».

«Andrea è tornato all'attacco? Ma non gli aveva detto che fra voi era finita? Si ricorda? La busta numero tre!».

«Sì, glielo avevo detto, ma poi... sa come vanno queste cose...».

«No, me lo dica», mi incoraggia senza sorridere.

«Sì... che...», mi attorciglio le mani.

Non gli ho detto né del picnic, né della cena indiana, né della cena a casa sua, né dei baci, né del tentativo di sveltina stamani nel suo ufficio. Come faccio a sintetizzare rimanendo credibile?

«Credo che... stia tornando sui suoi passi».

Se la prossima settimana gli racconto quello che è successo la scorsa, dovrei pareggiare.

«Cioè le ha chiesto di uscire?»

«È questo il punto. È molto gentile con me, come le ho detto, e credo sinceramente che sia cambiato. E ora che non ho più Riccardo, sto chiedendomi se non sia il caso di rifare un tentativo».

«Vuole un mio consiglio da terapeuta?»

«Anche da uomo, da amico, o da fratello, faccia lei».

«Il consiglio che le darei è sempre lo stesso: stia attenta».

«Ma è così premuroso, gentile, mi rende partecipe della sua vita, mi parla moltissimo di sé, di come sta affrontando il divorzio. Lo sa che anche lui è in terapia? Mi ha detto che va da un gestaltiano».

Folli sospira.

«Se lui è veramente cambiato, forse questa volta potrebbe funzionare, non crede?»

«Chiara, mi ascolti attentamente. Credo che lei, in questo momento, si senta vulnerabile perché sta cominciando ad avvertire il distacco di Riccardo e quello di Sara. Ed è perfettamente normale. Gli abbandoni sono il tasto più dolente di tutta la sua vita e cominciamo adesso ad affrontarli sul campo. Il fatto che lei abbia voluto anticipare la seduta per potermene parlare, invece di agire impulsivamente, mi fa davvero ben sperare. Vuol dire che tiene in considerazione il mio punto di vista e che ha fiducia nella terapia. Io, come lei sa, non posso imporle niente, nessuno può farlo, posso però invitarla a prendere tempo e riflettere sui pro e i contro di entrambe le scelte. Intanto la invito a cercare di capire cosa prova per Andrea, perché temo che a spingerla verso di lui sia la sua paura della solitudine e non il suo cuore».

«Non riesco a distinguere molto la differenza».

«Vede, Chiara, la paura del vuoto è un sentimento pervasivo e spaventoso. Lo sforzo che le chiedo adesso è enorme, lo so bene, ma imparando a riconoscere quest'ansia può finalmente cominciare a smettere di subire gli stati d'animo, e prendere in mano le redini della sua vita. Capendo la differenza fra il dolore reale, legato alla perdita delle persone che lei ama, e la paura più generica di non farcela a stare da sola, lei riuscirà a resistere all'ondata di ansia che la travolge.

Quando l'onda si farà così intensa che le sembrerà di morire, lei non dovrà fare altro che aspettare che passi, abbandonandosi, come fosse veramente in acqua. Si fermi e aspetti. E quando l'onda sarà passata, senza che lei abbia opposto resistenza, si accorgerà che è sempre viva e ancora più forte di prima, e non avrà più bisogno di elemosinare attenzione da persone che non ama veramente, solo per assecondare vecchi modelli comportamentali che hanno esaurito la loro utilità».

«Allora mi spieghi questa, dottor Folli, com'è che più mi rifiutano più mi sento attratta da loro?»

«Perché, come mi ha detto durante una delle prime sedute, si è convinta che l'amore vada meritato e non si debba dare per scontato da parte di nessuno, nemmeno da un genitore. Per questo, quando le persone si allontanano da lei, per qualunque ragione, pensa immediatamente di aver fatto qualcosa di male, e cerca di recuperarle con ogni mezzo. Questo comportamento è molto pericoloso, se attuato con persone manipolatrici o narcisiste che la faranno sentire costantemente in colpa e in difetto e lei continuerà a umiliarsi per ritornare nelle loro grazie, in un eterno tira e molla senza via d'uscita».

«Ma è uno scenario apocalittico».

«È quello che le è successo finora, visto da fuori».

«Ma come faccio a capire quando invece trovo la persona giusta?»

«Intanto, lei non dovrebbe mai sentirsi obbligata a fare qualcosa, di qualunque natura. E se l'altra persona non le lascia la libertà di scegliere e le fa un ricatto morale del tipo "o alle mie regole o niente", scelga niente. Dovrebbe essere lei a dettare i tempi. Capisco che faccia paura quando non si è abituati, e le prime volte si sentirà travolta dal panico e si chiederà se sta facendo la cosa giusta, ma dopo le prime volte le verrà sempre più naturale cominciare a salvaguardare i propri interessi e non assecondare più i capricci dettati dalle insicurezze altrui».

«Quindi... Riccardo...».

«Con Riccardo lei stava iniziando una storia diversa, basata su un rapporto di rispetto e fiducia. La prova è che lei, all'inizio, non lo notava neanche, talmente non è abituata a comportamenti corretti nei suoi confronti. E si struggeva dietro al suo capo che la usava come una vecchia ciabatta, facendole credere qualunque panzana».

«Ma ora che Riccardo non c'è più...».

«Purtroppo quello che è accaduto non potevamo prevederlo, e non posso negare che abbia interrotto bruscamente il vostro rapporto. Però non possiamo sapere cosa può riservare il futuro».

«Ha detto che se è necessario la sposa».

«Aspettiamo a vedere».

«E con Andrea?... Che devo fare?»

«La decisione spetta a lei. Io credo che il suo dolore principale sia quello legato all'allontanamento di Riccardo, e l'ansia dell'abbandono la stia spingendo verso Andrea, che è pur sempre un porto conosciuto, ma non così sicuro come le sembra. Si ricordi che anche lui è in terapia, quindi sta attraversando il suo mare in tempesta, e che si è da poco lasciato dalla moglie, per cui ha un disperato bisogno di colmare il suo vuoto affettivo e di garantirsi una presenza fissa al suo fianco.

Ma una volta che fosse garantita... non è detto che la rispetterebbe».

«Cioè ricomincerebbe a tradirmi?»

«È fortemente possibile».

«Allora cosa devo fare secondo lei? Rimanere sola?»

«Non è che deve, ma non è obbligata a stare con qualcuno per forza. Può scegliere di stare per un po' con se stessa e provare a conoscersi meglio. Potrebbe rimanere sorpresa dalla quantità di risorse che possiede».

«Non riesco a capire la differenza fra l'essere sola e lo stare con me stessa... In ognuno dei due casi, al ristorante dovrei prenotare per uno».

«Diciamo che la prima è una condizione che subisce, sentendosi come se gli altri l'avessero abbandonata. Invece *scegliere* di stare da sola, significa apprezzare pienamente il tempo dedicato a lei stessa».

«Dovrei andare al cinema da sola?»

«Se ne avesse voglia. L'importante è imparare a scegliere quello che fa più piacere a lei».

«Mi comprerò la Wii...».

Stasera sono sola davvero.

Riccardo a Genova, Sara da Lorenzo e la tentazione di andare a dormire da Andrea è forte.

Ma so come finirebbe, e non mi sento ancora pronta.

È come se fosse la mia prima volta, e vorrei che fosse speciale, ma qualcosa mi dice che Andrea non è ancora così stabile.

Mi auguro che lo capisca, perché, ora come ora, non sarei capace di dirgli di no.

Ho chiesto a Riccardo di chiamarmi dopo che l'avrà detto ai suoi, e sono in tensione come se lo dovessi dire io a mia madre.

Non voglio nemmeno pensarci.

Sara non si fa quasi più viva, e non è carino da parte sua ignorarmi così dopo le notti insonni che mi ha fatto passare, senza contare che è stato per merito mio se si sono rimessi insieme.

Le ore passano, fuori piove e mi annoio a morte.

Ma soprattutto mi sento così sola.

Accendo il computer e rileggo l'ultima mail di Lorenzo che mi è arrivata il mattino dopo la loro riconciliazione.

Carissima Chiara,

non so se abbracciarti o prenderti a ceffoni, ma visto come sono andate le cose propendo per l'abbraccio.

Non fare mai né il giocatore di poker, né il mago, né l'investigatore privato, saresti un disastro!

E dire che c'ero quasi caduto.

Se non mi avesse convinto Azzurra, non sarei mai tornato sui miei passi, ma se mi avesse parlato Chiara non avrei mai voluto ascoltarla, perché ho la testa dura. ☺ ☺

Hai fatto bene a insistere e a farmi capire, con gentilezza, che stavo facendo uno sbaglio enorme e adesso sono l'uomo più felice del mondo.

Sara è stata carina i primi due giorni, ma ora ha già ricominciato a urlare esattamente come prima. Ma se devo dirti la verità, non vorrei passare un altro giorno senza di lei. La amo così com'è, e pazienza se non conosce le mezze misure.

I suoi pregi equilibrano i suoi difetti.

So che nelle mail parlavi di te stessa quando ti riferivi al dolore di un amore finito.

E, per quello che vale, io ho sempre pensato che Riccardo fosse quello giusto per te, ma Sara mi ha raccontato quello che è successo e ti volevo dire che mi dispiace tanto e che spero davvero troverai l'uomo che ti merita.

Sara viene con me a Sassari. Non ce la facevo a tenermelo per me, fai finta di essere sorpresa quando te lo dice, però! So che ci riesci!

Ti abbraccio

Tuo cognato Lorenzo

Almeno un lieto fine!

Povera Azzurra, cosa ne sarà di lei?

Mi viene un'idea.

Copio e incollo la prima mail e cambio solo il destinatario:

Caro Andrea,
sarai sorpreso da questa mia improvvisa intrusione nella tua vita, ma non sapevo come altro contattarti ed, essendo patologicamente timida, era l'unico modo di parlarti senza diventare rossa come un peperone!
Abbiamo un amico in comune che mi ha dato il tuo contatto al lavoro, e nulla più, quindi se vorrai mettere questa mail sotto "spam" ne avrai tutte le ragioni – forse io lo farei!!
Tutto qui, mi piaceva l'idea di farti un saluto e di farti sapere che esisto.
Naturalmente se sei impegnato cestinami pure.

Un abbraccio
Azzurra

E invio.

Nel frattempo cerco in internet un kit fai-da-te per l'esame del dna.

Dopo un quarto d'ora scarso, sento il "din" di una mail in arrivo.

Cara Azzurra,
sono veramente lusingato... Non so chi sia il nostro amico in comune, ma ringrazialo per averti dato la mia mail.
Mi piacciono le persone timide. Io stesso, nonostante il lavoro che faccio, sono sempre stato piuttosto timido e introverso.
Poi la vita fa il resto.
Non vedo perché dovrei cestinarti, non esco con nessuno in particolare da molto tempo.
Ho divorziato da quasi un anno e, come potrai immaginare, non ero certo in vena di cominciare una storia senza avere la certezza di aver accantonato il passato.
Mia moglie mi ha tradito col mio migliore amico e ho sofferto non sai quanto. Adesso però sono pronto a ricominciare una nuova vita con persone nuove e positive.
Ultimamente, poi, mi sto avvicinando molto alla filosofia indiana e al concetto di Karma secondo cui, in questa vita, dobbiamo alleggerire il carico di cattive azioni che abbiamo accumulato nelle vite precedenti, cercando di non fare più del male. A questo punto credo di aver pagato abbastanza e mi auguro di essere ricompensato anche per qualche buona azione, ecco perché credo che niente accada per caso. E che sia indispensabile cogliere i segni.
Spero davvero di risentirti e ti confesso che sto morendo di curiosità.

Chi potrebbe essere il nostro amico in comune?
Me lo dici? Dai!!!

Un bacio
Andrea

«MAVAFFANCULOOOOOOOOOOOOOOOOOO!!».
Maledetto.
Bastardo.
Figlio di una gran troia.
Merda.
Vomito di topo.
Coglione.
Pezzo di stronzo galleggiante.

Meno male che sono sola, perché...
«AAAAARRRRRGGGGGHHHHH!!
LO VOGLIO UCCIDERE CON LE MIE MANI!
LO VOGLIO FARE A PEZZI, COSPARGERLO DI BENZINA, DARGLI FUOCO E POI PASSARE L'ASPIRAPOLVERE!!
AAAAARRRRRGGGGGHHHHH!!».

Suonano alla porta, vado ad aprire di corsa.
Sono in mutande.
È la signora del quarto, quella del cane.
«Che succede? Ho sentito delle urla».
«Ha sentito delle urla, davvero? BE', SONO LE MIE!! E SE NE VADA AFFANCULO LEI E IL SUO CANE DI MERDA!!!!».
SLAM!

Non ci credo!!!
Prendo a pugni il cuscino e a testate il materasso.
Mi ha fregato, quel lurido bastardo impenitente, mi ha fregato: «Sono cambiato, ti voglio riconquistare, quando mi ignori sto male, sei l'unica donna della mia vitaaaaaAAAAARRRRRGGGGGHHHHH!!».
Ma adesso ci penso io, lo ripago con la stessa moneta.
Corro in cucina.

In frigo c'è una bottiglia aperta di vino bianco, me la scolo a canna. «Adesso va molto meglio. A noi due».

Carissimo Andrea
Che sorpresa la tua risposta così immediata.
Quasi cadevo dalla sedia!!
Anch'io credo nei segni del destino. Pensa che il mio gatto una volta si è perso, la notte io ho sognato che era chiuso in cantina e pensa... ERA VERAMENTE LÌ!!
Non è assurdo?
Me ne sono successe tantissime come questa.
Spero di potertele raccontare a quattrocchi.
Che giri frequenti a Milano?
A me piacciono i posti trendy con la musica e il sushi.
Ti piace il sushi?
Io lo adoro!!!
Ah, non ti ho detto che lavoro faccio, sono dermatologa, se mai avessi bisogno!!
Un bacino
Tua Azzurra

Forza, vediamo di cosa sei capace, caro avvocato dei miei due coglioni!

Azzurra,
non è possibile!
Stavo cercando disperatamente un dermatologo per fargli vedere un neo, e mi piovi tu dal cielo! Ma lo vedi che non era un caso??
A Milano vado spesso al giapponese, vivrei di giapponese.
Tu sei mai stata a Tokyo? Ci andremo insieme!
Ma dimmi qualcosa di te: quanti anni hai, cosa ti piace fare, mi mandi una foto?
Un bacione
Andrea

Ah è così? Vuoi la guerra?

Andy!! Posso chiamarti Andy??
Ho ventiquattro anni e ho i capelli lunghi biondo miele.
Dicono tutti che somiglio a Kendra delle ragazze di Playboy. La foto te la mando dopo, prima voglio conoscerti un po' meglio, ti dispiace?

Per questo ho preferito scriverti, troppo spesso gli uomini si fermano alle apparenze!!

Tu mi sembri diverso e il nostro amico comune mi ha detto che sei un ragazzo dolcissimo e simpatico.

Ti piace andare al mare?

Adoro fare il bagno e prendere il sole!

Sono stata alle Eolie, all'Isola d'Elba e in Grecia, tutti posti bellissimi.

Ti piace fare sci nautico??

Io lo adoro.

Baci baci
Azzurra.

Azzurra, tesoro,

dove sei stata nascosta tutto questo tempo?

Tu sei la mia anima gemella.

Ho una moto d'acqua e una piccola barca a vela.

Quando voglio staccare la prendo e vado in giro. Porto Venere, Giglio, Capraia... Nessuno a parte me e il grande blu.

Una birra, un sigaro e tocco il cielo con un dito. Certo che se avessi qualcuno a farmi compagnia...

Andy,

davvero hai una barca?

È stupendo! Il mio sogno è fare il giro del mondo in barca, pensi che lo potremmo fare?

Sarebbe meraviglioso svegliarsi tutti i giorni in un posto nuovo. Maldive, Seychelles, Mauritius...

Fare il bagno, prendere il sole, pescare, bere champagne...

E la sera scendere a terra e andare a cena in un ristorantino sul porto.

Ti piacerebbe?

Se mi piacerebbe?

Già ti immagino con il costume bianco, tutta abbronzata, con i capelli sciolti, a prendere il sole sdraiata a prua...

Uno spettacolo.

Quando partiamo?

Andy,
quando sono in barca al largo il costume non lo metto mai.
Credo che sia assurdo stare in mezzo al mare, completamente soli, e doversi ancora attenere alle convenzioni sociali.
Fosse per me starei sempre nuda!
Ti imbarazzo forse?
A volte parlo troppo!
Sorry ;)
A

Azzurra,
sei il sogno della mia vita! Fosse per me starei sempre nudo, ma con il mestiere che faccio è difficile!!
Conosci Formentera? Ci sono spiagge per nudisti ovunque, dove prendere il sole indisturbati, e a fine settembre è un paradiso.
Ci verresti con me?

Dici davvero?
Questo settembre a Formentera?
Sarebbe fan-ta-sti-co!!

Scrivo questo e poi mi metto a sbattere la testa ripetutamente sulla scrivania.
Fortuna che il vino anestetizza il dolore.

Senti, Azzurra,
ho dato un'occhiata alla foto di Kendra, ma... scusa se posso sembrarti inopportuno... intendi dire che sei così "fisicamente"?
Perché se così fosse, non possiamo andare da nessuna parte insieme, io non sono all'altezza!

Be' in effetti sono alta quasi un metro e ottanta e ho i capelli un po' meno biondi, ma per il resto... uguale uguale!

Ma lei avrà una quarta!

Allora hai ragione tu, non le somiglio, io ho una quinta!

Questa è la prova che Dio c'è! Ma come fai con i tuoi pazienti? Io impazzirei con un medico come te!

Oh, so tenerli a bada, credimi!!

Non riusciresti a tenere a bada me!

Scommettiamo?

Io ti farei delle cose che nemmeno ti immagini!

Per esempio?

Ti toglierei il camice, poi comincerei a leccare ogni angolo del tuo corpo a partire dalla caviglia. Ti hanno mai leccato la caviglia?

No! Mai!

Poi ti slaccerei il reggiseno... Lo sai che ho un debole per le tette grandi? Le adoro, adoro le tette enormi. Azzurra, tesoro, ce l'ho veramente duro, vuoi darmi il tuo numero di cellulare? Ho voglia di dirtelo a voce cosa ti farei.

321-55893000

È il mio numero, pezzo d'imbecille vediamo se te ne accorgi.
Dopo un minuto squilla.
Non se n'è neanche accorto, l'idiota.
«Pronto?»
«Pronto, tesoro? Mi stai facendo impazzire! Io devo incontrati assolutamente. Vieni da me, dai».
«Dove abiti?», non cerco nemmeno di camuffare la voce.

«Vicino corso Magenta. Ti mando un taxi, però non mettere niente sotto il camice, ho voglia di giocare al dottore».

A questo punto sarei tentata di andare a casa sua, ma temo che lo ucciderei con le mie mani.

«Ma davvero non stai con nessuna? Il tuo amico mi ha detto che hai una storia con una tua collega... è possibile?»

«Ma chi? Con la segretaria? E chi ti ha detto queste cazzate? Ma va, è stata una storia di una notte, te l'ho detto ho un debole per le tettone. E poi questa insisteva, ma è finita da mesi, l'ho licenziata! Dai, che ce l'ho di legno!».

«PERCHÉ ALLORA NON CI SCHIACCI I PINOLI E CI FAI UN CASTAGNACCIO, GROSSA TESTA DI CAZZO?»

«C-Chiara?»

«No, tua sorella, sei proprio un... un... Cazzo, non ci sono parole per definirti! Meriteresti la castrazione chimica, quelli come te dovrebbero essere messi in condizioni di non nuocere! Sei pericoloso e io ti odio. Mi fai schifo, ti odioooo!».

Scoppio a piangere e riattacco.

Subito dopo il mio telefono comincia a squillare.

È Andrea che ha già una trafila di scuse pronte, buone per tutti i gusti:

1) Avevo capito che eri tu, credevo volessi giocare!
2) È un virus del computer...
3) E che ci fa questa signorina nel nostro letto?

Mi chiama almeno una ventina di volte e mi manda tre mail in cui non si spiega cosa gli sia successo, che comunque è colpa mia che non vado a letto con lui e che lui è fatto di carne e bla bla bla.

Non so dire come mi senta offesa, umiliata, ma soprattutto STUPIDA!

Il dottor Folli me l'ha detto in tutte le salse di stare attenta e non ho voluto ascoltarlo.

Cristo!

Il telefono suona ancora una volta.

«CREPA, BASTARDO!», urlo.

«Chiara, sono Riccardo, ce l'hai con me?»

«No, scusa, scusa, scusa, un maniaco che... ansimava. Mi sta chiamando da un'ora e io, sai, sono sola in casa... Come stai?»

«Così... mio padre è in salotto da solo e mia madre si è chiusa in camera dicendo che era stanca. Li ho delusi, non avrebbero mai creduto che sarei stato così superficiale».

«No, Ric, non sei stato superficiale, sono cose che possono succedere a chiunque».

«Ma dovevi vedere le loro facce, dovevi vedere la delusione che è passata nei loro occhi. Anche se non mi hanno detto niente erano così amareggiati».

«Ma in fondo stai per avere un bambino, è una cosa bella!».

«O ma non è quello, loro adorano i bambini, le mie sorelle hanno tre figli per uno, è che hanno capito che non sono innamorato della donna con cui lo avrò».

«Riccardo perché non ti concentri su tuo figlio e lasci fuori tutto il resto? Occupati di una cosa per volta, altrimenti diventi pazzo».

«Hai ragione Chiara, devo cominciare a sbrigarmela da solo, scusa se ti ho chiamato ora, ma non riuscivo a dormire, e avevo bisogno di una voce amica».

«Hai fatto bene, anch'io non riuscivo a dormire... Quando torni?»

«Dopodomani. Domani devo parlare alle mie sorelle, altri cuori infranti».

«Sono sicura invece che ti capiranno».

«Speriamo, sono pur sempre donne...».

Dopo aver riattaccato con Riccardo stacco il telefono, anche se è contrario ai miei principi.

Curiosamente dormo come un angelo tutta la notte, o almeno quelle quattro ore.

La mattina scendo per le scale per evitare la signora del quarto piano.

Arrivo in ufficio che sono una bomba a orologeria con il conto alla rovescia innescato.

Lucia e Rossana percepiscono il vortice creato dal mio incazzamento e si tengono in disparte.

Alle dieci e trenta arriva Andrea con altri tre.

Sono sicura che è gente che ha incontrato al bar per non entrare da solo.

Non ho problemi.

Ho tutto il tempo. La vendetta è un piatto che si consuma freddo.

Quando i tre se ne vanno, con l'interfono comunica a Lucia di non passargli telefonate.

È il mio momento: spalanco la porta con un calcio come mi ha insegnato Sara.

Lui impallidisce e rimane immobile sulla sedia, tipo camaleonte che ha sbagliato colore.

«Ti porto i saluti di Azzurra, brutto stronzo, e insieme al caffè ti porto le mie dimissioni e una bella vertenza sindacale per molestie oppure per evasione fiscale, devo decidere! E non ho finito, c'è un altro virus nel computer e non ho idea di come ci sia finito, ma metà del lavoro è andata persa, e a proposito di virus, ho ritirato le analisi e ho le creste di gallo, quindi ti consiglio di andare dal tuo urologo di fiducia!».

Non fa in tempo neanche a rispondere che sono già in strada.

Quella delle creste di gallo mi è venuta così, ma se gli può costare un qualunque fastidioso esame invasivo ben venga.

Come ho fatto a pensare di potermi fidare solo perché si è messo una casacca da santone e non si è fatto la barba per due giorni?

Per quale motivo avrebbe dovuto cambiare?

Ha fatto bene ad approfittarsi di me perché sono una credulona, sprovveduta e ingenua.

Chiunque si può approfittare di me.

Ma questa volta non mi sento una vittima, ho solo agito in buona fede e non mi colpevolizzo.

I tempi supplementari sono finiti da un pezzo e ho perso anche ai rigori, ma ora basta, ho imparato la lezione.

Un ultimo sguardo alla sua finestra e lo vedo lì, che mi guarda con un'aria afflitta e sofferente, e mentre sollevo il dito medio, mi cade l'occhio sulla sua Yaris bianca.

Peccato... una così bella macchina...

Sul suo viso scorrono in rapida successione l'angoscia, la sorpresa e infine il panico, mentre gli rigo le fiancate con la chiave, con il sorriso sulle labbra.

Mi fermo in un bar a calmarmi i nervi e poi torno verso casa con grande serenità, con la stessa sensazione di quando ti sei tolta un dente guasto.

Mentre cerco le chiavi di casa, vedo di nuovo la Punto blu appostata all'angolo con qualcuno dentro che finge ancora di leggere il giornale.

Oggi non è il tuo giorno fortunato, pezzo di deficiente, penso entrando in macchina come una furia e strappandogli il giornale di mano.

«TU???», urlo con tutto il fiato non riuscendo a credere ai miei occhi.

«Ma guarda che coincidenza, abiti qui?»

«Abiti qui un cazzo, Paolo. Chi stai seguendo da settimane? Sei stato appostato qui giorno e notte».

Se c'è una cosa che Paolo odia oltre le solite 600 è che gli si urli in faccia: ha il sistema nervoso di una libellula e si copre subito le orecchie con le mani.

«Come hai potuto, verme? Ti ha mandato Barbara, vero?»

«Ti giuro che passavo di qui per caso».

«Se me lo avessi detto ieri ci avrei creduto, ma oggi la bella addormentata si è tolta le fette di salame dagli occhi e ha scoperto che gli amici non esistono, e che tutti raccontano solo stronzate per salvarsi la pelle».

«Non so di che parli».

«No? E la macchina fotografica?». Gliela strappo di mano.

«Ci lavoro, lo sai, è come il cellulare per me».

«Se non mi dici che ci fai qui, vado alla guardia di finanza e dico che non hai mai fatto una fattura in vita tua». Ho le vene del collo gonfie come quelle di Hulk Hogan.

«No, dai, stai scherzando».

Prendo il cellulare, compongo il 117 e lascio squillare.

«Pronto buongiorno, vorrei denunciare un'evasione».

Mi strappa il telefono di mano e riattacca.

«Eri mio amico, come hai potuto...», gli dico con amarezza.

«Sai com'è Barbara, è convincente...».

«E tu non ce l'hai una testa tua? Ci conosciamo dai tempi dell'università e mi hai accoltellato alle spalle».

Non dice niente.

«Avanti, sputa la verità o entro stasera hai chiuso bottega».

«Barbara ha voluto che vi tenessi d'occhio da quando Riccardo l'ha lasciata, perché non credeva che lui potesse uscire con te. Scusa se te lo dico...».

«E il bambino è di Riccardo?»

«Il bambino?»

«Sì. È incinta di Riccardo o no?»

Fa un respiro profondo.

«Barbara non è incinta».

«CHE HAI DETTO???», lo afferro per le spalle e lo scuoto come un olivo.

«Lasciami, mi fai male... Barbara non è incinta».

«E come avrebbe pensato di fare fra sette mesi? Rapirne uno?»

«Pensava che ci sarebbe rimasta dopo, dato che credendola già incinta non avrebbero usato più precauzioni».

«Ma questa è la trama di un brutto film su un canale privato in piena estate, tu mi stai prendendo per il culo!».

«Magari».

«E tutta questa sceneggiata? I suoi genitori, il pilates? Sua madre che viene apposta da Miami?»

«I suoi credono che sia incinta davvero, e a vederla lo sembra».

«E le analisi? Riccardo le ha viste».

«Sono quelle di sua sorella, un banalissimo correttore e una fotocopia... L'ho fatto io».

«Voi due siete malati».

E questo è il giorno più bello della mia vita.

DICIOTTESIMA SEDUTA

«Mi secca ammettere che lei aveva ragione. Ma lei aveva ragione, dottor Folli».

Fa un sorriso leggermente compiaciuto, sistemandosi sulla sedia.

«È solo l'esperienza, Chiara. Ho visto molte storie simili, purtroppo. Il temperamento è una brutta bestia da domare. Comunque è un bene che sia successo prima che Andrea le chiedesse di uscire di nuovo insieme. Forse lei, dentro di sé, sapeva di non potersi fidare veramente di lui».

Prima di uscire di nuovo insieme non è esatto, ma almeno così posso risparmiarmi la fatica di raccontargli la verità. Sono troppo stanca per tentare una ricostruzione fedele.

«Mi è sembrato di essere posseduta... La frustrazione accumulata per anni è esplosa tutta insieme. Lo sa cosa mi ha ferito più di tutto? Quando mi ha dato della tettona. Io non sono mai stata nient'altro per lui che un paio di grosse tette. È questo che vedono gli uomini in me? Non ho altro di interessante?»

«Ma no, Chiara, non lo dica nemmeno per scherzo. Stiamo parlando di un uomo che è costantemente preda dei suoi istinti e che soltanto dopo averli assecondati riesce a ragionare col cervello e dimostrare una certa sensibilità che, in fondo, posso anche credere genuina. Sono convinto che non sia cattivo, ma è una tipologia di carattere onestamente ingestibile per una donna sana di mente. A meno che non abbia come scopo finale diventare socia dello studio! Un commento come quello dev'essere stato peggio di un pugno in faccia, e non è il primo che lei ha subito nell'arco della sua vita da uomini ignoranti e limitati, ma cerchi di lasciarli confinati laggiù. Non ascolti quelle voci, le ignori. Lei ha dimostrato a se stessa, in questi mesi, di avere una forza straordinaria, di saper gestire situazioni spinose, dare un taglio ai comportamenti autolesionisti e sopportare la frustrazione.

Lei deve solo essere orgogliosa di se stessa. Io sono molto orgoglioso di Chiara».

Anch'io sono orgogliosa di Chiara... È di me che non lo sono più di tanto.

«E Riccardo? Come ha preso la notizia?»

«Gliel'ho detto per telefono ed è scoppiato a piangere. Poi dicono che sono le donne a piangere sempre. Ed è rimasto su dai suoi qualche altro giorno per poter festeggiare con loro la scarcerazione. Lo vedo stasera per la prima volta. Non vedo l'ora».

«E Andrea?»

«Non fa che chiamarmi. Il dottor Saluzzi ha fatto in modo di trovare un accordo per evitare sindacati e guardia di finanza, così mi daranno una liquidazione strepitosa e una lettera di referenze».

«Chiara, sono sbalordito, lei è un'altra persona! So bene che ha agito quasi sempre di testa sua e che mi ha nascosto almeno il quaranta percento delle cose che ha fatto, ma il risultato è che lei ha cominciato a reagire alla sopraffazione degli altri, siano essi superiori, amici o parenti. E anche se dovremo lavorare sul *modo* di esprimere le sue emozioni, lei sta di fatto imparando a manifestarle. E questo è un vero traguardo».

«Grande! Batta cinque, dottor Folli», alzo la mano destra.

«Ehm... meglio di no...».

Sono stata invitata a pranzo a casa di Lorenzo.

Ci sarà anche la mamma.

Annunceranno la notizia della partenza e dovrò fingermi sorpresa.

È la prima volta che vedo Lorenzo da quella notte in cui se ne andò da casa nostra, e non nascondo un certo imbarazzo.

Mi apre la porta sorridente.

«Ciao Azzurra, prego, accomodati», mi dice, dandomi un pizzicotto sul braccio.

«Ahia, che male, non ho fatto niente! E poi è stata un'idea di Sara. Io mi aspetto un adeguato riconoscimento!».

Sara sta sfornando le lasagne e ride.
«Non lo ammetterà mai che la nostra idea è stata geniale!».
«Sarei tornato io, con i miei tempi».
«Sì, quando ci saremmo rivisti nel giardino della casa di riposo!».
Sara mi sembra molto a suo agio nel suo nuovo ruolo di futura moglie. L'ho sempre detto che lei sarebbe una mamma perfetta, e il tempo mi darà ragione.
Suona il campanello, vado ad aprire a nostra madre.
È stata dal parrucchiere ed è tutta truccata e carina.
Lorenzo fa gli onori di casa.
Come vorrei che ci fosse anche Riccardo.
La mamma va in cucina con Sara per aiutarla con i piatti. Adesso vanno d'amore e d'accordo.
Che rabbia, mi danno tutti per scontata perché non ho mai creato conflitti.
Io e Lorenzo finiamo di apparecchiare.
«Mi raccomando, devi far finta di non sapere che lei ha deciso di partire con me».
Faccio la faccia più sorpresa del mio repertorio.
«Okay, così va bene».
Ci accomodiamo e Lorenzo stappa una bottiglia.
«Guardate qui», fa Sara mostrandoci la mano sinistra.
«OOOOOOOHHHHHH!!!!!», esclamiamo in coro io e la mamma, prendendole la mano a turno per ammirare lo splendido anello di fidanzamento.
Sara è tutta rossa ed emozionata. «Vi piace?»
«È bellissimo! L'hai scelto tu, Lorenzo?», dice mamma.
«Sì, ho fatto tutto da solo, ho azzeccato anche la misura».
Non posso fare a meno di ripensare allo sciagurato anello di tre taglie sotto che mi aveva regalato Andrea.
«Quando si dice che l'amore ti guida!», sospiro.
Ci serviamo uno per uno, chiacchierando del più del meno, finché Lorenzo fa cenno a Sara di procedere con l'annuncio.
«Vi ho invitate qui per darvi una notizia importante».
Io e la mamma la guardiamo impazienti.
«Ho accettato di sposare Lorenzo, ma questo ve l'avevo già det-

to per telefono...», battiamo le mani e alziamo i bicchieri per brindare, «...ma ho accettato anche un'altra proposta da Lorenzo».

Rullo di tamburi.

«Mi trasferisco a Sassari con lui».

«EVVIVA!!!», grido. «Bravi! Bravo Lorenzo, fai di lei una donna onesta!», gli strizzo l'occhio. «Dai, mamma, brinda anche tu!».

Ci metto un secondo a intuire quello che mia madre sta pensando, parola per parola.

Mi alzo per abbracciare e baciare i futuri sposi e fare loro le congratulazioni.

«Ce ne hai messo a deciderti, eh? Pensa che invidia, adesso sarai abbronzata tutto l'anno!».

«Se dicevo subito sì, sarebbe stato troppo facile!».

La mamma fa un sorriso di circostanza mentre tortura una patata nel piatto.

«Non sei contenta, mamma, che Sara vada a vivere a Sassari?»

«Certo, come no. E poi è la sua vita, è lei che deve essere felice».

Fra le dieci peggiori risposte possibili, questa era la numero uno.

Sara si rabbuia subito.

Ma è mai possibile che questa famiglia sia allergica alla felicità?

«Sara, la mamma voleva dire che è felicissima per te, e che ti augura ogni bene, ma è talmente sopraffatta dalla gioia che non sa dirlo, vero mamma?», la fulmino sferrandole un calcione sotto il tavolo.

Fa una smorfia di dolore: «Certo», dice a denti stretti. «La vita è vostra, che motivo c'è di restare a Milano, no?»

«Appunto», dico ignorando di proposito il tono polemico della sua frase, «che motivo c'è di restare qui? Godetevi la vita, piuttosto, e le seadas!».

Brindiamo di nuovo, ma non posso fare a meno di notare un velo di sconforto sul viso di Sara. Ammazzerei mia madre, in questo momento.

Lorenzo, come di consueto, non sa che pesci prendere e si rifugia in cucina a girare l'arrosto.

Anche Sara lo raggiunge in cucina e io e mia madre rimaniamo sole: «Ti costa tanta fatica fingere di essere contenta? Avevi fatto progressi ultimamente, non farmi pensare che ti eri avvicinata a Sara solo perché non stava più con Lorenzo, per una sorta di perversa empatia!».

Ma da dove mi escono queste frasi?

«Che dici? Sei scema? Figurati se sono contenta se mia figlia soffre».

«Non ho detto questo, non fare la furba. Ho detto che finché Sara era sola perché era stata lasciata tu eri tutta premura e comprensione, mentre ora che sono tornati insieme e che lei se ne va, improvvisamente non riesci a essere contenta per lei».

«Lo sai che sei contorta?»

«Sì, lo so. Allora, ho ragione o no?»

«Non ho neanche parole per definire come sei sciocca».

Perché funziona solo nei film che dici la verità in faccia a qualcuno e questo la accetta?

Sara e Lorenzo tornano dalla cucina, e io ho proprio voglia di affondare il coltello nella piaga.

«Allora quando avete intenzione di trasferirvi a Sassari *per sempre*?»

«La casa è pronta. Adesso aspettiamo che Sara ottenga il trasferimento, potrebbe volerci un po'».

«Ma chi ve lo fa fare di aspettare il corso della burocrazia in questa città grigia e inquinata, tanto vale andare subito a godere del mare e della natura!».

«Io invece non capisco che fretta ci sia, tutta la sua vita è qui», ribatte la mamma stizzita.

«Non è vero», intervengo. «La sua vita è il futuro con l'uomo che ama e non in quattro mura scalcinate in affitto».

«Sara è nata qui, non è mica facile andarsene via così. Dovrebbe prima fare un tentativo e se non funziona ritornare a casa sua».

«E perché non dovrebbe funzionare? Io dico che funzionerà benissimo. Chi ha detto che uno deve nascere e morire nello stesso posto?».

Sta diventando uno scontro aperto fra me e mia madre, mentre Sara e Lorenzo assistono al palleggio.

È la prima volta che Sara sta zitta e io alzo la voce.

«Sara sta benissimo dove sta, non vedo che motivo ci sia di andare in un'isola, l'inverno non ci sono nemmeno i traghetti».

«Mamma, ci sono gli aerei!».

«Io non prendo l'aereo».

«Allora aspetterai l'estate».

«Comunque non sono d'accordo, non capisco perché deve andare così lontano, non potete stare qui?»

«Marta, questi sono quaranta metri quadri e mi costano uno stipendio, mentre laggiù ho già una casa mia bella grande. Mi dispiace che sia lontano, ma lei sarà sempre la benvenuta».

Che dici, Lorenzo, sei pazzo? Ritira quello che hai detto o te ne pentirai!!

«Io non vado da nessuna parte, ho le mie abitudini qui. Pensa te se per andare a trovare mia figlia ci devo mettere dodici ore di nave e non so più quante di macchina. Se te ne vai, verrai tu a trovarmi».

«Mamma», dice Sara finalmente, «ho rimandato questa partenza per anni, ci siamo pure lasciati per questo. Se fai così mi dispiace davvero, ma io questa volta ho deciso. Voglio partire».

Beccati questa!

«Tanto hai già deciso, non vedo perché tu chieda la mia opinione».

«Ma non ho chiesto la tua opinione, ti sto solo comunicando una mia scelta».

«Questo non mi impedisce di essere in disaccordo».

«No, Marta, ma ci farebbe piacere avere la sua benedizione».

«Non posso darvela, mi dispiace. Mi sembra una scelta impulsiva».

«Impulsiva, mamma? Stanno insieme da cinque anni, Sara ha quasi quarant'anni!».

«Quasi trentotto, se non ti dispiace!».

«Vabbè, comunque è in pre-menopausa, quanto deve aspettare ancora?»

«Avrebbe la mia benedizione se stesse qui».

«QUI CON TE?», grido.

«Qui con noi».

«Ma io non voglio che resti qui per me, io la voglio sapere felice e realizzata, anche se se ne andasse in Honduras!».

«Dici così perché non hai figli».

«E meno male che non ce li ho, se è questo che significa essere madri».
Questa volta l'ho detta grossa.
«Bene, mi sembra che il pranzo sia durato a sufficienza. Grazie dell'accoglienza», si alza e si avvia verso la porta.
Sara mi fa cenno di andare da lei.
Devo decisamente imparare a moderare la manifestazione dei miei sentimenti.
«Dai, mamma, scusami, non volevo dire così».
«Sì, sì, va bene, ci sentiamo», apre la porta e se ne va sbattendola.
Mi giro a guardare Sara e Lorenzo stringendomi nelle spalle: «Mi dispiace, giuro, ma faceva dei discorsi assurdi».
Sara fa sì con la testa, ma si vede che è rimasta male.
«Non dirmi che non parti più, o ti ci porto io a forza a Sassari».
Lorenzo la guarda allarmato.
«Sì, parto, però mi ero immaginata che andasse tutto diversamente».
«Gli altri non reagiscono mai come ci aspettiamo, ricordatelo sempre».

Dopo aver sfasciato la famiglia torno a casa ad aspettare Riccardo.
Devo anche cercarmi un altro lavoro, ma lo farò con molta calma.
Prima mi godo la liquidazione.
Riccardo arriva nel tardo pomeriggio, lo sento cantare dalla strada.
Entra in casa e mi chiama.
Come mi era mancato che mi chiamasse urlando dal corridoio.
«Sei felice, eh?».
Mi prende in braccio e mi fa girare.
«Guardami! Ho dormito, ho mangiato e sono anche riuscito ad andare in bagno! Sono un altro!».
Mi abbraccia forte.
«Se non ci fossi stata tu».
«L'aveva fatta veramente sporca questa volta, e tu stavi per sposarla».
«Mi sembra di essermi svegliato da un incubo. Mi devo dare i pizzicotti per riuscire a credere che sia finito».

«L'hai sentita?»

«L'ho chiamata subito dopo che mi hai telefonato tu. L'ho insultata in tutti i modi! L'ho fatta piangere!».

«Ma come! Le streghe non piangono!».

«I demoni sì, evidentemente!».

«E cosa ti ha detto?»

«Di non dirlo ai suoi perché ci avrebbe pensato lei. E stamattina sua madre mi ha telefonato, chiamandomi "fottuto vigliacco", perché avevo lasciato sua figlia dopo che aveva perso il bambino! Ti rendi conto di quanto sia stronza?»

«Te l'ho detto, non può mai perdere».

«Invece questa volta ha perso, ho cancellato il suo numero, la mail, i messaggi, lei non esiste più per me. Ho parlato con i miei e gli ho detto tutto. Dovevi vedere mia madre, è ringiovanita di dieci anni d'un colpo. E mio padre? Ha cucinato per un reggimento. Ieri sera eravamo diciotto a tavola, fra parenti e amici. E tu invece? Raccontami di te. Mi sembra di essere partito per il fronte venti anni fa».

Sono frastornata, troppe novità tutte insieme. Da dove comincio a raccontargli altre balle a fin di bene?

«Mi sono licenziata dallo studio», comincio.

«Ma come? Ti avevano appena assunta!».

«Un ambientaccio, non mi trovavo bene. Credo che cambierò settore», e una.

«Il tuo ex fidanzato stronzo sposato ti ha più mandato fiori?»

«No, per fortuna ha smesso da un pezzo», e due.

«Sono contento. E Sara come sta? Non la vedo da almeno un mese».

«Sara parte per Sassari, potrò affittarti la camera se decidi di rimanere qui».

«Certo che voglio rimanere. Tu vuoi?»

«Certo che sì», rispondo impacciata.

Mi abbraccia di nuovo e mi bacia sulle labbra.

Ora svengo.

Col solito tempismo degli autori alle prese col calo dell'audience, il mio cellulare squilla.

«Indovina un po'?», dice Sara.
«La mamma sta male, vero?»
«Esatto. E indovina chi vuole al suo capezzale?»
«Te, naturalmente. Io sono la figlia degenere e ripudiata».
«Mi devi un favore immenso».
«Te l'ho già fatto il favore immenso e ricorda che *io* rimango a Milano».
Riattacco.
Riccardo ha la faccia di uno che si è buttato con il paracadute, ha l'adrenalina che gli scorre nelle vene.
«Chiara, devo uscire un attimo, ci vediamo qui per cena?»
«Non mi muovo, tanto sono disoccupata».
Scorro e cancello tutti gli avvisi di chiamata di Andrea e i suoi messaggi, deliranti al limite del suicidio.
Che schifo!
Mi viene la nausea se penso alle sue mani che mi toccano. Brrrr.
Riccardo torna dopo circa un'ora, con in mano due biglietti aerei.
«Venerdì andiamo a Londra, io e te, a festeggiare».
«Io e te a Londra?», non credo alle mie orecchie. Dio, che bello, è successo un miracolo.
Comincio a pizzicarmi le guance anch'io.
Ci guardiamo negli occhi, increduli che tutto questo stia capitando davvero a noi, e ci baciamo con il cuore in gola.
Il dottor Folli fa la *ola*.
Credo che questo sia l'amore di cui mi parlava, quello per cui ti tremano le ginocchia dall'emozione quando tutto va bene, non quando lui ti umilia e ti lascia.
Per lo meno è il sentimento più vicino all'amore a cui sia mai arrivata in vita mia.

Tre giorni dopo siamo su un volo destinazione Londra.
Quanto amo viaggiare, e quanto mi piacciono i pasti dell'aereo.
Riccardo è verde e teso come una vela, io invece mi finisco anche il suo panino al cetriolo e il suo budino di fragole.
Arriviamo al nostro albergo a tarda sera, ma è tutto illuminato e pieno di gente in giro che si attarda nei pub.

Sono fuori di me dall'euforia e non smetto di sorridere.
Londra è stupenda e lo è ancora di più con Riccardo.
Il nostro albergo è un romanticissimo palazzo in mattoni rossi a Notting Hill, con il bovindo, la moquette lurida e le doppie tende.
Pagherei per avere un bovindo, altro che camino!
«Ti va un ristorante indiano?»
«No!», rispondo troppo in fretta. «Qualunque altra cosa, ma non l'indiano».
«Okay, allora che ne dici di fish and chips e birra?».
Entriamo in un pub tipicamente inglese, con fuori la lavagna con le specialità della casa. È interamente di legno con le tende rosse, il bancone e gli sgabelli ornati di ottone. Parlano tutti insieme, ridono a voce alta e chi è solo parla con il vicino o col barman.
C'è un'atmosfera da festa, ed è incredibile essere qui con lui.
Passeggiamo per le vie semideserte, ci facciamo le foto davanti agli idranti e alla buca delle lettere.
Ridiamo, scherziamo e ci godiamo ogni istante di questa pace ritrovata, che ci siamo meritati in tutto e per tutto, dopo settimane di confusione, di incomprensioni, e... di Barbara.
Entriamo in camera nostra in punta di piedi con il parquet che scricchiola e ci buttiamo sul letto a una piazza e mezzo.
«Sono troppo felice», mi dice accarezzandomi la fronte e i capelli, «così felice che stento a crederlo, è come se mi avessero graziato dopo la condanna a morte».
«Ti capisco perfettamente. Non sai quante volte mi sono messa nei tuoi panni e sono entrata in ansia solo immaginando come sarebbe stato vivere quella vita».
«Non sono neanche in grado di spiegare a parole come abbia vissuto quei giorni, con lei che parlava solo e soltanto di sé, quando non si guardava allo specchio o si metteva il lucidalabbra. Con suo padre che non mi ha mai sorriso nemmeno una volta e tu che, nel frattempo, stavi lì da sola, cercando di sostenermi, senza nessuno che ti coccolasse nemmeno un po'», mi dice baciandomi il palmo della mano.
No, certo, se si esclude Andrea...
Ci spogliamo gettando i vestiti dove capita e per la prima volta

rimango in reggiseno e slip davanti a lui. Le parole "quella tettona" mi riecheggiano ancora in testa.

Mi sento a disagio e mi copro istintivamente con le mani.

Riccardo avverte il mio imbarazzo e mi sorride con una dolcezza indescrivibile.

«Non sai come sono emozionato. Mi sembra la prima volta, e tu sei così bella che mi togli il fiato. Se non mi aiuti, ho paura che mi chiuderò in bagno fino a domani».

«Io bella? Ma dai... io non sono bella, sono appena nella media... Barb... Altre ragazze sono belle, io sono... normale».

«Ma mi stai prendendo in giro? Tu sei la donna più bella che io abbia mai conosciuto. Ho fatto di tutto per non pensare più a te in queste settimane, perché sapevo che non potevamo stare più insieme e sarebbe stato aggiungere altro dolore a tutto il casino. Ma non ci sono riuscito e sai perché? Perché io ti amo, Chiara, ti amo come non ho mai amato nessuna. E non perché io non abbia mai amato nessuna prima di te, ma perché con te riesco a vedere il futuro, con te voglio condividere la mia vita, i giorni belli e i giorni brutti. Quando ero dai miei continuavo a rivedere la scena insieme a te, la festa che ci avrebbero fatto se gli avessimo annunciato che aspettavamo un bambino noi due. Invece ero lì, solo come un disgraziato, con il telefono che squillava continuamente e mi dovevo alzare e andare in un'altra stanza per la vergogna di dover parlare con quella demente».

«Davvero pensavi a me?», gli accarezzo il viso. «Anch'io ho fatto di tutto per escluderti dai miei pensieri e dalla mia vita, ma qualunque cosa facessi, non era la stessa cosa senza di te. Mi sono sentita terribilmente perduta e sapere che eri con lei era un'ulteriore coltellata».

«Lo so, ma ora che il bene ha trionfato non ci separerà più nessuno, te lo giuro!».

Mi bacia sulla bocca e improvvisamente sento che il mio corpo si rilassa e tutte le energie cominciano a fluire armoniosamente.

Per la prima volta in vita mia slaccio da sola il gancetto del reggiseno e lo lancio sulla sedia e lascio che mi accarezzi e mi baci dolcemente.

Ci guardiamo negli occhi, emozionati come adolescenti alla loro prima volta, e questa è davvero la prima volta che faccio l'amore e non una sveltina.

Ci muoviamo lentamente, come se stessimo ballando una danza solo nostra, e mi sento travolgere da emozioni mai provate prima.

Siamo una sola cosa, un unico respiro, un solo corpo e una sola anima, come ho sempre sognato.

Ci cerchiamo, ci esploriamo, ci perdiamo l'uno nell'altra e improvvisamente comincio a sentire un calore immenso crescere d'intensità, come un'onda inarrestabile che esplode dentro di me, e non riesco ad impedirmi di urlare dal piacere.

Il primo orgasmo della mia vita.

A quasi trentasei anni.

Siamo esausti, sfiniti, e soprattutto affamati.

Svuotiamo il frigobar imboccandoci a vicenda di biscotti e cioccolata, poi facciamo la doccia insieme.

Non mi sono mai sentita così a mio agio con qualcuno.

Così libera e profondamente felice.

Ci addormentiamo abbracciati con il sottofondo della BBC. Il mio cellulare continua a ricevere chiamate e messaggi tutta la notte.

L'indomani mattina stiamo a letto fino a tardi, finché, spinti dalla fame, ci obblighiamo a vestirci e a scendere per fare colazione.

Camminiamo tutto il giorno in giro per Londra: Buckingham Palace, la ruota panoramica, il Tower Bridge, Piccadilly, Camden, Madame Toussaud's.

E per finire, ci sediamo sulla panchina di *Notting Hill*.

Appoggio la testa sulle sue gambe come Julia Roberts.

«Rimaniamo qui per sempre?», mi chiede Riccardo giocando con una ciocca dei miei capelli.

«Magari».

L'atmosfera è magica.

Se avessi saputo che ci si sentiva così quando si è innamorati, non mi sarei mai accontentata di nient'altro.

Andrea è già un ricordo sbiadito, capace ancora di farmi incazzare, ma solo nei confronti di me stessa.

Il mio telefono continua a suonare.

«Ma come mai ricevi tutti questi messaggi?»

«Mi sono abbonata a una di quelle suonerie sceme, e mi mandano un sacco di spazzatura».

«Ma dai, mi sorprendi. Lo sanno anche i bambini che sono una fregatura! Hai veramente bisogno di qualcuno che si occupi di te».

Lo so.

E lunedì cambio numero.

Torniamo a Milano troppo presto, ancora impregnati dell'atmosfera londinese e ancora frastornati dall'intensità dei nostri sentimenti.

Apro il portone e vedo una grossa busta gialla nella cassetta della posta.

La prendo e leggo sopra il nome di Riccardo.

«Questa è tua».

«Sarà l'avvocato di Barbara che mi cita in giudizio per danni morali».

«Non ci scherzerei più di tanto, fossi in te».

«Ma io non scherzo! Ho già attraversato l'inferno, non c'è nient'altro che mi spaventi adesso».

Entriamo in casa.

Sara nel frattempo ha liberato la sua camera, così Riccardo può dormire in un letto vero.

«Senti...», gli dico avvicinandomi a lui e infilando le mani nelle sue tasche posteriori, «non so tu, ma io non ho pensieri casti su di te in questo momento... e poi devo rifarmi di anni di orgasmi perduti!».

«Ai suoi ordini», risponde sdraiandosi sul letto.

Non posso credere che non mi stia sbattendo malamente sulla scrivania, che non mi stia dicendo di immaginarmi le mie colleghe che ci guardano, e che non mi voglia ammanettare o propormi sesso con i suoi amici!

Speriamo che gli autori non se ne accorgano!

Più tardi, mentre vado a fare la doccia, Riccardo si siede in cucina per aprire la busta gialla.

Sento bussare alla porta.

Apro.
Riccardo mi guarda come se non sapesse chi sono.
«Che succede, brutte notizie?».
Mi porge la busta gialla da cui estraggo fotografie di me e Andrea.
C'è di tutto: il ristorante indiano, la pizzeria, anche la caduta in bicicletta, il bacio, io che entro ed esco dallo studio, e che entro ed esco da casa sua.
Con tanto di minuziosa descrizione di orari e luoghi.
«Mi hai mentito per tutto questo tempo, Chiara...». Lo dice con una delusione straziante nella voce.
«No, ma io...».
«Queste foto parlano chiaro, tu non hai mai smesso di uscire con lui, né di lavorare per lui».
«No, non è vero... è una cosa di tanto tempo fa».
«BASTA CON LE BUGIE! Ma non ne hai mai abbastanza? Guarda! Ti sembra una cosa di tanto tempo fa, questa?».
Ha in mano il mio cellulare e legge ad alta voce: «Da Andrea: "Non pensi di avermi punito abbastanza ormai? Era uno scherzo, io andrei a letto sempre e solo con te".
Da Andrea: "Non puoi liberarti di me, io e te ci apparteniamo".
Andrea: "Ti aspetto, ti lascio le chiavi di casa al solito posto".
Ce ne saranno un'ottantina così! Lo so che non dovevo leggerli, e non li avrei mai letti, ma con queste premesse non mi hai dato scelta!», dice sventolandomi le foto sotto al naso.
«Posso spiegare», mugolo.
«Cosa vuoi spiegare, che non è vero? Che è un fotomontaggio? Ma cosa ho fatto di male per meritarmi questo? Da che ti ho incontrato la mia vita è naufragata. Tu sei peggio di Barbara, perché lei è pazza, ma tu sei crudele!».
«Riccardo, ti giuro che non è vero. Tu stavi con Barbara e io sono uscita qualche volta con lui, poi quando ci siamo messi insieme, non l'ho più visto».
«MA LAVORAVI DA LUI E A ME HAI DETTO CHE AVEVI CAMBIATO STUDIO!».
«Mi hanno fatto un'offerta che non potevo rifiutare!».
«E non potevi dirmelo?»

«Pensavo ti arrabbiassi!».

«E mi hai raccontato una montagna di stronzate? E cosa credi che faccia io adesso, che ti dica che è tutto come prima? Guarda, Chiara, guarda queste foto!», me le sbatte in faccia. «Stai baciando un altro! Ed è successo poche sere fa! E qui stai uscendo da casa sua di mattina!».

Le butta per terra con violenza.

Immagini di me e Andrea si sparpagliano sul pavimento a rallentatore.

Solo il vedermi ancora vicino a lui mi fa venire la pelle d'oca.

«Lo so che sembra assurdo, ma credimi, c'è una spiegazione a tutto. Non è come pensi tu, è tutto un malinteso», gli dico correndogli dietro, mentre prende una sacca e ci mette dentro le sue cose.

«Chiara, per favore, lasciami solo, non sai quanto sto male. Ti prego, non farti più vedere, io con te ho chiuso. Passo sopra a qualunque cosa, ma non alle bugie. La fiducia si tradisce una volta sola. Sei la più grande delusione di tutta la mia vita».

«Ma io...».

«Davvero, ti prego, non dire più niente».

Apre la porta e la richiude alle sue spalle.

Rimango lì immobile, mentre l'acqua dei capelli bagnati cola sulla foto del mio bacio con Andrea.

DICIANNOVESIMA SEDUTA

«Grazie di avermi ricevuta con così poco preavviso, dottore», dico con un filo di voce.

«Capirà che vedersi alle tre e trenta del mattino come voleva lei non era la miglior soluzione. Almeno abbiamo dormito tutti e due qualche ora».

«Riccardo se n'è andato per sempre».

«Come mai? Cos'è successo?»

«È colpa mia. L'ho fatto fuggire, ho fatto fuggire anche lui», dico fra le lacrime.

«Su, Chiara, non pianga. Mi racconti bene cos'è successo», mi porge un fazzoletto.

«Ho fatto un casino pazzesco anche questa volta, sempre per paura di ferire qualcuno dicendo la verità. Ho accumulato così tante balle che alla fine tutto mi si è rivoltato contro, anche se non ho fatto niente».

«Ha mentito a Riccardo?»

«Non gli ho detto alcune cose di me e Andrea, ma aspettavo che cadessero in prescrizione. Non erano importanti... Nel frattempo c'era stato tutto quel casino del bambino, e i non detti si sono accumulati, ma tanto ormai con Riccardo era finita, che senso aveva raccontargli di quello che era successo con Andrea, se si sposava con Barbara? E che colpa ne ho se Andrea è tornato alla carica e ci sono uscita un paio di volte? A chi facevo un torto? E poi non è successo niente a parte un bacio o due... E alla fine mi sono licenziata, perciò Riccardo non l'avrebbe mai saputo. Ma quella carogna di Barbara, che non si arrende finché non ti vede sputare sangue, gli ha spedito delle foto di me e Andrea insieme».

«Delle foto di lei e Andrea... quando?»

«Quelle di quando mi ha portato al ristorante indiano e sono andata a dormire a casa sua, nella stanza degli ospiti, si ricorda? E il bacio fuori del ristorante e il picnic, quando siamo caduti e mi sono fatta male al polso... un intero reportage completo di orari e indirizzi».

«Chiara, io non so niente del ristorante indiano, del bacio e del picnic...».

Cazzo... ci risiamo.

«Già... si vede che non lo ritenevo importante e ho preferito privilegiare altri argomenti».

Folli mi guarda con un'ombra di sconforto.

«Chiara, ne avevamo già parlato, non ha senso continuare così. Lei rende difficile il mio compito. Credevo che avessimo fatto un patto».

«Dottor Folli, sapevo che disapprovava l'idea che tornassi con Andrea, e infatti non ho ceduto anche se mi ha fatto una corte spietata. Mi ha solo portato a cena un paio di volte e una mi ha baciato, ma io non ho ricambiato. Okay, non mi sono neanche tirata indietro, ma stavo solo cercando di capire se lui fosse cambiato veramente. In fondo abbiamo avuto una relazione di due anni, questo sono certa di averglielo detto! E ormai che Riccardo se n'era andato, e Andrea non mi dava tregua, ci siamo riavvicinati, ma come amici... Poi gli ho fatto lo scherzo di Azzurra e il resto lo sa... più o meno... Mentre a Riccardo avevo nascosto diverse cose... molte più che a lei... e quando ha visto le foto, gli è crollato il mondo addosso».

«Lei parla ancora di disapprovazione, quando le ho spiegato che non sono qui per giudicarla. Non so più come farle capire che è libera di dirmi quello che vuole, perché se non lo fa, la terapia non serve a niente. Lei ci ricasca ogni volta e io adesso sono davvero in difficoltà. Lei pretende che io l'aiuti quando mi nasconde interi capitoli della sua vita!», dice gravemente.

«Dottor Folli, ho sbagliato, lo so, ma era a fin di bene! Che senso aveva raccontare a Riccardo che ero uscita con Andrea, ora che tutto si era risolto? Per me era acqua passata, io sentivo di amare Riccardo e questo contava più di qualunque altra cosa. È vero che, nonostante non fossi particolarmente coinvolta con Andrea, avrei preferito quella minestra tiepida alla solitudine assoluta, e avevo anche deciso che mi sarei sforzata per farmelo bastare, ma una volta che Riccardo è tornato, per me non c'è stato più nessun altro. Mi sembrava normale. Scusi, lei racconta sempre di tutte le sue ex alle sue fidanzate? Non mi sembra carino!».

«Qui la situazione è diversa. Riccardo credeva che lei non lavorasse neanche più per Andrea, e vederla baciarlo e uscire da casa sua è stato un colpo tremendo, lo sarebbe stato per chiunque. Cerchi di mettersi nei suoi panni: come ci rimarrebbe se fra un mese venisse a sapere che lui continua a vedere Barbara, con delle foto che lo testimoniano? Anche se lui le dicesse che non è vero, gli crederebbe? Non si sentirebbe presa in giro? Offesa? Umiliata?»

«Mi sento offesa e umiliata da tutta la vita, non vivo questi sentimenti come delle novità intollerabili! E poi io non l'ho tradito, noi non stavamo più insieme!», protesto.

«È la sua fiducia che ha tradito! E noi uomini siamo fortemente territoriali quando si tratta della persona che amiamo. Riccardo è innamorato di lei, e un uomo che vede la propria donna nelle braccia di un altro si incazza da morire!».

«E come faccio a recuperarlo adesso?»

«Chiara, cerchi di capire che sono parecchie informazioni da assimilare tutte insieme e Riccardo è profondamente scioccato in questo momento. Forse dovrebbe lasciare decantare la sua rabbia e cercare di contattarlo più in là».

«Ma questa sarebbe un'ammissione di colpa! Lui deve credere che, nonostante le apparenze, fra me e Andrea non c'è e non ci sarà mai più niente!».

«Chiara, ognuno ha i suoi tempi, non può pretendere che gli passi da un giorno all'altro. Se così fosse mi preoccuperei, significherebbe che i suoi sentimenti sono piuttosto superficiali. Vorrei invece che approfittasse di quello che è successo per riflettere sulle conseguenze delle sue azioni, anche se compiute, come le definisce lei, a fin di bene».

«Non ho tempo per riflettere. Ho fatto una cazzata, ho capito, ma non posso pensare di averlo perso. Sono distrutta, sono finita, senza di lui sono finita...», ricomincio a singhiozzare.

«Chiara... cerchi di stare calma», mi esorta con dolcezza. «Capisco il suo stato d'animo e lo affronteremo insieme. So che ora niente la può far stare meglio se non il pensiero di una riconciliazione, ma le chiedo di servirsi di questo momento per sentire questo vuoto e provare a dominarlo, invece di subirlo. Cerchi di viverlo come un trauma che ha una sua ragion d'essere, ma che non la può uccidere in alcun modo e non si abbandoni alla disperazione, ma resti lucida e reattiva, agendo comunque nel suo interesse, senza immolarsi o pensare di meritarsi qualunque punizione per espiare i suoi peccati».

«Ma io sono colpevole!».

«Chiara, lei in questo momento sta fissando l'immagine così da vicino da non riuscire a vedere il disegno nella sua totalità. La sua vita non sta finendo e, per quanto lei stia soffrendo in questo momento, non morirà di crepacuore, glielo assicuro. Perciò, ora più che mai, è necessaria la sua presenza di spirito».

«Mi dispiace tanto, dottor Folli, l'ho delusa anche questa volta, mentre lei è sempre così disponibile con me».

«A questo proposito voglio dirle che in futuro non sarò più disposto a tollerare altre bugie da lei, pena l'interruzione del nostro rapporto. Questa è l'ultima volta che glielo permetto, perché vedo che sta provando sulla sua pelle quello che succede a mentire alle persone che si amano. Ma non le darò un'altra occasione», risponde serio.

«Glielo prometto», dico come una brava scolaretta.

Tornata a casa decido la cosa giusta da fare.

Ho il cuore in gola mentre il telefono squilla.

«Pronto, Elisa... Scusa se ti disturbo, sono Chiara quella ragazza che ti portò il cellulare di Riccardo quel giorno a casa... sono passati un po' di mesi...».

«Ah sì certo, mi ricordo, come stai?»

«Bene... cioè insomma... Ho bisogno di chiederti una cosa importante».

«C'entra Riccardo? Non è che mi chiami ancora da parte sua, vero?»

«No, no, lui ecco... se n'è andato e volevo sapere se puoi darmi il suo indirizzo di Genova».

«Stava ancora da te? Ma pensa, credevo che fosse ripartito subito. Quindi lavorava a Milano».

«Sì, aveva chiesto il trasferimento per venire a vivere con te e siccome glielo avevano accordato era rimasto qui e gli ho affittato una stanza da me».

«Ho capito. Cos'è successo?»

«Abbiamo litigato ed è andato via».

«Dai non ti preoccupare, lo conosco bene, non sa tenere il muso per più di due giorni. A meno che non gli si raccontino le bugie, quella è l'unica cosa che non sopporta: una volta ha chiuso col suo migliore amico perché gli aveva detto che non poteva andare in vacanza con lui per problemi familiari e invece c'era andato con una ragazza appena conosciuta. Nemmeno quando si sono lasciati ha mai più voluto riparlarci. Puoi fargli qualunque torto, ma la fiducia per lui è sacra».

«Capisco... in questo caso non so se ho qualche speranza, ma speravo di andare da lui e convincerlo a tornare».

«Hai carta e penna?».

Scrivo l'indirizzo.

«Allora in bocca al lupo e... se posso darti un consiglio, non te lo lasciar scappare, è un ragazzo d'oro in confronto agli squilibrati che ci sono in giro».

«Credo di essermene accorta troppo tardi».

Esco subito di casa per andare alla stazione centrale e nel giro di due ore sono già a Genova.

Prendo un taxi e mi faccio portare a casa sua.

Nonostante sia una giornata bellissima, non riesco ad apprezzare niente. Non è così che avrei voluto godermi Genova, avrei voluto che Riccardo mi portasse in giro a passeggiare per i vicoli raccontandomi aneddoti, che mi mostrasse la sua scuola, mi presentasse i suoi amici e che mi rendesse partecipe della sua vita.

Non avrei voluto essere depositata frettolosamente davanti a casa sua da un anonimo tassista, che non si prende nemmeno la briga di coprirmi gli occhi e dirmi «sorpresa!!».

Pago, scendo e rimango sul marciapiede per circa dieci minuti, chiedendomi se non stia facendo un'ennesima irreparabile cazzata.

Suono il campanello e mi apre una signora sorridente, che si asciuga le mani sul grembiule da cucina. Sento profumo di passata di pomodoro e di casa.

«Buongiorno signora, sono un'amica di Riccardo. È in casa?»

«È appena uscito a comprare le sigarette, quanto fuma quel ragazzo... Ma prego, venga ad aspettarlo dentro, fra poco torna».

«No, non fa niente, aspetto fuori».

«Ma che discorsi! Ora faccio aspettare un'amica di Riccardo sul marciapiede! Venga dentro che le faccio un caffè», mi prende gentilmente per la manica della giacca e mi accompagna dentro.

La casa è a due piani, semplice e vissuta, e si sente che è la casa della vita, l'unica che tutti loro abbiano mai abitato, e quella dove sarà sempre il loro cuore.

Questa è la cosa che mi mancherà sempre più di tutte. Il resto forse potrò costruirlo, ma non questo.

Mi fa sedere in cucina, mi prepara il caffè e mi offre i biscotti al cioccolato con le mandorle che ha fatto per i nipoti.

Mi dice che ne ha sei e mi fa vedere le loro foto.

Sono bellissimi, tutti biondi e sorridenti in braccio alle sorelle di Riccardo.

Sua madre è una persona gentile e materna, e io mi sento un po' come l'amante ripudiata che diventa la migliore amica della moglie e quando lui torna a casa e le trova a chiacchierare in salotto, finge di non conoscerla per non insospettirla.

Poi lei comincia a perseguitarlo e la moglie la uccide.

Non mi chiede né chi sono né cosa faccio, perché il fatto che io sia amica di Riccardo è una garanzia di affidabilità.

Dopo circa un quarto d'ora sento aprire la porta d'ingresso.

È Riccardo e la terra mi trema sotto i piedi.

Sento sua madre dire che c'è una sua amica che è venuta a trovarlo e lui rispondere: «Chi?».

Poi entra in cucina, mi vede e il suo sorriso si spegne e si trasforma in un'espressione ostile.

«Che ci fai qui?», mi chiede bruscamente

«Ti volevo parlare», rispondo alzandomi. «Non volevo entrare in casa, giuro, ma tua mamma è stata così gentile da invitarmi che non ho potuto rifiutare».

«Voleva rimanere sul marciapiede ad aspettarti, ma ti pare?»

«Vieni, andiamo», mi fa cenno di seguirlo ed esce.

«È stato un piacere conoscerla, signora», stringo la mano di sua madre con la certezza di non rivederla mai più.

Camminiamo in silenzio per qualche centinaio di metri fino a un parco.

Riccardo ha le mani in tasca e cammina a testa bassa.

Non so perché, ma mi ero immaginata che sarebbe stato più contento di vedermi, che la notte gli avrebbe portato consiglio e che avrebbe rivisto l'intera storia con più chiarezza, avrebbe capito di aver esagerato e sarebbe stato disposto a rivedere le sue posizioni.

«Okay, cosa mi volevi dire?».

Non è più l'uomo che fino a quindici ore fa mi teneva fra le braccia e diceva di amarmi.

«Mi dispiace da morire per il casino che ho fatto, ma non è come credi. Sul serio, io non stavo con Andrea, siamo usciti qualche volta quando tu stavi con Barbara, perché ero sola e mi mancavi e lui si è offerto di essermi amico. Mi ha portato a cena un paio di volte, e siccome una sera pioveva e ci siamo bagnati, mi ha proposto di dormire da lui così che mi avrebbe portato in ufficio l'indomani. Non mi ha sfiorata con un dito».

«Chiara, in quelle foto non eravate due amici, vi stavate baciando. Perché non riesci a smettere di raccontare cazzate anche di fronte all'evidenza?»

«Ma è lui che ha baciato me!!! E io e te non stavamo più insieme!».

«Io ti raccontavo tutto quello che facevo e sapevi che stavo da cani perché ti avevo lasciata per correttezza, mentre tu permettevi a uno che ti aveva già trattata come una merda, e da cui ti avevo messo in guardia il giorno stesso che ci siamo conosciuti, di ricominciare a corteggiarti perché ti giurava di essere cambiato? Ma in che mondo vivi?»

«Faccio fatica a stare sola, Riccardo, lo ammetto, ma quello che provo per te è amore vero, quello che sento è completamente diverso da qualunque cosa io abbia mai provato per nessuno. Te ne saresti accorto, posso mentire sui fatti, ma non sui sentimenti».

«Chiara, io non so più chi sei. Me ne hai raccontate talmente tante che adesso non lo sai neppure tu e sei così sconvolta dalla paura di stare sola che ti aggrappi a qualunque cosa. Ma vedrai che ti passerà e fra una decina di giorni non ci penserai neanche più a me». Si allontana.

«No, Riccardo, non te ne andare», gli corro dietro e lo afferro per un braccio, ma si divincola con uno strattone.

«Lasciami stare! Te lo chiedo come ultimo favore», mi dice gelido. «Non sto scherzando. È già stato un periodo abbastanza duro grazie a te, quindi ora tu torni da dove sei venuta e mi dimentichi, perché io non ti voglio più né vedere né sentire. Afferri il concetto? Riccardo è morto».

«Ma io come faccio senza di te?», gli chiedo col faccino triste e le lacrime che scendono.

«Chiama quell'altro, sarà felicissimo di riprenderti», sono le sue ultime parole per me.

Lo seguo con lo sguardo, mentre esce dalla mia vita senza voltarsi neanche una volta.

Salgo sul treno con la morte nel cuore.

Paralizzata dall'eco delle sue parole e dal suo sguardo senza amore.

Dalla cosa più preziosa per lui, sono diventata il suo peggior nemico.

E non ho nessuno con cui parlarne.

L'unica persona disposta ad ascoltarmi la devo pagare.

Entro in casa e trovo mia sorella e Lorenzo che portano via scatoloni pieni.

«Allora te ne vai davvero?», le chiedo cercando di essere più entusiasta possibile.

«Perché hai pianto?», mi chiede senza nemmeno voltarsi.

«Ho fatto l'errore più grande della mia vita», e mi scendono le lacrime.

Sara mi abbraccia stretta.

«Povero passerotto mio sfigato, raccontami cos'è successo», dice scostandomi i capelli dalla faccia, con quell'atteggiamento tipico delle mamme che stravedono per il proprio piccolo e più lo accarezzano più si rendono conto che il miracolo a cui hanno dato vita è reale.

Le racconto tutta la storia dall'inizio, senza tralasciare nulla, come se fosse il mio avvocato, sicura che lei possa capire perché mi sia comportata così e che trovi una parola di conforto.

Mi ascolta attentamente, con apprensione, e quando ho finito mi abbraccia di slancio.

«Che faccio adesso? L'ho perso per sempre».

«Solo alla morte non c'è più rimedio, tesoro. Vuoi che gli scriva da parte di Azzurra?».

Sorrido.

«Non si fida più di me, qualunque cosa io gli dica è una bugia».

«Dagli tempo, Chiara. Se ti ama ritorna».

«Non hai visto come mi guardava, era disprezzo allo stato puro».

«Certo, Chiara, gli hai raccontato più balle tu in dieci giorni che papà alla mamma in dieci anni di matrimonio. Buon sangue non mente!».

«Dici che è genetico?»

«Nella mia esperienza a scuola credo che sia più una questione di imprinting, i bambini imitano i genitori nel bene e nel male e poi finiscono per ripetere quei comportamenti tutta la vita. Se quando stai per dire una balla...».

«Io non dico balle... io ometto».

«Okay, piccolo ometto, se prima di "omettere" rifletti un attimo, magari riesci a fermarti in tempo».

«Ma con lui non ho più speranze, non mi vuole nemmeno stare a sentire».

«Chiama la mamma e parla con lei, mi è stata di grande aiuto per Lorenzo».

«Ma sei fuori? Dopo che ci ho litigato e mi odia e tu sei stata eletta la figlia perfetta? Dov'è che tieni la corona e la fascia eh, Sara Stella?».

«Solo perché io l'ascolto un po' di più».

«Ma se le hai urlato in faccia per tutta la vita, adesso pensi di cavartela con due settimane di gentilezza?»

«Sono cambiata, credo, mi sono ammorbidita».

«La verità è che metterai il mar Tirreno fra te e lei e questo ti fa sentire molto superiore».

«Sì, credo che sia quello in fondo».

«Quando parti?»

«Pensavamo settimana prossima, attacchi di panico permettendo».

«Scommetti che le passano? Non vorrà mica che ci vada io, sa che le renderei la vita impossibile».

«Di certo io non prendo l'aereo tutte le settimane».

Sara se ne va e ripiomba il silenzio opprimente e insopportabile.

Il mio cellulare ha squillato meno, oggi. L'ultima chiamata di Andrea risale a stamattina in treno.

Sono così tentata di richiamare Riccardo, ma so che non risponderebbe.

Che ci faccio qui senza di lui? Questa casa è piena di lui, i suoi libri, la sua chitarra, ha lasciato anche lo spazzolino.

Forse questo non è un addio, allora.

Provo a mandargli un sms.

"Mi manchi come l'aria che respiro. Sei tutta la mia vita, non ti mentirò mai più lo giuro".

Appoggio il cellulare sul tavolo e aspetto, trattenendo il respiro.

Dopo un minuto interminabile arriva una risposta.

Da Andrea: "Non ho fretta, ho tutta la vita per aspettarti. Chiamami ti prego, ho bisogno di te".

Vaffanculo.

Arriva un altro sms.

Da Riccardo: "Lunedì ti mando uno a prendere la mia roba, metti tutto in una busta".

Il cuore si ferma e mi sembra che non riparta più.

Una porta che si chiude e lui che si volta e se ne va per sempre sono il *leitmotiv* della mia vita.

Come si fa a sopravvivere a questo?

Come ci si abitua alle porte che si chiudono per sempre? E dove si trova la forza per aprirne altre da soli?

Io non ce l'ho questa forza.

Chiamo Andrea.

«Lo sapevo che prima o poi mi avresti chiamato. Non dormo da giorni e giorni, sono uno straccio, sto male, mi manchi troppo».

«Abituati a stare solo, è il destino di tutti».

«Il mio destino è stare con te. Ho avuto una ricaduta, è vero, mi sono lasciato trascinare, ma conosci il mio passato e sai che non ho avuto una condotta esemplare per molto tempo. Un errore si perdona a chiunque. È una debolezza che non si ripeterà più e a cui sto lavorando con il mio terapeuta».

«Non mi importa di cosa parli col tuo terapeuta, non è più un problema mio, sono fuori dai giochi».

«Dai, non dici sul serio. Non si cancellano due anni e mezzo così, per una ragazzata».

«UNA RAGAZZATA?», giro la testa di trecentosessanta gradi come l'esorcista. «Ma che ti dice la testa? Pezzo di idiota, non sai tenere a freno i tuoi istinti. Sembri Alvaro Vitali nei film con Carmen Russo, sei una macchietta, un buffone, il disonore della categoria sia come uomo sia come avvocato».

«Chiara, parli così perché sei arrabbiata, e hai tutte le ragioni del mondo di esserlo. Ma ho bisogno di te. Non faccio che pensare all'altra sera, quando ho aperto la porta e c'eri tu e la casa era viva e piena d'amore. Ho capito che sei tu la persona con cui voglio condividere il resto della mia vita. Chiara, facciamo un bambino».

«Che? Ma chi è il tuo terapeuta? Homer Simpson? Questa è l'ultima volta che mi senti, hai capito? Non esisto più, Chiara è morta».

Riattacco.

Ho la fronte imperlata di sudore e mi sento le tempie pulsare.

Alla fine l'attacco di panico verrà a me.

E adesso?

Mi sento spaventata a morte. Non ho alternative alla solitudine.

Tutto questo spazio da riempire, senza nessuno vicino e nemmeno un lavoro su cui concentrarmi.

D'un tratto realizzo quello che mi sta accadendo e vedo me stessa da fuori come fossi in una stanza di vetro: non so come uscire e grido, ma nessuno mi sente.

È questa la vita?

Chiamo il dottor Folli, considerando l'emergenza.

«Scusi, dottore, lo so che è l'ora di cena, ma io sto davvero male e non so a chi altri rivolgermi. Mi sento morire. Questo silenzio, questa casa vuota, Riccardo che non c'è più e Andrea che mi tempesta di telefonate, sto impazzendo!».

Non posso dirgli che sono stata a Genova o perdo anche lui.

«Chiara, questo è il momento più duro in assoluto, è una sorta di picco da astinenza, ma si ricordi cosa le dicevo l'altro giorno, a proposito dell'onda che sale di intensità e poi si infrange. Ha fatto bene a chiamare me piuttosto che Riccardo o Andrea, ma mi creda che passerà, anche se sembra impossibile. Il problema è che lei, al momento, non ha un lavoro e quindi non ha niente che la distragga da quei pensieri ossessivi. Faccia così: scriva su un foglio una serie di cose che le piacerebbe fare, senza pensarci più di tanto, si immagini protagonista della propria vita, si veda nella casa che vorrebbe avere, nella professione che le piacerebbe svolgere, e arricchisca sempre di più il film della sua vita fino a renderlo reale, e cominci a crederci. Si apra a nuove prospettive e immagini di avere soddisfazione personale, relazioni positive con gli altri, nuovi amici, nuovi amori e una vita piena e ricca di gratificazioni.

Deve cercare di interrompere il circolo vizioso in cui è caduta, Chiara, e ci vuole un po' di forza di volontà e tempo per scavalcare questa montagna, ma è un percorso che può fare solo lei. E una volta fatto si renderà conto che la sua nuova vita è quello che lei ha sempre desiderato, non dipenderà più dai fantasmi del passato che l'hanno tenuta prigioniera fino a ora, ma sarà l'assoluta artefice della sua esistenza nuova e appagante».

Faccio come mi ha detto, prendo un foglio e comincio a scrivere quello che mi piacerebbe fare nella vita.

Dopo due ore ho scritto solo “Sposare Riccardo”.

L’indomani mattina ricevo un sms da Andrea: “Perché tutta questa sofferenza per noi, mentre fuori il sole splende?”.

Compro un giornale di annunci economici per vedere se qualcuno cerca della bassa manovalanza.

Forse se mi riempio la giornata di estenuanti lavori manuali terrò la testa altrove.

Squilla il telefono.

«Pronto, papà!». Vista l’ecatombe intorno a me, sono quasi felice di sentirlo.

«Ciao bella, come stai?»

«Bene, non sento l’eco, dove sei?»

«Sono a Milano, ti ho chiamato proprio per questo».

Oddio. Ma tutte questi colpi di scena non si potevano diluire nel tempo? Nelle soap opera con un’unghia rotta ci vanno avanti per trenta puntate.

«Volevo invitarvi a cena fuori stasera. Tu, Sara e Gaia Luna».

E che gli dico adesso? Che abbiamo tutte la varicella? Che ha sbagliato numero?

Se dico a Sara che lui è a Milano non esce più finché la Farnesina non le comunica che è tornato a Cuba.

«Ehm... Che bella sorpresa papà, stasera dici? Non so mica se Sara è libera, glielo devo chiedere».

«Quante scuse, guarda che la pago io la cena, e poi non mi vedete da quanto? Un anno? Due?»

«Cinque papà, Sara non la vedi da cinque».

«Madonna come vola il tempo! Gaia Luna viene, l’ho già chiamata. E tu fammi sapere se tua sorella c’è. Ci vediamo alle nove al Savini».

Oh cazzo.

Il ristorante più caro di Milano, nonché territorio neutro anti scenata.

Mi sa che ci deve parlare di qualcosa di grosso.

«Pronto, Sara, stasera le mie ex colleghe di ufficio offrono una cena in mio onore, mi puoi accompagnare? Non mi va di andarci da sola, sono triste».

«Ma io sto facendo gli scatoloni, non posso».

«Dai, che ti costa, è questione di un paio d'ore. Se vuoi ti do una mano io domani, tanto non ho niente da fare».

«Uff... vabbè, a che ora?»

«Alle otto e mezzo sotto casa mia. Vestiti bene, è un locale elegante».

Io mi metterò il casco.

Mia sorella arriva puntuale, mi citofona e scendo.

Mi sento male per me, ma mi sento peggio per lei, perché quando lo saprà non vorrà mai più vedermi. Ma questa volta non avevo scelta.

«Allora, dove andiamo?»

«Da Savini».

«Però! Ti volevano bene».

«Eh sai... uno studio di avvocati...».

«Ma c'è anche lo stronzo?»

«No, quello no...».

Un altro.

Dopo un parcheggio selvaggio entriamo in galleria Vittorio Emanuele e a dieci metri esatti dal ristorante la fermo.

«Okay, Sara, forse questa è l'ultima volta che ti vedo, ma ti prego, mettiti nei miei panni e cerca di non volermene».

«Che stai dicendo, vuoi spingermi sotto la metro per caso?»

«Dopo quello che sto per dirti ci spingerai me sotto la metro, e io ti lascerò fare, te lo giuro».

«Ma che dici?»

«Non è una cena fra colleghi questa».

«Ah no? Qualche ex fidanzato che ha saputo che mi sposo?»

«Senti... stamattina mi ha chiamato papà».

«Ah no, eh? Questa è la peggiore che mi potessi fare», gira i tacchi e si allontana a passo svelto.

La inseguo e le taglio la strada.

«Lo so, e hai ragione, mi prenderei a pugni e se vuoi dopo lo faccio, ma sapevo che non avresti mai accettato. Lui mi ha chiamata stamattina per averci tutte qui a cena, credo che ci voglia parlare. Ti prego, fai questo per me».

«Hai visto? Hanno ragione a non fidarsi di te, tu menti a tutti senza ritegno».

«Era a fin di bene, mi avresti detto di no. E come facevo ad andare da sola con quei due?», tento la faccia del cocker abbandonato con le zampine in preghiera.

«Non mi fai pena, non ci entrerò nemmeno morta là dentro, scordatelo».

«Sara, tu te ne andrai da qui verso la tua nuova vita, con Lorenzo, ma se non affronti insieme a me questa parte del passato, prima o poi lo rimpiangerai. Lo abbiamo fatto da piccole, possiamo farlo anche adesso: ci prendiamo per mano e saltiamo. Insieme siamo forti e non ci può succedere nulla. Per favore».

Sara è furiosa, ma devo aver smosso qualcosa, perché mi prende il braccio e mi trascina dentro.

Lo individuiamo subito dato che è l'unico che parla al cellulare a voce alta gesticolando.

Abbronzatissimo, con le maniche della giacca tirate su, il colletto della camicia alzato e il codino.

Gaia Luna è seduta accanto a lui, con capelli dalla piega impeccabile, giocherella con un grissino fissando un punto morto sulla tovaglia.

Il caposala ci accompagna al tavolo.

E nostro padre ci saluta come se ci avesse viste la mattina stessa.

«Eccole qui, come state?», si alza per baciarci. Poi, rivolto al cameriere: «Sa che sono tutte figlie mie?

Le scambiano per le mie fidanzate quando ci vedono in giro! Ma sono troppo vecchie!», ride forte.

Se arrivasse un cameriere nano giurerei di essere in un film di Fellini.

Sara non ha spiccicato parola, a parte due "ciao". È già tanto che non abbia detto "piacere".

Ci nascondiamo dietro i menù.

«Io non ho fame», dice Sara appoggiando il menù sulla tovaglia.

Le prendo il polso con delicatezza e ci affondo le unghie.

«Ah no? Ma qui è tutto buonissimo, carne, pesce, tartufi... Prendi quello che vuoi, pago io».

E vorrei vedere.

Neanche Gaia Luna si distingue per loquacità, ma posso capirla. Lei ci parla tutti i giorni, non dev'essere una passeggiata.

Come vorrei che ci fosse Riccardo a sdrammatizzare.

«Allora, che mi raccontate, tutto bene? Ce l'avete il fidanzato? Aspettate, voglio indovinare... Secondo me: Sara sì e Chiara no. Ci ho azzeccato?».

È così evidente?

«Vabbè, Chiara tu sei un tipo più...».

Oddio che dice adesso?

«Più classico, no?».

E vada per classico, poteva vanificare mesi di terapia con una parola.

«Allora, papà, perché ci hai riunite tutte qui?», dice Gaia Luna un po' insofferente.

«Eh, quanta fretta, non mi posso godere un po' le mie figlie? Quando mi ricapita?»

«Ti sarebbe capitato più spesso se ti fossi interessato a noi», dice Sara acida.

«Guarda, Sara, non vi ho invitate per litigare né per rivangare il passato, eh? Per piacere, godiamoci questa serata in famiglia», risponde secco.

Le nostre ordinazioni ci salvano dallo scoppio delle ostilità.

«Oh! Finalmente un pesce degno di questo nome. Ma lo sapete che a Cuba non c'è pesce? Ora con Raoul bisogna capire come andranno le cose, ma insomma con l'embargo c'è poco da ridere».

«Dai, papà, non ti lamentare, che gli affari ti vanno a gonfie vele», commenta Gaia Luna.

«Eh, che c'entra. Come ti rilassi è un casino, ti fanno subito le scarpe!».

Sembra di assistere a una scenetta di Totò e Aldo Fabrizi, solo che non fa ridere.

Sara continua a guardare nel piatto e a giocare con i piselli, ed è la terza volta che le riempiono il bicchiere di vino, cosa che mi fa temere il peggio.

«Quando sei arrivato?», chiedo per fare un po' di conversazione.

«Ieri mattina, ma riparto dopodomani. Ho un po' di cose da sistemare qui e ne ho approfittato per incontrarvi».

«Ti mancavamo, immagino», dice Sara con sarcasmo.

«Guarda, a dire la verità, tu no. Se dovevi essere così polemica facevi meglio a rimanere a casa».

«Veramente ci volevo rimanere, ma mi hanno obbligato a venire», risponde con aria di sfida.

«Liberissima di andare. Nessuno ti trattiene se per te è un sacrificio così insopportabile stare per una sera con tuo padre e le tue sorelle».

«No, figuriamoci, se a te pare normale comparire dal nulla dopo cinque anni che non ti fai vivo!».

«Vabbè, ho capito. Tu, Chiara, che stai facendo? Lavoro? Tutto bene?»

«Eh sì, il solito, lavoro nello studio di un avvocato, niente di che».

«Mica male. Se ti sposi un avvocato ti sistemi, sai?»

«Ma sono tutti già sposati... Invece sai chi si sposa presto?»

«No, chi?»

«Sara».

Mi guarda un istante come per dire «Sara chi?», ma per fortuna si ferma un secondo prima e dice: «Che bello», continuando a tagliare la spigola.

Sara mi infila una forchetta nella coscia.

Mi volto di lato e chiamo il cameriere per mascherare la smorfia di dolore, chiedendogli delle patatine fritte, che credo non abbiano neanche mai servito.

Sono sicura che sto sanguinando.

«E con chi ti sposi?», chiede con la bocca piena.

«Con un ragazzo molto carino, rispettoso, corretto, innamorato e in gamba».

«Tutto il contrario di me, quindi».

«Sei tu che trai le conclusioni».

«Mi sembra chiaro che ogni cosa che dici è un'accusa esplicita nei miei confronti».

«Chissà come mai, sei stato un padre esemplare...».

«Non sarò stato un padre esemplare, ma ho dato le mie prove, e nel mio piccolo ho dato da mangiare a un bel po' di gente, quindi non ho intenzione di stare a farmi giudicare da una maestrina d'asilo».

Alè! È stato un piacere suonare con voi, il Titanic affonda.

«Non ti azzardare a darmi della fallita. Se c'è una nullità fra di noi quello sei tu».

«Perfetto, questo ti dimostra perché non ti ho voluta incontrare per cinque anni».

«Se era per me, ne sarebbero passati cento».

«Bene, credo che con questo ci siamo detti tutto».

«Direi di sì. Auguri per la tua splendida vita». Poi, rivolta a me: «Tu prendi la metro e facciamo i conti domani».

Esce come una furia.

Rimaniamo tutti e tre imbarazzati.

«Vuoi dirci perché ci hai riunite qui, adesso?», dice Gaia Luna.

«Certamente, non vedevo l'ora», dice versandosi da bere. «Mi restano due mesi di vita al massimo».

VENTESIMA SEDUTA

«Non mi sono mai sentita così a pezzi. Mia sorella è partita il giorno dopo senza nemmeno salutarmi, mia mamma non mi parla perché ha preso le sue parti, Riccardo ha mandato un tizio a riprendere la sua roba e anche Andrea sembra sparito.

Paradossalmente, l'unica persona che sento ogni tanto è Gaia Luna, che parla solo per monosillabi ma è già qualcosa».

«Chiara, ha tutta la mia comprensione e il mio sostegno, sappia che la capisco e che cercherò di appoggiarla con ogni mezzo».

«Sì. Mi dica come».

«Le sembrerà incredibile, ma laddove c'è crisi c'è opportunità, e questa è una grande prova di coraggio che la renderà più forte e la farà crescere».

«E in parole povere che vorrebbe dire? Che me la devo cavare da sola, no? Quindi?», gli dico con tono aggressivo.

«Ce la caviamo in due, dal momento che stiamo affrontando insieme questa terapia. Sono qui per sostenerla».

«Bene. Visto che mi sostiene allora le dirò che ho intenzione di ridurmi il seno».

Folli mi guarda interrogativo.

«E come mai?»

«Perché l'altro giorno, passando vicino a una scuola, dei ragazzini hanno detto a voce alta "Hai visto quella lì? Chissà che ti fa con quelle tette", e quello è stato il momento decisivo, grazie al quale non ho più avuto alcun dubbio. Non le voglio più».

«Chiara, capisco la sua frustrazione e la sua rabbia, ma vorrei solo farla riflettere sul fatto che, in questo momento, sta subendo un forte stress e questa è una decisione definitiva, che non vorrei rimpiangesse in seguito. La esorto a pensarci bene, prendersi un po' di tempo».

«Ho già preso la mia decisione e ho già contattato un chirurgo».
«Dunque mi sta solo comunicando la sua decisione».
«Sì. Perché, non è d'accordo?»
«Sinceramente no, ma la scelta è soltanto sua, io posso solo suggerirle delle alternative».
«Questa volta non mi può suggerire proprio niente, questa è la scelta più giusta che abbia mai fatto in vita mia», lo guardo con severità.
«Va bene, Chiara, ma se ha bisogno del mio sostegno sappia che sono qui».
«Sinceramente, dottor Folli, preferisco farne a meno del suo sostegno, questa terapia è durata più che a sufficienza. Direi che è arrivata l'ora di salutarci».
Folli appare sorpreso e turbato.
«È proprio sicura? Non è obbligata a venire qui tutte le settimane, può anche chiamarmi quando ha bisogno».
«Direi che ormai ci siamo detti tutto e che continuiamo a girare intorno alle stesse cose. Perciò preferisco chiudere qui».
«Bene, se questa è la sua decisione io la rispetto. Ma mi creda che mi dispiace molto perderla».
«Un paziente perso, dieci trovati».
«Non è questione di numeri, Chiara, è che ci conosciamo da cinque mesi e abbiamo instaurato un rapporto. Io sentirò comunque la sua mancanza come persona e non come paziente».
Sento una fitta al cuore, ma mi alzo lo stesso e gli tendo la mano.
«Mi raccomando, Chiara, si ricordi lei non è sola, io ci sono».
«Sì, certo, dicono tutti così».

Uscendo saluto il portiere che sta spazzando l'atrio.
Pare sorpreso quando lo bacio sulle guance come un vecchio amico.
Naturalmente come giro l'angolo riparte a cantare: «Sai, la gente è strana...».
Ho appuntamento col chirurgo oggi stesso.
Ho passato due notti su internet a spulciare siti e forum di discussione, e non mi sono mai sentita così sicura di qualcosa in vita mia.

Se non mi occupo io di me stessa mi chiedo chi lo farà mai.

In sala d'aspetto ci sono diverse ragazze, direi tutte più giovani di me.

Cerco di immaginarmi le loro richieste: aumento del seno, aumento del seno, aumento del seno.

Pazze, non avete idea a cosa andate incontro.

Al momento della visita sento piovermi addosso un certo imbarazzo.

Il medico è molto competente e preparato, ma ciò non toglie che, una volta in piedi mezza nuda, piena di segni fatti col pennarello, io mi senta come il disegno della mucca nel reparto macelleria dell'Esselunga, con le varie sezioni disegnate: girello, quarto posteriore, bicchiere...

Il chirurgo soppesa il "materiale" da eliminare, come se da un momento all'altro mi dovesse dire: «Sono due chili e mezzo, signora. Che faccio, lascio?».

Secondo lui è una faccenda che si risolve con un giorno di degenza.

Se lo sapevo prima, non avrei aspettato così tanto tempo. Nel frattempo le spalline del reggiseno mi hanno fatto due solchi tali che posso parcheggiarci la bicicletta.

Scrive la richiesta per gli esami di rito ed esco molto più sollevata.

Dopo l'operazione potrò cominciare una vita nuova, finalmente passerò inosservata, e se qualcuno dovesse avvicinarsi a me non lo farà per i soliti motivi.

Faccio le analisi in un centro privato perché non ho voglia di aspettare sei mesi, così in una mattinata posso sbrigare analisi del sangue, elettrocardiogramma e mammografia.

L'infermiera incaricata di farmi la mammografia sorride e cerca di mettermi a mio agio, del tutto inutilmente, pretendendo di schiacciarmi un seno in una specie di piastra per i pancake come se niente fosse.

Continuo a pensare che la distribuzione delle seccature non sia stata equa fra maschi e femmine.

Dopo aver passato sotto la pressa anche l'altro, mi fa accomodare in sala d'aspetto per avere il responso.

Una quarantina di minuti dopo, la stessa infermiera mi prega di rientrare in ambulatorio e mi mostra la mammografia alla presenza della radiologa.
Per quanto lei si sforzi di apparire serena, mi fa notare una piccola massa sospetta, che andrà valutata con ulteriori esami.
«Se pensava di non farmi allarmare ha sbagliato persona».
«Stia tranquilla, nella maggior parte dei casi in un seno fibrocistico come il suo non è niente di cui preoccuparsi. Lei esegue regolarmente un esame di autopalpazione, vero?»
«Veramente no».
«Quindi non si era mai accorta di questo nodulo».
«Che nodulo, scusi?»
«Permette?»
«Prego».
Mi fa alzare il braccio destro e con le due mani tasta centimetro per centimetro dall'ascella in giù finché non avverte qualcosa.
Anche se guarda da un'altra parte, con la coda dell'occhio, vedo benissimo che è preoccupata.
«Ecco, sente questa specie di sassolino duro?»
«Mh».
«Ecco, è il caso di fare indagini più specifiche per capirne la natura».
«Lei sta scherzando, vero?»
«Mai stata più seria».
«Mi sta dicendo che potrei avere un tumore al seno?
«No, non ho detto questo. Ma bisogna indagare a fondo. Probabilmente non è niente, ma è il caso che si faccia vedere da un senologo al più presto».
A casa mi metto davanti allo specchio e ripeto l'esame che mi ha mostrato la radiologa.
Il nodulo c'è eccome, è una pallina dura come un sasso.
«Ma voi lassù non avete proprio niente di meglio da fare? Avete deciso che il mio personaggio non piace più e mi volete eliminare, eh? Mi sentite? Dico a voi, stronzi!».
Mi siedo sul letto senza più forze.

Ma dico, è possibile? È uno scherzo? Io con un nodulo e mio padre con un tumore al pancreas.

E ora?

Mi prende lo sconforto. Mi sento sola, anzi sono sola, e pur di non pensarci chiamo subito i numeri che mi hanno dato e prenoto la visita.

Me la danno per la mattina seguente.

Non mi piace questa urgenza, negli ospedali non si riesce mai a fare niente prima dei sei mesi e ora hanno così fretta da farmi venire domani mattina?

Potrei dover lavorare domani mattina.

La notte non chiudo occhio e la passo con la mano sul seno destro, immaginandomi di farlo sparire come fossi un pranoterapeuta.

Ma al mio risveglio è sempre lì.

Esco di casa molto presto.

L'aria è pungente.

Non riesco a credere che fino a poche settimane fa in questa casa c'erano allegria e risate, porte che sbattevano e telefoni che squillavano a qualunque ora del giorno e della notte.

E gli unici problemi di noi tutti si sintetizzavano nella frase: «ma perché non mi chiama?».

Arrivo all'ospedale e la fila è purtroppo molto lunga.

Qualcuno ne parla apertamente e qualcun altro, come me, finge che non sia un problema suo.

Finalmente è il mio turno.

Il medico mi esamina e conferma la diagnosi di un nodulo solido di un centimetro circa, e dispone di fare subito un agoaspirato per verificarne la natura.

Io capisco che per loro siano solo esami di routine, ma per me è tutto nuovo e piuttosto sconvolgente, e vorrei che qualcuno mi spiegasse tutto con dolcezza e mi riempisse di abbracci e di carezze, invece di parlarmi in termini incomprensibili guardando una cartella clinica.

L'esame è fastidioso e nulla più, quello che invece mi distrugge è che io lo debba affrontare così, senza nessuno accanto.

Ci vorranno un po' di giorni per avere il referto.
Pensare che volevo un seno più piccolo, e ora rischio di averne uno in meno.
Non è assurda la vita?
Sono sicura che si sono ammalate perché le disprezzo da sempre.
Appoggio le mani sui lati dei seni, il destro mi fa un male tremendo dopo l'aspirazione.
Vorrei tanto non aver disprezzato e ignorato il mio seno per tutti questi anni. Volevo farne a meno a causa della mia insicurezza cronica e la mia bassa autostima e pensavo che riducendolo avrei risolto i miei problemi, e mai come ora mi rendo conto dell'errore che sarebbe stato.
Poi guardo in basso.
«Vi prego, non vi ammalate, prometto che d'ora in poi mi prenderò cura di voi e del mio corpo, farò tutti gli esami periodici e non mi lamenterò più. Ma voi cercate di guarire, okay?».
Trascorro due giorni in trance, sdraiata sul divano dove dormiva Riccardo. E ho quasi la certezza di aver sognato tutto.
Il cellulare suona e ci metto alcuni secondi a riconoscere la suoneria, per come ho perso l'abitudine.

«Pronto. Tuassorrellassàrrassòno!».
«Aiò! Ti hanno già dato la cittadinanza?»
«Chiara, devi venire a trovarci! È un paradiso, non puoi capire come si sta bene qui!».
«Se te ne andavi tre anni fa senza fare storie ci avresti risparmiato un sacco di guai, parlo per me e quel santo di mio cognato».
«È bellissimo, c'è il mare ovunque!».
«Eh sì, succede spesso nelle isole».
«Ti ricordi quando ti ho detto che mi sono ammorbidita?»
«No, quando mai?»
«Ma sì, una volta che parlavamo della mamma».
«Be'?»
«Ho scoperto perché sono diventata così paziente, ottimista e positiva».

«Perché hai lasciato tua sorella?»
«No, perché sono incinta».
«Davvero?».
Lo chiedo nel senso di: "almeno tu lo sei davvero?".
«Sìììììì!!!!!», urla di gioia.
«Sono zia!».
«Zia Chiara Sole».
«Che bellezza, e la mamma lo sa?»
«Ancora no. Devo stare tranquilla con le emozioni. Il medico mi ha detto che è bene che stia ferma, ogni tanto ho qualche perdita. Ma sento buone vibrazioni, e poi se non lo dico alla mia sorella preferita a chi lo dico?»
«Allora non diciamo altro e incrociamo le dita».
«Ti voglio bene, Chiara».
«Sono gli ormoni che parlano, mia sorella non l'avrebbe mai detto!».
O Dio, grazie, almeno una buona notizia, una sola in tutta questa desolazione.
Speriamo di poterlo vedere questo nipote.
So che non dovrei neanche pensarla una cosa del genere, ma comincio a sentirmi meno spavalda di prima nei confronti del tempo e della vita.
Che peccato averne sprecato così tanto dietro a degli idioti incapaci di amare anche la propria squadra di calcio, mentre avrei potuto fare qualunque cosa, dalla domatrice di leoni, all'apicoltore, all'astronauta...
Prima di addormentarmi rivolgo al cielo una preghiera per mio padre, mia madre e mia sorella.
Non ho mai pregato molto in vita mia, ma ora ne sento davvero il bisogno.
L'indomani torno in clinica per ritirare il referto.
Sto per aprirlo quando una forza misteriosa mi blocca.
Non voglio leggerlo da sola, qualunque notizia ci sia, voglio poterla condividere, a costo di entrare in gastronomia e prendere il bigliettino.
Chiamo Gaia Luna.

«Pronto? Ciao, sono Chiara, ti disturbo?»
«Sono in riunione. È urgente?»
«No, figurati, ci sentiamo un'altra volta».
«Ti richiamo io, ciao».
Cosa mi aspettavo?
Dopo tre minuti il telefono squilla.
«Mi sono liberata, dimmi».
«Niente, cioè, avrei bisogno di un favore... se puoi... Devo... leggere un referto per un nodulo sospetto e... ho paura. Posso aprirlo insieme a te?».
Silenzio.
«Dove sei adesso?»
«Sono appena uscita dall'istituto di analisi, andavo a casa».
«Prendi un taxi e vai a casa mia, ti raggiungo subito lì. E fatti fare la ricevuta».
Una mezz'ora dopo, sono sotto casa sua, e dopo cinque minuti arriva anche lei.
«Vieni», mi invita a seguirla con i soliti modi bruschi e senza un sorriso.
La sua casa come al solito è immacolata come l'esposizione di un salone di mobili.
Mi dice di sedermi sul divano e va a cambiarsi in camera.
Ritorna con i capelli legati in una coda e una tuta di cotone scolorita e consumata.
Mi fa tenerezza il contrasto con tutto il resto.
«Era di mia madre, la metto sempre».
Sorrido.
Rimaniamo in silenzio impacciate, poi Gaia Luna prende in mano la situazione.
«Allora, raccontami tutto dall'inizio. Da quanto lo sai e da chi sei andata».
«Volevo farmi fare un intervento di riduzione del seno... Non dirmi niente, ho già cambiato idea...». Mi guarda come a dire "ho sentito di peggio in vita mia".
«...Dalla mammografia hanno scoperto un nodulo, poi il resto dei controlli sono venuti da sé e anche piuttosto in fretta».

«Sì, queste cose prima si scoprono più possibilità hai di guarire completamente. Hai fatto la biopsia?»

«Un'aspirazione», dico sollevando la busta. «Ho una paura allucinante».

«Lo so, ma non devi. Fammi vedere chi sono i tuoi medici».

Le porgo la cartellina con il resto delle analisi.

«Perfetto, sono gli stessi che hanno operato mia madre, sono davvero in gamba».

«Tua mamma è morta di tumore al seno?»

«Sì, ma quando se n'è accorta era già in metastasi, non c'è stato più niente da fare. Se se ne fosse accorta un anno prima credo che sarebbe ancora qui».

«Mi dispiace, non sapevo. Adesso che anche papà è malato...».

«Già, che schifo eh?... Ti faccio una tisana, dai», si alza per spezzare la tensione.

«Che bella casa che hai».

«Sembra un albergo, vero? Tanto non ci sono mai, sono sempre in giro. Domani riparto per Cuba, devo firmare un po' di carte».

«E papà come sta? Tu lo senti sempre».

«Mi sembra lo stesso, forse un po' dimagrito. Lui mi parla sempre e solo di affari, sono il suo amministratore, il bravo soldatino...».

«Buffo, pensavo che tu fossi la figlia preferita».

«Io ho due master in economia e faccio fare i soldi alla gente, per questo mi ha assunta».

«Ma con tua mamma...».

«Mia mamma era un vero angelo, voleva bene a tutti. Non sai come si preoccupava per voi, vi ha sempre comprato i regali di Natale e gli raccomandava di dirvi che erano da parte sua».

«Non ce l'ha mai detto».

«Un classico. Ha sopportato tutti i tradimenti, le bugie senza lamentarsi mai, perché lei lo amava, non vedeva altro che la sua parte bella. E poi lui era quello che le aveva permesso di venire via dalla Germania e rifarsi una vita qui, era quello che le ha dato una casa, questo non lo ha mai dimenticato».

«Facile però, era casa nostra».

«E secondo te noi lo sapevamo? Lui diceva che era casa sua, finché tua madre cominciò a scriverle delle lettere intimidatorie, che lui giustificò dicendo che si inventava le cose perché non accettava il divorzio».

«Le sei stata vicina durante la malattia?»

«Sì, ma anche lui è venuto spesso in ospedale. Mi ha sorpreso, pensavo che avrebbe trovato qualche scusa per rimanere a Cuba, invece l'ho visto molto provato. Voleva molto bene a mia madre, nella misura in cui è capace di amare».

«Quindi mi stai dicendo che non è stato un padre così premuroso neanche con te».

«Io ho avuto la fortuna di avere una mamma stupenda, che mi ha cresciuta e amata.

Non l'ho mai sentita parlare male di nessuno, tantomeno di lui. L'unica volta che mi permisi di giudicarlo mi diede uno schiaffo, il primo e l'ultimo di tutta la sua vita. Da quella volta ho sempre rispettato i suoi sentimenti. Ma se devo essere sincera, da lui non ho avuto molto in termini di affetto. I bambini gli davano fastidio perché non aveva niente da dirgli. E quando ha capito che potevo essere un ottimo alleato, si è ricordato di me».

«Speravo che per te fosse stato diverso».

«Le apparenze ingannano, no?»

«Sarebbe stato bello incontrarci prima».

«Mi sarebbe piaciuto. Ma la vostra ostilità nei nostri confronti era piuttosto evidente».

«Sai, quando si tratta di famiglia, tutti tendono a fare fronte comune, senza indagare troppo a fondo».

«È un peccato, si perdono parecchie occasioni».

Lo sguardo mi cade sulla busta del referto da aprire.

«Dallo a me», dice Gaia Luna.

Apre la busta con un tagliacarte.

Non ne vedevo uno dall'ottantotto.

I suoi occhi fissano il foglio senza espressione, come se fosse abituata a non far trasparire le proprie emozioni.

«Chiara... adesso ascoltami bene. Te lo dico perché ci sono passata e conosco bene il "medichese". Richiedono un ulteriore esame per essere certi che non è nulla. E devi stare tranquilla. So come ti senti adesso, e che la tua mente è attraversata da mille domande, ma non devi assolutamente scoraggiarti, è una routine. Lo fanno per essere il più meticolosi possibile».

Prendo la busta e leggo la richiesta della biopsia.

Guardo Gaia Luna con lo spavento negli occhi.

«Vieni qui», mi abbraccia.

Non lo aveva mai fatto prima. È una sensazione bellissima. Avevo una sorella fantastica a portata di mano e me la sono persa per metà della vita.

Mi commuovo.

Rimango da lei un'oretta, parliamo di noi e delle nostre infanzie.

È bravissima a imitare nostro padre ed è veramente bella quando ride. Somiglia a Sara.

La nostra chiacchierata si interrompe con una telefonata di mia madre.

Mi avrà fatto seguire.

«Pronto, Chiara? Non vorrei disturbarti ma non mi sento bene. Puoi passare da me?».

Deve stare davvero male per arrivare a chiamarmi.

«Ognuno ha le sue croci!», dico a Gaia Luna sorridendo.

«Almeno tu la mamma ce l'hai».

«Già», rispondo un po' imbarazzata.

«Segnati il numero di questo medico per avere una seconda opinione, dopo che avrai sentito il tuo. Domani parto e torno fra un paio di settimane, devo occuparmi di nostro padre e tutti i suoi cazzi», dice con ironia. «Tu tienimi informata e chiamami tutte le volte che vuoi. Giorno o notte, ho sempre il telefono acceso e appena torno vengo subito da te».

Adoro questo suo agire da donna in carriera che ha sempre la situazione sotto controllo.

La immagino mentre con i suoi tacchi dodici calpesta uomini tipo Andrea.

Attraverso di nuovo tutta la città.

Se guarisco mi compro uno scooter.

Ogni volta che il pensiero ritorna alle analisi, mi sento mancare.

È a me che sta succedendo, non a qualcuno in un film.
E ho paura.
L'ordine delle mie priorità si è capovolto.
Adesso l'unica cosa a cui riesco a pensare è che vorrei stare bene, e che vorrei comunicare agli altri tutto il mio amore senza vergogna e che vorrei non aver pianto nemmeno una volta per un uomo per cui non ne valeva la pena.
Non conta davvero nient'altro, solo la salute e la qualità che diamo alla vita che ci resta.

Mamma apre la porta con l'aria di una che è stata trascinata per metri da uno scippatore.
«Come stai?»
«Come vuoi che stia? Da sola, no?».
La sua polemica non mi scalfisce.
«Perché non ti sdrai un po', ti preparo qualcosa di caldo».
È confusa dalla mia cordialità.
«No, non sto poi così male, è passato».
«Ho fatto prima che ho potuto, ho dovuto attraversare la città».
«Ma allora me lo dovevi dire, potevi passare domani».
«No, avevi bisogno e sono venuta».
«Sei sicura di star bene?»
«Sì, sono solo un po' stanca».
«Hai saputo che Sara aspetta un bambino?»
«Sì, sei contenta? Il tuo primo nipote».
«Ma sai che era incinta già da quando si sono lasciati la prima volta?»
«Matrimonio riparatore, allora!».
«Chissà cosa diranno i parenti quando si sposerà col pancione».
«Diranno: Aiò Lorenzo, sbrigare ti devi o sull'altare lo fa!».
Ridiamo.
«La settimana prossima fa l'amniocentesi, dovrà stare ferma qualche giorno».
«E perché non vai da lei? Così le dai una mano e le fai compagnia. Conoscendola non avrà scritto niente sulle scatole, e starà impazzendo per trovare l'apribottiglie e le tazzine!».

«Ma non me la sento, e poi ci sono i cani».

«I cani li tengo io, sai che problema, gli do cinque euro e si vanno a comprare quello che vogliono».

La mamma mi prende la mano.

«Sei sicura che vada tutto bene? Mi sembri malinconica».

«È settembre che mi fa sempre quest'effetto».

«È vero, anche da piccola eri più triste di questi tempi».

«Per forza, ricominciava la scuola! E poi mi dispiace per papà».

«Lo so, Sara me l'ha detto».

Ecco le lacrime. Via, via, sciò.

«Mamma, ascoltami. Lo so che quando ti vengono di questi attacchi ti sembra di morire, ma non morirai, e non devi perché noi abbiamo bisogno di te, Sara ha bisogno di te. Hai visto cos'è successo a papà e alla mamma di Gaia Luna... Insomma, è davvero un "gira la ruota" e tu sei importante per noi. Devi approfittare di tutto il tempo che hai davanti per stare con le persone che ami. Pensa che avrai un nipote nuovo di zecca, non sei elettrizzata? Sul serio, mamma, vai da Sara, la farai contenta, non sai quanto».

«Dici? E tu?»

«Quando avrò bisogno io te lo farò sapere».

Stupido che si debba sempre arrivare ad apprezzare la vita quando incombe la minaccia che stiano per portartela via.

Non ho nel cuore nessun sentimento di odio o rancore.

Mi sento superiore a qualunque grettezza, dispetto, cattiveria e angheria, tanto che se avessi Barbara qui l'abbraccerei.

Poi la prenderei a calci in culo.

L'indomani torno dal mio medico, il quale cerca di tranquillizzarmi, ma è costantemente tradito da un tic nervoso all'occhio destro.

Un altro pessimo giocatore di poker.

Mi suggerisce di togliere il nodulo definitivamente e senza altri esami che comporterebbero un'ulteriore attesa.

Una volta asportato il nodulo, effettueranno la biopsia e decideranno come procedere.

Ripete che, al solito, non mi devo preoccupare e non mi devo fasciare la testa.

No, certo che no.

E perché mai?

Quindi mi operano fra cinque giorni.

Il massimo degli interventi invasivi che abbia mai subito sono stati due punti al ginocchio una volta, quando ho sbattuto contro un albero in bici, negli anni Settanta.

I miei autori potevano anche prepararmi gradualmente a questo evento.

Che ne so, una gamba rotta, un incidente in cui perdevo la memoria, un tentato omicidio, le solite cose.

A casa le ore scorrono più lente del previsto.

E quest'attesa mi sta consumando.

Penso moltissimo a Riccardo, ma in un modo diverso.

Come se fosse partito per una missione segreta e non potessi vederlo, o sentirlo, ma so che c'è, e niente può impedirmi di continuare ad amarlo.

Nessuno potrà mai estirparmelo dal cuore.

Esco tardi e cammino senza meta.

Vedo il mondo con altri occhi, mi accorgo dei dettagli a cui non faccio mai caso. Noto la vita, i colori, gli odori, gli sguardi, le persone.

Ascolto due ragazze che parlano dietro a me: una racconta all'altra che lui si è pentito di averla tradita e vuole tornare con lei e l'amica le consiglia di dargli una possibilità.

Sono tentata di girarmi e dirle di non dare retta alle cazzate di un uomo che l'ha tradita e che se lei fosse una vera amica non darebbe mai un consiglio del genere. Ma chi sono io per insegnare a qualcun altro a vivere?

Io che ho fatto qualunque cosa pur di elemosinare un minimo di affetto, come se qualcun altro potesse amarmi al posto mio.

Nessuno può farlo.

Nessuno può amarmi più di quanto io ami me stessa e non riesco a pensare che potrei non avere più il tempo di imparare a farlo.

Fa freddo e comincia a piovere, e sono senza ombrello.

La sicurezza mi abbandona, ho i brividi, ho paura e bisogno di un po' di calore umano. Darei qualsiasi cosa per un abbraccio.
Istintivamente vado verso casa di Andrea e suono.
Sono bagnata fradicia.
Chiede chi è, nonostante il videocitofono, e anziché dirmi: «Sali», mi risponde: «Scendo».
Apre il cancellino e mi fa entrare appena sotto l'androne, ha l'aria agitata.
«Sei tutta bagnata, hai bisogno di un ombrello?»
«Credo che ormai sia troppo tardi».
«Come stai? Ti vedo provata», dice mentre continua a guardarsi intorno.
«Non è un gran periodo, mio padre sta male e io mi opero fra qualche giorno per un nodulo al seno».
Lascio galleggiare la notizia con un che di sfida, come se gli attribuissi in parte la colpa di quello che mi è successo, come conseguenza di tutto il male che mi ha fatto.
«Cazzo, mi dispiace, Chiara», dice sinceramente. «Hai già chi ti segue? Conosco degli ottimi medici, puoi dire che ti mando io, non c'è problema».
«Sì, ho già chi mi segue, è solo che mi sentivo giù e ho pensato di venire a trovarti».
«Mh, hai fatto bene, però era meglio se mi chiamavi, sto aspettando qualcuno...».
«Ah», dico sconcertata. «Avevo capito che mi amavi, ma già, che sciocca, sono passate già due settimane, cosa credevo!».
«Chiara, sai, ci ho pensato bene e credo che tu abbia ragione, fra noi due non sarebbe mai andata e adesso sto riprovando a far funzionare le cose con mia moglie...».
Non credo alle mie orecchie.
Questo bastardo, l'origine di tutti i miei guai, la causa per cui ho perso Riccardo, il negriero che mi ha fatta lavorare tutti i giorni fino alle nove senza mai un ringraziamento, il porco che mi ha sbattuta in tutti gli angoli dell'ufficio, che mi ha presa per il culo come l'ultima delle stupide, e che fino a dieci giorni fa voleva fare un figlio con me, si permette, alla luce del dramma più grande che

gli potessi comunicare, di mollarmi sulla porta come fossi un testimone di Geova?

Sto sognando.

Mi viene quasi da ridere.

È surreale.

«...Sai, lei potrebbe arrivare da un momento all'altro».

«Oh scusa, Andrea, non avevo idea... che bella notizia... fantastico. Sono così felice per te. Be', tutto è bene quel che finisce bene, no?».

Mi allontano continuando a sorridergli e corro via senza nemmeno aspettare una sua risposta.

Mi fermo all'angolo opposto e riprendo fiato quando vedo arrivare una donna a bordo di una Classe A antracite che cerca parcheggio.

Aspetto qualche minuto per vederla scendere e la riconosco.

Senza velo e bouquet di fiori, è la moglie, o ex moglie o povera martire che dir si voglia.

Corro a raggiungerla.

«Irene?».

Lei si volta.

È proprio bella, elegante, raffinata, ma perché perde tempo con questo stronzo? Perché facciamo tutte lo stesso errore?

Ho solo un secondo per convincerla che suo marito è un rifiuto della società e l'unica cosa che forse potrebbe farla rinsavire è metterla di fronte a un fatto compiuto.

Qualcosa di eclatante.

«Irene, salve, io sono Barbara. Andrea le avrà parlato di me, volevo ringraziarla per essere stata così carina da accettare questa situazione e di averci lasciato la casa, Andrea tiene molto a lei e anche se le cose fra voi sono andate così, ci tenevo a dirle che se è femmina la chiameremo Irene», le sorrido come l'ultima delle ingenue.

«Come sarebbe? Lei è...».

«Secondo mese, non si vede ancora, ma siamo così eccitati».

Irene sbianca e perde il suo aplomb tutto insieme.

«Quel figlio di troia! Questa volta me la paga», si gira per tornare alla macchina, poi si volta verso di me e dice: «Buona fortuna con...», indica la mia pancia. «Ma le consiglio di non chiamarla Irene, o l'assocerà per sempre alla donna che lo ha ridotto sul lastrico!».

Mi avvio alla fermata dell'autobus col sorriso sulle labbra, ma non sono ancora del tutto soddisfatta.

Prendo il cellulare.

«Pronto, guardia di finanza? Vorrei segnalare un'evasione».

Adesso godo.

Letteralmente.

VENTUNESIMA SEDUTA

«Dottor Folli, sono così felice di vederla», lo abbraccio stretto sulla porta di casa sua.

Lui rimane perplesso e mi appoggia appena le mani sulle spalle, poi si ritrae educatamente indietro.

«Sono sorpreso che mi abbia chiamato, di solito non ricevo a casa, ma mi è sembrato di capire che fosse importante».

«Lo è, infatti».

«Prego, andiamo di là».

Lo seguo mentre mi fa strada fino in salotto.

È buffo come casa sua non abbia niente a che vedere col suo studio. Non è per niente perfettino come lo avevo sempre immaginato. Niente penne Montblanc né scrivanie lucidissime; la stanza è piena di mensole, libri e giornali e il suo tavolo è ricavato da una porta colorata di verde appoggiata su due cavalletti. L'ambiente è caldo e intimo, sembra più la stanza di un pittore o di un musicista che di uno psicoterapeuta.

Ci sono due divani con sopra dei plaid colorati, dove dormono due gattoni, e pile di riviste sparse in tutti gli angoli.

Ci sediamo.

«Vive qui da solo?»

«Sperava di trovarci mia madre che viene a vedere se mi sono lavato le orecchie, dica la verità!».

«Un po' ci speravo, le confesso».

«In compenso mi chiama tutti i giorni».

«Mi è mancato, sa?»

«Mi fa piacere, anch'io ho pensato molto a lei. Come sta?»

«Non tanto bene».

«La sua operazione ha avuto delle complicazioni?»

«La riduzione non l'ho fatta alla fine... mi hanno trovato un nodulo di natura ambigua e mi opereranno fra qualche giorno».

«Chiara, ma perché non mi ha chiamato subito? Il numero ce l'aveva, potevamo parlarne!», mi chiede allarmato.

È l'unica persona che pur non essendomi amico o parente è sempre sinceramente dispiaciuto delle mie disgrazie.

«È stato l'orgoglio a impedirmi di chiamarla. Dopo che me n'ero andata così, non volevo tornare con la coda fra le gambe».

«Meno male che alla fine è riuscita a metterlo da parte. Ha fatto già gli esami di rito?»

«Sì, ora non resta che estrarlo ed esaminarlo».

«La sua famiglia è al corrente?»

«Veramente no».

«Perché no? Non penserà di affrontare tutto questo da sola?»

«Mia madre è da mia sorella Sara in Sardegna e la sua gravidanza è in una fase delicata. Non voglio aggiungere altre preoccupazioni, dopo la notizia che a nostro padre non resta molto da vivere».

«Oddio, Chiara, sono davvero addolorato, ma lei non può e non deve affrontare tutto questo da sola, è davvero troppo. Il suo spirito di sacrificio le fa onore, ma lei non è un supereroe. Prima o poi crollerà».

«Mi basta che lo sappia dopo il quarto mese».

«E Riccardo?»

«Non l'ho mai più sentito, ma ci penso ogni giorno».

«E perché non lo chiama?»

«Perché se lo chiamassi e gli chiedessi aiuto, probabilmente verrebbe perché gli faccio pena e questa è l'ultima cosa che voglio. Pensi che poco fa sono arrivata a suonare a casa di Andrea per elemosinare un abbraccio, ma lui mi ha rifiutata perché aspettava la moglie».

«Mi vuol dire che sono stato proprio l'ultima scelta!».

«È stato più facile tornare da Andrea che da lei».

«Sì, so bene cosa vuol dire».

«Lei sapeva che Andrea non sarebbe mai cambiato, vero?»

«Sarebbe stato il primo caso della mia carriera. Le confesso però che ci speravo tanto di vedere una mia ricerca pubblicata!».

«Sa, quel giorno che sono venuta a dirle che volevo rifarmi il seno ero veramente convinta. Pensavo che avrei risolto davvero tutti i miei problemi e poi, visto come stavano andando le cose, volevo ferirla in qualche modo, fingere che la terapia non era servita a niente e che lei non era stato capace di aiutarmi. Ma vede, alla fine, questo nodulo mi ha fatto capire che se non accetto e amo il mio corpo per quello che è, non sarò mai soddisfatta di niente, nemmeno se arrivasse il principe azzurro in persona e mi portasse nel castello incantato...».

Folli mi sorride facendo sì con la testa.

«...Non possiamo accusare gli altri o il nostro passato se le cose non vanno come vorremmo. Ogni giorno è una nuova opportunità per metterci alla prova, e per cambiare il corso della nostra vita.

L'ho capito quando ho conosciuto meglio Gaia Luna, o quando Sara ha deciso di partire. Se non si tentano altre strade, non sapremo mai a cosa stiamo rinunciando. L'unica cosa che possiamo fare è provare a vivere la vita e vedere cosa succede, senza rimpiangere di non averci provato».

«Brava Chiara», mi prende le mani, «sono davvero tanto orgoglioso di lei, è riuscita ad utilizzare tutto questo dolore a suo vantaggio e a trasformarlo nella più grande lezione di vita che si possa immaginare».

Mi scendono le lacrime.

«Non pianga, Chiara, andrà tutto bene. L'accompagnerò io il giorno dell'intervento, se vuole».

«Sono emotivamente fragile in questo momento, e piango per niente. E poi lei deve smettere di essere così gentile con me, o va a finire che mi innamoro. Ancora non capisco perché lei non si sia sposato».

Folli sorride.

«Perché se voglio sposarmi devo andare in Spagna».

«Perché scusi?»

«Sono omosessuale».

Scoppio in una risata.

«Non l'avrei mai detto!».

«Perché non mi ha mai visto ballare!».

«Allora lei mi capiva quando le dicevo di sentirmi diversa e a disagio».

«È la storia della mia vita. Ma tutto quello che non ci uccide ci fortifica. Lei mi parlava del suo seno abbondante e delle battute tremende che le facevano i compagni di classe: io alla stessa età venivo chiamato frocio e culattone e so esattamente come ci si sente ad essere umiliato e preso in giro da tutti. Avrei fatto qualunque cosa per essere accettato, ma questo significava rifiutare me stesso e la mia natura, e non volevo essere diverso da quello che ero e che sono, perciò ho stretto i denti e sono andato avanti, lottando per quello in cui credevo. Sapevo che non era modificando una parte di se stessa che avrebbe risolto i suoi problemi, ma non era compito mio impedirglielo. Soltanto lei avrebbe potuto arrivarci».

«Forse lei però ha avuto una guida, io non ho avuto nessuno che mi indicasse un percorso o mi proteggesse dai lupi».

«Mio padre non mi parla da più di vent'anni, e non è certo mia madre che mi ha indicato il percorso. Il mondo è pieno di guide e lei può scegliere quella che più la ispira, ma l'unica vera guida lo sa da sola qual è».

«Il cuore?»

«E un po' di paraculaggine, che non guasta mai!».

Cinque giorni dopo sono in un lettino e aspetto che vengano a prepararmi per l'operazione.

Insieme a me ci sono il dottor Folli e Gaia Luna, con il cellulare in mano.

Mi sento vulnerabile e indifesa e nei loro occhi mi sembra di cogliere lo sguardo delle hostess su un aereo che sta precipitando.

Sara ha l'amniocentesi proprio stamattina, e la mamma sta stressando Lorenzo da giorni, tanto che mi ha detto che rimpiangeva le nebbie di Milano.

Gaia Luna mi accarezza la fronte.

«Stai tranquilla, okay? Respira e tutto andrà bene».

Respiro come pesce lasciato senz'acqua.

«Gaia Luna, quando guarisco mi insegni il tedesco?»

«Jawohl!».

L'infermiera mi viene a prendere. Mi accompagnano tutti e due fino alla porta della sala operatoria, tenendomi una mano per uno.

Quando le porte stanno per chiudersi mi alzo a sedere e grido.

«Dottor Folli! Adesso posso darle del tu?»

«Certo!».

In sala operatoria tutti mi parlano con dolcezza.

L'anestesista sembra la mia migliore amica: «Coraggio tesoro, adesso pensa a qualcosa di bello e rilassati. Ti do qualcosa che ti farà dormire un po'. Dai, cantami una canzone».

Robin Hood e Little John van per la foresta... ed ognun... con l'al...

Mi sveglio tutta intontita e confusa.

Tanto confusa che il dottor Folli mi sembra Riccardo, mentre Gaia Luna mi sembra sempre Gaia Luna.

Speriamo di non aver detto niente di cui vergognarmi.

«Sì, sì, è sveglia, ora la sente», dice qualcuno nella stanza.

«Chiara...».

Questa voce mi dice qualcosa, ma non so, forse in un'altra vita.

«Voglio dormire», biascico, «domani devo dare la maturità...».

«Le parli, così si sveglia. È sotto l'effetto dell'anestesia».

«Chiara, amore, sono io».

«Dottor Folli, avevo capito che era gay, ha cambiato idea? Che sta dicendo? Anzi, ha detto che possiamo darci del tu: ma che dici? Sei scemo?». Metto a fuoco lentamente e quello che mi sembrava Riccardo diventa veramente Riccardo.

Spalanco gli occhi.

«Allora sono morta!».

«No, sei viva e lotti insieme a noi», dice Gaia Luna. «I risultati ce li danno fra pochissimo, perché il primario è uno a cui ho fatto fare un mucchio di soldi».

«Riccardo...», mi scendono le lacrime.

Me le asciuga con le dita.

«Ma perché non mi hai chiamato, sei incosciente?», mi chiede preoccupato.

«Perché non mi volevi più e non ti volevo chiamare per questo... per farti pena».

«Ma che pena... Ero arrabbiato, non sai quanto, ma mi sei mancata da diventare pazzo. Pensa che mi volevo imbarcare per provare a dimenticarti. Erano giorni che provavo a scriverti un messaggio e poi lo cancellavo, mi sentivo un cretino a tornare sui miei passi perché c'ero andato giù pesante, ma stavo cercando il modo giusto di parlarti».

«Chi ti ha detto che ero qui?»

«Il dottor Folli. Mi ha chiamato ieri sera, mi ha spiegato un bel po' di cose che non mi avevi detto e che sarebbe stato importante sapere, invece di cercare di decifrare il significato delle tue spiegazioni contorte!».

«Allora non mi odi più?»

«Non ti ho mai odiata. Ti volevo ammazzare, ma non ti ho mai odiata. Io ti amo. E non ti voglio più perdere. Ho già perso una persona importante in passato, e non voglio perdere te per niente al mondo».

Il primario entra con una cartella clinica in mano e viene vicino al mio letto.

«Allora, come si sente? La stanno trattando bene?».

Gaia Luna interviene con la consueta delicatezza: «Poche ciance, ci dia il responso».

«Tutto negativo. È una massa benigna, state tranquilli. È importante che lei esegua regolari controlli ogni sei mesi, ma non c'è niente di cui preoccuparsi».

Il sollievo è generale. Ci mettiamo a urlare e Gaia Luna e Riccardo si mettono a saltellare tenendo per mano il primario.

Sono troppo felice.

Forse gli sceneggiatori sono in ferie.

Sulla porta si affaccia Paolo con un mazzo di fiori.

«È permesso...».

«Paolo? Tu sì che sei una vera sorpresa. Che ci fai qui?»

«L'ho saputo da Barbara. Gliel'ha detto Andrea che l'ha incontrata in un bar alcune sere fa. Escono insieme».

La coppia perfetta.

«Mi scuso tanto per come sono andate le cose. Mi sono lasciato trascinare, sono stato orribile. Scusami davvero se puoi».

«Certo che ti scuso, sono ancora sotto anestesia, non sento niente!», rido e non so se essere più sorpresa dal fatto che lui sia qui o che Barbara stia insieme ad Andrea.

Questa è la regina di tutte le vendette.

«Senti, Chiara, c'è una cosa che volevo dirti. Ho lasciato Caterina e la Patagonia che sinceramente non facevano per me e... la settimana prossima vado a Santorini... con *faccia da pirla*».

Incredibile, si direbbe un vero lieto fine, manca solo la musica.

Squilla il cellulare di Gaia Luna.

Dice qualcosa in spagnolo e riattacca.

Poi guarda me: «È morto papà».

DUE MESI DOPO

«Sei pronta? Siamo in ritardo, le tue sorelle ci aspettano giù e Sara ha già suonato tre volte».

«Quando mi disse che si era ammorbidita chissà a cosa si riferiva, a parte il suo culo!».

«Come ti senti?», mi chiede Riccardo fermandomi sulla porta.

«Un po' tesa, ma ci sei tu a sostenermi».

«Non ti lascio per niente al mondo». Mi dà un bacio sulle labbra.

Il campanello suona di nuovo.

«Scendiamo o ci farà impazzire».

Non ho più visto Sara da quando si è trasferita e appena la vedo le corro incontro e ci facciamo un sacco di feste.

È un incanto con i capelli sciolti e la pelle abbronzata.

«Che freddo fa in questo posto. Da noi ci sono sempre venticinque gradi, come fate a resistere?».

Gaia Luna ci fa segno che dobbiamo muoverci.

Saliamo tutti in macchina con lei.

«Facciamo un toto-testamento?», dice Riccardo.

«A me lascia i sensi di colpa», dice Sara.

«A me un sacco di carte da firmare», risponde Gaia Luna.

«E a te?», mi chiede Riccardo.

«A me ha lasciato voi».

Il notaio ci aspetta e ci fa accomodare nel suo studio, poi procede alla lettura.

Io sottoscritto *(omissis)* nel pieno possesso delle mie facoltà mentali dichiaro quanto segue:

Lascio l'Hotel Cuba libre di Las Tunas, l'Hotel El tiburon di Cayo Largo, il catamarano *Aceituna*, la mia dimora principale a Varadero e quella a Santa Lucia, nonché l'intero ammontare dei miei conti correnti e delle mie società off shore alla Signora Ana Clara Fernandez Garcìa, mia terza moglie.

Lascio la casa di Via Leone Tolstoj a Milano alla mia prima moglie Marta.

E lascio alle mie tre figlie, Gaia Luna, Chiara Sole e Sara Stella, tutto il mio eterno amore.

Il notaio dà un colpo di tosse imbarazzato, mentre tutte e tre ci guardiamo con la coda dell'occhio e cominciamo a sghignazzare sempre più forte fino a esplodere in una caciara imbarazzante, con le lacrime agli occhi, tanto che il notaio ci richiama all'ordine.

Ridiamo come non abbiamo mai riso in vita nostra, tutte insieme, tanto che Sara ha paura di farsi venire le contrazioni.

Ci abbracciamo tutte e tre insieme e per un attimo ritorniamo piccole, ognuna con le proprie paure, le proprie insicurezze e la propria solitudine.

Ci alziamo e firmiamo le carte, poi usciamo nel freddo di novembre.

«Fatemi andare che ho l'aereo, e la Sardegna mi manca!».

Riccardo le ferma un taxi e l'aiuta a salire, poi la guardiamo partire verso la sua vita, finalmente piena di cose e persone che ama.

Io e Gaia Luna ci guardiamo allibite.

«Te l'aspettavi?», le chiedo.

«Secondo te cos'ero andata a fare a Cuba se non a trasferire tutti i fondi? Sui conti correnti non ha praticamente più nulla. Diciamo che lo considero un risarcimento. Se non sai ancora cosa fare della tua vita, puoi venire a lavorare con me quando vuoi. Ti insegno un po' di trucchi del mestiere, per esempio come ammaestrare gli squali».

«Ti dispiace se ci penso un po'? Mi vorrei prendere un anno sabbatico e decidere cosa voglio fare da grande».

Ci abbracciamo.

«Hai ragione tesoro. Chiamami quando vuoi, ci sono sempre per te».

Le lacrime cominciano a scenderci sulle guance insieme a una pioggerella sottile.

E ci accorgiamo che stiamo piangendo per qualcosa che non abbiamo mai avuto, piuttosto che per qualcosa che abbiamo perso.

Ma quello che più conta adesso è tutto quello che abbiamo trovato.

In memoria di Michael Jackson
(1958-2009)

RINGRAZIAMENTI

Oltre alla mia famiglia, gli adorati gatti, il mio editore Raffaello Avanzini, la mia agente Mariapaola Romeo e (l'amore della mia vita) Attilio che ha sopportato pazientemente anche la crisi del settimo libro, voglio ringraziare le molte persone che mi hanno affidato le loro storie dicendomi: «Con questa ci puoi scrivere un altro romanzo».

Spero di aver reso loro la giustizia che meritavano.

Questo libro è stato molto importante per me. Ho amato molto scriverlo e mi sono emozionata nel rileggerlo, e man mano che i personaggi prendevano corpo cresceva in me la necessità di trasmettere il messaggio che la realizzazione dei nostri desideri è solo nelle nostre mani e che solo noi siamo in grado di cambiare radicalmente il corso della nostra esistenza. Perché quello che alla fine conta davvero è fare della nostra vita la più bella storia d'amore mai raccontata.

Un ringraziamento immenso va al dottor Gabriele Melli che mi ha ispirato l'idea, un giorno mentre passeggiavamo per il centro di Roma (il libro all'inizio doveva intitolarsi *A spasso con il mio analista*) e che, in seguito, mi ha fornito indispensabili e preziosissimi consigli sul personaggio del dottor Folli (Okay, non si dice analista, si dice psicoterapeuta!).

Grazie ad Andrea Liberatore per avermi raccontato quella storia una sera a cena.

Grazie a tutti i miei amici di sempre, eterna fonte di ispirazione (in particolare Ale Phibbi per il gioco del "preferiresti" e Alessia Pastore per gli innumerevoli aneddoti) e grazie a Willy Pastore per essere sempre l'adorabile Willy Pastore.

P.S.: Ai miei amici che non leggono i miei libri perché dicono: «Ma tanto io ti conosco, che li leggo a fare?» (vero, Arianna?) vorrei rispondere che non direste la stessa cosa se di mestiere facessi il dentista!

INDICE

Federica Bosco

Mi piaci da morire

GTC 4. Volume di 192 pagine € 6,90

Monica ha 31 anni, vive a New York ed è... cronicamente single! Lavora per due acide vecchie zitelle in un negozio di stoffe pregiate, ma il suo sogno è diventare una scrittrice, come Salinger, autore per il quale ha una vera e propria passione. Convive con una cantante di colore esperta di astrologia e un gay che vorrebbe adottare un bambino, e tutti gli appuntamenti al buio che gli amici le organizzano finiscono puntualmente in disastri sentimentali. Almeno finché...
Questo romanzo, fresco e ironico, unisce a uno stile frizzante un tocco di leggerezza tutta femminile: le (dis)avventure di Monica vi piaceranno da morire!

NEWTON COMPTON EDITORI

Federica Bosco

Cercasi amore disperatamente

GTC 8. Volume di 256 pagine € 6,90

Cercasi amore, cercasi in ogni luogo, affannosamente, disperatamente. Tra le mura di casa, tra i banchi di scuola, in un pub rumoroso, su una spiaggia assolata, in città sconosciute... Cercasi disperatamente cercasi: per Arianna è così. Lei a quell'amore non vuole rinunciare. Lei quell'amore lo vuole a dispetto di tutti: dei suoi genitori compassati, dei suoi amici un po' suonati, dei suoi fidanzati sconclusionati, dei suoi lavori improvvisati. Arianna quell'amore lo cerca. Lontano, tra la gente, il vino, le lingue, i volti, i suoni e i rumori. Arianna ride, gioca, sogna, parla, straparla, corre, inciampa – ah, spesso inciampa! – si rialza, sorride e ricomincia. Arianna è come tante tra noi. È una fragile, ingenua, imbranata eroina, e questa è la sua storia. Con il consueto stile frizzante e arguto, tra battute fulminanti e rovinose gaffe, Federica Bosco costruisce ad arte un delicato racconto che parla d'amore.

NEWTON COMPTON EDITORI

Federica Bosco

L'amore non fa per me

GTC 16. Volume di 240 pagine € 6,90

Monica è in partenza per la Scozia, dove l'aspetta il suo principe azzurro. Tutti i suoi sogni stanno per realizzarsi: va a vivere con l'uomo che ama, il suo libro sta per essere pubblicato e le si schiude una nuova carriera. Ma d'improvviso gli eventi precipitano: la convivenza mette in luce i "piccoli difetti" di Edgar, il paese in cui si trasferiscono è sperduto nella brughiera, andare d'accordo con la suocera è impossibile e di tanto in tanto David, una vecchia fiamma, lancia messaggi seducenti... Riuscirà Monica a trovare finalmente un equilibrio e a riconquistare la felicità? In *L'amore non fa per me* Federica Bosco dà sfogo a tutta la sua irriverente e gustosa ironia, confezionando una storia toccante e leggera sui sentimenti e i desideri delle giovani donne (di quelle, almeno, che non smettono di sognare il grande amore) e aggiungendo un nuovo, divertente capitolo alla storia di Monica, già protagonista di *Mi piaci da morire*.

NEWTON COMPTON EDITORI